KB231880

충장공 남이흥 장군 영정

충남 당진군 정미면 숭산리의 충장사 가는 길의 안내비

충장사 전경

뒤편에서 본 충장사의 뒷면 모습

충장사의 정면

제1모충관

제2모충관

양세충신(남유, 남이흥 장군) 정려각

전 국무총리 남덕우가 양세충신정려를 자세히 살펴 보고 있다.

수종재

충장공 남이흥 장군을 숭모하기 위해 지은 충장정. 1년에 1회(9月 10日) 충청남도 대회를 열고 있다.

敎 行安州牧使兼防禦使南以興監
軍屢請褒陞賞加書
王若曰竭力以奉公並被
王人之稱道有功者受賞盍增上卿
之榮濱表攄注典用示殊恩惟卿
受任藩鎭爲國干城政最著西州
致民物之就[illegible]不敢南牧石虎豹
之在山頃值[illegible]軍之出來仍向淸川
而駐劄奉
詔勅而臨境禮貌於使華率將官
而屯營供億倍於前日苟非體予
至意何以得其歡心雜飮食器用
之微[illegible]之際尤
善周旋當公私板蕩之時如此其能
濟僉幹辦才局之偉必出於尋常
望惟無厭於勤勞抑且有光於事
大是宜褒賞之屢請何惜寵異之殊覯
茲授卿資憲大夫職如故於戲臨民
崇哉益勵仁明之術許身徇國更殫
忠愛之心故茲敎示想宜知悉
天啓二年八月十五日

포승교서

양세충신(남유, 남이흥 장군) 정려

부 남유 장군 내외, 남이흥 장군 내외분을 모신 묘

충장공 남이흥의 묘비

충장공 남이흥의 부실 연안김씨 묘비

제5회 충장공 남이흥 장군 숭모식을 마치고

전 국무총리 남덕우의 기념사

남이흥 장군 추모 백일장대회 입상자들 시상식

제9회 충장공 남이흥 장군 숭모식 모습

제17회 남이흥 장군 문화제 모습

제17회 남이흥 장군 문화제에 참석한 후손들

국사편찬위원장 박영석 박사의 기념사

국사편찬위원회 자료실장의 격려사

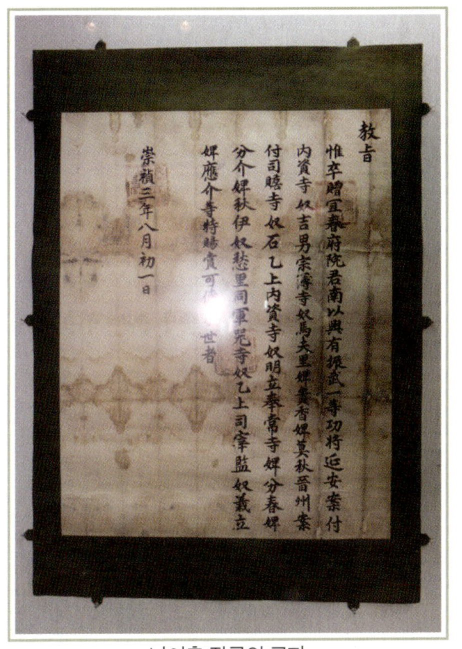

教旨
惟卒贈宜春府院君南以興有振武一等功將延安案付
內資寺奴吉男宗簿寺奴馬夫里婢貴香婢莫秋晉州案
付司贍寺奴石乙上內資寺奴明立奉常寺婢分春婢
分介婢秋伊奴愁里司䆃寺奴乙上司宰監奴義立
婢應介等特賜賞可傳[illegible]世者
崇禎三年八月初一日

남이흥 장군의 교지

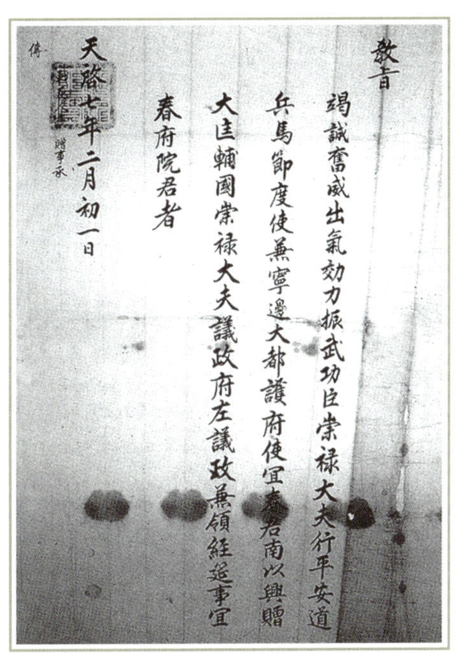

教旨
竭誠奮威出氣效力振武功臣崇祿大夫行平安道
兵馬節度使兼寧邊大都護府使宜春君南以興贈
大匡輔國崇祿大夫議政府左議政兼領經筵事宜
春府院君者
天啓七年二月初一日

충장공 추증 교지

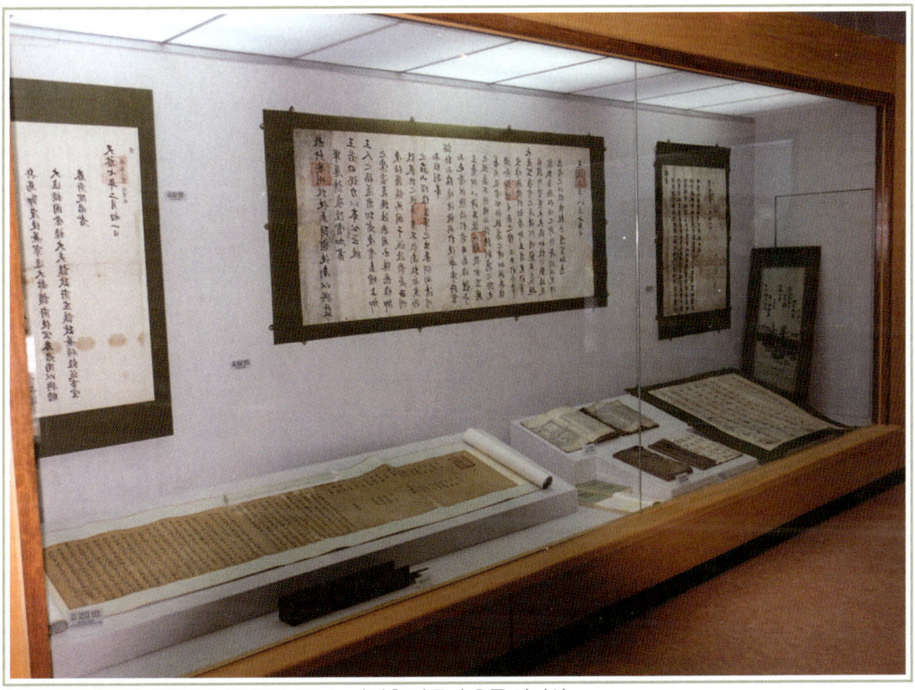

남이흥 장군의 유품 전시실

募民成村自是
營邑之成係也
今此海美縣西
面邑壬辰倭亂
殉節功臣南
宜川君丁卯胡
亂殉節功臣
南忠壯公兩代
賜碑之地而
隅十三洞又是

사패절목

남이흥 장군을 따라 불길에 뛰어들어 죽은 비장 정연록과 애남, 두 분의 송령비
(남이흥 장군은 국가를 위해, 두 분은 주군 남이흥 장군을 위해 목숨을 바친 일화가 전해진다.)

남이흥 장군이 갑옷 속에 받쳐 입던 속옷 등

안령싸움의 격전지

청 초기 심양시대의 궁궐 앞에서의 저자

역사상 유례가 없는

南以興의 悲壯한 순국

정묘호란의 적장 아민도 머리 숙여 추모했다

교육학박사
시인·소설가 **남 균 우** 씀

한누리미디어

국립중앙도서관 출판시도서목록(CIP)

(역사상 유례가 없는) 南以興의 悲壯한 순국 : 정묘호란의 적장 아민
도 머리 숙여 추모했다 / 남균우 씀. — 서울 : 한누리미디어, 2011
p. ; cm

참고문헌 수록
ISBN 978-89-7969-397-3 03810 : ₩15000

정묘호란[丁卯胡亂]
한국사[韓國史]

911-0557-KDC5
951.902-DDC21 CIP2011003740

南以興의 悲壯한 순국

지은이 / 남균우
발행인 / 김재엽
펴낸곳 / **한누리미디어**
디자인 / 지선숙

121-840, 서울시 마포구 서교동 395-13 서원빌딩 2층
전화 / (02)379-4514, 379-4519
Fax / (02)379-4516
E-mail/hannury2003@hanmail.net

신고번호 / 제300-2006-61호
등록일 / 1993. 11. 4

초판발행일 / 2011년 9월 10일

저자 연락처 : (02)916-5368 / 010-8920-5368

값 15,000원

ISBN 978-89-7969-397-3 03810

역사상 유례가 없는

南以興의 悲壯한 순국

차례

01
책을 내면서

지금부터 7년 전이다. 의령남씨(宜寧南氏) 충장공파(忠壯公派) 대종회 남기중 회장께서 부탁하기를 충장공 남이흥(南以興)의 사적을 현대의 젊은이들이 이해하기 쉽고 읽기 좋도록 현대말로 고쳐 써달라고 하기에 별 다른 생각 없이 쾌히 승낙을 했었다.

충장공 남이흥은 이괄(李适)의 난(亂) 진압에 일등공신이며, 정묘호란(丁卯胡亂) 때 평안병사로서 안주성 싸움에서 후금군과 일진일퇴하다가 중과부적으로 패하게 될 지경에 이르자 적을 유인하여 성 안의 중영루로 끌어들이고 준비했던 화약고에 불을 질러 휘하장병은 물론 침입한 적과 함께 장렬하게 순절한 애국정신의 화신(그대로 죽은 자 3000명, 불에 타 죽은 자의 수가 1,041명)이다.

이런 훌륭한 분의 글을 막상 쓰려고 하니 본인이 게으른 탓도 있겠지만 염려스럽고 조심스러워서 감히 붓을 들기가 망설여졌다. 감히 손을 못 대고 계속 미루어 오다가 2년이 되었다.

그러던 차에 전라남도와 광주광역시 문인협회가 공동 주최한 한국

지역문인대회가 있다고 초청이 왔기에 광주광역시에 갔다가 시간이 있어서 충장공 남이흥 장군과 관계가 깊은 전상의 장군의 충민사(忠愍祠)를 찾기로 했다.

그러나 충민사를 찾았지만 일반인들이 충민사를 잘 모르는 것 같아서 유감이었고, 더구나 정묘호란 때 순국한 남이흥 장군 이하 휘하의 수많은 장수와 군관민들의 장렬한 순국에 대해서는 전혀 모르는 것으로 느껴져서 실망을 했다.

이미 제작이 되어 현재도 사용하고 있는 충장공 남이흥 장군을 소개한 팜플렛이 있었지만 미약하다는 생각이 들어서 그것보다는 좀더 세밀하고 손쉽게 볼 수 있는 소책자가 필요하지 않은가 생각이 되었고, 그래서 충장공 남이흥 장군의 유사록(遺事錄)을 검토하여 중요한 사항만을 골라 정리해 보았더니 A4 용지로 30면 정도의 분량이 되었다. 이 정도에 사진을 첨부하면 소책자로 적당하다고 생각, 제책을 하려고 했으나 아쉬운 생각이 들었다.

그래서 저자가 국립도서관, 국사편찬위원회 등을 수 차례 방문했다. 그곳에서 충장공 남이흥 장군과 관련된 서적을 뒤졌더니 여러 중요한 책이 많이 발견됐다.

《한국군사사(논문선집)》, 《한민족 전쟁사》, 《조선왕조실록》 등 이런 책에는 남이흥 장군의 사적이 많이 기록되어 있었다. 무려 《조선왕조실록》에는 남이흥 장군과 관계된 기록이 106건이나 되었다.

저자는 이 책들에 기록된 남이흥 장군의 사적을 정리하고 새로운 내용을 발견하고 보태고 하다 보니 무려 15차례나 다시 고쳐 써야 했다. 더구나 남이흥 장군과 관계가 있는 이야기와 인물들의 사적까지 취하다 보니 내용이 퍽 많아졌다. 그래서 이 책의 내용이 지루하게 기술이 되지 않았나 하고 염려도 됐다.

이 책을 쓸 때 남이흥 장군의 훌륭한 사적이 나오면 저자가 이에 대한 해석과 안목 있는 평가를 곁들여야 하지 않나 생각도 됐지만 전문적인 학식이 부족한 것도 이유였고 역사는 사실이기 때문에 과장이나 거짓이 들어가 부풀려지는 것이 아니라고 생각해 원문을 충실하게 그대로 기술하였다.

그래서 이 책의 내용은 전부 다른 책의 역사적 기록을 인용한 것이겠으나 저자가 경솔한 탓으로 제대로 각주를 달지 못했었다. 그러나 책 내용이 많아지니 책임감이 느껴졌고 각주를 달아야 되겠다는 생각이 들어 각주를 다시 찾아 달고 보니 굉장히 어려웠다.

고생을 많이 했으나 충실하지 못한 것이 아닌가 유감이다. 그리고 또 유감인 것은 책 내용이 어느 정도인지를 모를 때는 시시비비가 있을 수 없었으나 내용이 훌륭하다는 것을 안 뒤부터는 유명한 역사학자에게 의뢰하여 책을 집필하는 것이 좋으니 책을 쓰지 말라는 건의가 개진되어 들어왔다.

쌍수를 들어 환영해야 할 좋은 생각이나 2008년 말 현재 순국한 지 381년이 지난 지금까지 남이흥을 주역으로 다룬 전기가 전혀 없고, 남이흥의 4대 손인 의안군 익화(益華)가 수사로 재직하면서 여러 자료를 모아서 만든 유사록만 있을 뿐이고 오늘 현재도 쓰겠다는 사람이 전혀 없는 상황에서 다 써 놓은 책을 발간하지 말라는 것이 당치 않은 이야기여서 심히 불쾌했으나 이해하기로 했다.

이렇게 된 이유가 저자는 직계 자손이고 직계 자손이 쓰면 남이 보기에 신빙성이 없고 객관성이 없으니 즉, 거짓과 과장이 있을 것이라 생각하고 믿지 않을 것이니 유명한 학자에게 의뢰해 써야 하지 않겠느냐 하는 이야기였으니 참 그럴듯한 이야기 같지만 맞지 않는 말이 아닌가? 만일 의안군이 이 유사록을 만들어 놓지 않았다면 그 후손이나 국민들이 남이홍의 훌륭한 사적을 알 수 있었겠는가.

정말로 아찔한 이야기인 것이다. 거듭 이야기가 되겠지만 지금 이 시각까지 쓴 사람이 없고 지금 이 시간 현재 쓸 사람도 없는데 유명한 학자가 쓸 때까지 기다리는 것도 이치에 맞지 않는 것이고, 또 나 또한 전적으로 여기에 매어달려 쓴 것은 아니지만 그래도 10년간의 역작인데 남의 이름으로 돌려 쓰기도 섭섭하기에 여러 가지 상황을 보고 살필 것 없이 정직하게 쓰기로 하고 출판하기로 했다.

다만 바라는 것은 비록 미약한 책이지만 다른 분이 역사를 쓸 때 이 책을 참고해서 쓰면 보람있는 일이겠고 많은 조사와 연구를 통해서 더 좋은 책이 나왔으면 하는 뜻에서 이런 이야기를 덧붙였다.

끝으로 이 책이 남이홍 장군의 애국정신과 혁혁한 행적을 알리는 일에 기여하는 첫 걸음이 되었으면 하는 바람을 가지면서 이 글을 맺는다.

2007. 5. 1.

서계 **남균우** 씀

02 서문

본인은 지금까지 연세대학교 등 여러 대학 강단에서 국사를 강의하였고, 최근에는 국사편찬위원회에서 위원장으로 재직하다가 정년을 하였습니다. 지금 현재도 한국역사문화연구원장의 직책을 맡아서 일하고 있으니 국사를 연구하고 가르치는 데 일생을 바쳤다고 할 것입니다.

그런 나이지만 솔직히 말해서 충장공 남이흥 장군에 대해서는 단편적인 사실은 알고 있었지만 구체적으로 자세한 깊은 내용까지는 제가 다루는 분야의 학문이 아니었기 때문에 몰랐던 것이 사실입니다.

저는 성남문화원장의 청탁으로 2005년 10월 4일 성남시 새마을회관에서 개최됐던 성남문화원 제 10회 학술발표회의 기조 강연을 한 바 있습니다. 이 학술발표대회에서 다루어지는 인물이 충장공 남이흥과 삼봉 이극중이었기에 이 분들에 대한 심도 깊은 연구를 할 기회를 갖게 되었습니다.

《조선왕조실록》, 《조선시대의 전쟁》, 《한국군사사 논문선집》, 《정묘호란과 비운의 장수 남이흥》, 《충장공 남이흥 장군 유사록》 등 수많은 서적을 접하고 보니 남이흥 장군의 훌륭한 정신세계와 사상, 그 분이 이루어 놓은 내란 이괄의 난 진압과 외침인 정묘호란에서 빛나는 업적과 공적에, 그리고 나라를 위한 위대한 순국을 택한 그의 애국정신에 깊은 감명을 받았습니다. 또 이를 계기로 남이흥 장군이 당시의 국가 사회에 끼친 영향 등을 알고 깊이 생각해 보게 되었습니다.

또 이와 같이 장엄하고 위대한 정신과 업적과 교훈을 남긴 분이 세계 역사상 어디에 또 있겠나 하는 생각도 하였습니다. 그리고 이러한 위대한 인물에 대하여 역사학자로서 너무나 소홀하게 대접한 것이 아닌가 하는 자책도 했습니다.

나는 충장공 남이흥 장군의 나라에 대한 충성심, 부모에 대한 효성, 백성에 대한 애민사상, 불의와는 타협하지 않는 정의감, 백성과 부하를 감화시키는 통솔력, 재물에 욕심을 내지 않는 청렴정신, 멸사봉공의 위대한 봉사정신에 깊이 머리를 숙여야 했습니다. 무관이면서도 깊이 연마한 학문, 건강한 육체의 소유자이면서 장부다운 풍모 등 어느 것 하나 부족함이 없는 완전한 인격자였습니다.

이런 위대한 육체와 정신의 소유자였기에 경상우병사로서 2년간 근무하면서 임진왜란으로 불탄 진주성을 복원하였으며, 안주 목사로서 폐허가 된 안주성의 중영루 등을 복원하였습니다. 52세로 안주성에서 순국할 때까지 주군과 곤얼(대장)로 10여 차례 근무하면서 칭송하는 송덕비가 7차례나 세워졌다는 기록은 백성을 얼마나 지성으로 대했는가 하는 증거라 할 수 있습니다.

또한 남이흥 장군이 나라를 위해 순국한 후에는 안주 고을 사람들이 이 분의 공적을 추모하고 기리기 위해 북신사라는 사당을 세우고 남이흥의 신주를 모시고, 가뭄이나 역질이 극성일 때 북신사 남이흥 장군의 신주에 제를 올리면서 평안을 기원했다는 사실은 장군이 진정으로 고을 사람들을 아끼며 고을을 다스렸는가를 보여주는 증거가 되지 않는가 여겨집니다.

남이홍 장군은 척골의 힘이 대단하여 남들이 활을 한 번 쏠 때 두서너번 연거푸 쏘아도 맞지 않는 일이 없었다고 하는데 그것은 무인으로서의 대단한 실력을 알 수 있으며 그 실력은 그분의 업적과 공적의 밑거름 역할을 한 것이 아닌가 여겨지며 정묘호란이 끝날 무렵, 장군의 재종인 남이웅이 명나라 사신으로 갔을 때 겪은 이야기를 소개하겠습니다.

남이웅이 황궁에 들어갈 때의 일입니다. 황궁으로 통하는 대로에 있는 옥화관 옆에 남이홍이라는 이름을 현수막에 크게 써서 높이 매달아 놓고 추모 행사를 하는 것을 보았습니다. 그때 명나라 조야가 그가 남이홍의 친족임을 알고 그를 특별히 우대해 주었다고 합니다.

이 이야기는 이 분의 위대한 순국과 충성심이 외국에까지 널리 알려지어 존경을 받았다는 사실을 말해 주는 것이며 안주성 전투에서 승전한 후금군 총사령관 아민도 남이홍 장군 이하 조선군의 장렬한 순국을 보고 그들의 충의 정신을 사모하여 머리 숙여 추모를 했다고 하며 또 아민은 남이홍 장군의 충의정신에 감복하여 조선군 포로 수백 명을 풀어주면서 고향에 가서 농사를 지으면서 잘 살라고 귀향시켰다는 이야기는 실전에서는 비록 패배했지만 정신적으로는 승리한 것이 아닌가 생각하게 해줍니다.

남이홍 장군의 장례시는 인조 임금이 조문을 와서 입고 있던 곤룡포를 벗어서 장군의 관을 덮어주면서 조의를 표했습니다. 이런 사실은 왕 이하 관군민들이 장군의 순국을 얼마나 높이 평가하고 받들어 모시고 존경했느냐 하는 증거라고 생각됩니다.

장군은 이괄의 난 때 눈부신 활약으로 승전을 이룩하여 진무 1등공신이 되었으나 시기하는 사람이 많았고 당시 서인이던 실권파는 군권을 가진 남이홍을 시시각각으로 사찰하고 견제가 심하여 군사 징발이나 훈련을 자유롭게 할 수가 없었습니다.

당시 의령남씨 당색은 북인이었고 남이홍이 평안병사로 부임할 때는 이귀가 아무것도 모르면서 성곽도 없는 구성을 지키게 하여 후금군이 안주성에 당도한 후에야 아무 준비도 없이 안주성으로 부랴부랴 이동하여야 했습니다. 이때 남이홍의 휘하에는 3,000명의 군민 오합지졸을 거느리고 있었는데 수적으로도 10배나 되는 30,000명의 정예병과 싸워야 했습니다. 결국 남이홍은 화약고에 불을 질러 많은 적과 함께 폭사하는 장거를 단행하고 순국하였습니다. 이런 사실은 오늘날까지도 역사상 유례가 없는 받들어 모셔야 할 장거이며 본받을 만한 애국정신의 화신이라 아니할 수 없습니다. 또 이 분을 따를 만한 위대하고 장엄한 순국이 어디에 또 있겠는가 묻지 않을 수가 없었습니다.

따라서 윤훤은 당파가 다르다고 지원군을 보내지 않았다고 여겨지며 성공한 무관의 말로가 이런 것인가 하는 생각도 했습니다. 정부는 적을 막을 실력도 없으면서 척화론을 내세워 떠들다가 남이홍이 죽은 후에야 겨우 정신을 차리고 휴전을 합의했습니다.

조금 일찍 서둘렀으면 남이홍도 전사하지 않았을 것이며 후금군은 애초부터 명을 치기 위해서는 조선이 중립을 지키겠다는 약속을 하면 물러가려 했다고 합니다.

그러나 존명사대와 척화 때문에 아무 준비도 없으면서 분명히 망할 일밖에 없는데도 대적을 함으로써 처참한 치욕을 당했습니다. 또 이것으로 인해서 9년 후에 병자호란을 당한 것도 필연일 수밖에 없지 않은가 여겨집니다.

저는 이와 같은 충장공 남이흥 장군의 위대한 업적을 기리는 전기에 감히 서문을 붙이면서 저자가 이 책을 발간하면서 기울인 남다른 열정에 찬사를 보내지 않을 수 없었습니다.

이 전기는 장군의 공적을 최초로 정리한 책이므로 연구자들에게 귀한 자료가 되며, 일반 독자들이 관심을 가지고 읽기에 충분한 값어치가 있는 책이라고 생각되어 많이 읽기를 권고합니다.

2005. 10. 13

전 국사편찬위원장, 학술원 회원, 문학박사 **이성무** 씀

03
글을 쓰게 된 동기

저자는 2002년 11월 22일에 전남 화순에서 전국 시도지역문학인 교류대회가 있다는 안내장을 한국문협 전남지부장 황하택 씨로부터 받고 서울지역의 문인자격으로 참석을 했다.

그간 나는 광주를 방문한 적이 한 번도 없기 때문에 잘된 일이라고 생각, 기대를 가지고 광주에 갔다.

마침 개회시간이 22일 13시이기 때문에 11월 21일 24시 30분에 용산에서 출발하는 무궁화호를 타고 광주역에 도착하니 새벽 5시경이었다. 개최 시간까지는 시간여유가 많았다.

광주는 관광할 곳이 많았지만 다 제쳐놓고 내 직계 조상과 관계가 깊은 충민사(忠愍祠)를 찾기로 했다.

충민사를 건설할 당시(1972. 8. 23~1985. 10. 21)의 공문서에 의하면 소요액이 10억이라고 기록이 됐고, 실제로는 김준 장군을 함께 충민사에 배향(配享)해야 한다고 정읍 유지들이 건의한 관계서류의 기록에는 27억이라는 거액을 들여서 대규모로 사당을 지어 성역화 시켰다는 것이었다. 그런데도 그렇게 잘 모르고 있으니 이렇게도 관심이 없는 것인가 의아스러웠다.

그러나 시간은 사정없이 흘러서 8시가 되었다. 직장인들이 출근을 하고 학생들이 등교를 하느라고 버스, 택시, 트럭 등 차가 거리를 가득 메우고 붐빈다.

그때 마침 나이가 지긋한 노인 한 분이 스틱을 짚고 배낭을 메고 지나간다. 등산을 즐기는 분이라면 충민사를 알고 있으리란 생각에서 여쭈었다.

"아저씨, 충민사를 아시나요?"

"예 압니다."

"어떻게 가면 됩니까?"

"충민사를 가시는군요. 충민사를 가시려면 여기서 777-1번 버스를 타고 50분 정도 가시면 나옵니다. 바로 길가에 있기 때문에 찾기가 쉽습니다. 나도 마침 그곳으로 가는 길이니 같이 가시지요?"

나는 노인을 따라 777-1번 버스에 올라탔다. 그리고 한참 가다가 그 노인의 안내에 따라 버스에서 내렸다.

가까운 거리에 웅장한 충민사의 정문이 시야에 들어왔다.

나는 이전에 소문으로 들어 어느 정도 알고 있었다. 즉 전두환 대통령이 전남지사에게 지시해서 광주시 무등산 입구에 자신과 같은 천안 전씨로 자신의 직계조상인 전상의 장군의 사당을 거액을 투자하여 조성, 성역화 시켜 놓았다는 이야기를 들은 바가 있었던 것이다.[1]

그 규모가 거의 현충사만큼이나 클 것으로 기대했으나 현충사와는 비교가 안 됐다. 그러나 그런대로 규모가 대단히 웅장하고 컸다. 그런

1) 광주시 동구 문화원장의 말에 의하면 전두환 전 대통령이 취임하기 전부터 성역화 작업이 계획되었다고 했으나 쿠데타로 권력을 잡고 있을 때 성역화가 본격적으로 이루어졌다고 한다.

데 문제는 이 사당의 이름을 왜 '충민사' 라고 붙였는가 하는 것이며 그것을 안 사학계(史學界)에서 그 부당함을 지적했으나 시정이 되지 못했다는 이야기를 들은 바가 있어서 더욱 관심이 갔던 것이다.

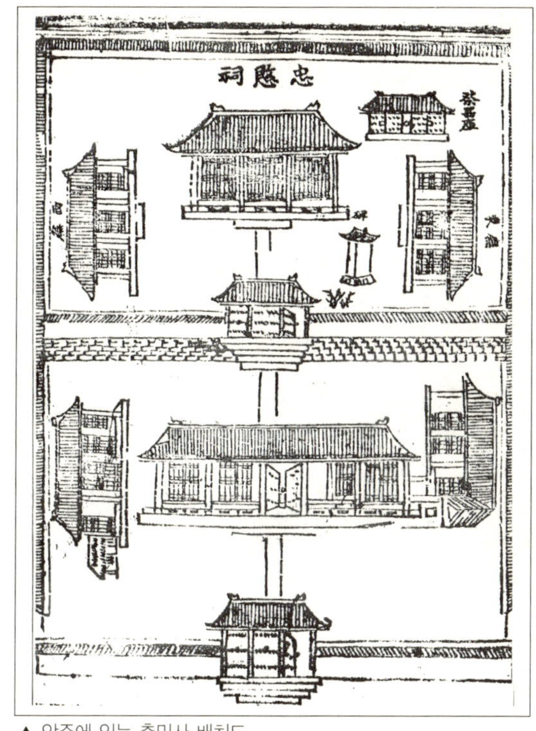

▲ 안주에 있는 충민사 배치도

역사학계의 지적은 충민사는 평안남도 안주에 있는 사당으로 남이흥 장군 등 정묘호란 때 안주성 싸움에서 나라를 위해 순절한 분들을 모신 사당으로 1684년 임금으로부터 정려(旌閭)의 명을 받았고 대원군 서원 철폐시에도 보존된 전국에 남아 있었던 47개의 사당 중 하나이다.[2]

그런데 그 정당위차를 보면, ▶ **주벽**으로 평안병사 의춘군 남이홍, ▶ **동무위차** : 평안우후 박명룡, 강계부사 이상안, 용천부사 이희건, 개

2) 인조 015 05/02/04(신축)의 《조선왕조실록》을 보면 안주성에서 죽은 여러 장수들 중에 유독 '남이홍만이 이미 표창 증직되었고' 라는 기록으로 보아서 제일 먼저 남이홍의 공로가 인정 배향이 결정된 것으로 보이고 다음 기록에 안주에서 전사한 김준 부자와 박명룡 등에게 은전을 내릴 것을 청한 기록으로 보아 두 번째로 이미 표창 증직된 남이홍과 김준, 박명룡 세 사람이 논의가 됐고, 얼마 후에 나머지 16인의 위패가 관찰사 유상훈 등의 상소에 의하여 합사 추배가 된 것으로 되어 있다. 추배된 13위중 1위가 전상의 장군이다.

대원군의 서원철폐령 이후 남은 47개 서원

서원명	주향인	건립연도	사액연도	소재지	비고
崧陽書院	文忠公 鄭夢周	1573	1575	경기도 개성	고려말 학자
龍淵書院	文翼公 李德馨	1691	1692	경기도 포천	조선 선조 정치가
江漢祠	文靖公 宋時烈	1785	1785	경기도 여주	조선 숙종 학자
鷺江書院	文烈公 朴泰輔	1695	1697	경기도 과천	조선 숙종 충신
牛渚書院	文烈公 趙 憲	1648	1675	경기도 김포	조선 선조 의사
坡山書院	文簡公 成 渾	1568	1650	경기도 파주	조선 선조 학자
德峰書院	忠貞公 吳斗寅	1695	1700	경기도 양성	조선 숙종 충신
顯節祠	文正公 金尙憲	1688	1693	경기도 광주	조선 인조 충신
深谷書院	文正公 趙光祖	1650	1650	경기도 용인	조선 중종 정치가
四忠書院	忠獻公 金昌集	1725	1726	경기도 과천	조선 숙종 정치가
忠烈祠	文忠公 金尙容	1642	1658	경기도 강화	조선 인조 충신
紀功祠	壯烈公 權 慄	1841	1841	경기도 고양	조선 선조 장군
遯巖書院	文元公 金長生	1634	1660	충청도 연산	조선 인조 학자
彰烈祠	文貞公 尹 集	1717	1721	충청도 홍산	조선 인조 충신
表忠祠	忠愍公 李鳳祥	1731	1736	충청도 청주	조선 영조 충신
魯江書院	文正公 尹 煌	1675	1682	충청도 노성	조선 인조 학자
忠烈祠	忠愍公 林慶業	1697	1727	충청도 충주	조선 인조 충신
武城書院	文昌侯 崔致遠	1615	1696	전라도 태인	신라말 학자
筆巖書院	文正公 金麟厚	1590	1662	전라도 장성	조선 인종 학자
褒忠祠	忠烈公 高敬命	1601	1603	전라도 광주	조선 선조 의사
西岳書院	弘儒侯 薛 聰	1561	1623	경상도 경주	신라 학자
紹修書院	文成公 安 珦	1543	1550	경상도 순흥	고려말 학자
金烏書院	忠節公 吉 再	1570	1575	경상도 선산	고려말 학자
道東書院	文敬公 金宏弼	1605	1607	경상도 현풍	조선 성종 학자
藍溪書院	文獻公 鄭汝昌	1552	1566	경상도 함양	조선 성종 학자
玉山書院	文元公 李彦迪	1573	1574	경상도 경주	조선 명종 학자
陶山書院	文純公 李 滉	1574	1575	경상도 예안	조선 선조 학자
興巖書院	文正公 宋浚吉	1702	1705	경상도 상주	조선 효종 학자
玉洞書院	翼成公 黃 喜	1714	1789	경상도 상주	조선 세종 정치가
忠烈祠	忠烈公 宋象賢	1605	1624	경상도 동래	조선 선조 충신
屛山書院	文忠公 柳成龍	1613	1863	경상도 안동	조선 선조 학자
彰烈祠	文烈公 金千鎰	선조시	1607	경상도 진주	조선 선조 의사
忠烈祠	忠武公 李舜臣	1614	1723	경상도 고성	조선 선조 충신
褒忠祠	忠剛公 李述原	1738	1738	경상도 거창	조선 영조 충신
彰節書院	忠正公 朴彭年	1685	1699	강원도 영월	조선 단종 충신
忠烈書院	忠烈公 洪命耈	1650	1652	강원도 김화	조선 인조 충신
褒忠祠	忠武公 金應河	1665	1668	강원도 철원	조선 광해군 충신
淸聖廟	淸惠侯 白 夷	1691	1701	황해도 해주	중국 은말 충신
太師祠	壯節公 申崇謙	고려시	1796	황해도 평산	고려 태조 충신
文會書院	文成公 李 珥	미상		황해도 배천	조선 선조 학자
鳳陽書院	文純公 朴世采	1695	1696	황해도 장연	조선 숙종 학자
老德書院	文忠公 李恒福	1627	1687	함경도 북청	조선 선조 정치가
三忠祠	武鄕侯 諸葛亮	1603	1668	평안도 영유	중국 촉 충신
武烈祠	尙書 石 星	1593	1593	평안도 평양	중국 명 정치가
忠愍祠	忠壯公 南以興	1681	1682	평안도 안주	조선 인조 충신
表節祠	忠烈公 鄭 蓍	순조시		평안도 정주	조선 순조 충신
酬忠祠	西山大師 休 靜	미상	1784	평안도 영변	조선 선조 승려

천군수 장돈, 태천현감 의흥군 김양언, 맹산현감 송덕영, 증 병조참의 김언수, 훈련봉사 북영장 한덕문으로 하고, ▶ 서무위차 : 안주목사 겸 방어사 김준, 구성부사 전상의, 영유현령 전영장 송도남, 박천군수 윤

혜, 증 호조좌랑 함응수, 동지중추부사 중군 양진국, 천총 임충로를 서무좌로 했다.

광주광역시에 건립된 '충민사'는 안주의 '충민사'에 모셔져 있는 분들 중 이 지역 출신인 전상의 장군 한 분만 뽑아서 현창하고 있는데 주역인 남이흥 장군을 비롯한 다른 분들에 대한 설명이나 안내가 전혀 없는 것이 유감이었다.

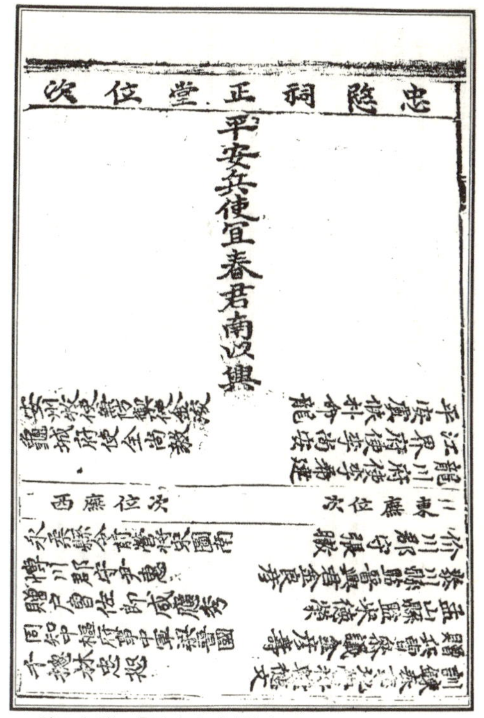

忠愍祠正堂位次

平安兵使宜春君南以興

東廡位次

西廡位次

▲ 안주에 있는 충민사의 정당위차

단, 전상의 장군의 출신지가 광주이고 광주 출신 선열을 추모하는 것이 당연하지 않겠느냐 할 수도 있겠으나 충민사는 나라에서 사액한 사당이며, 남이홍 이하 여러 분의 충성스런 공적에 의해 이루어진 사당인데 그 중에서 한 분만 뽑아서 현창한다는 것은 다른 분들의 공적을 상대적으로 죽이는 것이 아닌가 염려가 되고, 또 역사를 왜곡하는 것이 되지 않나 하는 생각이 들었다. 그리고 애국충혼에도 지방색을 가리는 못된 결과가 나오는 것이 아닌가 염려하지 않을 수가 없었다.

다시 말하면 충민사라는 사당은 정묘호란 때 공을 세운 남이홍 장군 이하 여러분의 애국충절을 찬양하고 엄숙히 모시는 안주에 있는 임금님이 사액한 사당의 이름인데 안주성 싸움의 총대장으로 총지휘한 주역인 남이흥 장군은 물론 휘하 여러 장수들은 모두 빼고 그 휘하인 전상의 장군만 모신 개인 사당을 지으면서 충민사라는 이름을 함부로 붙여 현창하는 것은 바른 역사를 왜곡하는 것이 되고 혁혁한 공을 세우고 순국한 다른 선열들을 무시하는 결과가 되고 있으니 그 부당함을 지적하지 않을 수 없으며 속히 시정해야 옳다고 생각한다. 더구나 외적에 저항하며 조국을 지키겠다는 일념으로 용감히 싸우다가 중과부적으로 승산이 없자 많은 적을 유인하고는 화약고에 불을 지르고 많은 적과 함께 순국한 남이흥 장군과 휘하 여러 장수들의 숭고하고 비장하며, 거룩하고 귀하고 위대한 우국정신은 일언반구도 없으니 정묘호란의 쓰라린 치욕에 울분하고 아픈 애국 정신을 후손들이 어떻게 알 것이며, 또 충민공이라는 명칭은 위대한 공훈을 세운 사람에게 나라에서, 즉 임금이 내린 시호인데 전상의 장군이 충민공이라는 시호를 받았다는 사실은 그 어떤 역사기록에도 없으니 어찌 된 일인가.

후세의 권력자가 자의로 붙였다면 크나큰 망발이며 시호를 받은 다른 여러분들에게는 수치일 뿐만 아니라 이런 일을 자행한 당사자의 머리를 의심하지 않을 수 없다.

저자가 남이흥 장군의 전기를 쓰면서 여러 자료를 접한 결과 모르던 사실도 알게 되었고, 이 분이야말로 많은 사람들에게 널리 알려져 추앙을 받아야만 될 훌륭한 분이라는 것을 절실하게 느꼈다.

이 분의 위대한 공적 중 추앙할 점을 요약 열거하면 다음과 같다.

1. 남이흥은 공직 생활 26년에 목민관(牧民官) 7번 곤월(대장) 3번 도합 10차례를 역임하였는데, 백성들이 공을 사모하고 찬양하여 송덕비가 세워진 곳이 7곳이다.
2. 인조반정 같은 혼란기를 겪으면서도 시기 · 질투 · 모함하는 자가

많았으나 인품이 중후하고 온화했기에 중상모략을 수없이 당하면서도 명재상들(이항복, 장만 등)이 보호하고 천거하여 중망에 올랐고 나라를 지키는 간성이 되었다.

3. 이괄의 난을 평정하는 데 주역으로 활약이 커 진무 1등 공신이 되었다.
4. 임진왜란 때 전사한 아버지의 원수를 갚겠다는 효심으로 늦은 감이 있지만 글공부를 젖혀 놓고 무예를 충실히 익혀 무과에 급제하고 입신하여 나라를 위해 목숨을 바쳤다.
5. (안주) 백성들은 북신사라는 신당을 지어서 공의 화상을 그려 모시고 가뭄이 들거나 역질이 있을 때 기도를 드려 문제를 해결하려 했다.
6. 정묘호란 때 안주성 전투시 후금 총사령관 아민은 남이흥 이하 조선군의 충의 정신에 감동하여 그 충혼을 기리었고 그래서 조선군 포로 수백 명을 석방하면서 고향에 가서 편안히 생업에 종사하라고 했다 한다. 이것은 비록 싸움에는 패했지만 비장한 충의정신이 적장에게 감동을 주어 수백 명의 포로를 석방하게 하였으니 정신적으로는 승리한 것이 아닌가 여겨진다.
7. 목민관으로 있으면서 백성을 공정히 다스렸고 부를 축적하지 않은 청백리로 이름이 올랐고 집 한 칸 없이 가난하게 살았다.
8. 부자(父子)가 다 나라를 위해 싸우다가 목숨을 바쳐 양세 충신정려를 받았다.
9. 둘째 아들인 두병은 비록 전사는 아니 했지만 임금께 상소 남해현령의 직책을 사직하기를 허락받고 제일 전선의 사령관인 아버지를 돕기 위해 목숨을 바칠 각오로 전쟁터로 달려가 참전했다.
10. 남이흥의 부실(副室) 연안김씨는 나라를 위하여 순국한 자신의 남

편을 따라 목숨을 바치겠다고 결심 자결하여 열렬한 열녀정신을 드러냈다.

11. 안주성이 함락되면서 피신하라고 하는 장군의 명령도 거절하고 상전을 따라 같이 전사한 부하 비장(裨將) 정연록과 편비인 애남의 존귀한 순국정신은 남이흥의 인품을 알게 하며 후세인들인 우리들을 감동시킨다.
12. 적의 총사령관 아민도 남이흥의 장렬한 순국을 보고 머리 숙여 추모했다. 그리고 포로 수백 명을 풀어주었다.
13. 남이흥의 맏사위인 유효걸은 남이흥의 영향을 받아 이괄의 난 때 반란군 총대장 이괄을 죽음에 이르게 한 결정적인 공적을 남겼다(진무2등 공신).
14. 훌륭한 장수 수명이 남이흥의 인격과 정신을 높이 받들고 존경했고 휘하로 모여 장군을 모시고 싸우다 전사했다(송도남, 김양언, 박명룡 등).
15. 남이흥의 죽음에 대하여 중국인들도 애도하고 추모했다는 이야기가 역사에 특서되었다. 기록된 내용을 그대로 소개하면 이러하다. "열렬한 충성과 절개는 적도 굽히지 못했고 불도 또한 태우지 못했다. 기운은 산하보다도 장하였고, 이름은 중국 천지에 가득차 있도다"라고 기록해 놓았다. 이 내용으로 보아서 중국인들이 남이흥의 장렬한 순국을 얼마나 높이 평가하고 존경했는가를 알 수 있다.
16. 한 사람이 내란인 이괄의 난을 진압하는 데 일등의 공을 세웠고, 외란인 정묘호란을 당해서 비록 패전은 했지만 적에게 큰 타격을 주고 비장하게 순국한 경우는 역사적으로 없는 훌륭한 사례다. 아비와 아들이 모두 나라를 위해 순국하여 양세 충신 정려를 받은 것 역시 역사상 없는 사례이고 남이흥의 80 노모가 했다는 "아버지는 무

술년에 나라를 위해 싸우다가 죽고 아들 또한 정묘년에 나라를 위해서 싸우다가 죽으니 30년 사이에 부자가 모두 나라를 위해 죽었구나. 두 사람의 죽음은 모두 나라를 위한 영광스런 죽음이니 옛 사람들에 비겨 부끄럽지 않다. 이에 무슨 바람이 또 있으리오만 많은 사람들이 불귀의 혼이 되었으니, 유족들의 서러움이 한스럽다"라고 하였다 하니 그 어머니에 그 아들이 아니었던가 여겨진다.

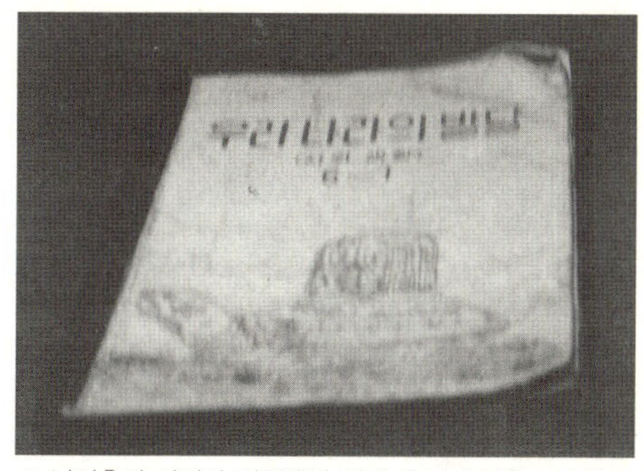

▲ 남이흥의 사적이 기록됐던 해방 후의 초등학교 국사교과서

17. 남이흥의 장례식 때는 인조 임금이 문상을 와서 조문을 하고 자신이 입고 있던 곤룡포를 벗어서 관을 덮어 주었다는 사례는 임금의 입장에서는 신하에 대한 사랑이며 배려라 하겠고 신하의 입장에서는 그지 없는 영광이라 하겠다.
18. 8.15 해방 후 초등학교 6학년 역사 교과서인 《우리나라 발달》이란 책에 정묘호란을 소개하고 '병사 남이흥 이하 수만 명이 살해됨' 이라는 기록이 있었는데 지금 이 시대에 와서는 없어졌고 후세를 위한 초등학교 교육 자료에서는 완전히 사라졌으니 유감스럽고 섭섭한 일이다. 전투의 승패를 떠나서 공이 실천하였던 장엄한 순국을 통해 나타난 애국정신이 더욱 중요하지 않은가 생각되며 높이 평가해야 하지 않겠나 생각되는데 삭제가 됐다는 것은 크나큰 유감이 아닐 수 없으며 이것저것 아쉬운 마음에 이 글을 쓰게 된 것이다.

04
남이흥의 성장과 사람됨

1) 남이흥의 어린시절

남이흥은 1576년 7월 27일 서울에서 의천부원군 남유(南揄) 장군의 아들로 태어났다.

어려서부터 기질(氣質)이 뛰어나고 체격(體格)이 장대하였으며 비범함을 보였다고 한다. 5~6세가 되면서부터는 아이들이 노는 곳에 가면 항상 높은 곳에 올라 앉아 좌우(左右)를 지휘하고 영도하였다. 이에 아이들은 거역하는 일이 없이 순종(順從)하였다고 하니 위대한 인물의 품성이 이때부터 보이기 시작한 것이다.[3]

외조부인 형조판서 전주유씨 훈(塤)은 아들이 없고 딸만 셋을 두었는데 남이흥의 어머니는 막내였다. 외조부 형조판서께서 종애(鍾愛 : 한 곳으로 몰린 사랑)를 하여 외손자인 남이흥을 항상 자기 집에 와서

3) 《충장공 남이흥 장군 유사록》 p.16

놀게 하였다.

그러던 어느 날 여섯 살 때이다.

외가에 가서 외종 형 및 동네 아이들과 우물가에서 놀다가 열 살의 외종 형이 우물 언덕에서 미끄러져 물에 빠져 허우적거리고 있었다.

이때 남이홍이 황급히 소맷자락을 잡고 축대에 두 발을 붙여서 버티고 서서 사람들을 크게 불러 구출하였는데도 철모르는 다른 아이들은 곁에서 웃고만 있었다고 한다.

이 이야기를 전해 들은 외조부인 형조판서 유훈(柳塤) 대감은 이 아이는 앞으로 나라의 위태로움을 붙들어주는 큰 재목이 될 것이라고 칭찬을 하였다[4]고 한다.

15세가 되었을 때는 문한가(文翰家)로 장가를 들어 수학하고 있었는데 사관이 쓴 태사서 등 많은 책을 열심히 읽었다. 이러한 그의 재질과 열성을 보고 같이 배우는 친구들은 그가 후에 큰일들을 능히 할 수 있으리라고 칭송했다고 한다.

그 무렵 아버지 남유는 한 필의 준마를 기르고 있었다. 그 말(馬)은 성정이 사납고 날카로워서 아무도 훈련을 시키지 못했다. 오직 남이홍만이 매일 밤 말을 타고 달리기를 시켜 말을 단련시켰다.

이때 말을 지키는 자가 그러기를 중지하도록 애원했으나 남이홍은 막무가내로 듣지 않았다. 그러면서 말하기를 앞으로 전쟁에서 긴히 쓰일 것이라 하니, 모든 사람들은 영문도 모르고 비웃기만 하였다 한다.

남이홍이 열일곱 살(1592년) 때에 임진왜란이 일어났다. 왜적이 삽시간에 서울에 침입하였고, 당시 위로 임진강까지 난이 확대되어 선조임금은 의주로 파천(播遷)하기에 이르렀다. 그때 서울은 질서를 잃은

4) 《충장공 남이홍 장군 유사록》 p.62

채 소란과 아우성의 도가니였다. 어머니를 모시고 부평에 있던 남이흥은 어머니가 서울 본가에 두고 온 세전 가장을 가져올 수 없음을 탄식하는 것을 보고 찾으러 가지 않을 수 없었다.

어머니는 "서울은 지금 난리통이라 인심이 흉흉하니 어찌 그 물건이 그대로 있을 것인가? 있다 한들 위험을 무릅쓰고 갈 수 있겠느냐?" 면서 극구 말렸다.

남이흥은 웃으면서, "자식 된 자로서 어떻게 바라만 보고 있겠습니까. 소자가 무사히 다녀올 것인즉 걱정하지 마시옵소서" 하고 건장한 하인 수명을 거느리고 한양성 내로 들어갔다.

본가에 들어간 남이흥은 다행히 가지러 간 물건이 그대로 있었기에 물건을 챙겨 돌아오는데 길은 피난민들로 메워져 있었다.

이때 도적떼 수백 명이 나타나서 피난길의 난민들을 위협하고 약탈하기 시작했다. 이를 본 남이흥은 말을 달려 앞으로 나아가 도적떼 중 맨 앞에 선 놈들에게 계속 활을 쏘면서 큰 소리로 호령하여 꾸짖으니 뒤따르는 도적떼들은 겁을 먹고 흩어져 도망치고 말았다. 이런 험악한 처지에서 남이흥의 도움으로 위기에서 벗어난 피난민들은 놓칠세라 앞을 다투어 그의 뒤를 따랐다.

이때 남이흥은 나이 17세의 백면(白面) 소년인데 수백 명의 무뢰배를 혼자 감당하여 많은 사람들을 험지에서 구해낼 정도의 남다른 기개와 담력이 있었다고 하니 누구에게도 비길 수 없는 출중한 인물이었음을 알 수 있다.[5]

남이흥의 아버지 남유(南瑜)는 무과에 올라 관직에 오르게 되었다. 아버지 남유는 부평부사 재직시에 임진왜란이 일어나서 관군장으로

5) 《충장공 남이흥 장군 유사록》 pp.63~64

참전하여 왕사를 돕고 국난을 극복하는 데 헌신하였다. 남유가 임진강 전투에서 왜적과 싸웠는데 이때 사용한 말은 아들인 남이흥이 연마시킨 말이었다고 하니 어려서부터 매사에 치밀했던 남이흥의 유비무환 정신을 엿볼 수 있는 일화가 아닌가 여겨진다.[6]

남유는 임진강 전투가 끝나고 평산으로 옮겨 갔다가 1597년 어머니께서 돌아가시어 집에서 집상중이었다. 1598년 남유의 인품과 기량을 알고 있는 조정에서는 남유를 나주(羅州)목사로 임명하였다. 남유는 나주목사로 부임하여 좌영장을 겸했고, 연해 아홉 고을의 병사를 맡아 관장하는 요직을 맡고 있었다.[7]

이때 이순신은 통제사로서 불타다 남은 병선을 수습하여 나주 보화도에 준거하고 있었다. 남유는 병기를 정돈하고 병선을 완비하여 이순신과 힘을 합쳐 적을 무찔렀다. 그래서 이순신도 힘입은 바가 컸고 크게 의지하였다고 한다.

또 그 해 11월 명나라 장수 유정[8](劉綎)과 힘을 합쳐 작전을 수행했는데 유정은 육로로, 남유는 해로로 나누어 수륙 양면으로 진군하니 순천 앞바다에서 왜적을 만났다. 바다에 익숙한 우리 군은 왜적을 크게 무찔렀다.

특히 예교(曳橋)의 요새를 대파하여 적들을 후퇴시켰고 다음날 새벽에는 이순신이 명나라 도독 진린(陳璘)과 규합하여 진군하게 되자 남

6)《충장공 남이흥 장군 유사록》 p.63
7)《충장공 남이흥 장군 유사록》 p.64
8) 유정(劉綎, ? ~1619) : 명(明)나라 무장. 자 성오(省吾). 장시성(江西省) 출생. 무공을 쌓아 쓰촨부총병[四川副總兵]이 되었다. 1592년(선조 25) 임진왜란이 일어나자 이듬해 원병 5천을 이끌고 참전하였다. 1597년 정유재란 때 남원에서 졌다는 소식이 전해지자, 배편으로 강화도를 거쳐 입국하였다. 전세를 확인한 뒤 돌아갔다가 이듬해 제독한토관병어왜총병관(提督漢土官兵禦倭總兵官)이 되어 대군을 이끌고 와서 도와주었다. 예교(曳橋)에서 왜군에게 패전, 왜군이 철병한 뒤 귀국하였다. 1619년(광해군 11) 조선 · 명나라 연합군이 후금(後金) 군사와 싸운 부차(富車) 싸움 때 전사하였다.

유도 병선을 이끌고 앞장서 나갔다.

앞서 진군하던 남유는 제일 먼저 왜적을 만나 무찔러 나갔으나 마침 썰물 때라 명나라 군사들이 얕은 물에 걸려 왜적에게 포위당했다.

이를 본 남유는 여러 장수를 독찰하여 포위망을 뚫고 진 도독을 구출했고 진 도독과 함께 왜적을 협공하여 대파시켰다. 이렇게 되자 적의 형세는 크게 꺾이어 궁지에 몰린 왜장이 진 도독에게 강화를 청하여 군선을 거두어 동으로 이동했다.

이때 적은 우리 군사가 뒤쫓을까 두려워서 일부 군사를 머물게 하여 뒤를 막고 적선 500여 척이 남해 노량에 집결하였다. 우리 측에서는 이순신이 진 도독과 함께 전략을 숙의, 새벽 어둠을 이용하여 선군을 출동시켰다. 그러나 우리 수군은 사세의 급박함을 통절히 느끼고 지나치게 선로를 재촉하다 보니 많은 선군이 뒤처지게 되고 오직 이순신이 이끌고 온 선군과 남유가 지휘하는 선군 7척만이 노량에 먼저 도착하였다. 이순신, 남유 양인은 적 선단을 엄습하여 삽시간에 적선 30척을 불 지르고 기고를 다시 정돈하고 재차 맹격을 가하여 적 선단을 섬멸코자 시도했다. 그러나 날은 이미 밝고 재차 공세에서 이순신이 적탄에 맞아 전사하게 되고 명군 또한 포위를 당하여 형세가 자못 위급했다.

남유는 물불을 가리지 않고 선군을 지휘, 맹렬한 기세로 쳐들어가 분발하여 싸우니 왜적도 감내하지 못하고 포위를 뚫고 패하여 도망하기에 이르렀다. 남유는 적은 군사로 싸우면서도 항상 앞장을 섰으며 진격하는 곳마다 용맹과 위엄을 떨쳐 적으로 하여금 스스로 물러나게 할 만큼 대단하였다.

남유는 도망하는 적을 완전히 궤멸시키고자 맹추격을 가하였으나 전투 중 적탄에 맞아 이순신이 전사한 지 3일 뒤에 전쟁의 뒷마무리를 하고 장렬한 전사를 하게 된 것이다. 이 날이 1598년 11월 22일이었다.

이것이 노량싸움인데 주장인 이순신의 전사로 가누기 어려운 슬픔을 이겨 내면서 혈전에 혈전을 거듭하고 임전불퇴의 전혼을 살리면서 이순신이 못 다한 승전의 마무리를 짓고 끝내 적탄에 맞아 전사했으니 그의 충혼은 만인의 거울인 것이다.

주장인 이순신 장군이 3일 먼저 전사한 노량싸움의 뒤처리를 위해 분골쇄신 싸우다가 그 역시 장렬한 최후를 마친 것이다. 그는 임진왜란 7년에 걸친 왜적의 침공을 막아내어 종묘사직을 지켜낸 조역(助役)을 하였으나 장한 인물이었으니 주역에 비하여 빛은 적게 나지만 위대하고 장한 인물임이 분명하지 않은가?[9]

조정에서는 남유의 공훈을 기리고 위계를 높이어 대광보국숭록대부 의정부좌의정 겸 영경연사 의천부원군으로 봉증하고 정려를 내렸다. 충장공 남이흥 장군의 정려(旌閭)와 함께 부자가 받으셨으니 양세충신(兩世忠臣) 정려이다. 역사상 보기 드문 영광인 것이다.

그러나 오늘날에 이르러서는 이순신은 성장(聖將)으로서 비 또는 사당 등 많은 포상(節)이 있었으나 남유의 장의열공(仗義列功)은 날로 소멸되어가고 있으니 심히 안타까운 노릇이 아닐 수 없다. 나라의 안위를 위하여 동진동사(同進同死)한 열사의 뒤가 이처럼 격차를 가져오니 뜻 있는 사민(士民)들의 답답한 사연을 어찌 말로 다 할 수 있으랴.

주종의 관계에서 종이 빛나는 업적을 올리었다고 해도 그 공이 주인의 공으로 되는 것이 관례가 아닐까.

9) 《충장공 남이흥 장군 유사록》 pp.62~64

서명선 근찬 노량유허비문

빛나고 또 빛나는 공과 높고 또 높은 절개로다. 지난 역사를 헤아려 볼 때 누구도 여기에 따라가는 자 흔치 않도다. 여기에 다만 남유가 있어 공(功)과 절개를 함께 갖추었도다. 끊임없이 교활한 왜적(倭賊)은 우리 땅을 뚫으려고 7년 동안의 병화로 여러 고을에 상처를 입혔으나 공(公)이 그 무를 분발하여 먼저 휘하 일에 탄식하고 동교(東橋)에서 공격하니 적은 이에 못 견디어 물러가고 公은 신기를 비품 없이 펴서 더러운 기운을 신속히 쓸어 버렸도다. 이어 공(公)은 저 노량바다에 둔을 치고 매가 새를 쫓아내듯 열 척의 배가 밤에 정벌에 나서니 하늘에는 조각달만 떠 있고 긴 바람은 물결을 깨치는도다. 공은 출몰(出沒)하는 귀신과 같아서 왜적들의 배를 태워 버리니 물고기까지 탕진하였네. 고래가 도망가고 악어가 물러가니 바다는 훤히 넓어지고 하늘이 밝아졌네. 농부는 손에 그 농기구를 쥐고 장사꾼들은 그 재물을 내놓으니 마침내 이 공(公)과 더불어 한 번의 죽음으로써 나라에 화평(和平)을 다시 돌아오게 하였네. 수양*(睡陽)의 절개 자의*(子儀)의 공과 같도다. 세월은 삼갑(三甲)을 돌아서 이때를 기다렸도다.

높은 비에 새겨서 공에게 보답함에 게으름이 없게 하리니 상해(桑海)는 다함이 되어도 해와 달은 항상 빛이 나도다. 범백을 갖춘 군자(君子)들이여 이 명장(銘章)을 볼지어다.

대광보국숭록대부 의정부 좌의정 겸 영경연사감

춘추관사 서명선 근찬[10]

*수양(睡陽) : 당(唐)나라 때 장순 허원(張巡 許遠) 두 충신이 죽은 땅
*자의(子儀) : 당(唐)나라 안사(安史) 난리에 공을 세워 분양왕을 봉했음
10) 《충장공 남이홍 장군 유사록》 pp.9~15

그리하여 지방사민(地方士民)의 열규로 발의되어 경향을 막론하고 노량에다 유허비를 세우기로 하고 남유가 순국한 후 3주갑(180년)이 되어서 서명선(대제학 서명응의 아우, 호는 동원)의 명으로 비로소 비를 건립한 것이다.

1601년, 남이흥은 아버지의 3년상을 벗고 골수에 사무치는 아버지의 원수를 갚겠다는 결심을 굳히고 글 읽기를 중단, 무술연마를 시작 정진했다. 그런데 남이흥은 여력(척골의 힘)이 있어서 빨리 활을 쏘아도 맞지 않는 일이 없었고 남이 한 번 쏠 때 2, 3발을 쏘았는데도 맞지 않는 일이 없었다.

그는 시를 읊으면 사람들이 놀라게 하는 구절들이 많았으며 사람들이 찬사를 보내면 재주를 숨기고 모르는 체했다. 시문에 뜻을 두지

露梁遺墟碑文

赫士者功卓士者節歷數前古尠能合一有此南公具此兩美蠶糸狡倭穴我壤地八
年兵燹列邑成夷公奮厥武伉慨前麾曳橋薄伐賊乃退保神機密布氛翳迅掃屯彼
露梁如鸛逐島十帆霄征缺月猶懸長風破浪出沒如神厥厥舳艫蕩厥介鱗鯨逃鰐
去海澗天開農執其拒商醵其財終焉一死歸與李公睡陽之節子儀之功歲周干甲
時即有待岌峙刻碑報公無怠桑海爲窮日月齊先凡百君子視此銘章大匡輔國崇
祿大夫議政府左議政兼領經筵事監
春秋館事 徐命善 謹撰

▲ 남유 장군의 노량유허비문

않았어도 재질이 뛰어나 좋은 작품을 많이 남겼으며 글씨도 명가필보에 들어 있을 정도의 명필이다.

2) 남이흥의 청년시절과 관직생활

1602년, 남이흥은 무예 연마 1년에 문묘(성균관)를 중건하고 그 기념으로 임금께서 친히 뽑는 알성무과(謁聖武科)에 급제했다.

1603년, 남이흥은 선전관 겸 비변사 낭청(郎廳)에 뽑혀 관직을 시작했다.

1604년, 남이흥은 장현현감으로서 가혹한 정사의 뿌리를 뽑고 아전들을 엄히 다스려 현민들에게 태평성대를 누리게 했다. 이것을 안 안문사가 장계를 올려 이를 안 선조께서 친히 상(표피를 하사했다)을 내리셨다. 이때 이지완이 황해도를 순행한 다음 보고한 내용에 보면 장현현감 남이흥은 나이 젊은 무부로서 마음을 가다듬어 백성을 잘 다스림으로써 치적이 퍽 소문나 있다고 기록되어 있다.[11)]

1606년, 남이흥은 감사와 뜻이 서로 맞지 않았음으로 사직하고 집에 돌아와 있었으나 이 해에 비변랑이 되다.

1608년, 남이흥은 의주판관(종5품)을 제수 받는다. 이때는 직책 그대로 관청의 잘못을 감독한 일이 있었는데 3년간에 걸쳐 전부터 쌓여 있는 적폐를 깨끗이 제거 변방의 인심을 일신시켰다. 이때 이이첨이 부윤으로 있으면서 극진한 후의로써 남이흥을 대접하였으며, 이곳을 떠날 때는 〈남통판 부용천을 송별함〉이란 시를 지었는데 그 내용은 다음과 같다.

11) 《조선왕조실록》 선조실록 181권, 선조 38년(1605) 4월 26일

남통판 부용천

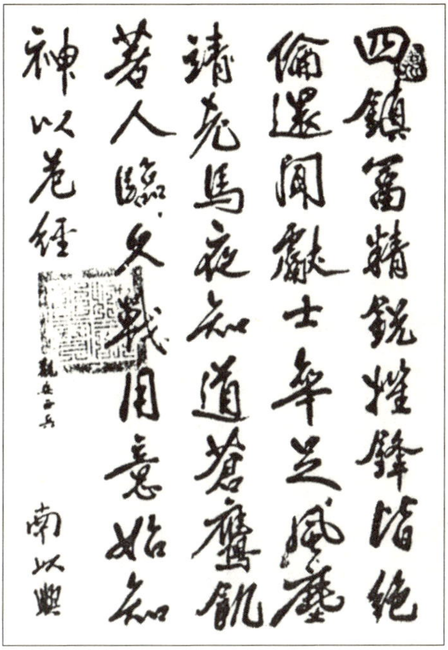

내 성품은 편벽됨이 많은데
그대 재질은 유독 높이 뛰어났네.
성을 지킴에는 대절을 함께 기약하였기로
부(俯)를 나누는 데는 번거로움을 덜었네.
후일을 기다려 서주가 감화됨을 볼 수 있을 것이며
어찌 북쪽 오랑캐의 교만함을 근심하리.
백성들의 뜻으로 도사를 사양하고
더 큰 벼슬을 꿈꾸었도다.
군사를 주둔한 것은 전략에 의하고
어진 이웃은 뛰어난 풍모를 우러러 보네.
떠나는 자리에서 몇 번이고 옷자락을 잡았는데
이별하는 회포는 술을 마셔도 씻을 길이 없구나.
압록강 물에 안개가 자욱하고
용만(龍灣)의 뫼부리는 월색만 가득하여라.
괴롭게 시를 읊조리는데 겸하여 병이 드니
긴 휘파람이 도리어 무료하구나.
거울 속에 비친 백발은 새롭기만 한데

▲ 남이흥의 글씨

하늘가에서 검은 배자가 떨어지누나.

봄바람에 준마를 달려서 옛 친구를 자주 찾아주오.[12]

〈이이첨의 한시 번역본〉

위에 기록된 이이첨[13]의 시의 내용으로 보아 유명한 세도가이며 간신배였던 이이첨 같은 사람도 남이흥의 고매한 인품을 알아보고 존경했음을 알 수 있다.

그러나 남이흥은 이이첨이 세도가로 후에 권세를 잡아 간흉하게 굴자 서로 찾던 문전에 절교를 하고 발을 끊었다고 한다.

이 시기에 남이흥이 호영에 있었는데 이이첨이 종에게 편지를 들려 보냈으나 받지 않고 적봉(赤棒 : 군관이 갖는 봉)을 휘둘러 쫓아 보냈다고 하니 불의와 타협을 아니 하는 강직한 성품임을 알 수 있다.

12) 《충장공 남이흥 장군 유사록》 pp.19~21

13) 이이첨(광주이씨) : 조선 광해군 때의 권신. 1582년(선조 15년) 사마시에 급제, 광릉참봉 1599년 문과에 급제 1608년 문과 중시에 장원, 선조의 후사문제로 대북 소북이 대립하자 대북의 영수로서 광해군의 옹립을 주장하고 정인홍과 모의, 영창대군을 추대하는 유영경 등 소북을 논박하다가 왕의 노여움을 사 갑산에 유배당하게 되었으나 선조가 급사하여 광해군이 즉위하자 예조판서가 되어 대제학을 겸임, 광창부원군에 피봉되었다. 정인홍과 함께 자기 심복을 끌어들여 대북의 세력을 강화하는 한편 광해군의 형인 임해군을 사사하는 등 조정에서 소북일파를 숙청했다. 인목대비 폐비를 주장하고 왕의 장인인 김제남과 그 일족을 멸하는 등 여러 차례 대옥을 일으켰다. 인조반정이 일어나자 가족과 함께 영남으로 피하려다가 관군에게 잡히어 아들 부사 원협, 참의 홍협, 대성 대협과 같이 주살 당하였다.

14) 이항복(경주이씨) : 호는 백사 또는 오성. 참찬 몽양의 아들이며 도원수 권율의 사위요 조선조 선조 때의 유명한 정치가다. 어려서부터 두뇌가 명민하고 재주가 비상하여 그의 일화가 많이 남아 있다. 선조 13년 한음 이덕형과 동방으로 문과에 급제, 직제학 등 청요(淸要)를 역천하고 벼슬이 대제학을 거쳐 참판, 형조판서, 병조판서, 양관대제학 등을 역임하고 우의정을 거쳐 영의정에 이르렀다. 당시의 조정은 당쟁을 일삼았으나 40년 동안 당쟁에 휩쓸리지 않고 깨끗이 벼슬하였다. 임진왜란 때는 도체찰사, 도원수로서 호영을 선무하고 중추적인 중요한 자리에서 나랏일에 힘을 다하여 공을 세워 호승 공신, 평란 공신 등 두 가지 공신에 피녹되었고 오성부원군에 피봉되었다. 광해군이 당쟁에 휩쓸려 인목대비 폐모론을 주장할 때 이에 불가함을 극간하다가 유배되어 유배지 북청에서 63세로 졸하니 시호를 문충이라 하였다. 시가에도 능하니 몇수의 시조가 전하며 저서로는 백사집 17권, 토이영언 15권 사례훈몽 등 다수가 있다.

1610년, 남이흥은 용천군수(종4품) [광해군 4년]에 제수되었다.

1611년, 용천군수를 현직에서 사임하였는데 오성 이항복[14] 정승이 체찰사로 있으면서 덕망이 탁월하고 능력 있는 무관을 휘하에 모으고 있었다. 남이흥도 여기에 뽑혀 이에 참여하였으나 이 해에 다시 체부의 천거를 받아 부령부사를 임명 받았다.

1613년, 이때 남이흥은 이항복의 유배지인 북청에서 가까운 부령에서 부사로 근무하고 있었다. 그는 병기를 정리(精利)하게 갖추고 군량을 비축하여 6진 중 부령을 제일가는 고을로서 갑위(1등)에 있게 하였다.[15]

▲ 오성 이항복

어사가 부령의 실정을 검열한 결과 모든 것이 빈틈없이 정비된 것을 보고 임금께 장계로써 올리니 정부에서는 가상히 여겨 그를 통정대부 정삼품(당상관)으로 승진시켰다. 남이흥은 그 무렵 부상을 당하고, 그 부상 때문에 부령부사의 직을 사임했다.

1614년에는 부령부사 재임시의 치적에 공이 많았고 국경 경계를 침범하는 적을 소탕한 공이 인정되어 가선대부(종2품)에 승진됐고 곧이어 부총관 겸 포도대장 겸 군기사 제조를 임명 받았다.[16]

15) 《조선왕조실록》 원전 31집 653면
16) 《조선왕조실록》 광해일기 107권, 광해 8년(1614) 9월 10일(무인)

3) 남이흥의 장년시절과 관직생활

남이흥은 1615년(광해군 7년) 공홍병사를 임명 받았다.

공홍(공주+홍성=충청도를 말함) 병마절도사를 임명 받아 부임하면서 흐트러진 기강을 바로잡고 관원들에게 엄명을 내려 난폭한 행실을 막았고 민폐를 없애서 주민들의 환영을 받았으며 영속들이 모두 기뻐하였다.

이 즈음 이이첨을 따르는 아전과 하인들이 그 주인의 권세를 등에 없고 양민을 괴롭히는 난폭한 행동을 수없이 자행하였으나 이이첨의 세도에 눌려 병사나 이속들도 그들을 감히 다스리지 못하고 있었다.

병마절도사에 부임하여 이 정황을 알게 된 남이흥은 가차 없이 그들을 검거, 죄상이 악독한 아전놈을 엄히 다스려 장살하기에 이르렀다.

괴로움을 당하던 양민들은 모두 쾌재를 불렀으나 이이첨의 사주를 받은 대사간원 등이 임금께 탄론을 무려 7차례나 제기했으나 광해군은 "남이흥의 일은 본도의 감사로 하여금 사실을 조사하여 아뢰게 하라" 했고 의논하여 처리하게 하였다.[17)]

사간원이 아뢰기를, "지금 공홍감사가 병사 남이흥에 대하여 조사하여 보고한 장계를 보니 읍비를 위협하여 간통한 일은 비록 분명치 않았으나 곤장을 맞고 죽은 사건은 과연 사실이었습니다. 임금은 존귀하기가 짝이 없는 직위인데도 죄 없는 사람은 한 사람이라도 죽일 수가 없는데, 그 변방의 신하가 왕명을 받고 외방에 있으면서 어찌 감히 죄 없는 백성을 멋대로 죽이는 일을 사사로이 이행할 수 있단 말입니까? 그 족속들의 고소로 인하여 죄 없는 자를 곤장으로 죽인 일의 정상이

17) 《조선왕조실록》 광해일기 108권, 광해 8년(1614) 10월 3일(경자)

환하게 드러났으니 매우 놀라운 일입니다. 남이홍을 잡아다가 엄하게 국문하여 율대로 죄를 정해서 지방관이 명백하게 조사한 것을 증시하소서."[18]

그러나 임금(광해군)은 남이홍의 치적이나 이 일의 경위를 참작하여 큰 문책을 하지 않았고, 그 직위에서만 물러나게 하였다.[19]

이때 주민들은 남이홍의 떠나는 길에 상의(백의)를 벗어서 밟고 가도록 최대의 경의를 표하였는데 그 길이가 10리에 달했다고 한다.[20]

1617년(광해군 9년)에 남이홍은 경상우도 병사 겸 진주목사를 제수받고 근무하다가 1619년에 임기를 채우고 돌아왔다.[21]

당시 진주성은 임진왜란으로 전소됐는데 남이홍의 재임 기간이 아주 짧은 임기 2년이었지만 그의 임기중에 촉석루(矗石樓) 등 진주성을 복원했다.[22] 이를 축하하는 시문이 지금까지 많이 전해 내려오는데 일부 인용해 본다.

矗石樓 賦

(其 一) 生員 朴義立 씀 (南海사람 朴殷輅의 책에 있는 것)

저 진양(晋陽)은 하늘에서 준 이름난 고을이다. 봉산(鳳山)은 벽처럼 깎은 듯이 서 있고 청천(菁天)은 옥(玉)처럼 흐르네. 누(樓)가 여기 있어 촉석(矗石)이라 이름하였네. 넓은 하늘이 덮었고 바다 가운데 우뚝 솟은 산 아래 더러움을 누르고 있도다. 자취를 살피건대 임진란(壬辰亂)의 침략의 악

18) 《조선왕조실록》 원전 32집 322면
19) 《충장공 남이홍 장군 유사록》 p.22
20) 《조선왕조실록》 원전 32집 320면
21) 《조선왕조실록》 원전 32집 579면
22) 《충장공 남이홍 장군 유사록》 pp.156~172

▲ 진주성(현재의 진주) : 임진왜란시 불탄 것을 1618년 병사 남이흥이 부임하여 복원하였다. 현재는 6.25때 불탄성을 재건한 것임

한 괴수들이 변을 일으켜 적의 병사들이 온 천지에 가득하니 전운이 이 땅을 덮었네. 백년조실지보장(百年趙室之保障 : 趙簡子가 尹鐸으로 하여금 진양을 지키게 한 故事－《通鑑》에 있는 말)과 일조초거지외진(一朝楚炬之煨燼 : 진나라가 망한 후 초나라의 항우가 아방궁을 방화한 것을 비유한 말)이라. 학기지조미(鶴企之雕楣 : 학을 새겨 바라고 기다리는 마음을 상징하는 뜻－《三國誌》나 《魏誌》에 있는 故事)는 어느 곳에 있으며 사분지각용(蛇奔之刻桶 : 昆陽싸움과 常山의 陣을 비유한 말. 《庾信哀 江南賦》에 있는 故事)이 타 버리니 지나는 사람이 길게 탄식하고 백성들이 눈물을 뿌리는데, 다행히 남연수(南連帥 : 連帥는 漢代의 태수를 말함 = 南兵使)는 우리나라의 명장이요. 아부(亞夫 : 漢의 명장 周亞夫)가 유영(柳營 : 亞夫가 細柳라는 곳에 군사를 주둔하여 후에 모범군영으로 전하여진 말)을 열고 왕검(王儉 : 漢의 宰相)의 연막(蓮幕 : 大臣의 막부로 傳하는 말)을 옹호하

여, 원학(猿鶴 : 將士가 出戰하여 沙場에서 戰死함을 比喩한 말-《哀江南賦》에 있는 말)의 諸將들을 조상하고 魚肉 되고 남은 軍卒들을 위로하였다. 이에 탄식하고 한숨 쉬기를, 本來 이 고을을 일컬어 우리나라의 목과 혀와 같고, 물건이 豊富하여 他에 비길 바 아니며, 땅의 크기 또한 으뜸이니 하동지고굉(河東之股肱 : '史記'에 말하기를 河東은 우리의 다리와 팔과 같아서 특별히 그대를 부른다는 故事에서 비롯된 말)과 같고, 여남지심복(汝南之心腹 : 後漢에 韓崇이 汝南太守로 옮길 때 임금이 引見하고 車馬를 주며 '汝南은 朕의 心腹'이라고 한 故事에서 비롯된 말)과 같으니, 웅번(雄藩 : 큰 고을)이 어찌 상양(上陽 :《左傳》에 있는 말로서 괵숙에게 封한 땅)을 부러워할 것이며, 門戶는 하양(下陽 : 괵중에게 封한 땅-괵숙과 괵중은 異腹兄弟)에서 뿐만 아니라, 진실로 관동(關東 : 遼東地方)을 등기(等棄 : 심상히 버리는 뜻)하지 아니하리요, 어찌 상토(桑土 : 患亂의 未發에 방어하는 뜻-'桑土'는《桑根 詩傳》에 있는 徹被桑土에서 나온 말)의 礼訪을 늦출 수 있겠는가. 여기에서 예의거영(銳意擧贏 : 모든 정성으로 남은 힘을 다한다는 뜻)하여 시굴(時詘 : 當時狀況)을 불고하고 이장합경(移章闔境 : 온 고을에 통문을 보낸다는 뜻)하며, 치격열읍(馳檄列邑 : 격문을 여러 고을에 보낸다는 뜻)하고, 소목숙이윤재(詔木宿而掄材 : 분부하여 재목을 모은다는 뜻)하며 속금성이수철(速金星而輸鐵 : 불러서 쇠를 모은다는 뜻)하고, 인인혜등등(陾陾兮登登 : 담을 쌓을 때 노래소리로써 서로 화답하여 힘을 모으는 노래)하며, 큰 역사를 하고 고고(鼓鼓 : 큰 북) 요란하네. 각각혜탁탁(閣閣兮橐橐 : 역력히 들리고 메치는 소리-'詩傳小雅斯干'에 있는 말)하며, 웅장한 문의 박탁(剝啄 : 문을 두드리는 소리)이 요란하다. 화공(畵栱 : 八柱頭-斗栱)을 서로 바라보니, 구름이 연하고 비옹(飛甍 : 높다란 지붕)이 사이에 솟아, 하늘을 괴이고, 단청이 영롱하여 밝은 달이 숭조(崇朝 : 새벽에서 아침밥 먹을 때)까지 걸려 있는 것같고, 풍경이 찬란하여 이미 날이 밝아도 분성(奔星 : 流星)이 떨어지는 것같다. 명구(名區 : 이름난 땅)에 용이 서려 있는 것을 누른 것같고, 승지(勝地 : 이름 있는 땅)에 호랑이가 앉아있는 것을 보는 것 같다. 음정(陰庭)은 여름을 막아 축융(祝融 : 夏神)이 權利를 잃고 수각(邃閣 : 깊은 집)이 봄을 맞으니 전욱(顓頊 : 火官)이 돌아갈 것을 잊고 있네, 금오(金烏 : 太陽)가 고삐를 잃어 빛이 없고, 옥토(玉兎 : 달)가 둘레가 얄아서 빛이 변하네, 將軍이 이에 인부(鱗符 : 將軍의 兵符)를 차고 龍旗를 꽂으니 좌비휴(佐貔貅 : 勇猛 있는 軍隊를 뜻함)와 우웅파(右熊羆 : 勇猛 있는 軍隊를 뜻함)요, 삼휴(三休 : 楚나라 三休閣을 뜻함)의 운동(雲棟)을 대한 듯하고, 요적(料敵)의 奇謀를 運用하는 듯하고 사주(四注 : 四周의 行廊－司馬相如의 上林賦에 있는 말)의 홍량(虹梁 : 彎曲如虹形似龍의 강)을 바라보며 제승(制勝)의 장유(壯猶)를 計劃하네, 심상(心上)의 삼략(三略 : 兵書)은 양개음합(陽開陰闔 : 음양의 調和를 뜻함)하고 흉중(胸中)의 육도(六韜 : 兵書六券－六韜三略)는 鬼神이 出入한다. 端正히 百尺 가운데 앉아, 千里 밖에서 決勝하네. 山岳과 같은 威嚴이 赫赫하니 堯임금을 짓는 걸(桀)의 개가 스스로 물러가고 바람과 雨雷 같은 號令이 엄숙하니 자유(刺由)한 도척의 손이 멀리 도망하고 방숙(方叔 : 周宣王의 어진 臣下)의 征伐을 기다릴 것 없고 가히 주문(周文)의 정성을 다하니 내 진실로 이 樓를 지은 일을 알 수 있네. 景山의 松柏을 빌리지 않고 용도(龍韜 : 兵法)로써 棟樑을 삼고, 호략(虎略 : 兵法)으로서 영각(楹桷)을 삼으니 개세(蓋世)의 壯氣가 빗겨 있고, 와봉(瓦縫 : 기와 이은 것)의 참차(參差 : 고르지 않은 뜻)를 지었도다. 先王의 요덕(耀德)을 펴고 유단(流丹 : 白粉의 別名)의 육이(陸離 : 빛이 쏘아댄다는 뜻)를 대신하니, 이는 심장(心匠 : 마음의 計劃)의 創作한 바요, 조사(鳥斯 : 집의 아름다움－詩傳小雅에 있는 말)의 아름다움을 지은 바가 아니니다. 그 서천(西川 : 謂蜀鎭名, 唐나라 至德初에 置劍南西川節度)의 주변(籌邊 : 邊邦策略)을 보고 가히 써 같은 날 대장(大壯)을 쉽게 취하지 못한 것을 말하겠노라. 다만 上下의 棟宇를 자랑하며 사간(斯干 : 詩傳小雅斯干篇-임금의 聖德을 澗水와 比喩한 뜻)을 詩로 읊조리고 부질없이 宮室의 뇌고(牢固 : 完全不腐)함을 賦로 지으니 이 樓의 우뚝하고 웅장함은 영남일로(嶺南一路)를 鎭壓한다. 그러나 盜賊을 막는 요도(要道)는 여기에 있지 않고 덕에 있는 것이라 眞實로 人和를 한 번 잃으면 樓中 사람이다. 敵이라 民心을 얻고 邊方을 굳게 지킴이 오늘에 크게 바람이로다. 南節度가 矗石樓 重建을 하고 술을 마련하여 잔치를 베풀고 내게 賦詩를 請하니 그 江山의 勝과 樓觀의 樂은 반드시 구안대수자(具眼大手者 : 안목이 있고 그릇이 큰 사람)가 있어 포장(鋪張 : 다시 없는 偉蹟을 자랑한다는 것)할 것이다.

남팔(南八 : 南霽雲-唐나라때 張巡과 睢陽을 지킨 사람, 八은 그 輩行을 말함) 男兒에 南節度가 英雄다운데 훌륭하게 指揮하여 空中에 집을 지었네, 東南에 다시 이 樓의 勝을 일으키니 物色은 길이 萬古를 함께 머무르리라. 바라보길 다하니 山川은 하구(夏口 : 三國時 武昌 고을 黃鵠山 위에 쌓은 夏口城)와 같고 城에 가득한 花柳는 또 봄바람이로다. 낙하고목(落霞孤鶩)의 등왕각(藤王閣 : 江西省 章江門上에 있는 것으로 王勃의 序文으로 有名함) 같은데 重修를 記하고자 하나 말로 다 못하겠노라.

(其 二) 一六一八年 暮春 兼巡察使 尹暄 씀

南節度 士豪가 矗石樓를 새로 지으니 形勢는 극히 壯麗하여 내 마침 지나다가, 이에 오르니 感慨無量함을 이기지 못하여 글을 지어 드림이로다.

높은 樓에 한 번 오르니 뜻이 처처(悽悽 : 슬픈 모양)한데, 외로운 城에서 고비(鼓鞞 : 북 치는 소리)가 울림을 생각케 하네, 十萬 義兵이 같은 날에 죽으니 얼마나 많은 怨鬼가 지금 울고 있을 것인가, 거듭 쾌각(快閣)을 보니 형승(形勝 : 地勢가 훌륭함)을 열었는데 누가 遊人을 보내서 감히 품제(品題 : 品位를 論함)를 할 것인가. 이로 因하여 江山에 景觀을 더하니 將軍의 壯한 名譽가 함께 하리라.

(其 三) 一六一八年 端陽過客 弔詭子 拜

晋陽 節度 南公以興이 矗石樓를 重建 성호루(城壕樓 : 城池 위에 세운 것)노석계(櫓石械 : 못을 건너는 道具)를 다 갖춘 나머지 이에 좋은 일에 뜻을 두고 옛 자취를 인멸치 않게 하는 그 뜻이 얼마나 壯한 일인가. 또 죽은 이를 생각한 사람이 슬픈 회포가 일어남을 깨닫지 못하고 마침 友人 素彎翁의 詩를 얻어 이를 외우고 이에 비겨 賦를 지음이로다(竹陰 趙希逸 怡叔이 河東에 귀양살이를 할 때 詩를 지었음).

城에 오르니 生覺이 슬픔을 깨닫지 못하겠는데 의사(義士) 당년에 鼓鼙에 죽었네, 氣는 풍정(風霆 : 바람과 우레)에 맺히니 千古에 엄숙하고 일은 青史에 傳하도다. 많은 사람이 이를 보고 울었으니, 江山은 어제와 같은데 남은 恨을 머금었고, 樓閣은 거듭 새로우나 구제(舊題 : 옛글)를 이어가네, 경율(扃鐍 : 자물쇠)은 公의 재력 健壯한데 의탁하니 화구(華構 : 화려한 꾸밈새)가 예와 같음을 議論치 말라.

(其 四) 前人

그대가 돌아가서 응당 矗石樓에 오를 것인데 樓 아래 긴 강물은 흐르고 다시 흐르리니, 지금 怨鬼는 사람을 향하여 울고 있는데 城 가운데 쌓인 뼈는 산구(山丘)와 같구나. 누구에게 물어, 이 南候를 열어 주어서 南候가 여기 온 후 百事를 다하였도다. 華構를 우뚝히 거듭 세워서, 애비는 子骨을 거두고, 아우는 兄을 거두게 하였으니, 青山은 루루(纍纍 : 쌓여 있는 모습)한 한줌의 흙이요. 비각위난(飛閣危欄 : 날을 듯한 누각과 위태로운 난간)은 눈 가운데 있네. 내가 즐겁게 놀아 보지도 못하는데 그대는 우청타자(紆青拖紫 : 高官)의 사람을 보지 못하였는가, 무엇으로 인하여 공과 함께 候(公候蔚)에 순치(馴致 : 漸而至, 周易의 馴致其道를 말함)하겠는가, 그대는 荷恩(임금의 恩惠를 입는 것)의 사사로움을 얻지 못하였네. 등용(登庸 : 벼슬에 오르는 것)은 다 저기후(貯器餱 : 그릇에 담은 乾糧－ '人格' 을 養成함을 比喩한 말)에 말미암은 것인데, 한때의 榮華는 별안간(瞥眼間 : 눈 깜박하는 사이)이 아니겠는가, 슬프다 희희(曦曦)함이여, 矗石이란 千年을 가도 이름은 응당 머무르리라.

(其 五) 一六一 八年 七夕 敬差官 吳翻 呇

(南節度士豪의 촉석루잔치에 有題 二首)

승지(勝地)는 三韓에서 가장 으뜸인데, 將軍은 當代의 英雄일세, 유련(流連 : 遊樂으로 돌아갈 것을 잊음)은 求景하는 사람이 되고 節制는 오로지 싸움에 서였네, 樓閣은 도리어 興廢해 나가는데 江山은 어찌 異同이 있으랴. 술잔을 머무르고 끼친 자취를 어루만지며 눈물을 뿌리고 西風을 向하노라.

바다 가까워 염장(炎障 : 熱病)을 일으킬 만큼 찌는데 높은 곳에 올라 객수(客愁)를 減하네. 어떻게 七夕雨냐 다시 一年秋가 되는구나. 天上에는 銀河水요, 人間에는 矗石樓일세. 밤이 늦어 오작(烏鵲)이 흩어지니 초초(悄悄 : 근심스런 뜻)히 견우(牽牛)를 보내누나.

敬差官 吳翻

(其 六) 奉辭南江幕府 權克中 再拜

정월달 南江 幕에서 將軍은 禮로 자주 優待하였네. 몇 번이나 安石(王安石의 故事)의 기생을 이끌고 함께 유공(庚公 : 晋나라 庚亮이 달구경하던 故事)이 樓에 오르나 白面(自己謙稱)이 참좌(參佐 : 將軍을 돕는 것)가 아닌데 청유(靑油 : 軍幕)에 어찌 오래 머무르랴, 다만 다른 밤 꿈을 꾸어 때로 다시 양주(楊州 : 十年一覺楊州夢이란 故事)에 오고파 하노라.

戊午(一六一八年) 十月 上澣 權克中 再拜稿

(權克中 : 號는 靑霞, 古阜에 살았음)

(其 七) 王程出晋層樓新落書 奉南節度 觀海 李敏求 𠫤

거듭 樓를 지어 채홍(彩虹 : 무지개)을 無色하게 하니 새롭게 調和를 이루어 神功을 빼앗아 왔네, 걸구(傑構)를 포장(鋪張)하니 젊었을 때로 돌아가고, 雄觀을 收拾하니 세궁(歲窮)에 屬하였네, 첩석운연(疊石雲烟 : 첩첩한 돌구름과 연기)은 난간 밖에 바라보이고, 긴 강의 기세는 발(簾)을 걷는 가운데에서 흐르네, 일찍이 올라 바라보니 公을 좇던 날을 알겠으나, 창려로독옹(昌黎老禿翁 : 韓愈—唐八代家)을 기억 못하겠노라.

萬歷 戊午(一六一八年) 冬 觀海 李敏求

(其 八) 題矗石樓 癸巳 退溪先生

江湖에서 낙백(落魄 : 失意, 流落)한 지 몇날이 되었는가, 행음(行吟 : 行歌)하다. 때로 다시 높은 樓에 오르네, 空中을 비껴 날으는 비는 한 때의 變이지만 눈에 들어오는 긴 江은 萬古에 흐르네, 지난 일은 창망(蒼茫)한데,

깃들인 학이 늙고, 나그네 회포 요탕(搖蕩)한데 들구름만 떠 있는구나, 번화했던 일은 詩하는 사람의 생각할 바 아닌데 한 번 웃고 말없이 푸른 물을 내려다 본다.

兵火 끝에 樓가 南令公의 仗鉞하던 날에 다시 이루어져, 제도가 더욱 커졌도다. 이에 平時 名賢들의 題錄을 널리 찾아내어 壁上에 걸고자 하는데 先生文集에 이 글이 있는 것을 듣고 내게 그 글을 拈出하도록 請하기로 그 뜻을 받들어 柱字에 걸게 되다.

萬歷 己未春 殷既望

(其 九) 敬次寄呈矗石樓節下 (金中清覆載吾謹稿)

將軍이 때를 늦추고 한가로이 일이 없어 좋은 땅에 거듭 經營하여 큰 樓가 빛이 났도다. 능한(淩漢 : 하늘에 닿는 모양)은 오늘에 와서 規模가 다시 넓어지고, 야암(漾巖 : 흐르는 물에 흔들리는 바위)은 예와 같은데 물은 빗겨 흐르는도다. 忠魂은 아직도 목메이는데 황혼은 가까워 오고 殺氣는 사라져 가는데 자애(紫靄)가 떠오르는도다. 어떻게 봄바람에 한 번 올라 바라봄을 얻으랴, 우리 선정(先正 : 退溪先生을 뜻함)을 이어 芳洲를 읊조리노라.

萬歷 己未(一六一九年) 仲春 金中清 覆載吾勤稿.

(其 十) 伏次退溪先生 韻呈 兵相節下 督運使 睦大欽 呇

환환(桓桓 : 武勇의 모습)한 大將은 오히려 기고(奇古 : 기발한 옛일)하여 矗石이 오늘과 같이 다시 樓를 일으켰도다. 壯士의 여해(餘骸)는 달밤에 슬프고 忠臣의 끼친 恨은 강물에 흐르고 있는데, 고릉(觚稜 : 殿堂 가장 높은 곳에 장식하는 것)은 표묘(縹緲 : 멀리 번득여 보이는 뜻)하여 三天(佛敎의 摩利支天, 大黑天, 辨財天)에 가깝고, 단호(丹臒 : 朱色 丹靑)가 영롱(玲瓏)하여 五彩가 떠오르는구나. 지나는 손이 올라 한 휘파람을 부니 긴 바람 만리에 沙洲를 거두게 하네.

(其 十一) 次示 南節度

大將의 주변(籌邊 : 변방 政策)에 겨를 가질 날이 많아, 또 성위를 따라 層樓를 세웠네, 땅에는 사람의 힘으로 因해서 形勢는 바야흐로 壯한데, 江은 굳센 魂을 띠고 물결조차 흐르지 못하노니, 첩첩이 쌓인 돌과 홍애(洪崖 : 넓은 물가의 절벽)는 하늘 밖에 서 있고 낙하고목(落霞孤鶩 : 떨어지는 안개와 외로운 새)은 바라보는 가운데 떠 있는고나, 난간에 비켜 다시 東林달을 기다리니 생학(笙鶴 : 樂器를 笙이라 하고 날으는 학)이 의연히 十洲(仙居)로 내려오네.

萬歷 己未(一六一九年) 淸和節督運使 睦大欽

(其 十二) 兼巡察使 寒泉 朴慶新

거듭 矗石樓를 세우는 데도 백성의 힘을 번거롭게 하지 않았는데, 윤환(輪奐 : 四方이 화려한 것)의 아름다움은 전보다 배나 되는도다. 樑上 위에 걸려 있는 頌을 벌어서 元戎南公 士豪에 錄奉하는데 張老(張綱이란 後漢人)의 韻을 본뜸이로다. 웅도(雄圖)의 심장(心匠 : 마음의 계획을 제작하는 것)으로써 仙區로 變하니, 추쇄(搥碎 : 몽둥이로 부순다는 뜻)한 것이 갑자기 黃鶴樓가 새로워졌도다. 더위 기운의 바람을 받으니 낮을 당하여 거두고, 여울소리가 꿈에 침노하여 밤에 들어와 흐르는구나. 山은 지리산을 빗겨 구름 사이에 다하고 나무 숲은 청천(菁川)에 넓게 난간 밖에 떠있네, 깊이 대평(台評 : 御史台의 異名)으로 客興을 해롭게 함이 부끄러운데 이 生을 분간 못하고 楊州로 올라오네.

萬歷 己未(一六一九年) 季夏 下浣 兼 巡察使 寒泉 朴慶新

(其 十三) 再次樓中韻簡寄節度南公 士豪 寒泉 朴慶新 呇

晋陽은 옛부터 이름난 땅으로 자랑하는 데 거듭 元龍(東漢人 陣登의 字로 上牀에 눕고 그 벗 許汜를 下牀에 눕혔다는 故事)의 百尺樓를 이르켰네. 누가 松林을 심어 들을 에워싸고, 하늘은 강물을 내서 성을 안고 흐르는고, 남건(감미로운 음식물)은 다투어 들어오니 銀刀는 가늘고 北海는 비우기 어려운데 태백(太白 : 金星)이 뜨는구나. 가장 사랑스러운 竹風은 낮벼개를 시끄럽게 하는데 平生의 졸음이 이 雄州에서 족할 것인가.

(其 十四) 敬呈 兵相叔主案下

江雨는 비비(霏霏 : 비가 부슬부슬 내리는 모습)하여 개이지 않고 습한데, 將軍은 짐짓 나의 가는 길을 머물게 하네. 말을 세워 더디고 더디게 하여 가지 못하는데 동풍은 다 머무르고 싶은 정을 버리게 하네.

姪南斗昌 拜

仰呈 令前

이 백성을 사랑으로 기르고 또 중도 사랑하니, 인간 소식은 구름 속에서 끊기네. 지팡이를 붙들고 하례하고자 하니 모두 힘이 없는데 몇 번이나 쇠잔한 밤만 등잔불에 읊조리랴.

頭流山人 覺性

奉呈巡邊使 宜春君 舊契

모토훈명(茅土勳名)은 말 위에서 거두는데, 벽유(碧油 : 軍幕)는 높이 雪山가를 누르네, 남아의 南八은 집소리(家門)의 명예가 큰데, 쇄륜(鎖鑰 : 열쇠, 지킨다는 뜻)의 西門에서 임금의 후한 대접을 받았네, 절죽(折竹 : 편지를 뜻함)으로 일찍이 준상(雋爽 : 俊秀)을 점쳤는데 투호(投壺 : 놀이 道具)의 이 밤에 風流를 보이도다. 사인(詞人 : 글 하는 사람)의 담기(膽氣)는 將次 무엇을 쓸 것인고 취하여 융전(戎氈 : 싸움터)을 밟으니 하얀 머리가 부끄럽고나.

촉석루[23]는 고려 고종 때 목사 김지대(金之岱)가 창건했다고 하나 분명치 않으며, 촉석루는 충숙왕 8년(1321년)에 목사 안진이 중수하였고, 우왕 5년(1379년)에 왜구가 불태운 것을 목사 김중광이 새로 세우니 3번째 중수이고, 임진왜란 때 불탄 것을 조선 광해군 10년(1618년)에 병사 남이홍이 7번째로 중수한 것이다.

영남포정사(望美樓 : 문화재자료 3호) 역시 광해군 10년(1618년)에 병사 남이홍이 경상 우병영의 동문(東門)으로 지은 것으로 병사가 목사를 겸직하였기 때문에 영남포정사라 하였고 뒷날 경상남도의 관찰사 영이 이곳에 자리하면서 감영의 정문이 되었다.

그때 간판을 영남포정사라고 붙였기 때문에 지금도 영남포정사라 통한다. 망미루의 현판 글씨는 수원유수 지중추부사를 지낸 서영보(徐榮輔)가 썼다.[24]

23) 촉석루 : 경남 문화재 자료 제 8호 일명 남장대이다. 하륜(1347~1416)이 지은 촉성루기문에 의하면 이 부근의 강 가운데 뾰족한 돌들이 솟아 있는 까닭에 누의 이름을 촉석루라 하였다 한다.
24) 《진주시사》 하권 p.67

▲ 촉석루 : 고려 고종 28년(1241) 창건된 촉석루는 임진왜란 때 불탄 것을 남이흥이 진주병사로 근무하는 동안 복원했다.(6.25 때 불탄 것을 재건했음)

• 의곡사를 복원케 함

남이흥은 북쪽 비봉산에 있는 의곡사(義谷寺) 북장대[25]가 임진왜란 때 불탄 것을 광해군 10년(1618년) 주지 성간선사를 도와 다시 복원토록 하였다. 이 절은 신라 문무왕 5년(665년) 2월에 혜통조사가 창건했고 월명사(月明寺) 또는 의곡사(義谷寺)라 불려 왔다.

조선 초기에 와서 의곡사의 기록이 나타나는 것으로 보아서 고려 말기부터 의곡사라 개칭된 것으로 보인다.[26]

이것으로 보아 병사 남이흥의 치적과 추진력을 알 수 있으며 의곡의 단풍은 진주8경의 하나이다.

25) 북장대 : 남성동 244-4 경남문화재 자료 4호-남이홍이 복원했다. 진주시사 하권 p.88-진남루라고도 하며 진주성의 서북쪽 언덕위에 위치하고 있기 때문에 여기서 보면 성의 북쪽과 서쪽이 한눈에 내려다보이는 요충이다. 선조 17년(1584) 초장이 되었으며 임진왜란 때 격전이 벌어졌던 곳으로 광해군 10년 1618년 병사 남이흥이 중건하였다. 진남루라는 현판 글씨는 정명수가 썼다.
26) 《진주의 뿌리, 진주시》 p.150

▲ 영남포정사 : 조선조 광해군 10년(1618)에 병사 남이흥이 복원하였다. 1925년 경남도청이 부산으로 옮겨지기까지 도청의 정문으로 활용되었다.

• 김시민 장군 전공비 건립

김시민 장군 전공비는 광해군 11년(1619)에 건립되었다(경상남도 유형문화재 제 1호). 임진왜란 때 진주성에 침입한 왜적을 상대하여 싸운 결과(임진란 3대첩의 하나) 승전을 이루고 전사한 김시민 장군의 공적비다.[27] 주민들이 추모함을 잊지 못하여 서로 더불어 눈물을 떨어뜨리고 돌을 세워 공적을 길이 알게 하고자 하더니 때마침 상공(남이흥)이 여기에 관으로 와서 고로에게 이르기를 "김 목사가 성을 보전한 공은 우리나라에 변란이 있은 이래 아직 잊지 못했던 일로서 인멸되어 전하는 일이 없게 하는 것은 불가한 일이니 금석에 새기어 영구토록 보존해야 한다" 말하고 백성들에게 기록하기를 명하였다. 이에 백성이 삼가 돈수하고 나아와서 이르기를 "아아 우리 후의 충과 용은 비록 고인

27) 《진주시 하권》 p.71

▲ 북장대 : 임진왜란시 불탄 것을 남이흥이 경상병마절도사로 근무할 당시 복원했다.

에게서 구한다고 하더라도 쉽게 얻을 수가 없을 것"이라 하였다. 이러한 경로로 인하여 비석이 세워진 것이다.

이때 남이흥은 북청에 유배 중인 오성 이항복을 사모하고 따랐으니 1618년 4월 13일 천리길에 사람을 보내어 문안하고 남쪽의 선물을 보냈다고 한다.[28]

진양지(현 진주)를 보면 명관 남이흥은 정사를 맑고 엄하게 하였다는 기록이 있다. 이것으로 보아 이곳에서도 바른 정사를 실시하였음을 알 수 있다.[29]

그리고 남이흥이 진주목사 겸 경상우병사로 재임할 때는 당대 제일의 세도가 정인홍[30]의 집이 가까운 곳에 있었으나 한 번도 찾은 일이 없었고, 고을을 순력할 때 우연히 그의 집 문밖에 있는 절에 투숙하게 되자 정인홍이 손자를 보내 만나기를 청했어도 병을 칭탈하고 거절하

28) 《정충신의 북천록》
29) 《진주시사》 p.31

▲ 의곡사 : 신라 문무왕 5년(665) 혜통조사가 창건한 절로 비봉산에 위치하고 있는 전통사찰이다.

였다 하니, 남이홍의 불굴의 기개가 확연함을 알 수 있다.

또 그때 이원익(李元翼)[31], 신흠(申欽)[32] 등 양 정승과 한준겸[33](인조의 장인)이 다 광해에 죄를 지은 처지가 되어 시골에 있었는데 세력을 쫓는 자는 문전을 오고감에 손으로 얼굴을 가리는 등 움츠리고 딴전을 피웠다. 그러나 남이홍은 평소에 그들을 존경하던 차에 잘 알지는 못

30) 정인홍(서산인) : 호를 내암(萊菴)이라 하고 선조 때의 학자이다. 그는 빈농 출신으로 일찍 남명 조식 문하에서 수학하고 아주 열심히 공부하여 선조 때에 경명행수로서 장령에 초청되어 헌부에 들어가니 그 풍채가 품연하고 백료가 진숙하였다. 그 후 어떤 사건으로 박광옥과 더불어 사직되었다가 임진왜란 때에는 합천 집에 있었다. 이때 그는 향군과 지방 백성들로부터 존경받고 따르는 바가 있어서 이들과 제자들을 규합, 의병을 조직, 창의장으르서 전공을 세웠다. 임인년에는 대사헌으로서 수우당 최영경을 정여립(선조 때의 반란자)의 당으로 몰아 옥사케 한 당시의 대간 구성, 이상길, 이흡을 홍주, 풍천, 옥구 등으로 귀양 보냈다. 선조 41년에는 자신이 당쟁으로 영변에 유배당하였다가 광해군이 즉위하자 판윤, 대사헌 등을 거쳐 우의정, 좌의정을 역임하고 임자년에는 벼슬이 영의정에 올라 권력을 한 몸에 잡았었다. 또 폐모론을 일으켜 서인 정객을 많이 추방하고 자신이 속해 있는 대북파가 정권을 장악하다가 인조반정이 일어나자 그는 당여와 함께 극형을 받았고 그의 당 대북파는 전멸을 당했다.

하지만 사람을 시켜 문안하였다. 사람들이 묻기를 잘나가는 이이첨은 박대하면서 아는 바 없는 3야(이원익, 신흠, 한준겸)에게는 후하게 대하는데 만약 이이첨이 이를 알면 화가 어찌 가벼울 것인가 염려하면서 무슨 까닭인지를 물었다. 그러나 남이홍은 웃기만 했다 한다.

남이홍은 이항복과 3야의 인품을 알고 존경하였고, 당시 세도가인 이이첨과 정인홍의 눈치를 보지 않고 정정당당하게 처신을 하였다.[34)]

31) 이원익(전주인) : 호는 오리. 태종의 왕자 익령군의 현손이며 인조 때의 정치가요 재상이다. 선조 2년 문과에 급제하고 황해도 도사로 있을 때 관찰사 율곡 이이의 신임을 받아 조정에 추천되어 임진왜란 때에는 이조판서로서 평안도 순찰사를 겸하다가 평양유수에 올랐다(선조 25년). 선조 28년(을미)에는 우의정 겸 4도 도체찰사로 영남에서 활동했고 정유재란 때 이순신이 무고당하매 극구 변명하여 다시 쓰기를 촉구하였다. 평란 후 호승공신에 녹하고 완평부원군에 봉하였으며, 광해군 때는 벼슬이 영의정에 올랐다. 그는 대동법을 경기도에 시행하고 폐모에 반대하여 일시 홍천에 귀양갔다가 여주에서 풀려났다. 인조반정 후 영의정으로 전 정부의 난정을 수습하고 정묘호란 때에는 세자를 모시고 남행하였다가 돌아와 사임하고 귀향하였다. 그의 공적 중에 광해군을 사형에서 구출한 것, 그리고 그것보다도 대동법을 창설하여 백성들에게 은택을 입힌 것이다. 선조 때의 호승공신과 인조 시 이괄의 난 때에 임금을 공주에 호종한 공과, 정묘호란 때에 세자를 전주에 배종하는 등 왕실에 공로가 적지 않았다. 영의정을 2회나 역임했으나 늙어서 벼슬을 사퇴하고 집으로 귀가하니 초가집 몇 간이 비바람을 가리지 못했다고 한다. 88세의 고령으로 죽으니 임금께서 관 1구를 하사하시었다. 오리정승은 빈궁에도 모범이 될 것이요, 청렴결백의 표본적인 인물이었다. 시호를 문충이라 했고 인조 묘정에 배향되었다. 입조 66년에 2차례나 정승을 했고 몇 편의 시조가 전한다. 그의 장자인 의전(義傳)은 31세로 벼슬길에 올라 11개 지역의 목민관을 거쳤으나 아버지의 엄한 훈계로 여러 곳에 이름이 났고 양근에 근무할 때는 치행(다스리는 일)이 제일이었다 한다.

32) 신흠(평산인) : 호는 상촌이며 인조 때의 유학자이다. 선조 19년에 문과에 급제했고 임진왜란 때는 삼도 순변사 신립을 따라 조령전투에 참가, 신립이 패하자 강화에 들어갔다가 정철의 종사관이 되었다. 지평, 도승지, 병조판서를 지내고 영창대군의 보필을 부탁받은 유교칠신(遺敎七臣)의 한 사람으로 1613년(광해군 5년) 계축옥사가 일어나자 파직, 1619년 춘천에 유배되었다가 인조반정 후 풀려나서 이조판서와 대제학을 겸했으며 우의정을 거쳐 1627년(인조 5년) 좌의정이 되고 정묘호란이 일어나자 세자를 모시고 전주에 피난했다가 돌아와서 영의정에 올랐다. 정주학자로 문명이 높았고 장유, 이식과 함께 조선 중기 한문학의 태두로 일컬어진다. 이항복과 함께 선조실록 편찬에 참가했다. 상촌집, 야언구정록, 춘성록, 산중독언, 이목소급 승국유사, 선천관규 등 저서가 있다.

33) 한준겸(정주인) : 호는 유천. 1586년(선조 19년) 문과에 급제 정자주서 등을 지내고 1589년 정여립의 모반사건에 연루되어 면직되었다가 1592년 예조정랑 우승지를 거쳐 호조판서가 되었다. 선조로부터 영창대군의 보필을 부탁받고 유교칠신의 한 사람으로 1613년(광해군 5년) 계축옥사에 연루되어 귀양갔다가 지중추부사와 5도 도원수로 국경수비에 힘썼다. 인조반정으로 딸이 인열왕후로 책봉되자 영돈령부사로 서원부원군에 책봉되고 이괄의 난 때는 왕을 공주로 모셨고 정묘호란 때는 세자를 모시고 전주로 피난했다. 시호는 문익공이며 저서에는 유천유교가 있다.

남이흥은 1619년(광해군 11년, 을해년) 구성부사 겸 장수방어사에 제수되어 부임하였다.

당시의 《조선왕조실록》을 그대로 소개하겠다.

"구성부사에 적합한 사람을 신들이 의논하여 천거하였습니다. 구성이 비록 성을 지키는 지역은 아니나 연령령이 창성과 삭주의 사이에 있으니 마땅히 막아서 끊어야 합니다. 장만이 올린 방약에 구성부사를 장수로 삼아 파수하게 해야 한다고 한 것은 일리가 있는 것입니다. 남이흥이 방어사로 본도에 내려갔으니 또한 하나의 군사 없는 장수입니다. 이 사람을 제수하고 겸하여 방어사로 차임한다면 본부에 있어서는 사람을 얻은 셈이 되고 파수하는 데 있어서도 믿을 만합니다. 이시발의 뜻도 그러하기에 감히 아룁니다."

그러자 광해군은 "아뢴 대로 하라" 답하였다.

이렇게 해서 남이흥은 구성부사로 재임하게 됐고 많은 업적을 남기게 되었다.[35)]

"현재 무장중에 뚜렷이 드러나 일컬어지는 사람은 모두 임무를 받았으나 전통제사 정기룡과 전병사 남이흥은 아직 받은 바 임무가 없습니다. 즉시 올라오게 하여 장만에게 보내어 재능에 따라 임무를 맡기게 하지 않을 수 없습니다. 이러한 뜻을 말하여 체찰부사 장만에게 보내는 것이 마땅하겠기에 아룁니다."

"남이흥도 재력이 뛰어난 사람이 아닌가. 이러한 사람들을 서도로 모두 보내버린다면 도적이 우리나라를 침범할 때 변방만 약탈하지 않을 것이다. 마땅히 도성에 놔두었다가 형세를 보아가며 임용해야 할 것이다. 다시 상의하여 처리하라."[36)]

34) 《조선왕조실록》 광해일기 108권, 광해 8년(1614) 12월 16일(을해)
35) 《조선왕조실록》 원전 33집 287면

본시 구성 땅은 토질이 척박하고 백성이 적었으며 산적들이 들끓는 지역이어서 도적들이 관고(官庫)를 털어가는 일이 자주 있는 그런 험한 곳이었다. 그러나 남이흥이 도임하여 한 달만에 모든 정사를 갖추고 고을 백성들을 편히 살게 해서 1620년 3월에 송덕비가 세워졌는데 비문에는 "미만일삭 은중백년(未瞞一朔 恩重百年)"이라고 쓰여 있다. 그 뜻은 '한 달이 채 되지 않았는데 그 은혜는 백년보다 무겁다'는 뜻이니 남이흥의 치적이 단시일 내에 뚜렷하게 성취되었다는 증거로 여겨진다.

1620년(광해 12년)에 남이흥은 다시 안주목사 겸 방어사에 임명되었다. 이 때는 명나라의 힘이 약해져서 요동과 광동에 난이 일어나 두 곳이 다 함몰이 되었다. 그래서 수천 명의 중국인들이 청천강의 북쪽인 안주 땅으로 피난하여 살았다.

그들은 우리 조선 사람과 섞여 장사하면서 살았는데 남이흥은 이들을 차별 없이 공정하게 법으로 다스리고 은혜로써 보호하여 사사로움 없이 대하였다. 그러므로 중국인들은 남이흥을 지극히 고맙게 생각하고 받들었으며 그러면서도 두렵게 여기고 있었다.[37)]

남이흥의 위엄과 믿음이 중국인들에게도 감동을 주었을 만큼 비범함을 보여주는 예인 것이다. 이때 남이흥은 이미 관서지방의 정세가 혼란스러워 변란을 염려했고 이것을 대비하여 군비를 정돈하고 성을 수축했으니 유비무환의 정신이 발휘된 것이다.

남이흥이 정묘호란을 당하여 안주성에서 싸우다가 승산이 없자 중영루에 불을 질렀다. 이때 남이흥과 같이 산화한 중영루도 그가 기공한 것이다. 이것 역시 그의 유비무환의 정신을 증명한다.

36) 《조선왕조실록》 원전 33집 247면
37) 《조선왕조실록》 원전 33집 287면

이때 중국 사신이 안주에 와서 보니 안주목사 남이흥이 범백제구를 갖추고 어질게 다스리니 크게 감복하여 침이 마르도록 칭찬을 아끼지 않았다고 한다.

4) 기록에 나온 남이흥의 이야기들

남이흥은 재주와 인망이 있어 조정에 선 지 26년 동안에 주군(고을의 군수 · 시장)을 7번, 곤얼(대장)을 3번 하였으되 집 한 칸 영위한 일이 없고 손바닥 만한 땅을 산 일이 없었다. 파직이 되면 세를 내어 살고 먹는 것이 곤궁하여서 빌어서 이어도 편안하였으며, 오직 정도만 걸어왔다.

주군, 곤얼 10번에 칭송하는 송덕비가 7번이나 세워졌다니 어떻게 관민을 다스렸는가는 말을 할 필요가 없을 정도로 선정했다는 것을 증명해 준다.

남이흥의 부인 정씨가 서울에서 살았는데 공신의 몫이라고 집을 받았다. 그런데 팔아서 성의 서쪽 한 모퉁이에 집을 마련했으나 남이흥은 문에 들어선 일이 한 번도 없이 안주성 싸움에서 세상을 떠났다.

그는 관에 있을 때는 언제나 행동을 삼가고 사사로운 일을 도모하지 않았다. 친구의 빈곤에는 자기 일같이 도왔으며 정성을 다해 금품으로나 정신적으로나 맞게 해주어 그 주위에는 친구들이 원근이 없이 모여들었다.

막하 군관이나 군속에게도 일 처리하는 능력이나 계급에 구애됨이 없이 엄한 가운데 정을 서로 나누어 담소를 하면서 살았다. 자리에 앉아 있으면 좌우를 수응함에 아무도 섭섭함이 없게 하고 집에 돌아와서는 일가친척과 화목하게 지냈다. 술 또한 많이 마셔서 대적할 만한 사람이 없었으며 다른 사람은 다 취하여 토하고 정신을 잃는 상황이 와도 남이홍은 풍채가 더욱 근엄하고 조금도 마신 흔적이 없었다고 한다. 송사가 있으면 그의 판단엔 그 이유가 선명하고 실수가 절대 없었으며 공사의 구별이 엄격했기 때문에 간사한 아전들도 넘보지 못하였고 오히려 두려워하며 망동을 하지 못했다고 한다.

휘하의 속관들과 친목을 위해서 대접할 때도 반드시 술잔을 들고 노래도 하고 투호(술병에 화살을 넣어 승부를 겨루는 연음례)도 하고 장기와 바둑을 두었으며, 상하를 가리지 않고 밤을 새워 놀았다. 그러나 의관을 정제하고 당에 오르면 늠름한 풍채를 감히 우러러 볼 수 없을 정도로 행동이 무거웠다고 한다.

남이홍은 본시 호방한 기개와 넓은 도량으로 작은 일에 구애받지 않고 베푸는 일을 좋아하였으니 친척이나 이웃 마을까지, 그리고 소원하고 가난한 자에 이르기까지 의지가 되고 힘이 되는 일에 관심을 가졌으니 한 사람의 완전한 인격자였던 것이다.

남이홍이 안주에 근무할 때는 변방 제일선에서 근무하는 자를 더욱 어루만지며 친절히 했으며, 이괄의 반란 시에 쫓아 왔던 왜인들도 저희들끼리 경계하기를 남 장군을 범하지 말자고 하면서 남이홍의 은덕에 보답할 길을 서로 다투었다고 한다.

남이홍은 사람을 사귈 때에도 흉금을 털어놓고 대했으며 쾌활한 인품으로 사람들의 존경을 받았다. 누구에게나 화기를 풍기고 선악을 엄정히 판단하는 성품이었다. 사람이 어려움에 빠지면 모르는 사람이라도 정성을 다해 구해 주고 친하지 않은 사람과 또한 서로 모르는 처지라 하더라도 너그럽게 대해 주었다.

또 남이홍은 편지를 쓸 때에도 한 번 시작하면 한 번 잡은 붓으로 멈춤 없이 끝을 내고 공사에 임한 자리에서도 하는 말이 폭포처럼 쏟아져서 빨리 써야 할 아전들이 받아 쓸 겨를이 없었다고 한다. 그런 재주는 보통 사람에게는 비범한 재주였으나 자신에게는 작은 것이었다.

또 남이흥은 영변부사 재직 때 어머니가 서울로 가기를 원해서 서울로 모셨다. 그런데 얼마 안 있어서 정묘호란이 일어났으니 사람들은 그를 보고 선견지명이 있다고 하였다. 또 그는 본시부터 천품이 뛰어나고 도량이 넓고 얼굴이 풍후하였다. 또 그는 키가 훤칠하여 처음 대하는 사람도 스스로 깨닫게 하였다고 하며 중망 있는 사람들도 그 사람 앞에서는 난 체하지 못하였다고 하니 심신 모두가 다 뛰어났던 인물임을 말해 준다.

05
이괄의 난과 남이흥

1) 인조반정과 이괄의 난 직전의 상황

후금(後金) 건주(建州)의 누루하치는 무역을 통해 부를 축적하면서 능란한 전술로 세력을 키워 나갔다. 조선에 임진왜란이 일어나서 명나라는 조선에 군대를(사령관 이여송) 파견했고 누루하치는 그런 틈을 타서 주변의 여진족을 복속시켜 왕조의 기초를 닦아 나갔다.

세력이 커진 누루하치는 임진왜란(조일전쟁)이 일어나던 9월에는 2만 명의 구원병을 조선에 보내겠다고 했으며 조선에서는 의논할 가치도 없다고 일거에 거절했다. 이것은 누루하치의 전술로써 조선과 명나라에 호의를 보이면서 부족통일에 역량을 쏟아 붓기 위해서였다. 누루하치는 회유의 방법을 써서 투항하는 자는 직책을 주어 이용하고 반항하는 세력은 무력을 써서 복속시켰다.

명나라에는 순종의 뜻을 보이며 조공하는 일도 열심히 하니 명나라는 속아서 오히려 변방을 막아주는 울타리로 여기고 누루하치에게 용호장군[38]의 직함을 내렸다. 언제 튀어 나올지 모르는 호랑이를 키운 꼴이었다.

누루하치는 백두산 동북방에 정복전쟁을 벌여 승리를 거듭하였으며 수만 명의 포로를 거두는 동시에 만주 땅의 대부분을 손에 넣었다. 그리고 여진의 건주위는 완전한 독립국가로 우뚝 서서 명나라와 대등관계임을 천명했다.

이렇게 되니 천자의 나라로서 주변의 국제질서를 총괄한다고 여기는 명나라로서는 용납하기 어려웠다. 조선도 자기 일처럼 분개했으나 무력으로는 어찌해 볼 수 없는 노릇이었다. 특히 조선의 사대주의자들은 후금을 군신의 명분을 저버린 원수로 여겼다. 조선의 사대주의자들은 전후 명나라에 대해 재조(再造)의 은혜 의식으로 얼을 빼고 있었다. 임진왜란으로 나라가 망해 갈 때 명나라가 작은 나라를 불쌍히 여겨 구해 주었다는 것이다. 명나라에 대한 재조의 은혜의식은 사대에서 더 진전된 새로운 이데올로기였다.

현실정책에도 직접 연결시켜 후금을 오랑캐 나라로 규정하고 임금으로 받드는 나라인 명나라를 위해 신명을 바치는 것이 변할 수 없는 인간의 도리라고 주장했다. 이때부터 존명배청(尊明排淸)의 명분론과 군신론이 등장했다. 광해군과 일부 대북파는 이들과 마찰을 겪으면서 독자적인 외교를 펼치려고 노력했다.

명나라는 후금이 조공을 중지하고 국경을 압박하자 정벌을 단행하기로 하였으나 단독으로 전쟁을 수행할 능력이 없으니 조선에 구원병을 보내라고 요청했다. 이 요청에 즉각 호응해야 한다는 세력이 우세했으나 광해군은 남쪽에 변란이 있어 군사를 보낼 수 없으며, 훈련이

38) 용호장군 : 용호는 중국에서 과거급제자를 나타내는 말. 용호장군은 황제를 호위하는 직책으로 근위세력이다.

안 되어 쓸모가 없고 무기도 제대로 갖추지 못했다는 핑계를 대고 거절했었다.

▲《만주실록》에 실린 강홍립의 투항 장면. 강홍립의 홍(弘)자를 공(功)자로 잘못 썼다.

그러나 명나라의 요청이 완강하고 친명파의 세력에 밀려 할 수 없이 조선에서는 파병을 해야 했고 그래서 강홍립에게 1만3천 명의 군사를 주어 파병했으나 강홍립에 밀지를 내려 판세가 명나라에 불리하고 후금이 강하면 눈치를 보아서 후금에게 항복을 하라고 일렀다. 이렇게 외치에는 요령껏 잘 대처했으나 내정에서는 여러가지 실정을 하여 인조반정으로 광해군은 실각을 하게 되었다.

한편 남이흥은 1622년(광해군 14년)에 안주골에서 선정의 공이 지대함을 인정받아 자헌대부(정2품 판서 급)에 특진됐다.[39)]

그리고 이듬해인 1623년(인조 원년)에 인조가 반정으로 왕위에 오르니 광해조에 중용되었던 사람들에게 죄목을 만들어 치죄하고 있었다.

평소에 남이흥을 시샘하는 자들이 중상모략을 하여 화를 면하기 어려웠을 뿐만 아니라 장차의 일도 예측하기 어려웠으나 도원수 장만이 남이흥의 인품과 능력을 익히 알고 변호하여 화를 면할 수 있었다.

도원수 장만은 오히려 왕에게 청하여 남이흥을 중군(中軍)[40)]으로 삼아 군무를 맡아 총괄케 하였다. 이때는 장만이 도원수였으나 몸이 불

39)《충장공 남이흥 장군 유사록》p.24
40) 중군 : 각 군영의 대장이나 각 使의 다음가는 장수

편하여 군무를 직접 처리하지 않고 신임하는 남이홍에게 위임 총괄케 하였다.

이 때의 《조선왕조실록》의 기록을 보면 "남이홍이 과거에 급제하고 난 후 벼슬길에 올라 정사를 잘 처리하여 명성이 높았고 어려움과 번거로움을 잘 다스려서 사람마다 입을 모아 남이홍을 천거함에, 능한 자로 세상에 알려지니"라는 기록이 있다. 이 기록으로 미루어 보아 남이홍에 대한 당시의 평판과 위치를 알 수 있다.[41]

임진왜란부터 정유재란까지 7년 전쟁을 겪은 선조는 이몽학의 반란(유사록의 기록)이 평정된 지 11년 후, 왕세자 이혼(李琿)에게 왕위를 물려주고 세상을 떠났다. 새 임금이 된 이혼은 바로 조선조 제15대 왕인 광해군(光海君)이다.

34세의 장년으로 즉위한 광해군은 신하들의 당파 싸움에 국력이 약해져서 참혹한 전란(임진왜란)을 겪게 되었음을 뼈저리게 통감하고, 무엇보다도 먼저 당쟁부터 폐지시키려고 노력하였다.

그는 재위 15년 동안 전화(戰禍)로 황폐화된 나라를 복구하는 데 온갖 힘을 기울였으며, 성지(城池)와 병기를 수리하고 호패법(號牌法)을 정리하여 병력을 확보함으로써 국방을 강화하는 한편, 북방의 신흥 강국인 후금(後金, 女眞, 滿洲部族)과 명(明) 제국간의 공방전에서 중립을 지키며 능숙한 외교술로 조선의 난처한 입장을 원만히 처리하는 등, 대내·대외적으로 훌륭한 치적을 쌓았다.

그러나 당초 목표하였던 당파싸움의 불식은 실패로 돌아가고, 대북파(大北派)의 우두머리 정인홍(鄭仁弘)·이이첨(李爾瞻)·허균(許筠)

41) 《충장공 남이홍 장군 유사록》 pp.62~64

등 신하들의 농간에 휘말려, 계모 인목대비를 유폐시키고 자신의 형인 임해군 이진과 14세의 어린 이복 아우 영창대군 이의를 역모죄로 몰아 죽이는 등 패륜 행위를 저질렀다.

이렇게 대북파가 정권을 장악하게 됨에 따라, 정치도 문란해졌다.

왜란 당시 의병장 출신이었던 정인홍은 자신의 최대 정적 유영경(柳永慶)을 모함하여 죽이고 영의정에 오른 후, 광해군을 심리적으로 교묘히 조종하여 항상 의심증과 공포증을 품게 만들었으며, 이이첨은 중국 진시황 때의 간신 조고(趙高)에 비유할 만큼 잔혹스런 인물이었다.

〈홍길동전〉(洪吉童傳)의 저자 허균도 대북파의 일당으로서 광해군의 폭정을 조장하였으며, 광해군의 처남 유희분(柳希奮)[42]과 채겸길(蔡謙吉)·장의범(張懿範) 역시 난신(亂臣)으로서 권력과 세도를 누리며 나라를 혼탁시킨 자들이었다.

인목대비의 유폐논의가 한창 벌어지고 있을 때 이귀는 평산부사로 나가 있었다. 그는 선배이자 서인계열인 이항복이 폐모를 반대한다는 이유로 유배되는 모습을 보고 분개했다.

한편 이항복은 서울을 떠나면서 김류를 불러 "종묘사직을 편안케 할 사람은 그대뿐이다"라는 여운을 주어 뒷날을 부탁했다.[43]

이귀와 김류는 절친한 사이였으나 이귀[44]는 덜렁대는 성격이고 김류

42) 유희분(문화인) : 광해비의 아우이다. 선조 때인 정유년(1597)에 문과에 급제하여 벼슬이 예조좌랑이 되고 1599년 수찬으로 유성룡을 탄핵하다가 파직되었고 1610년 다시 등용되어 응교 겸 교서관 교리로서 춘추관 편수관이 되어 임진왜란 때 소실된 역대실록의 재간에 참여했다. 광해군이 즉위하자 예조참판이 되고 소북의 유영경 일파를 숙청하여 정권을 잡은 후 형조참판 병조판서에 이르고 문창부원군에 봉해졌다.
인조반정 후 그는 왕명을 기다릴제 혹자가 대사(死)를 의논하매 인조께서 말하되 "희분 등을 극형치 않으면 어찌 의거에 뜻이 있으리요" 했다고 하며 광해군이 임해, 영창, 능창 등 왕자를 죽이려고 할 때 무고로 그들을 죽이는 일에 가담하여 그 공으로 익사공신에 문창부원군으로 책록됐다. 인목대비 폐모론을 일으켜 서궁에 유폐시키는 데 성공했으며 반대하는 서인 유생들을 모두 투옥유배하는 등 횡포를 자행하다가 1623년 인조반정으로 참형당했다.
43) 《동국전란사》 내란편, 국방부 전사편찬위원회 pp.490~491

[45]는 신중한 사람이었다. 이 무렵 장단과 평산 사이에 호랑이가 자주 나타나 사람을 잡아먹어 파발의 길이 끊어질 지경이었다. 그래서 이귀가 평산부사로 부임할 때 광해군은 "호랑이를 잡아 사람들이 편안히 다니도록 하라" 하고 부탁을 했다.

평산에 부임한 이귀는 군사를 동원하여 여러 마리의 호랑이를 잡아 임금에게 바치면서 효과적인 방법을 건의했다.

"호랑이를 잡는 곳이 경기도와 황해도의 경계인데 호랑이가 다른 도로 도망가면 규정에 월경을 하는 것이어서 많은 군사를 동원하여 잡으면서도 늘 중간에 돌아오게 됩니다. 청컨대, 호랑이를 쫓을 때에는 경계에 얽매이지 않도록 해 주소서."

광해군은 이를 허락하고 장단과 개성에서도 평산과 같이 하여 호랑이를 잡으라고 지시했다.

이귀는 합법적으로 군사를 모아 장단 등지에 출동하면서 서울을 친다는 계획을 세웠다. 서울의 심기원을 평산으로 불러 모의를 거듭했

44) 이귀(연안인) : 인조 때의 반정공신. 호는 묵재. 이이와 성혼의 문인. 임진왜란 때 삼도소모관으로 선유관(군인과 군량 모집)으로 도체찰사 유성룡의 종사관으로 우마와 양곡을 모집했고 1603년 문과에 급제하여 형조좌랑, 양재도 찰방, 배천군수, 광해군 1년에는 함흥판관이 되고 그때 무고로 수감된 해주목사 최기를 만나본 죄로 이천에 귀양갔었다. 1623년 광해군의 문란을 개탄하고 김유 등과 능양군을 추대 반정에 성공, 정사공신 1등에 책록되고 연평부원군에 봉해짐. 인조 4년에는 호위대장이었고 남한산성의 수축과 호패법 실시를 주장하여 시행했다. 이괄의 난 때 임진강전투에서 패하자 사직하였다. 정묘호란 때는 왕을 모시고 강화로 피난, 최명길 등과 같이 화의를 주장했고, 그로 인해 대간의 탄핵을 받았다. 영의정에 추증됐고 인조 묘정에 배향. 시호는 충정공이다.

45) 김류(순천인) : 조선조 인조 때의 반정공신. 호는 북저. 선조 29년에 문과에 급제. 1616년 동지사로 명나라에 다녀왔다. 정조, 윤인 등이 폐모론을 주장하고 백관이 모두 모여 정청하는데 참여하지 않아 대간의 탄핵을 받고 향리로 물러났다. 이때 정인홍과 이이첨이 정권을 잡고 서인을 모조리 몰아냈다. 정국이 혼란하여 이괄, 최명길, 이귀 등과 모의, 1623년 창의문 밖에서 군사를 일으켜 인조반정에 성공 정사공신 1등의 호를 받았다. 그리고 승평부원군에 피봉되고 대제학을 지냈다. 이괄의 난 때 왕을 모시고 공주로 피난했다가 돌아와 이조판서가 됐고, 정묘호란 때는 부체찰사로서 인조를 강화에 호송, 환도 후 우의정을 거쳐 영의정을 지냈다. 병자호란 때는 최명길과 함께 화의를 주장 인조가 청태종에게 항복하게 했다. 환도 후 이것이 죄가 되어 관직을 삭탈당했고 얼마 후 회복 1644년 3월 심기원의 반란을 평정하여 그 공으로 영국 1등공신이 되었다. 문장과 서예에 능했고 시문이 많았으나 유실되었고 북저집 56권이 전하며 시호는 문충공이다.

다. 서울에서는 그의 아들 이시백이 최명길, 김자점과 내통해 거사를 준비했다. 이들은 비밀리에, 그리고 은밀하게 움직여 신경진, 이정구, 장유 등을 끌어들였다. 이들은 서인으로 폐모론을 반대했고 이항복을 따르는 인물들이었다. 그런데 어느 부하가 이귀가 반역을 도모한다고 조정에 알렸다. 이귀가 잡혀와 문초를 받았지만 실권파인 박승종[46]과 유희분은 이이첨이 옥사를 또 일으키는 것이 두려워 이귀의 벼슬을 떼는 정도로 마무리를 지었다.

이귀는 안협에 있는 농장을 근거지로 삼아서 궁궐 호위책임을 맡고 있는 훈련대장 이홍립[47]을 자기편으로 끌어들였다. 이귀는 이홍립과 한 마을에 살았으며 장유의 동생 장신은 그의 사위였다. 이귀와 장유의 끈질긴 설득으로 넘어간 것이다. 무관 이괄과 장만도 합류하기를 결정했다. 이들 무리들은 김류를 총대장으로 추대하고 홍제원 장만의 집에 군대를 집합시키기로 밀약했다. 새 임금으로는 선조의 손자이고 광해군에게는 조카가 되는 능양군을 추대하기로 하고 그의 동의도 받아냈다.

이 무렵 광해군은 이귀의 역적모의에 대한 고변이 연달아 올라왔으나 옥사가 귀찮았는지 병이 있어서 만사가 지긋지긋했는지 적극적으로 대처하지를 않았다. 이홍립의 가담 사실도 포착되어 박승종이 그를

46) 박승종 : 광해군 때의 문신. 문과에 급제 우좌영의정을 거쳤으며 밀양부원군에 봉해짐. 1612년 윤임, 이이첨 일당이 인목대비를 살해하려고 할 때 죽음을 무릅쓰고 이를 저지했다. 폐모론이 제기되자 극력 반대했다. 그의 아들의 딸이 광해군의 세자빈으로 일족이 오랫동안 권세를 누리다가 인조반정이 일어나자 아들 자홍과 함께 자결하였다. 관작이 추탈되었다가 신원되었다.

47) 이홍립(광주인) : 광해군 때 무과에 급제. 1623년 훈련대장으로 김류, 이귀 등과 반정을 모의 가담했다. 그가 중병을 장악하고 있었기 때문에 반정군 측에서는 그것을 우려하여 장유의 아우이며 이홍립의 사위를 그에게 보내 설득한 결과 쾌히 승낙, 반정의 날 의거군이 창덕궁 내에 진군하자 그는 훈련도감의 병을 이끌고 궐문에 진군, 내응하니 반정이 성공한 것이다. 그날 능양군이 돈화문에 들어와 앉으니 그는 군전에서 절을 하고 그들은 능양군을 왕으로 영입하였다. 인조가 등극한 후 정사공신 일등에 책록되어 광주군에 피봉되었다. 이괄의 난이 일어나자 그는 수원부사 겸 경기방어사로서 적에게 투항하였으며 난이 평정된 후 옥에서 자살하였다.

잡으려 했으나 그 두 사람은 사돈 사이여서 머뭇거렸고 거사가 있기 전날 반군에 가담한 훈련대장 이홍립에게 궁성을 호위하도록 일부 군사를 보내 창의문 밖을 수색하라고 했으나 한밤중이라고 핑계대고 나가지 않았다.

1623년 3월 12일 홍제원 장만의 집에 모인 군사는 200여 명에 지나지 않았고 총대장 김류도 약속시간에 나타나지 않았다. 장단에서 오기로 된 군사도 오지 않았고 김류는 고변의 소식을 듣고 체포하러 오기를 기다리고 있었다.

다급하게 된 반란군측은 이괄을 총대장으로 추대하고 심기원(沈器遠)[48]이 군사 200여 명을 거느리고 합세했고, 이서가 700명을 끌고 올라와 거사에 가담한 군사는 1,400명 가량이었다. 날이 밝은 새벽에 이들은 돈화문을 도끼로 부수고 입성하여 영문도 모르고 궁내를 살피던 선전관과 문지기를 죽이고 준비해 놓았던 장작더미에 불을 질렀다. 성공적으로 궁궐에 들어 왔음을 알리는 신호였다. 이홍립은 시위병의 무장을 해제하고 다른 궁궐 호위병은 도망치고 다 흩어졌다. 그런데 광해군을 쫓아내는 데에는 수많은 이유가 있었지만 사대의 예의를 버렸다는 것이 첫째의 이유였다. 인륜을 버린 것보다 더 그릇된 것으로 판단했다.[49]

광해군 즉위 15년(1623) 3월, 대북파에게 탄압을 받아 몰락하게 된 서인(西人)의 일파 가운데, 이귀(李貴)·김자점(金自點)[50]·김류(金瑬)·

48) 심기원(청송인) : 조선 인조 때의 문신. 인조반정에 가담하여 성공. 정사 1등공신에 책록되고 청원부원군의 록을 받았다. 정묘호란 때는 경기도 경상도 도순검사가 되어 세자를 모시고 남하하였으며 병조호란 때는 유도대장으로 서울 방위의 임무를 부여받았으며 우의정을 거쳐 좌의정 때에는 수어사를 겸하여 심복의 장사를 호위대에 두고 전 지사 이일원 등과 난을 일으켜 회은군 이덕인(李德仁)을 왕에 추대하려고 했으나 막하의 한 사람이 이를 훈련대장 구인후에게 밀고하여 거사 전에 주살되었다.

49) 이이화, 《한국사이야기》 pp.121~124

이괄(李适) 등은 광해군이 형과 아우를 죽이고 어머니(계모) 인목대비를 5년 동안이나 감금한 행위를 패륜아적 만행으로 지탄하고, 무력 정변을 일으켜 폭군을 폐위시키기로 결의하였다. 이들은 비밀리에 서울 인근 고을의 수령을 설득하여 거사에 가담시키었다.

3월 12일, 이귀 · 이괄 · 김자점 등은 반정군(反正軍) 대장에 김류를 추대하고, 그날 밤 각자 모집한 군사들을 거느리고 홍제원(弘濟院)에 집결하기로 하였다. 이괄은 심복 군관 20여 명을 동원하였으며, 이귀 · 한교(韓嶠) · 송영중(宋英重)은 2, 3백 명의 보병을, 이와 때를 같이 하여 이중로(李重老)의 부대가 당도하였다. 이들은 능양군 이종을 호위하면서 도성 창의문(彰義門, 紫霞門)으로 돌입하였다.

광해군 역시 밀고자의 제보를 받아 이 사실을 알고 포수 수백 명을 배치하였으나, 반정군에게 포섭된 훈련대장 이흥립(李興立)이 내응함으로써 방어전은 실패하고 말았으며, 창덕궁 대궐이 반정군에게 점령되기에 이르렀다.

다음날(3월 13일), 광해군은 폐위당하여 강화로 추방, 유폐되었으며, 정인홍 · 이이첨 · 유희분 등 간악한 신하들도 모조리 극형에 처하여졌다. 그리고 능양군 이종은 반정군의 추대를 받아 왕위에 올랐다. 이가 바로 제 16대 임금 인조(仁祖)이며, 즉위 당시 나이는 28세였다.

50) 김자점(안동인) : 조선 인조 때의 문신. 반역자. 호는 낙서. 음보로 병조좌랑에 올랐고, 광해 말기에는 대북파에서 쫓겨났다. 이괄, 이귀, 김류, 최명길 등과 인조반정에 참여, 홍제원에서 이괄 등의 군사와 합류, 정사 공신 1등에 올랐다. 1636년 병자호란 때는 토산싸움에서 참패한 죄로 문외출송을 당했다. 1640년 풀려나와 강화부유수에 올랐고, 손자 세룡을 효명옹주(인조의 서녀)와 결혼시켜 왕실의 외척이 되고 1644년 좌의정으로 낙흥부원군에 봉해졌다. 영의정이 되어 사은사로 청나라에 다녀왔으며 1646년 인조가 소현세자빈(강씨)을 죽이려는 내심을 간파하고 인조의 수라상에 독약을 투입한 뒤 그 혐의를 강빈에게 뒤집어 씌워 죽이게 했고, 이듬해 소현세자빈의 아들을 모두 제주에 귀양보내도록 했다. 1649년 효종이 즉위하자 김경록, 송준길의 탄핵으로 파직됐다. 나라에 앙심을 품고 역관 이형장을 시켜 조선이 북벌을 계획하고 있고 송시열이 지은 장릉의 지문에 청나라의 연호를 쓰지 않고 명나라의 연호를 쓴 사실을 청나라에 고자질했다. 그의 반역행위가 드러나자 광양에 유배되었다. 진사 신호의 고변으로 친국을 받고 역모죄로 사형당했다.

인조(仁祖)는 즉위한 후, 반정공신 54명을 포상하였다.

반정군의 주장 김류를 비롯한 김자점 · 이귀 · 심기원 · 이흥립 등은 1등공신으로 기록되었으며, 이괄[51] · 박효립 · 심기성(沈器成) · 이수(李邃) 등은 2등공신에 올랐다. 그리고 김류는 병조판서 겸 판의금부사(判義禁府事)로, 이귀는 호위대장(扈衛大將) · 신경진(申景禛)은 그 부장(副將)으로, 김자점 · 심기원 등은 종사관(從事官)으로 임명되어 광해군 당시 문란해진 조정을 숙청하는 데 주도적인 역할을 담당하였다.

2등공신 철성부원군에 책봉된 이괄은 성종(成宗) 때의 명신 병조판서 대사헌 이륙(李陸)의 후손으로 반정이 일어나기 전에는 함길도 북병사에 부임하게 된 장수였다.

2) 이괄의 난 발단

이괄(李适 : 1587～1624)은 무과에 급제한 후 형조좌랑, 태안군수 등을 역임하면서 당대에 촉망받는 장재로 인정받았으며, 무신으로서 그의 용맹과 지략은 문약에만 흐르는 사회에서 크게 빛나는 존재가 되었다. 문장과 글씨에도 뛰어나 큰 장수감으로 손색이 없었다. 이런 능력은 비록 내치에는 여러 분란을 일으켰으나 외교와 국방에 깊은 관심을 기울이던 광해군에게도 인정을 받았다.

그러나 그는 광해군 조정의 일원이 되고 싶은 생각은 없었다. 그 당시는 대북파가 권세를 쥐고 있었는데 이괄은 그 반대편인 서인계열이

51) 이괄 : 무관 출신으로 문장과 글씨가 뛰어났었다. 2등공신 철성부원군(鐵城府院君)에 책봉된 이괄은 성종(成宗) 때의 명신 병조참판 대사헌(大司憲) 이륙(李陸)의 후손으로 무과에 급제하여, 반정(反正)이 일어나기 직전 함길도 북병사(北兵使)로 부임하게 되었던 장수였다.

었다.

그 무렵 한쪽에서는 실세 서인인 이귀, 김류 등이 반정을 도모하고 있었다. 반정 계획의 주모자 김류와 이귀는 거사를 성공시키기 위하여는 이괄과 같은 문무 겸전한 인재가 절실히 필요하였으므로, 함길도 부임지로 떠나려던 그에게 비밀을 털어 놓고 가담해 줄 것을 요청하였다. 이괄 역시 광해군과 간신들의 폭정에 의분을 품고 있었던 터라, 이들의 요청을 흔쾌히 수락하였다.

평소 장병들에게 신망과 존경을 받아온 그는 중견 장교급인 군관 20여 명을 어렵지 않게 포섭하여 반정군 부대 편성에 결정적인 역할을 해냈으며, 또한 인근 고을의 병력을 끌어들인 것도 그의 공로였다.

따라서 이괄은 김류 · 이귀 등과 함께 1등공신으로 책정되었어야 마땅하였다. 그러나 반정이 성공하고 논공행상을 하는 자리에서 이괄은 뒤늦게 동참하였다는 이유로 2등공신으로 밀려나고 말았다. 이괄은 크게 불만을 품었다.

인조가 즉위한 다음날, 이귀는 왕에게 '이괄의 공로가 높고 재능도 있으니 병조판서로 삼아야 한다' 고 건의하였으나 김류가 반정군의 대장이었다는 명분으로 그 지위를 차지하고, 이괄에게는 한성부윤(漢城府尹)의 벼슬이 주어졌다.

이괄의 입장에서 보자면 이것은 실로 불공평한 처사가 아닐 수 없었다. 여기에는 그럴 만한 까닭이 있었으니 거사 당일 밤, 이괄 · 김자점 · 이귀 등 주동자들은 군사를 거느리고 약속한 시간에 홍제원에 모두 집결하였다.

그런데 어찌된 셈인지, 당초 반정군 주장(主將)으로 추대된 김류는 약속 시간이 훨씬 지나도록 나타나지 않는다.

이귀와 김자점은 초조하게 기다리다가 시각을 늦출 수 없다고 판단하고, 마침내 즉석에서 이괄을 대장으로 추대하였다. 그리고 장병들과 함께 대장 이괄에게 군례(軍禮)를 올려 명령에 복종할 것을 맹세하였다. 이괄은 워낙 상황이 다급한 때이므로 서슴없이 그 직책을 맡기로 결심하고, 군관들을 시켜 미리 준비하였던 삼베 조각 수백 개를 장병들에게 나누어 주어 우군(友軍)의 식별 표지로 달게 하였다. 그 표지에는 '義' 자가 쓰여 있었다.

그 무렵, 김류는 반정계획이 누설되었음을 알고 자포자기한 상태에서 집안에 들어앉은 채 금부도사가 체포하러 오기만을 기다리고 있었던 것이다.

그런지 얼마 후, 같은 동료인 심기원과 원두표가 달려와서 예정대로 거사할 것을 재촉하였으므로, 김류는 비로소 무장을 갖추고 아들 김경징(金慶徵)과 함께 모화관(慕華館)으로 달려갔던 것이다. 그곳에는 심기원의 부대만이 대오를 갖추고 있었다. 김류는 뒤늦게 주장의 권한을 행사하여 홍제원에 집결한 주력부대에 전령을 보내어 모화관으로 이동하라는 명령을 내렸다.

시각을 다투어 출동하려던 이괄은 크게 노하여 김류의 이동 명령에 불응하였으나, 이귀 · 김자점에게 설득을 받고 마침내 김류와 합류하였다. 그래도 이괄은 대장이 군기를 어겼다는 죄목으로 군법에 따라 김류의 목을 베려 하였다. 그 역시 동료들의 만류로 미수에 그치고 이괄은 대장의 권한을 다시 김류에게 양도하게 되었다.

이리하여 김류와 이괄 사이에 미묘한 알력이 생겼으며, 동료간의 틈도 벌어졌다. 그 결과 이괄은 극단적인 성격이 빌미가 되어 논공행상의 반열에서도 따돌림을 받고 2등공신으로 밀려났던 것이다.

인조는 모화관에서 성대한 잔치를 베풀어 공신과 반정군 장병들을 위로하였다. 호위대장 이귀와 거의대장(擧義大將) 김류는 제일상석을 차지하고, 이괄 이하 모든 장수들은 그 아래 좌석에 나뉘어 앉게 되었다. 이괄은 자기 좌석이 김류의 아래로 정해진 데 대해 분노가 치밀어 아예 멀찌감치 물러나 앉은 채 김류를 노려보았다.

이귀가 좋은 말로 달래어 두 사람을 화해시켰으나 이괄의 감정은 좀처럼 풀어지지 않았다. 그 후로도 이괄은 사사건건 김류와 맞서 다투었으며, 반정과정에 내응한 이수일(李守一)이 자신보다 높은 공을 인정받아 공조판서에 임명되자 그 억울함과 원한은 극도에 달하였다.[52]

반정파에서 조야의 명망 있는 인사들을 규합하고 있을 때 반정에 가담을 종용받은 이괄은 흔쾌히 반정에 참여했고 이로 인해 정사2등에 책록되었고 곧 한성부윤이 되었던 것이다. 이것은 이괄의 입장에서 보면 인조반정 때 혁혁한 공을 세웠는데 논공행상에서 정사공신 2등이 된 것이 불만인 데다가 보직에 있어서도 공조판서의 아랫자리인 한성부윤에 임명된 것이다.

3) 이괄의 난 모의와 탄로

이괄의 아들 전은 인조반정에 참여했으나 논공에 들어가지도 못했고 그의 아우 수도 문관으로 등용이 못되어 불만이 대단하던 때이다. 그런데 그 해 여름 5월 압록강 변경으로부터 후금의 여진군이 침입할 우려가 있다고 하는 보고가 들어왔다. 인조는 평안도를 지키기 위하여 유능한 장수를 현지에 파견하여야 한다는 조정의 건의에 따라, 장만(張晩)을 도원수로 이괄을 평안도 병마절도사 겸 부원수로 지명하였다.

52) 《동국전란사》 내란편, 국방부 전사편찬위원회, pp.492~493

이에 이괄은 변방으로 좌천되자 더욱 분하고 억울하다는 생각을 품었다. 두 장수가 떠나던 날, 임금은 중신들을 거느리고 친히 모화관까지 거동하여 전송하면서 차고 있던 어도(御刀)를 내리고 도원수의 수레바퀴를 밀어 보냈다. 그때도 이괄은 불만에 가득 차 얼굴 표정이 굳어 있었다.

평성부원군(平城府院君) 신경진은 이괄의 기색이 심상치 않은 것을 보고 그 손을 잡아 위로하였다.

"영감, 너무 섭섭해 하지 마시오. 지방관 부임 길은 어차피 누구나 한 번씩 거쳐야 하지 않겠소? 영감의 복무기간이 끝나면 그 다음에는 내가 자청하여 나가리다."

그러자 이괄은 성을 벌컥 내었다.

"날 속이지 마시오! 이건 나를 조정에서 내쫓자는 수작이 아니고 뭣이요?"

이괄은 왕명이기 때문에 어쩔 수 없이 평안도로 떠났다.

평양에 당도한 도원수 장만은 그곳에 방어군 지휘부를 설치하고, 부원수 이괄은 다시 북상하여 영변에 방어군 전진기지를 설치하였다.

이괄의 휘하에는 평안도 최정예병 1만 2천여 명과 임진왜란 당시 조선에 귀순한 왜병 조총수(鳥銃手)와 검사(劍士) 1백 30여 명이 배속되었다. 앙앙불락하던 이괄은 정작 막강한 군사력을 손에 넣게 되자 생각이 달라졌다. 마침내 그는 반역을 도모하기로 결심하였다.

그로부터 이괄은 심복부하 이수백(李守白)·기익헌(奇益獻) 등과 치밀한 계획을 세우고, 평소부터 의기가 투합한 구성도호부사 겸 순변사 한명련(韓明璉)을 자기 편으로 끌여들였다. 그리고 아들 이전(李旃)을 서울로 보내어 은밀히 내응자를 포섭하게 하였다.

이전의 포섭공작은 불과 몇 개월만에 자못 큰 성과를 거두어, 한명련의 두 아들 한란(韓瀾)·한윤(韓潤)은 물론, 이시언(李時言)·윤인발(尹仁發)·한여길(韓汝吉)·유공량(柳公亮)·이성(李省)·김원량(金元亮)·전유형(全有亨)·윤수겸(尹守謙)·정방열(鄭邦說)·한흔(韓訢)·한준철(韓浚哲) 등 40여 명이 반역에 가담하기로 약속하기에 이르렀다.

이괄은 서울의 내응세력을 확보하는 한편, 천부적인 지휘력과 용병술을 최대한 구사하여 현지군을 최강의 정예부대로 훈련시켰다. 그러나, 서울에서는 포섭대상이 점차 확대되어감에 따라 그 기밀도 새어나가기 시작하였다.[53)]

관서지방에 환란이 일어날 염려가 있다고 하여 장만을 도원수, 이괄을 부원수 겸 평안병사로 발령했던 것인데(그의 공에 비하여 훈공이 낮은 것이었고 이것은 이괄을 시기하는 권신들의 농간이 작용했기 때문이었다) 좌천으로 생각한 이괄은 조정에 대한 불만을 삭히며 영변에 부임하여 연일 성(城)의 수축과 군량의 확보 및 병졸 훈련 등에 온 힘을 다했다.

이러는 동안 반정에 가담했던 이괄의 아들 전은 13학사 및 지식층 인사들과 자주 교유하면서 공신들의 횡포를 개탄하고 시정의 문란이 전조와 다름없음을 지적하는 등 조정의 일을 비판하고 나섰는데 이런 사실이 과장되게 전파되었다.

인조 즉위 2년(1624) 정월 14일 문회(文晦)·허통·이우(李佑)·김광숙은 우연하게 이괄의 반역 음모를 탐지해 내어 조정에 고발하였다. 그러나 처음에는 이 사실을 믿지 않고 이괄의 아들 전을 데려다가 문초하기만 하였고 무고 내용이 사실이라는 것이 밝혀지지 않았기 때문

53) 《동국전란사》 내란편, 국방부 전사편찬위원회, pp.495~496

에 오히려 고한 자들을 무고했다고 투옥시킨 일도 있었는데 결국은 이런 상황이 벌어진 것이다. 인조는 크게 놀라 중신들을 소집하여 이괄의 아들 이전을 비롯한 혐의자들을 즉각 체포하도록 명하였다.

회의석상에서 이귀는 "서울의 내통자들이 체포되었다는 소식이 이괄의 귀에 들어가면, 사실여부와 관계없이 당장 행동을 개시할 것이다. 우선 이괄을 서울로 소환하여 모반의 사실 여부를 확인한 다음, 과연 사실이라면 그 부자를 한꺼번에 체포하도록 하고, 만약 무고를 당하였다면 다시 현지로 부임시키자"고 주장하였으나 김류를 비롯한 대다수의 의견이 뜻을 달리했다.

정월 17일, 인조는 금위대(禁衛隊)를 풀어 도성 안의 모반자로 지목된 한란(韓瀾) · 한윤(韓潤) · 현집(玄楫) 등 40여 명을 체포 감금하였다. 그리고 심문 결과, 이들의 내통 사실이 백일하에 드러났다. 정용영(鄭龍榮) · 정찬(鄭澯) 부자는 문초를 받고 자백하였던 것이다.

"이괄은 정월 그믐께 군사를 일으켜 개천 · 순천 · 곡산 · 수안 통로를 따라 서울로 올라오기로 약속하였습니다. 이제 서울에서 일이 발각된 사실을 알면, 의금부 도사(都事)와 형리(刑吏)가 체포하러 현지에 가더라도 이괄은 이들을 베어 죽이고 그날로 반란군을 출동시킬 것입니다."

인조는 황급히 군관과 기찰(機察)을 모두 풀어 아직 체포하지 못한 한흔 · 한준철 · 윤인발을 긴급 수배하는 한편, 선전관 김지수(金智秀) · 의금부 도사 심대림(沈大臨) · 고덕창(高德昌)을 평안도에 급파하여 이괄 · 한명련 일당을 체포, 압송해 오도록 하였다.

그러나 체포대의 출발에 앞서 도성을 먼저 탈출한 자가 있었으니, 윤인발은 군관이 들이닥치기 전 미리 준비해 두었던 시체에 자기 옷차림을 입혀 위장시키고 그 낯가죽을 벗겨 이부고개(利夫峴)에 버린 다음, 그 길로 영변까지 도망쳤던 것이다. 수색대는 그 시체를 보고 윤인발이 자살한 것으로 단정짓고 말았다. 그 후, 윤인발은 승려 차림으로 이괄의 진중에서 반란군 참모가 되어 반란군의 작전을 적극 주도하였다.[54]

4) 이괄이 반란을 일으킴

정월 21일(1624년), 왕명으로 급파된 선전관 김지수 일행이 영변 이괄의 병영에 도착하였다.

엄동설한의 절기인데도 이괄 휘하의 장병들과 항왜(降倭) 무사들은 추위를 아랑곳하지 않고 열심히 훈련에 몰두하고 있었다.

반란음모의 사실을 조사한다는 명목으로 급파된 선전관 김지수와 의금부도사 심대림과 고덕창이 영변 이괄의 병영에 도착하니 이괄의 분노는 더욱 폭발했다. 이괄은 서울로부터 선전관과 금부도사가 왔다는 보고를 받자, 그대로 밖에 세워둔 채 영문을 열어주지 않았다. 그리고 심복 부하 이수백(李守白)·기익헌(奇益獻)·최덕문(崔德雯)·이정배(李廷培)를 급히 불러들여 그 대책을 상의하였다.

"내 외아들이 잡혀 죽음을 당하게 되었다. 이제 금부도사가 왔다 하니, 나 역시 온전할 리 없을 터, 그렇다고 순순히 목을 늘여 죽어서야 어디 될 법이나 한 일인가. 이래저래 죽기는 매일반이다. 남아대장부가 기왕이면 뜻한 바를 이루기 위해서 목숨을 바쳐야 옳지 않겠는가."

기익헌 이하 심복들은 입을 모아 이렇게 외쳤다.

"서울서 내려온 금부도사 일행을 죽이십시오. 그리하면 장병들이 딴

54) 《동국전란사》 내란편, 국방부 전사편찬위원회, pp.495~496

생각을 품지 못하고 우리와 행동을 같이하게 될 것입니다."

이괄은 마침내 결단을 내렸다.

그리고 반란 계획을 아직껏 모르는 중군장 이윤서(李胤緖)와 별장 유순무(柳舜懋)·이타(李托)·병마우후(兵馬虞侯) 이신(李愼)을 불러들였다. 이들이 오자 이괄은 자신의 반란 계획을 숨김없이 설명한 다음, 칼을 어루만지면서 부릅뜬 눈으로 협박하였다.

"기왕에 내 뜻을 다 들은 이상, 거부하는 자는 죽이겠다."

이윤서 일행은 그 엄청난 계획에 일순 경악하였으나, 죽이겠다는 협박이 두렵기도 하려니와 평소 존경하는 상관이 조정으로부터 부당한 대우를 받은 데 대하여 불만스럽게 여겨 왔던 터라 그들 역시 즉석에서 가담할 것을 맹세하였다.

이괄은 성 안에 군사를 삼엄하게 배치한 다음 영문을 열었다.

선전관 김지수가 금부도사 심대림과 고덕창을 거느리고 사실을 조사한다는 명목으로 들어오자, 그는 미리 대기시켜 두었던 군관에게 명하여 김지수 일행을 불문곡직하고 베어 죽였다. 교련장에 도열한 부대 전장병들은 뜻밖의 사태에 영문을 모른 채 놀랍고 무서워서 벌벌 떨었다. 이괄은 장병들에게 자신이 반란을 일으키지 않으면 안 될 상황임을 주지시키고, 함께 목숨 걸어 행동하여 주기를 요구하였다. 이때가 정월 21일 해시(亥時, 21:00~23:00)였다.

이괄은 부하 가운데 날쌘 자를 뽑아 인근 병영과 고을 수령들에게 나누어 보냈다.

"시급한 군무로 상의할 일이 있으니, 밤낮을 가리지 말고 달려오라. 서울에 변란이 터졌다. 내가 구원병을 이끌고 급히 올라갈 예정이다."

정주목사 정호서(丁好恕 : 정묘호란 시 황해병사로서 성을 버리고 피신한 인물임)는 부원수의 소집령을 받고 그 내용에 의심을 품은 끝에 이괄의 전령을 문초하여 반역사실을 알아냈다. 크게 놀란 정호서는 전령을 베어 죽인 다음, 그 즉시 정주 소속 부대를 모두 거느리고 평양으로 달려가 도원수 장만(張晩)에게 이 엄청난 사실을 보고하였다.

"현명한 임금은 위에 계시는데 조정에는 흉악한 무리가 가득 찼으니 어찌 숙청하지 않으랴."[55]

이괄은 무능함과 전횡을 일삼으며 반대파들에게 온갖 혐의를 씌워 제거하려는 공신들에 대한 평소의 적개심이 폭발해 공신들을 제거한다는 명분을 내걸고 난을 일으킨 것이다.

1624년 1월 24일 이괄은 선전관과 의금부도사의 목을 베고 그의 거사에 대한 신념을 부하들에게 확실히 보였다.

한편, 이괄의 모반에 가담한 구성부사 겸 순변사 한명련은 이괄이 반란군을 출동시킨다는 통지를 받고, 자신도 구성을 찾아온 금부도사를 살해한 다음, 기병 30여 명을 이끌고 먼저 영변으로 출발하였다. 그는 떠나기 직전 중군장 김효신(金孝信)과 별장 강작(姜綽)에게 구성도호부 소속군 1천1백여 명을 모두 거느리고 후속하도록 조치하였다. 그런데 별장 강작은 부사 한명련의 반역 행위에 내심 크게 불만을 품고 있었다. 그는 김효신과 함께 부대를 거느리고 영변을 거쳐 개천으로 향하는 도중, 김효신에게 누차 관군진영으로 귀순할 것을 설득하였다.

그러나 김효신은 듣지 않았다. 이들은 개천에서 이괄로부터 숙천 방면을 지향하여 평양을 공격할 것처럼 양동작전을 수행하라는 명령을 받았다. 숙천에 이르자 강작은 틈을 타서 김효신을 찔러 죽이려고 하였다. 이 때 김효신의 부하가 먼저 낌새를 채고 강작을 베어 죽였다.

김효신은 휘하 장병들 가운데 배신자가 속출할 우려가 있으므로 작

55) 《동국전란사》 내란편, 국방부 전사편찬위원회, pp.496~498

전을 중단하고 황급히 이괄의 본대를 뒤쫓았다. 그러나 반란군의 본대는 이미 멀찌감치 떨어져 도무지 따라잡을 수 없는 상황이었다. 김효신은 1천여 명의 부하를 거느리고 관군 작전지역에 고립된 채 방황하다가 마침내는 관군에 투항하기로 결심하였다.

그는 평양의 도원수부에 자진하여 들어가서 '별장 강작의 협박 때문에 부득이 가담하였으나, 이제 강작을 죽이고 귀순한다' 고 거짓말을 하였다. 도원수 장만은 그를 서울로 송치하였다. 김효신은 서울에 압송되어 가서도 죽은 강작에게 자신의 허물을 뒤집어 씌워 귀순한 공을 인정받고 드디어 충청도 수군절도사에 임명되었다.[56]

이괄은 이어 충직한 부하 이수백, 기익헌 등의 힘을 얻어 군사 12,000명, 항왜병 130명으로 반군을 조직하고 그해 정월에 임금 측의 악을 숙청한다고 선언하고 왕자 홍안군(선조의 10째 아들)을 왕으로 삼고 난을 일으켰다. 이것이 이괄의 난이다.

5) 이괄의 난 초기

이때 조정에서는 영의정 이원익(李元翼)을 도체찰사(都體察使)로 임명하고 형조판서 이시발(李時發)과 대사간 정협을 부사로 이수일을 평안병사 겸 부원수로 임명하였다.

서울에서는 이괄과의 내응을 염려하여 이괄일파로 지목되는 자로 광해군 때는 귀양살이를 했고 인조반정에 반대한 기자헌, 기준격 부자와 기자헌의 아우인 기운헌 등 35명을 사형시켰다.

이때 이괄은 관군의 제장 중에서 남이홍 장군, 유효걸(柳孝傑) 별장,

56) 《동국전란사》 내란편, 국방부 전사편찬위원회 pp.501~502

박진영(朴震英) 별장이 핵심을 이루는 중요 장수임을 알고 세 사람만 제거하면 다른 장수들은 보잘것이 없다고 생각하고 이들을 제거하려는 음모를 획책하였다. 그래서 은밀히 한 편지를 남이흥에게 보냈다.

그의 부하 군관(軍官) 남두방(南斗傍)이 마침 개인적인 일로 영변에 갔다가 이괄의 반란군에게 잡혔는데 이괄은 남이흥에게 전하라면서 편지를 써주고 풀어 보냈다.

다음날 편지가 이르자 남이흥은 자신과 도원수 장만 사이를 이간시키려는 술책임을 간파하고 겉봉을 뜯어보지도 않은 채 장만에게 올렸다.

그 후부터는 도원수 장만의 남이흥에 대한 신임이 더 두터워졌다. 그래서 와병 중이던 도원수 장만은 자신이 평양에 주병하고 남이흥을 중군으로 삼아 군사의 모든 일을 남이흥에 전속시켰다.

이러는 사이 이괄의 반란군은 22일 영변을 출발, 개천으로 남진해서 순식간에 개천을 점령하고 평양으로 진군했다.[57]

이괄이 개천으로 남진할 무렵, 도원수 장만은 중군장 남이홍과 방어대책을 의논하면서 이렇게 물었다.

"적도의 병력 수는 많고 아군은 적은데, 그들 장수 또한 우리보다 막강하니 어떻게 하면 되겠는가?"

"제가 보건대, 반란군의 장수 중 유순무(柳舜懋)·이신(李愼)·이윤서(李胤緖) 등 3명은 비록 적도들과 행동을 함께 하고 있으나, 부화뇌동한 자들은 아닐 것입니다. 도원수께서 투항을 권유하는 밀서를 보내시면 귀순하리라 믿습니다."

그리고 남이흥은 역과 순의 도리를 일깨운 글을 써서 도원수에게 올

57) 《충장공 남이흥 장군 유사록》 pp.25~26

렸다. 이에 장만은 평양에 있던 이윤서의 종을 불러 음식을 잘 대접하고 돈까지 후히 주며 이런 약속을 하였다.[58]

"네가 네 주인에게 이 편지를 무사히 전하고, 그로 하여금 군사를 거느리고 귀순하게만 설득해 준다면, 내 반드시 네게 천금을 포상하리라."

그러자 이윤서의 종은 돈을 사양하면서 이렇게 대답하였다.

"이 글을 전하여 제 주인이 죽을 자리에서 벗어날 수만 있다면, 그것만으로도 저에게는 다행스러운 일입니다. 제가 어찌 이익을 탐내어 이 일을 맡겠습니까."

주위에서 그 말을 들은 사람들은 모두 그를 의로운 사람이라고 여기고 칭찬을 했다. 종은 그 길로 즉시 떠나 반란군의 진영을 수소문하여 마침내 주인 이윤서를 찾아갔다.

장만의 밀서를 받아 본 이윤서는 깊이 생각한 끝에 귀순하기로 결심하였다. 그는 유순무 · 이신 · 이각(李珏)과 더불어 은밀히 약속하고 거느리고 있는 군사 3,000명이 야간을 이용하여 조용히 쳐들어가는 척하다가 일시에 진을 무너뜨리고 빠져 나오기로 하였고 휘하 장병들을 설득하는 데 성공한 것이었다.

밤이 되자 이윤서 일행은 포(砲)를 쏘아 신호하면서 영문 밖으로 뛰쳐나가 큰 소리로 외쳤다.

"우리는 대의를 지켜 귀순하러 간다. 병사들이여, 역적을 따르지 말라."

이 순간 이괄도 어쩌지를 못하였다.

그 날 밤중으로 반란군의 진영을 탈출한 자는 3천여 명에 이르렀으

58) 《동국전란사》 내란편, 국방부 전사편찬위원회 p.502

며, 이윤서를 따라 평양도원수부에 귀순한 자도 6백여 명이나 되었다.

이튿날, 이들 세 장수는 장만의 지휘부 앞에 엎드려 울며 반란군에 가담한 행위를 사죄하였다.

장만은 병상에서 내려와 귀순장수들의 손을 잡아 위로하고, 유순무를 중군장으로 임명하는 등 모두 전처럼 관군의 지휘관직을 인정하여 주었다. 그리고 투항병을 집결시켜 놓고 영채에 백기를 올린 다음 도원수 장만은 이렇게 선언하였다.

"이 흰 깃발은 면죄의 표지이다. 너희들 가운데 나를 찔러 죽일 용기가 있는 자는 나서서 나를 찌르라. 그렇지 않거든 진정으로 항복하라!"

과연 투항병 중에는 도원수와 관찰사 등 관군 측 주요 지휘관을 암살하고자 위장 귀순한 결사대가 8명이나 있었다. 이들은 동료의 지적으로 적발되어 도원수 앞에 끌려 나갔다.

장만은 이들에게 술과 음식을 먹여 석방하였다. 반란군 암살대는 이괄의 진영으로 돌아가 이윤서 등의 귀순 사실과 평양의 방어태세가 공고함을 보고하였다.

이괄은 이윤서 · 유순무 · 이신 등 중견 장수들이 휘하 부대까지 끌고 관군에 투항한 이후부터 반란군 장병 가운데 또 배신자가 생겨 자기를 죽이지나 않을까 하는 두려움 때문에 하룻밤 사이에도 숙소를 여러 군데 옮기는 버릇이 생겼다.

한편 도원수 장만은 귀순한 제장과 휘하 병력을 규합하여 다시 출병하는 날 새로 군기를 만들어 그들에게 직접 내려주었다. 새로운 마음으로 종군하라는 뜻에서였다.

이렇게 되자 관군의 사기는 크게 올라가고 반란군은 기력을 상실하게 되었다. 이윤서는 투항한 후에도 당초 이괄의 반역을 따랐던 행위가 부끄러워 고민한 끝에 스스로 칼을 물고 자결함으로써 그 치욕을 씻었다.

정월 28일, 도원수 장만은 반란군이 평양을 우회하여 남진한다는 사실이 확인되자 황급히 제장들을 소집하였다. 장수들의 의견은 평양성 방어가 더 이상 무의미하다는 데 일치하였다. 장만은 즉시 남하중인 반란군을 추격하여 중도에 포착 섬멸하기로 결심하고, 다음과 같이 추격군 편성에 착수하였다.

전부대장(前部大將) : 정충신(鄭忠臣)
선봉장(先鋒將) : 박영서(朴永緖)
좌협장(左協將) : 유효걸(柳孝傑)
우협장(右協將) : 장돈(張暾)
계원장(繼援將) : 남이흥(南以興)
돌격장(突擊將) : 조시원(趙時瑗)
전후장(殿後將) : 진성일(陳誠一)
관향관(管餉官) : 안몽윤(安夢尹)
향도장 : 최응일(崔應一)
척후장 : 홍 침(洪沈)
별장군(別將軍) : 박진영(朴震英)
이렇게 편성을 마치고 1,800명을 거느리게 하였다.[59)]

이즈음 도원수 장만은 병세가 악화되어 거동조차 어려웠으므로 원수부의 중군장 남이흥과 정충신이 군부의 모든 일을 도맡아 하게 되었다. 특히 도원수 장만이 신임하는 남이흥은 중군으로서 원수 옆에서

59) 《동국전란사》 내란편, 국방부 전사편찬위원회, pp.502~504

원수를 보좌하면서 모든 작전을 지휘하였다. 정충신, 남이홍 두 사람은 마음을 합하여 계획과 실천에 진력하였고 모든 일을 원수에게 품신하여 시행하였기 때문에 서로 도움됨이 컸다.

도원수 장만은 군사를 출동시키면서 말했다.

"군사의 승리는 오직 화합하는 데 있으니 두 사람은 이에 힘쓸 것이다."

두 장수는 그 말에 감동하여 의형제를 맺었다. 그리고 적을 맞고 군대를 쓰는 데 있어 진퇴 질서를 자전(스스로의 의사)에 맡겨 서로 견제가 없이 슬기와 재주와 생각을 다하였으므로 서로 힘이 되어주었다(최명길의 〈옥성행장〉에 기록된 말).

군비에 있어서도 주도면밀함이 철통과 같았고 그런 상황을 탐지한 이괄은 원수부의 도원수 장만 그리고 정충신, 남이홍과의 교전을 회피할 의도에서 직접 정면으로 대적하지 못하고 비밀리에 사잇길을 택하여 평양을 우회 남진하였던 것이다.

6) 관군의 실질적 승리와 황주의 신교전투

한편, 이괄의 반란군은 평양을 동쪽으로 우회하여 수령들이 부재중인 무방비 상태의 강동 · 상원 등을 차례로 점령한 다음, 수안을 목표로 하여 서흥 · 평산 통로로 진출하였다.

그러나 수안 북방 새원(塞垣) 관문에는 이미 평양으로부터 파견된 이정의 포수병 150명과 수안 · 서흥 소속 군사들이 포진하고 있었다. 방원령(防垣嶺)의 천연적인 장애도 비할 데 없이 험준하려니와 그로부터 서쪽 오봉산까지 20리에 걸쳐 성벽이 가로 설치되어 있어 도저히 돌파할 수 없는 요충지였다. 이괄은 수안 공략을 단념하고 기린도(麒

麟道) 방면으로 우회할 수밖에 없었다.[60]

기린도는 황해도 북부 서해안의 장연으로부터 은율 · 안악 · 봉산 · 서흥 · 신계 · 수안 · 곡산을 횡단하는 주요 역로(驛路)였다. 따라서 이괄은 수안의 요새지를 비켜 황주 방면으로 서진(西進)하게 된 것이다.[61]

12월 1일 평양 추격부대의 선봉장 박영서는 황주 서쪽 신교에서 반란군 일대와 마주쳤다. 서로 대치하여 출병했으나 적세가 강성하여 역전을 거듭했다. 관 선봉대는 기세를 떨쳐 반군과 격돌하였으나 중과부적으로 패했다. 그러나 안륵이 부하를 이끌고 항복하였다.

이튿날 묘시(05:00~07:00)에는 선봉대에 후속한 관군 주력부대가 황주마장에 당도하여 벌판을 사이에 두고 이괄군과 대치하였다. 관군 측의 선봉장은 전날 귀순한 안륵이었다. 그런데 관군은 박영서의 부대가 패했다는 소식에 놀라 밤새 강행군을 한 까닭에 해뜰 무렵이 되어서도 전투태세를 갖추지 못하고 있었고[62], 반군은 계속 진격하여 순천 · 자산을 차례로 점령하고 중화 · 수안을 거쳐 황주에 이르렀다.

이 사실을 안 도원수 장만은 전군 가운데 가장 날쌔고 용맹스러운 병사 1,800명을 선발하여 남이홍에게 주어 추격부대를 편성하였다.

추격부대 편성이 끝났을 때는 이미 해가 저물었다. 도원수 장만은 한시도 지체할 수가 없는 급박한 상황이라, 그 길로 부대를 출동시켜 어둠 속에 대동강을 건너게 하였으니 남이홍에게 뒤를 치게 한 것이다.

남이홍이 이끄는 추격군과 중앙에서 파견한 토벌군의 황주 수성대장 남이웅(후에 좌의정이 됨, 남이홍의 재종兄)이 힘을 합쳐 적과 격돌

60) 《동국전란사》 내란편, 국방부 전사편찬위원회, p.505
61) 《조선왕조실록》 004,02/04 (무자)
62) 《조선왕조실록》 원전 33권 576면

하게 되었다. 황주 신교에 다다르니 적들이 관군을 발견하고 대항하였다. 이때 남이흥은 호령하여 이들을 설득하였다.

"너희들은 모두가 국가에서 보낸 자들인 장수들이거늘 불행하게도 반군의 꼬임에 빠져 이 모양이 되었으니 애석하다. 그러나 마음을 고쳐 순리에 복종하고 항복을 하면 후일을 기약할 수 있겠고 부귀도 도모할 수 있을 것이다. 만일 미혹에서 벗어나지 못하면 너희들은 반드시 화를 면하기 어려울 뿐만 아니라 그 벌은 9족(부족 4, 모족 3, 처족 2)에게 미쳐 후회를 천추에 남길 것이다."

그러자 적의 무리 중 허전(許銓), 송립(宋岦) 등이 마병(임란 때 항복한 왜병을 합하여 1,200여 명의 군졸)을 이끌고 투항하여 죽기를 빌어왔다.[63] 실상 이 두 장수는 관군이 당도한 것을 보고 귀순할 의도에서 휘하 기병대를 이끌고 반란군 진영을 뛰쳐나온 것이다.

반란군의 기병대를 거느린 장수는 허전(許銓)과 송립(宋岦)이었다. 이 두 장수는 남이흥이 호소하는 말에 설득을 당했던 것이다.

그래서 투항하려고 진군했는데 관군과 사전에 연락이 없었으므로 관군은 모르고 있었다. 관군 장병들은 공격을 받는 줄 오인하고 있었던 것이다. 이윽고 해가 떠오르는 아침, 마장 들판에서는 일대 격전이 벌어졌다. 관군 장수들은 흐트러진 병사들의 전열을 가다듬어 대적하였다. 필사적으로 혼신의 노력을 기울였다. 그러나 야간 강행군에 지칠 대로 지친 장병들은 한 번 경동(警動)되자 좀처럼 투지와 사기가 오르지 않았다. 마침내 관군은 지휘관들의 필사적인 노력에도 불구하고 사분오열(四分五裂)이 되어 이괄의 막강한 정예부대에게 유린당하고 말았다. 이괄 역시 당초에는 허전 · 송립의 배신 행위를 전혀 모른 채,

63) 《조선왕조실록》 원전 33권 576면

관군 진영이 혼란을 일으키자 기세 등등하게 공격 명령을 내렸다.

이렇게 돼서 황주 전투는 허전과 송립 등 1,200여 명의 귀순이 있었지만 관군 측의 패배로 끝이 난 것이다. 그러나 실질적으로는 승리한 전투라고 생각된다. 그리고 허전, 송립은 일찍부터 이괄이 심복으로 삼기 위하여 심혈을 기울여 양성한 선봉장들이었다.

이들은 남이흥이 안주에 있을 때 의식주의 은혜를 받은 바 있었고 남이흥의 넓은 아량과 고매한 인품에 감복하였던 까닭에 남이흥의 휘하로 귀순한 것이다. 즉 이제는 우리가 남이흥 장군을 해하지 말고 은혜를 갚아야 한다고 소리치면서 도와준 은혜를 찬양하고 나왔던 것이다. 이러한 쾌거는 평소에도 우리 백성은 말할 것도 없고 외국인에게까지 인정을 베풀어 마음 속에까지 감동을 주어 덕을 넘치게 하였으며 항상 따뜻이 보살펴주고 감싸주고 있던 덕이 많은 사람들에게 감동을 주었기 때문이다.

안륵은 관군 별장으로 임명된 지 하루만에 이괄에게 사로잡혀 죽었으며, 척후장 오섬(吳暹)도 만신창이가 된 몸으로 생포되었다.

선봉장 박영서는 적병에게 에워싸여 도저히 탈출할 수 없게 되자, 스스로 타고 있던 말에서 내려 그 자리에 단정한 자세로 앉은 채 난도질을 당하여 죽었다. 이때 박영서는 적을 꾸짖기를, "너는(이괄) 부원군으로서 부원수를 겸하였는데 무엇이 부족하여 도리어 반역을 할 생각을 하였느냐?" 하면서 끝내 굽히지 않았다고 한다.

좌협장 유효걸 역시 반란군에게 포위되어 죽기를 무릅쓰고 싸웠다. 유효걸의 종 산수(山水)는 주인 곁에서 곤봉을 휘둘러 반란군의 포위망을 헤쳐 나갔다.[64]

64) 《동국전란사》 내란편, 국방부 전사편찬위원회 pp.505~506

그는 마침내 자기 몸으로 반란군의 창검을 받아 죽으면서 주인 유효걸과 편장(偏將) 강열(姜說)을 탈출시키는 데 성공하였다.

이괄은 관군 추격부대에 일격을 가하여 보기 좋게 뿌리치고 나서, 남쪽으로 유유히 진군하기 시작한 것이다.[65]

위의 황주 전투의 기록은 《조선왕조실록》의 기록과 유사하나 남이홍과 정충신의 패전을 강조하고 장만이 패전의 탓을 자신으로 돌리고 군사를 재정비하여 추격할 계획을 조정에 보고하고 있다.[66]

7) 평산전투

도원수 장만과 남이홍은 패전 장병들을 수습하여 전열을 가다듬은 다음 재차 추격길에 나섰다. 그는 서흥에 이르러 새로 부임하는 병마절도사 겸 부원수 이수일과 마주쳤다. 명색이 부원수였으나 이수일은 경호대 이외의 병력이라곤 하나도 없었다.

장만[67]과 이수일은 상의 끝에 계속 이괄을 추격하기로 결론짓고 평산을 향하여 내려갔다.

그 무렵, 평산에는 서울로부터 올라온 부체찰사 이시발을 비롯하여 독전어사(督戰御使) 최현, 황해도 관찰사 임서(林惰)가 방어군을 평산

65) 《조선왕조실록》 원전 33집 576면 ; 《동국전란사》 내란편, 국방부 국사편찬위원회 pp.505~506

66) 《조선왕조실록》 인조실록 4권, 인조 2년(1624) 2월 4일(무자)

67) 장만(인동인) : 호는 낙서. 군수 기정의 아들. 1591년 문과, 병과에 급제하여 형조, 예조의 좌랑을 거쳐 봉산군수로서 고을을 잘 다스린 공으로 승지에 올랐다. 영남안찰사, 호조참판, 형조판서를 지내고 병조판서 때 대북의 난정을 상소하다가 광해군의 분노를 사서 궁지에 몰리게 되자 병을 핑계로 고향에 은거했다. 인조반정으로 다시 등용되어 팔도도원수로 평양에 있다가 이괄이 반란을 일으키자 반란군을 추격, 안현에서 반란을 진압, 진무 1등공신에 올랐고, 보국숭록대부에 옥성부원군의 녹을 받았다. 이어서 우찬성을 거쳐 병조판서로, 인조 5년에 정묘호란을 막지 못한 죄로 부여로 귀양갔다가 전공으로 용서받고 복관되어 집에 있다가 죽었다. 이 사람은 문무를 겸비하였으며 재략이 뛰어났다. 영의정에 추증되고 통진의 향사에 배향되었다. 시호는 충정공이다. 특히 남이흥을 신임하여 발탁을 했고, 안현 싸움에서 같이 싸워 전공을 세웠다.

동북방 15리 지점의 태백산성에 배치하고 있었으며, 때마침 함길도 남병사(南兵使) 신경원(申景瑗)이 8백여 명의 지원군을 거느리고 와서 합류한 상태였다.

또 한편, 경기도 관찰사 이서(李曙)는 당초 개성부에서 병력이 증강되자 방어군을 개성 북방 청석동(青石洞)으로 전진 배치시키고 부체찰사 이시발의 지휘 하에 들어가 있었다.

그런데 이시발은 반란군에 대한 정보가 입수될 때마다 그 진위를 확인하지도 않은 채 하루에도 3, 4 차례씩이나 이서의 진영으로 전령을 보내어 수시로 방어진지 변환을 요구하였다.

이서는 매일같이 서너 차례씩 작전 계획 변경을 요구하는 명령서가 날아들자, 그 번거로움을 견디다 못하여 이시발에게 '기본 작전계획을 자주 변경하는 것은 옳지 않다' 고 건의하였으나 이시발은 끝내 듣지 않았다.

훗날 이서는 평산 패전의 책임을 추궁당하는 자리에서 부체찰사의 명령서 묶음을 공개하면서 항변하였다.

"상부의 작전명령이 이토록 자주 바뀌어 장병들이 우왕좌왕하느라 눈코 뜰 새도 없었는데, 어떻게 적을 맞아 싸울 겨를이 있었겠습니까? 이래도 나에게 패전 책임을 묻겠소?"

그 결과 이시발은 반란 평정 후에 전공을 인정받지 못하고 말았다.

남이홍은 이때 결사대를 조직하여 밤이 깊어지자 적의 진영 깊숙이 쳐들어 갔다. 삽시간에 적진을 격파하고 그들의 퇴로를 끊었다. 당황한 적들은 타격을 받고 이들의 형세는 약화되었다. 이리하여 패주하는 적들은 저탄(猪灘)에 이르렀다.

2월 6일, 이괄의 반란군은 드디어 평산 동남쪽 25리 지점 저탄(猪灘)

에 진출하였다. 저탄 여울목은 예성강 중류에 위치하고 있으며, 태백산성은 그 북방 35리 지점, 수안 · 신계 · 평산을 잇는 통로를 감제하면서 동쪽 배후에 예성강의 흐름을 끼고 있었다.

이괄은 관군의 예상을 뒤엎고 황주 · 봉산 · 서흥 통로를 거쳐 평산 서북방으로 우회 진출한 것이다.

당시, 평산 방어군은 도원수 장만의 추격대가 황주 마장 전투에서 패한 사실을 전혀 모른 채, 반란군의 예상 진출로를 정반대 방향으로 잡아 방어선을 구축하고 있었으므로 결국은 이괄에게 허를 찔리고 만 셈이었다.[68]

그러나 평산은 동 · 서양 통로의 합류점에 위치하고, 그로부터 금천 · 개성에 이르는 통로가 단일화 되어 있을 뿐 아니라 예성강의 도하지점이 바로 저탄 여울목이었으므로 관군 측은 이 여울목 대안에 제2의 방어선을 구축하고 있었다.

저탄 방면은 방어사 이중로(李重老) · 이덕부(李德符)를 비롯하여 풍천부사 박영신(朴榮臣) · 평산부사 이확(李廓) · 연안부사 이인경(李寅慶) · 옹진현감 윤정준(尹廷俊)이 각각 예하부대를 거느리고 여울목에 포진하고 있었다. 이들은 태백산성으로부터 별다른 경보가 전하여 오지 않았으므로 방심한 가운데 전투태세를 풀고 있었다.

이 때, 반란군은 평산부 아래 남산 봉수대를 습격 점령하여 경보를 차단한 다음, 금암역(金岩驛)을 거쳐 예성강 서안의 칠바위(漆岩)까지 은밀하게 접근하였다. 반란군은 저탄 대안의 방어태세를 신중히 관찰하고 나서 얕은 여울목으로 불시에 기습 도하하여 관군 진영을 덮쳤다. 관군은 예상 밖의 방향으로부터 경보도 듣지 못한 채 기습을 받고

68) 《동국전란사》 내란편, 국방부 전사편찬위원회 pp.506~507

삽시간에 혼란이 일어났다.

대안에서 쉴 새 없이 화포가 울리고 조총탄과 화살이 날아드는 가운데, 반란군은 속속 강을 건너와 관군의 영채를 유린하기 시작하였다. 이는 실로 일방적인 싸움이었다. 반란군은 병력면에서도 관군을 압도하였을 뿐 아니라, 기습의 효과마저 충분히 얻었던 것이다.

저탄 방어선의 관군은 처참한 살륙전 끝에 전멸당하고 말았다. 방어사 이중로와 이덕부는 강물에 몸을 던져 스스로 죽었다. 평산부사 이확은 첩첩이 쌓인 시체더미 속에 파묻혀 죽음을 면하였으며, 옹진현감 윤정준 · 풍천부사 박영신은 포로가 되어 이괄 앞에 끌려갔다.

이괄은 호상(胡床)에 걸터앉아 두 사람을 돌아보며 물었다.

"내가 그대들의 목숨을 살려 줄 터이니 나를 따르지 않겠는가?"

그러자 윤정준과 박영신은 크게 소리쳐 이괄을 꾸짖었다.

"너를 따르다니, 어서 죽여라! 군사가 많은 자는 반역을 저지르고, 궁지에 몰리면 적도에 항복하는 것이 신하된 자의 도리란 말이냐? 너는 무관으로서 나라의 은혜를 두텁게 받았고, 부원수 · 부원군의 지위에 오르고서도 무엇이 또 부족하여 반역을 저질렀느냐?"

곁에서 듣던 한명련이 눈을 부릅뜨고 호통을 쳤다.

"네놈들은 포로가 된 신세에 어찌 그리 당돌하게 구는가!"

윤정준은 그를 흘겨보고 응수하였다.

"한명련, 네놈은 문화현 소속 수군 병졸 출신으로, 이제 벼슬이 순변사(巡邊使)직에 이르렀다면 더할 나위 없을 터인데 어쩌자고 나라를 등지느냐? 나는 내 가문 대대로 국록을 먹은 신하인데, 어찌 역적들에게 몸을 굽힐까 보냐?"

한명련은 성이 복받쳐 윤정준의 오른팔을 칼로 쳐 끊어 버렸다. 이괄은 그들의 의기에 감탄하여 당초 죽일 뜻은 없었으나 기익헌과 한명련

이 군이 고집하여 끝내 두 사람을 죽이고 말았다.[69)]

한편 이괄의 뒤를 추격한 정충신[70)]은 그 무렵에야 겨우 평산에 당도하였다. 그는 저탄 방면으로부터 포성이 연달아 울리는 것을 듣고, 장병들을 재촉하여 달려갔다. 그러나 싸움은 이미 끝나고 이중로의 부대가 전멸한 뒤였다.[71)]

▲ 정충신

이 무렵 반란군들은 이미 도강하여 대안에 진을 치고 있으면서 관군의 사기를 떨어뜨리고자 이중로를 사로잡았다느니 8장의 목을 베었다느니 시끄럽게 소리치면서 이중로와 일곱 장수(八將)의 머리를 베어 수급을 남이홍 휘하 관군에게 자랑스럽게 내어보이는 것이었다. 이를 본 남이홍 휘하 관군 장병들은 그 목이 갓 베어져 아직껏 생기가 남아 있는 것을 보고 하나같이 사기와 투지가 꺾였다. 이것은 관군의 사기를 꺾으려는 술책이었다.

장병들의 전의가 상실되자 남이홍은 크게 웃으며 말했다.

69) 《동국전란사》 내란편, 국방부 전사편찬위원회 pp.507~509
70) 정충신(나주인) : 인조 때의 공신. 호는 만운. 임진왜란 때 광주목사 권율의 휘하에서 종군. 이듬해 무과에 급제하고 만포진첨사로 이괄의 난때 장만의 휘하에서 남이홍과 더불어 안현싸움에서 이괄을 격파했다. 그 공으로 진무1등공신이 되었고 금난군에 봉해졌으며 이어 평안병마절도사로 발탁 근무하다가 풍토병이 들어 이 직책을 남이홍에게 물려주고 정묘호란 때는 경상도 우도 병마절도사로 옮겨 근무했다. 천문, 지리, 복서, 의술 등 다방면에 정통했고 청렴하기로 이름이 높았다. 광주 경열사에 제향되고 시호는 충무공이다. 저서는 만운집, 금남집, 백사북천록이 있다.
71) 《동국전란사》 내란편, 국방부 전사편찬위원회 pp.506~509

"8장(八將)이라는 사람은 평소에 내가 잘 아는 사람들이다. 그 수급 중에는 그런 사람이 하나도 없다. 죽은 졸병의 목을 걸어 놓고 나를 속이려는 것이다."

이때서야 여러 사람들은 의심을 풀고 군심이 안정되었고 사기가 진작되었다. 남이흥은 또 이렇게 말했다.

"적이 임진강을 건너게 되면 서울이 혼란스러워질 것이니 강을 건너기 전에 결사적으로 싸워 막아야 할 것이다. 어찌 임금이 계신 성으로 들어가게 할 수 있겠느냐? 결사적으로 싸움에 임해서 단숨에 섬멸해야 할 것이다. 그렇게 못한다면 군부도 위태롭게 될 것이다."

그리고 길을 재촉하여 임진강에 이르니 반란군은 어둠을 타고 얕은 여울을 따라서 이미 도강을 한 후였다.

그리고 임금도 또한 공주로 파천한 뒤였다. 이에 도원수가 제장들에게 영을 내렸다.

서울이 이미 격파되었으니 더 이상 싸울 곳이 없다. 급히 서호를 건너게 하여 임금의 수레를 쫓도록 하자, 하니 남이흥은 그 명령을 좇지 않고 말하기를 "군법에는 나가는 일은 있어도 물러서는 일이 있어서는 절대로 안 되겠습니다" 하고 반대하였다.[72)]

8) 반란군 임진강 도하

2월 7일 김류는 이괄 군이 도성 밖에 닥칠 경우 내응자들이 안에서 혼란을 야기시킬 것을 우려한 나머지 인조에게 말씀을 드렸다.

당초 체포 감금한 무리 49명을 죽여서 후환을 제거하도록 요청한 것

72) 《충장공 남이흥 장군 유사록》 pp.89~90

이다. 기자헌 · 김원량 · 윤수겸 · 이시언 등 이괄 측의 내통자로 지목되어 갇혔던 사람들은 창졸간에 제대로 변명 한 마디 못한 채 의금부 정문 밖으로 끌려 나가 참수형을 받았다.

이 때에 김극전(金克銓) · 김극명(金克銘) 형제와 이욱(李煜) 등 8, 9명은 처형 직전 감옥문을 부수고 탈출하여 도망쳤다. 이욱은 바로 앞에 죽음을 당한 이시언의 아들로서, 그 후 이괄 군이 서울에 입성할 때 비로소 은신처에서 나와 반란군을 인도하였다.

한편, 예성강 저탄을 기습 도하한 이괄의 반란군은 그 길로 금천을 통과하여 개성으로 남진하였다. 남이흥은 "나라가 이 지경에 이르게 된 것은 신 등이 죽음으로 싸우지 못한 결과다"라고 한탄한 다음 전의를 도원수 앞에서 더욱 다짐했다.

"목숨을 바칠 각오로 열심히 싸워 적을 섬멸하겠습니다."

반란군은 예성강 우안(右岸)을 끼고 남하한 다음, 개성을 우회하여 곧장 임진강으로 진출하였다.[73)]

당시 임진강 일대에는 파주목사 박효립이 임진 나루터를 지키고 있었고, 그 상류의 적성현 술탄(戌灘)에는 경기방어사 이흥립(李興立)이 수원 소속 군사 3천 명을 거느리고 수비하는 중이었다. 그리고 어영대장 이귀는 임진강 동안(東岸)의 파주와 적성간의 대로를 순찰 경계하고 있었다.

2월 7일, 이괄은 관군의 허를 찔러 장단대로를 따르지 않고 임진강 여울목 우측 방향으로 기습 도하를 감행하였다.

임진강을 건너자, 이괄은 철갑 기병 2명을 박효립의 진영으로 접근시켜 채찍을 휘두르며 반란군이 이미 도강에 성공하였음을 알려주게

73) 《동국전란사》 내란편, 국방부 전사편찬위원회 pp.510~512

하였다. 반란군이 뜻밖에 측방으로부터 출현하자, 이것을 본 박효립의 장병들은 놀라서 어찌할 바를 모르고 두려움에 떨었다. 박효립은 임진강 방어계획이 수포로 돌아간 데다 반란군이 배후로 진출함으로써 고립될 입장에 처하고 말았다.

그는 황급히 요로에 산개시켰던 병력을 수습하여 거느리고 본영이 있는 파주로 철수하였다.

어영대장 이귀 또한 박효립으로부터 급보를 받고 그 즉시 서울을 향하여 말을 달려갔다. 박효립은 도성이 바야흐로 위기에 처하게 되었으므로 파주마저 포기하고 이귀를 뒤따라 서울로 달려갔다. 그는 너무도 조급한 나머지 상류지역 방어를 맡고 있던 이흥립의 부대에 연락조차 취하지 않고 떠나버렸던 것이다.

이흥립이 상황을 깨달았을 때는 이귀와 박효립의 부대는 물론, 이괄의 반란군마저 파주를 통과하여 고양 방면으로 진출하고 난 다음이었다. 이흥립은 어쩔 수 없이 부대를 수습하여 반란군의 뒤를 따라가는 처지가 되고 말았다.[74]

9) 인조는 공주로 파천

반란군이 임진강을 도하하자 어영대장 이귀는 필마로 뛰어서 해질 무렵에야 도성에 다다라 인조를 뵙고 아뢰었다.

"사태가 위급해졌습니다. 오늘 밤으로 한강을 건너 적도들의 칼날을 피하셔야 합니다."

"전황이 어떤 형편인가?"

74) 《동국전란사》 내란편, 국방부 전사편찬위원회 pp.510~512

"적도들이 임진강을 도하하여 2월 8일 현재 고양 벽제에 진출하고 있습니다."

"도성에서 얼마나 되는 거리인가?"

"서울 도성까지는 불과 40리 거리입니다."

인조는 황망중에 인목대비와 왕자들을 이끌고 대신들의 인도로 한강 나루터에 당도하였다.

어둠이 깔리기 시작하였다.

나룻배를 급히 찾았으나 사공들은 모두 자취를 감추고 그나마 몇 척 있는 배도 강 한가운데 닻을 내리고 있고 아무리 소리쳐 불러도 응답이 없었다.

임금과 신하들은 발을 동동 굴렀으나 도리가 없었다.

보다 못한 선전관 우상중이 옷을 벗어 던지고 물 속으로 뛰어들었다.

▲ 이괄의 난 때 공주에 피란했던 인조대왕이 의지했던 쌍수정.

그는 강 한가운데까지 목숨을 건 헤엄을 쳐서 뱃전을 잡고 올라선 다음 불문곡직 사공을 때려 눕히고 여섯 척의 배를 확보하고 일행은 밤새도록 배를 왕복시킨 우여곡절 끝에

▲ 공주 쌍수정 사적비.

전원이 한강을 건널 수가 있었다.

2월 9일 인조 일행은 양재천 서편의 사평원(沙平院)에 머물렀다. 먹을 것을 구하지 못하여 인조 일행은 온종일 굶었다. 해가 질 무렵에야 남원부사 신준이 율무로 쑨 죽과 곶감을 가져와서 임금에게 바쳤고, 다른 사람들은 모두 굶으면서 수원에 당도했다.

이때서야 영광군수 원두표와 금구현령 이각(李恪)이 소속 군대를 거느리고 수원에 입성하였다.

인조는 수원의 도감군 병력과 원두표, 이각의 부대를 합쳐 호위대를 편성하고 공주 방면으로 출발하였다.

한편 인조는 군신회의를 열어 반란군 토벌대책을 논의하였다. 이 자리에서 인조는 병사 이병직을 보내어 부산에 거류 중인 일본 무사들을 반란군 토벌작전에 투입하려고까지 하였다.

그러나 도체찰사 이원익 이하 여러 중신들이 일본인들은 이 사실을 본국에 알리고 출병할 것이므로 시일이 오래 걸려서 대세를 그르칠 가능성이 많다는 이유를 들어 반대하여 일본군 청병계획도 무위로 끝났다. 인조는 공주에 행재소를 두고 파천을 하였다. 그리고 충청, 전라 양도 군사를 총동원하여 산성과 금강 일대의 요새지에 분산 배치했다.

또한 심기원을 한남원수로 삼아 방어군을 지휘하게 하였다. 또 도감군을 후군 예비대로 배치하고 그 지휘를 신경진에게 맡겼다.[75]

10) 이괄 반란군의 도성 입성

2월 9일 오후, 반란군의 척후 기병대 30여 기가 먼저 서울에 입성하

75) 《동국전란사》 내란편, 국방부 전사편찬위원회 pp.512~516

였다. 그들은 도성을 순회하면서 이괄의 포고령을 전하였다.

"도성 안의 주민들은 동요하지 말라. 새 임금이 즉위하셨다!"

2월 10일, 반란의 괴수 이괄은 한명련과 더불어 말머리를 나란히 하여 도성으로 들어갔다.

그의 아우 이수(李邃)는 인조가 공주로 파천한 직후 이충길(李忠吉)과 죽은 이시언의 아들 이욱 등을 데리고 모집한 수천 명의 군사를 거느리고 무악재 북쪽에서 반란군을 맞아들였다. 반란군 장병들은 그들의 인도를 받아 경복궁 앞에 영채를 설치하였다.

조정의 피란 행렬에 끼이지 못했던 각 관청 서리와 하인배들이 의관을 갖추고 나와서 환영하는가 하면, 도성 주민들도 길을 쓸고 황토를 깔아 이괄을 맞이하였다.

이때, 임금을 따라 한강을 건너갔던 왕자 흥안군(興安君) 이식이 무슨 생각에서인지 중도에 도망쳐 다시 도성으로 돌아왔다. 이괄은 흥안군의 사람됨이 시원치 못함을 알고는 있었으나 달리 왕족이 없었으므로 우선 잠정적이나마 임금으로 받들어 세웠다.

한편, 임진강 방어 작전 중 동떨어진 채 반란군의 뒤를 좇아온 경기방어사 이흥립은 도성이 반란군에게 점령되고 임금과 대신들도 모두 공주로 피난하여 고립무원의 상황에 처하자 어쩔 수 없이 이괄에게 사자를 보내어 반란군에 항복하고 말았다.

이괄은 기뻐하여 이흥립을 어영대장으로 삼아 새 임금 흥안군 이식을 호위하게 하였다. 왕으로 추대된 흥안군 이식은 창고를 풀어 반란군 장병들에게 술과 고기를 먹였다.

도성 안팎의 주민들은 이괄이 흥안군을 옹립한 처사에 크게 실망하고 '보나마나 이괄의 운명도 오래 못가겠구나' 라고 수군거리며 등을 돌리게 되었다. 도성을 장악한 이괄은 이충길을 유도대장(留都大將)에 임명하여 도성의 치안과 경비 임무를 맡겼다. 한편, 각처에 포고문을 붙여 주민들에게 예전대로 생업에 종사할 것을 당부하였다.

서울에 남아 있던 이괄의 친구들도 모두 불려 나와서 관직을 받고 새 조정의 대신으로 앉혀졌다.

세력을 잃었던 무리와 시정 무뢰배들 역시 줄지어 이괄에게 항복하고 벼슬자리를 얻었으며, 그 숫자는 이루 헤아릴 수 없이 늘어났다.

서울이 반란군에게 함락되고 임금의 행차가 공주지방으로 파천하는 지경에 이르자, 도성은 물론 지방 각처의 인심마저 술렁거리고 흉흉해지기 시작하였다. 더구나 인조반정으로 유배형을 당한 광해군 때의 간신들은 이괄의 반란을 천재일우의 기회로 여기고 반란 세력과 결탁하려는 기색을 역력하게 드러냈다.

이이첨(李爾瞻)의 잔당 권진(權縉)도 유배지 양산(梁山)에서 은밀히 무사들을 끌어 모으고 칼 잘 쓰는 항왜(降倭)들과 연락을 취하는 등 심상치 않은 활동을 개시하였다.

경상도 병마통제사 구인후와 우병사(右兵使) 신경유(申景裕)는 권진(權縉)의 동태를 예의 주시하던 중, 조정으로부터 군사를 총동원하여 급거 상경하라는 명령을 받고 서울로 떠나면서 경상도 관찰사 민성휘(閔聖徽)에게 계속 권진 일당의 동태를 감시하라는 지령을 내려 두었다.

민성휘는 나라가 위기에 처한 때 권진이 이괄 측과 내통하여 관할지역에서 반란을 일으킬까 두려운 나머지 선수를 쓰기로 결심하고 청도군수 정경업(鄭慶業)을 보내어 권진을 죽여 버렸다.[76]

76) 《동국전란사》 내란편, 국방부 전사편찬위원회 pp.514~516

11) 이괄의 도성 입성 후 관군의 대처상황

한편, 도원수 장만과 남이홍은 추격군을 거느리고 파주에 도착하여 그곳에서 비로소 임금이 공주로 파천하였다는 소식을 들었다.

그들은 종사관 이민구(李敏求)를 행재소로 달려 보내어 반란군을 막지 못한 사죄의 뜻을 전하게 하고, 행군 속도를 높여 2월 10일 새벽 고양 북방 혜음령(惠陰嶺)에 이르렀다. 그들은 벽제역을 굽어보는 고개마루턱에서 일단 부대를 정지시킨 다음, 장수들을 모두 소집하여 노상에 풀을 깔고 앉은 채 임시 작전회의를 열었다.

도원수 장만이 말하였다.

"지금 쯤, 이괄 군은 서울에 입성하였을 것이요. 내 생각으로는 장차 도성을 탈환하기 위하여 두 가지 방법을 쓸 수가 있소. 첫째, 반란군이 도성을 장악한 지 얼마 안 되므로 주민들도 아직까지는 적도들을 따르고 있지 않을 것이오. 만약 하루 이틀 더 지체하면 형세를 관망하던 무리가 모두 역도를 기정사실로 받아들여 협조하게 될 것이 분명하오. 따라서 민심이 돌아서기 전에 우리 병력만으로 조속히 공격을 가하는 방법이 있소. 그러나 이 방법은 아군이 불리한 입장에서 소수 병력으로 결전을 강요하게 되는 만큼 위험이 따를 뿐만 아니라 희생도 적지 않을 것이오. 둘째로, 지구전을 택하는 것이오. 현재 후속 중인 경기 관찰사 이서의 부대를 독촉하여 도성 동쪽으로 나가는 도로망을 봉쇄하게 하고, 신경진의 부대를 불러 올려 도성 남쪽 통로를 차단하게 한 다음 우리 부대는 북방 퇴로를 차단하여 이괄 군의 군량 보급로를 끊어 놓고, 각 도의 지방군이 도착할 때까지 기다렸다가 협동작전으로 공격하자는 것이오. 이 방법은 안전하지만 시일이 다소 요구되오. 이상 두 가지 길 중 어느 것을 택하겠소?"

그러자 성미 급한 정충신이 먼저 큰 소리로 외쳤다.

"우리는 비록 최선을 다하였다고 하지만 역도들을 여태껏 섬멸하지도 못하고 임금께서 파천하시기에 이르렀으니 그 죄는 만 번 죽어 마땅합니다. 사세가 이토록 다급한데도 역도들을 그냥 앉아서 보고만 있어서야 어디 될 법이나 한 일입니까? 첫 번째 계책대로 일전을 겨루어야 합니다. 역적 이괄이 성곽을 의지하고 있으나 아군도 안령(鞍嶺 : 무악재)을 점령한다면 도성을 감제하고 싸울 수가 있습니다. 이괄 군을 꾀어 도성 밖으로 끌어낼 경우 그들은 고지를 올려다 보고 공격하게 되며, 아군은 지형의 이점을 최대한으로 이용하여 적도들을 격파해낼 수 있습니다."

남이흥을 비롯한 여러 장수들도 그 의견에 동조하였으므로 장만 역시 속전속결을 시도하기로 결심하였다. 정충신과 남이흥은 더불어 기세등등하게 앞장서서 부대를 이끌고 출발하였다.

장만이 전령을 보내어 '상황을 살펴 가며 천천히 진군하라' 고 지시하였으나, 그들은 장병들에게 그 반대로 '도원수께서 속히 전진하랍신다!' 하고 외치더니 채찍을 휘두르면서 질풍처럼 달려 나갔다.

정충신의 선봉대는 마침내 삼각산 서쪽 연서역(延曙驛)까지 진출하였다. 그는 김양언(金良言)에게 기병 20명을 주어 고지 위에 설치된 봉수대(烽燧臺)로 침투시켰다. 김양언은 단숨에 봉수대를 점령한 다음, 명령받은 대로 생포한 봉화군을 위협하여 평상시처럼 신호 불을 올리게 하였다.

이윽고 장만 · 남이흥의 주력이 정토사(淨土寺)를 거쳐 연서역 부근의 백련산(白蓮山)으로 후속하였다.

정충신은 다시 유효걸(柳孝傑) · 이희건(李希建) · 김경운(金慶雲) · 최응일(崔應一) · 신경원(申景瑗) 등의 부대와 함께 어두움을 틈타서 안령(무악재) 마루턱을 먼저 점령하였다.[77] 선두 부대가 포진을 완료하자 남이흥·변흡(邊潝)의 본대도 어둠을 무릅쓰고 달려가 군사를 안산에 진출시켰다. 관군은 우선 멀리서 오느라고 굶주림에 시달린 군사들을 먹여야 했으나 군량이 없었다.

▲ 영은문. 중국 사신을 맞이하던 모화관 남쪽에 있던 문으로, 1896년 독립협회의 서재필 등이 이 문을 헐어버리고 그 자리에 독립문을 세웠다.

남이흥은 군마 수백 명을 뽑아 우선 전영(前營)을 지키는 적을 급습하여 적장을 베고 식량을 취하여 오게 하였다.

이 일이 성공하여 수일 동안 배를 곯은 장병들은 비로소 허기를 채울 수 있었다. 그리고 뒤이어 이수일은 예비대로 하여 엄호할 태세를 갖추었다.[78]

정충신의 부하 장수 박상(朴瑺)·이휴복(李休復)·성대훈(成大勳)·이희건·김경운은 최전방에 배치되어 모화관·영은문(迎恩門 : 현 독립문)을 감제하는 지점에 위치하였으며, 남이흥·변흡의 부대는 무악재 고개 안쪽에 진을 쳤고, 김완(金完)의 부대는 그 서쪽을, 황익(黃瀷)·안몽윤(安夢尹)·최응일·이경정(李慶禎)은 중앙부를, 신경원·이정(李靖)의 부대는 고개 북쪽에 진을 쳤다.

그리고 이확(李廓)은 포수 1백 명으로 편성된 별동대를 거느리고 치마바위 계곡에 잠복하여 창의문(彰義門 : 자하문) 통로를 차단하였다.

야간에 부대 배치를 하는 동안 인마(人馬)의 움직이는 소리가 시끄

77) 《동국전란사》 내란편, 국방부 전사편찬위원회 pp.516~517
78) 《충장공 남이흥 장군 유사록》 p.72

럽게 울렸으나 그날 밤 동풍이 매우 세차게 불었으므로 도성 사람들은 아무도 눈치를 채지 못하였다.

부체찰사 이시발은 미리 준비해 두었던 공명첩(空名帖)[79] 수천 장을 성 안으로 은밀히 들여보내어 주민들에게 나누어 주고, 그들로 하여금 반란군의 퇴로를 봉쇄하도록 공작하였다.

도원수 장만은 다시 경기관찰사 이서와 황해관찰사 임서의 부대를 낙산(駱山)에 진출시켜 협공 태세를 갖추게 하였다.

2월 11일 아침, 이괄은 성중 사람들이 웅성거리고 심상치 않게 동요한다는 보고를 받았다. 그제서야 이괄은 도원수 장만의 추격군이 무악재를 점령한 사실을 알아내고 즉시 반란군 장수들을 소집하였다.

그들은 작전회의 석상에서 관군 측 전력을 분석하여 대응책을 세우려 하였으나, 전후 부대의 강약을 알 수 없어 의견들이 엇갈렸다. 이괄은 부하 장수들을 이끌고 모화관으로 나아가 관군의 부대 배치 상황과 동정을 탐색해 보았다. 부하들의 견해는 두 가지로 압축되었다.

"정충신의 부대가 정예라고는 하나 병력은 극소수이다. 아군이 압도적 병력을 투입하여 공격한다면 어렵지 않게 제압할 수 있을 것이니 이것이 첫째 안이고, 둘째 안은 정충신의 정예부대가 모두 최전선 무악재에 배치되어 있는 이상, 그 후방의 도원수 본영은 방어력이 허약할 것이다. 그러므로 병력을 나누어 1대는 정충신의 부대를 상대하고, 조총으로 무장한 항왜(降倭)로 편성된 정예병을 창의문(자하문)[80]으로 우회 출동시켜 배후의 도원수 본영을 기습하는 것이 좋다. 일단 주장이 사로잡히고 나면 관군 장병들은 모두 전의를 상실하게 되고, 그 때에 결정타를 가하면 전승을 거둘 수 있게 된다."

79) 공명첩 : 성명을 기재하지 않은 관리 임명장
80) 창의문 : 자하문

이괄은 조총으로 무장한 항왜가 포함된 정예병은 창의문으로 우회 출동시켜 관군의 본진으로 진격시켰다.

이때 한명련도 두 번째 안인 본영을 분쇄하는 안을 지지하고 나섰다.

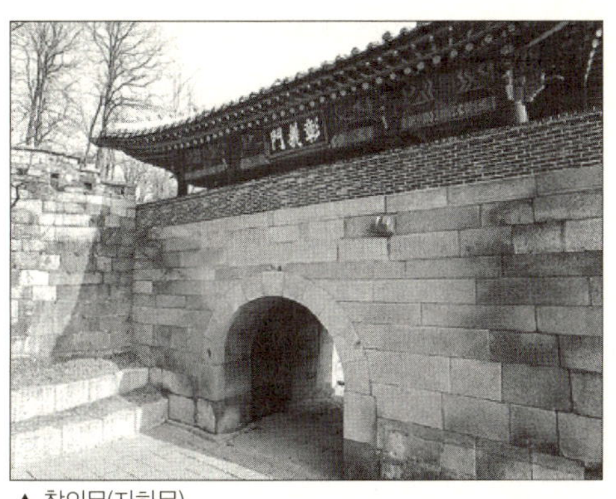
▲ 창의문(자하문)

"고개 위에 포진한 부대는 내가 진작부터 그 실력을 익히 알고 있소. 그들은 별로 강한 병력이 아니오. 기왕이면 도성 주민들도 모두 성벽 위에 올려놓고 싸움 구경을 시킵시다. 관군 측에서 보면 아군이 많은 줄로 오인하여 지레 겁을 먹게 될 터이고, 또 우리가 힘껏 쳐서 저 오합지졸들을 붕괴시킨다면 민심도 완전히 우리 측으로 돌아서서 안정될 것이오."

이괄은 결단을 내렸다.[81]

12) 이괄 군과 관군의 최후 일전

이리하여 반란군은 성문을 활짝 열어 제치고 두 갈래로 나왔다. 한 갈래는 모화관 영은문을 감제하는 지역을 목표로 하였고, 또 주력부대인 무악재 고개 아래에 집결한 반란군들은 장만과 남이흥, 변흡이 진주한 산 고개 안쪽을 일제히 포위하고 기세등등하게 오르기 시작하였다.

81) 《동국전란사》 내란편, 국방부 전사편찬위원회 pp.516~519

한명련은 항왜 조총수와 검수들로 구성된 부대를 이끌고 선봉장이 되어 고개 마루턱에 육박하였다. 관군이 고개 위에 진을 치고 있음을 발견하고 반란군은 총공세를 취하였다. 언덕으로 골짜기로 개미떼처럼 덤벼들었다. 반란군은 여유 있게 화살과 탄환을 쏘아대며 마구 쳐들어 왔는데 관군은 수가 적어 심히 외롭고 약하였다.

이때 남이홍은 호상에 발을 묶고 죽음을 각오한 불퇴전의 기백을 보이면서 싸울 태세를 보였으나 그래도 군졸들은 겁을 먹고 몇 번이고 물러서려 하였다.

이괄은 중앙 지휘부에서 북과 나팔을 울리며 전투를 독려하였다.

어느덧 곡성(曲城)으로부터 남산에 이르기까지 성벽 위에는 구경꾼들이 숲을 이루고 서 있었다.

총탄과 화살이 비 오듯 날아오고 포성과 함성이 천지를 진동하는 가운데, 바람결마저 반란군을 도우려는지 때마침 동풍이 사납게 휘몰아쳤으므로 반란군들은 세찬 바람을 타고서 급박하게 공격을 서둘렀다. 싸움은 시각이 지날수록 가열되어 총포성과 함성이 한 데 어우러지고 비명, 고함소리가 곳곳에서 터져 나왔다.

고개 안쪽에 배치된 관군은 남이홍, 변흡 두 장수의 질타 섞인 독전을 받아가며 필사적으로 진지를 고수하려 하였으나 공격군의 병력수가 워낙 많은 데다가 맞바람까지 안게 되어 차츰 밀리기 시작하였다. 두 장수는 환도(環刀)를 뽑아 휘두르면서 독려하였지만 방어선은 수십 보 뒤로 물러났다.

최선두에 선 김경운과 이희춘은 밀물처럼 육박해 드는 공격대를 향하여 앞에 나서서 적진에 충돌하며 나아갔다. 그것도 잠시뿐, 김경운은 역전하다가 반란군이 쏜 조총탄을 맞고 그 자리에서 전사했다.

반란군은 더욱 기세를 떨쳐 환호성을 지르면서 밀어 닥쳤다. 싸움이 한창 무르익어 갈 무렵, 갑작스럽게 바람의 방향이 서북풍으로 바뀌더니 풍세는 여전히 세차게 모래 먼지를 휘말아 올려 눈코 뜰 새 없이 반란군의 얼굴에 뒤집어 씌웠다.

이때 남이흥은 기다렸다는 듯이 기회를 포착했다. 이때를 위하여 준비했던 고춧가루를 뿌린 것이다. 뒤바뀐 풍향을 따라 매운 고춧가루가 강풍에 섞여 반란군의 방향으로 휘몰아치고 있었다. 거꾸로 맞바람을 안게 된 반란군의 공격대는 일순 그 기세가 주춤해졌다. 관군 측으로 불던 동풍이 반란군 측으로 부는 서북풍으로 바뀐 풍향은 피아간에 전세를 일변시켰다. 풍세가 바뀌자 관군의 사기가 배가되었다. 반란군 400여 급을 베고 300여 인을 사로잡았다. 이 사실은 《조선왕조실록》, 인조실록 인조 2년(1624)[82]에 상세하게 기록하고 있다.

이번에는 용기백배한 관군 장병들이 강풍을 등지고 반격에 나선 것이다. 무악재 공방전은 묘시(卯時, 05:00~07:00)부터 사시(巳時, 09:00~11:00)까지 줄기차게 계속되었다. 반란군 측에서는 선봉장 한명련을 닮은 적의 좌영장 이양(李壤)이 탄환을 맞고 비탈 아래로 굴러 떨어져 죽는가 하면 항왜 검수들을 독전하던 한명련도 화살을 맞아 허둥지둥 물러났다.

이때 남이흥은 기지를 발휘하여, "저 한명련이 화살을 맞고 말에서 떨어졌다"고 크게 외치니 형세가 뒤바뀌어 관군 측 군사들은 사기를 회복하기 시작했다. 관군 측 군사들은 한낮이 넘어서서는 사기가 하늘을 찌를 듯이 높아졌고 풍향까지 바뀌어서 더욱 사기는 하늘을 찌를 듯했다.

이때, 반란군의 본영(本營)에서 싸움을 감독하고 있던 이괄이 자리

82) 《조선왕조실록》 인조실록 4권, 인조 2년(1624) 2월
《조선왕조실록》 인조실록 4권, 인조 2년(1624) 2월 28일(임자) 004의 기록

▲ 이괄의 난 최후 결전지 안현(안산고개). 지금은 시가가 들어섰고 촬영장소에 따라 다양하게 변해 있다. 이곳 전투에서 이괄의 주력군이 남이흥에게 패했다.(뒤에 안산의 봉우리가 보인다)

를 바꾸기 위해 주장(主將)의 기(旗)를 옮기려 하였다.[83)]

커다란 기(旗)는 강풍 때문에 깃대까지 좌우로 쓰러질 듯 기우뚱거렸다. 이것을 본 남이흥이 크게 소리쳤다.

"역적 이괄이 도망치고 있다!"

한참 정신없이 어우러져 싸우고 있던 반란군 장병들은 무심결에 산 아랫쪽을 뒤돌아보았다. 과연 본영(本營)에서 싸움을 감독하고 있던 주장(主將)인 이괄의 기(旗)가 마구 흔들거리고 있었다. 본영에서 기수들이 죽을 힘을 다 내어 깃대를 지탱하는 밧줄을 당겨 고정시키느라 애쓰고 있는 줄은 전혀 모른 채, 그들은 이제 막 쓰러질 듯 요동치는 깃폭만 보았던 것이다. 공세는 중단되었다. 반란군 공격대는 산사태가 무너져 내리듯이 앞을 다투어 무악재 고개 아래로 뛰어 내렸다. 너무도 다급한 나머지 서로 밀치고 짓밟는 바람에 골짜기와 개천에 굴러 떨어져 죽고 다치는 자가 이루 헤아릴 수 없었다.

뒤이어 고개 위에서 함성이 진동하더니 장수들을 선두로 하여 승세를 탄 관군들이 밀물처럼 쏟아져 내렸다. 관군의 추격전은 무악재 아래 평지로부터 도성에 이르기까지 숨 돌릴 틈도 없이 계속되었다.

반란군 군사들은 뿔뿔이 흩어져 죽음을 모면하려고 민가로 뛰어들

83)《동국전란사》 내란편, 국방부 전사편찬위원회 pp.519~520

어 숨거나 발길 닿는 대로 정신없이 달리다가 마포 · 서강 강변에 이르러 발악적으로 항거하다 죽기도 하고, 강물에 몸을 던져 죽는 사람도 있었다.[84)]

13) 안현(안산고개) 전투에서 패한 반란군

이괄은 어처구니가 없었다. 우연한 강풍 때문에 깃발이 흔들리고 그로 인하여 자중지란을 일으켜 거의 다 이긴 싸움을 망쳐 버린 것이다.

이야말로 패전이 아니라 자멸이었다. 이제 대세는 만회할 길이 없어졌다.

그는 잔여 부대를 수습해 거느리고 황급히 도성 쪽으로 퇴각하였다. 그러나 뜻밖에도 이번에는 성문이 굳게 닫힌 채 도무지 열어주는 사람이 없었다. 무악재에서 가장 가까운 문은 돈의문과 서소문이었다.

이괄 군이 붕괴하자 성벽 위에 올라 관전하던 주민들이 성문을 모두 닫아걸고 반란군의 입성을 거부하였던 것이다. 이괄은 불같이 성이 났으나 이제 주민들과 실랑이를 벌일 여유가 없었다. 그는 방향을 바꾸어 숭례문(남대문) 쪽으로 달려갔다.

관군은 사기 백배하여 일기당천의 용맹을 발휘하여 커다란 전과를 올리게 되었다. 드디어 반란군이 성 안으로 도망을 가기 시작했다.

정충신이 이를 추격하려 하니 남이흥이 제지했다.

"지금까지 우리는 적은 수로 많은 적을 대적하여 무수한 위험을 이겨내고 승전을 했소. 이것은 하늘의 도움이라 하겠고, 궁한 적은 쫓지 말라 하는 것은 병법에도 명시된 훈계가 아니겠소? 도성 안에는 좁은

84) 《동국전란사》 내란편, 국방부 전사편찬위원회 pp.519~521

▲ 숭례문(남대문) : 패전한 이괄반란군은 도주할 때 서대문을 이용하여 입성하려 했으나 주민들이 막고 열어 주지 않아서 남대문까지 달려돌아와서 도성으로 들어왔다.

골목이 많아서 만일 적도의 기습대라도 남아 잠복해 있다면 낭패를 당하기 십상이오. 공연히 서두를 것 없지 않겠소. 하루 이틀 그대로 놔두어도 두목을 앉아서 잡아오게 될 것이니 기다려 봅시다."

그러나 정충신은 이렇게 응수하였다.

"병법에 이르기를 '군의 기동은 뇌성벽력에 귀 막을 겨를도 없듯이 행하라' 하였습니다. 적도들은 벌써 넋을 잃고 패주하고 있습니다. 어느 경황에 매복병을 설치하고 저항하겠습니까? 이제 급히 추격하면 광통교(廣通橋 : 을지로 입구)까지도 못가서 이괄을 포착할 수 있을 것입니다."

그러나 남이흥은 궁지에 몰린 반란군의 역습을 우려하여 추격전을 극구 말렸다. 정충신은 하는 수 없이 추격을 단념하고, 별장군 박진영(朴震英)의 부대를 도성 동쪽 교외로 진출시켜 강원 · 함길도로 나가는 통로를 차단하게 하였다.[85)]

또 남이흥은 생포한 반란군 수십 명을 놔두고 있었다.

이를 본 종사관 김기종이 남이흥에게 물었다.

"사로잡은 적을 죽이지 않고 놔두는 것은 후환을 자초하는 것이 아

85) 《동국전란사》 내란편, 국방부 전사편찬위원회 p.521

니겠습니까?"

이 말을 들은 남이흥은 이렇게 말했다.

"저들도 우리의 백성이 아니겠소. 그대는 협종망치(脅從亡治 : 협박으로 따르는 자는 그의 속마음까지 다스릴 수 없다)라는 말을 들어보지 못하였소?"

주위에서 남이흥의 이 말을 들은 여러 사람은 크게 감동하였다.

남이흥과 정충신의 부대가 입성하여 패잔병을 수색하는 동안 이수일(李守一)과 김기종(金起宗)은 무악재 일대에 남아서 전투지역을 정리하기 시작하였다. 병사들이 능선과 계곡을 샅샅이 뒤져 반란군의 시체를 거두어들이고, 아직도 살아 숨어 있는 자를 끌어내었다.

이 전투에서 관군은 반란군의 400백여 급(級)을 베고 300여 인을 사로 잡았다고 《조선왕조실록》에 기록되어 있다.[86)]

두 장수가 산마루에 앉아 있는 잠깐 사이에 병사들이 베어 온 반란군의 머리가 자그마한 산더미처럼 쌓였다. 그 가운데는 삭발한 승려의 머리도 하나 섞여 있었다. 그것은 남의 시체를 이용하여 자기가 죽은 것처럼 위장시키고 도성을 탈출하였던 윤인발의 목이었다.

윤인발은 체포대의 눈길을 피하여 영변 산중으로 도망쳤다가 후에 이괄의 진영을 찾아가서 잠자리까지 함께 하는 모사(謀士)가 되었는데, 이때서야 이수일의 병사에게 잡혀 죽었던 것이다.

이괄 군의 입성을 인도하였던 내응자 이욱도 관군 수색대에 사로잡혀 죽음을 당하였다. 그는 관군이 입성하자 평소 타고 다니던 애마가 남의 눈에 띌 만큼 이름났으므로 몸뚱이에 온통 먹칠까지 하여 숨겼으나 끝내 발각된 것이다.[87)]

86) 《조선왕조실록》 인조실록 4권, 인조 2년(1624) 2월 11일
87) 《동국전란사》 내란편, 국방부 전사편찬위원회 pp.521~522

14) 이괄의 최후

그날 밤 2경(22:00), 한명련과 이괄은 5~60명의 친위대 기병만을 거느리고 은밀히 수구문(水口門, 광희문)으로 빠져나가 2월 12일에는 삼전도(三田渡) 나루터에서 한강을 건넌 다음, 그 길로 광주(廣州) 방면을 향하여 달아났다.

그런데 이들이 광주 남방 50리 지점 경안역(慶安驛)을 지나치던 도중 공교롭게도 광주목사 임회(林檜) 일행과 마주치게 되었다. 이괄은 항왜 검사들을 풀어 임회를 사로잡아 꿇려놓고 반란세력에 가담하도록 협박하였다. 임회가 욕설까지 퍼부어 가며 끝내 거절하자 이괄은 분한 김에 칼로 혀를 자른 다음 마구 난도질해 죽였다.

이 무렵 정충신은 이괄이 도성을 벗어났다는 사실을 알아내고 그 뒤를 추격하여 경안역까지 이르렀다. 그러나 이괄은 이미 이북(利北) 고개를 넘어 자취를 감춘 뒤였다. 정충신의 부하 유효걸이 거느린 추격대는 불과 27명의 기병뿐이었으나 이괄 일행은 멀리서 이들을 바라보고 후속부대가 대병력인 줄로 오인한 나머지 저마다 뿔뿔이 흩어져 달아나고 말았다.

이괄을 따르는 자는 마침내 10여 명으로 줄어들었다. 이괄은 밤이 이슥해서야 비로소 이천 땅 묵방리에 이르렀다. 그날 밤, 이괄의 심복 부하 이수백(李守白)·기익헌(奇益獻·이선철(李先哲) 등 3명은 으슥한 곳에 따로 모여 의논한 다음 이괄과 그 아우 이수, 한명련과 그의 조카 및 원종경(元宗慶) 등 반란 주동자 아홉 사람의 목을 베어 죽였다. 이수백이 투항서를 부하 임대곤(林大坤)에게 주어 한양의 도원수 진영으로 달려 보냈다.

이괄을 비롯한 반란군 주동자들의 수급은 변심한 심복 부하에 의해서 2일 뒤 원수부에 바쳐졌다. 도원수 장만은 이수백이 올린 항서와 반란의 괴수 이괄 이하 9명의 머리를 받아가지고, 도성 탈환의 전과 보고서를 곁들여 공주에 피난 중인 인조에게 보내었다.[88]

이괄의 난 때 반란군과 관군의 군사 수에 대하여 관군 원수 장만은 반란군 군사는 1만 수천인데, 자신의 휘하에는 본디 군졸이 없었으므로 며칠 동안 규합하여 겨우 수천을 얻었을 만큼 중과부적이어서 반란군에 간첩을 보내어 4천의 군사가 흩어지게 하여 세력을 약하게 하였다고 한다.[89]

반란군이 왕으로 추대하였던 흥안군 이식은 무악재 전투가 벌어진 당시 곡성 위에서 싸움 구경을 하다가 반란군이 궤멸당하자 그 길로 변장을 하고 광주 소천(昭川)으로 달아났다. 그는 도원수부의 군관이라 사칭하고 근왕병을 모집하던 중 전 현감 안사성(安士誠)과 한교(韓嶠)에게 정체가 드러나서 도원수부로 압송되었다.

한남도원수 심기원은 도감대장 신경진과 상의한 끝에 '흥안군이 비록 왕족이기는 하나 이미 참담하게도 왕이라 일컬었으니, 누구든지 잡아 죽일 수 있다' 하여 마침내 돈화문 앞에 끌어내어 교수형에 처하였다.

이괄에게 자진 투항하여 어영대장 노릇을 했던 경기방어사 이흥립도 체포되어 감옥에 갇혔으나 스스로 부끄러움을 못이겨 자살하고 말았다.

이괄의 목을 베어 바친 이수백·기익헌은 당초 조정에서 내걸었던 부원군(府院君)의 작위와 천금의 현상이 탐나서 공을 세운 것이었으나 반란군이 이미 패한 뒤에 저지른 일이었으므로 단지 극형만 면제되고

88) 《동국전란사》 내란편, 국방부 전사편찬위원회 pp.522~523
89) 《조선왕조실록》 인조실록 4권, 인조 2년(1624) 2월 23일

유배형에 처하여졌다. 그리고 몇 년 후, 대사면령을 받아 풀려났다.

이수백은 다시 한양으로 올라와 살았는데, 대낮 길거리에서 이문웅(李文雄) · 박지병(朴之屛)의 습격을 받고 목이 잘리어 죽었다. 이수백을 죽이고 자수한 두 사람은 바로 평산 저탄 전투에서 이괄 군의 기습을 받아 장렬하게 전사한 방어사 이중로와 풍천부사 박영신의 아들이었다.[90]

이를 본 김류 등은 그 효성을 칭찬했으나 인조는 이런 공론을 예상하고 살인하는 것을 용서한다면 아버지의 원수를 갚는다는 명목으로 살인할 사람이 많을 것을 우려해 처벌하려 했으나 이중로가 반정 공신이었음을 참작해 결국 용서해 주었다.

15) 이괄의 난 진압 후 논공행상

이괄 등의 머리는 2월 15일 공주 행재소에 도착하였다. 인조는 종묘사직에 제사를 올리고, 각 도에서 동원되었던 군사를 원대로 복귀시킨 다음, 그 달 19일에 공주를 떠나 22일에 비로소 한양으로 돌아왔다.

이때 남의홍의 어머니께서는 장연 땅에 피난하여 계셨는데 남이홍이 근친(覲親)할 것을 임금에게 청하자 임금께서는 어머니를 평안히 봉양하도록 하기 위해 특별히 연안부사 겸 방어사를 제수하였고 연안지방을 편양(편히 봉양)할 땅으로 삼으라 했다.[91]

남이홍은 결정적으로 패퇴시킨 안현 싸움에서 인조 임금이 누가 큰 공을 세웠는가를 원수와 독전어사 최현에게 물어 1등공신으로 봉해졌다.

90) 《동국전란사》 내란편, 국방부 전사편찬위원회 pp.522~524
91) 《조선왕조실록》 인조실록 4권, 인조 2년(1624) 2월 24일

임금이 안현 싸움에서 누가 원공(元功)인가 물음에 장만은 전적으로 주장하여 획책한 사람은 정충신과 남이흥이었다고 말하니[92] 안주목사 정충신, 연안부사 남이흥 등에게 힘써 함께 싸운 사람을 조사하게 하였다. 독전어사 최현도 인조의 "안현 싸움의 전공이 누가 첫째인가?" 라는 물음에 "정충신(鄭忠信) · 남이흥(南以興)이 주모(主謀)하였고 유효걸(柳孝傑) · 이희건(李希騫)이 역전하였으며, 변흡은 뒤에서 베어 물리쳤습니다"[93] 라고 원수 장만과 일치하는 대답을 하였다.

남이흥은 이괄의 난을 평정함으로써 반정공신들의 견제와 사찰을 잠시나마 피할 수 있었고 인조의 두툼한 신임을 받을 수 있었다. 이괄의 난 평정은 남이흥에게는 국가에 진충보국한다는 무인의 사명감을 달성한 것이기도 했고 개인적으로는 분단의 대립 속에서 스스로를 지키는 결과를 낳기도 했던 것이다.

그리하여 논공행상에 있어서는 갈성분위 출기효력 진무공신(振武功臣) 27인을 책정하였다. 장만(張晩), 정충신(鄭忠信), 남이흥(南以興)을 1등에 세 자급(資級)을 올리고, 이수일(李守一), 변흡(邊潝), 유효걸(柳孝傑), 김경운(金慶雲), 이희건(李希健), 조시준(趙時俊), 박상(朴瑺), 성대훈(成大勳)을 2등에 두 자급을 올리고, 3등에 남이웅, 신경원(申景瑗), 김완(金完), 이신(李愼), 이휴복(李休復), 송덕영(宋德榮), 최응일(崔應一), 김양언(金良彦), 김태흘(金泰屹), 오박(吳珀), 최응수(崔應水), 지계최(池繼崔), 이락(李洛), 이경정(李慶禎), 이택(李澤), 이정(李靖), 안몽윤(安夢尹)을 3등에 한 자급을 올렸다.[94]

특히 인조가 남이흥에게는 얼마 안 되어서 조정으로 불러들여 군호

92) 《조선왕조실록》 인조실록 4권, 인조 2년(1624) 2월 23일
93) 《조선왕조실록》 인조실록 4권, 인조 2년(1624) 2월 21일
94) 《조선왕조실록》 인조실록 4권, 인조 2년(1624) 3월 8일

는 그대로 두고 비변사당상을 겸하게 하였다. 그리고 숭록대부(정1품)로 특별히 승진시키고 의춘군을 봉하고 전택과 노비 등 많은 상을 하사하였다. 《사패절목》에 따르면 대호지면 전부와 정미면 일부가 포함되는 넓은 땅이다. 다른 사람들도 공적에 따라 포상을 했다.

27명에게 진무공신(振武功臣)의 작위를 내렸으며 그외에도 안륵·황익·이원로·안철 등 70여 명을 승진시켰다.

난이 평정된 후 인조는 1624년 3월 3일 연안부사 남이흥(南以興), 안주목사 정충신(鄭忠臣), 통제사 구인후(具仁垕)를 친히 불러 치하했다.

이 자리에는 승지 한효중, 가주서 최유현, 겸춘추 안홍중(安弘重), 기사관 이성신이 함께 자리하였다.

묘시에 임금께서 남이흥과 정충신을 불러 자정전(資政殿)에서 대화가 시작되었다.[95]

인 조: 이번에 역도들을 토평한 것은 오로지 경들의 큰 공이라 생각하오. 더욱이 안현(鞍峴)에 진을 친 것은 실로 경들의 깊고 놀라운 계략이었소.

정충신: 당초에 장병들이 적들을 쉽게 토평하지 못한 것은 터럭을 모두 뽑아도 모자랄 죄이오며 소신의 이름이 적의 공초에 나왔는데 특명으로 용서하시어 처음부터 끝까지 자세한 사정과 내용을 보전하여 온 것도 은혜를 입음이오니 입이 있으되 다시 아뢸 말씀이 없사옵니다.

남이흥: 소신이 군사를 거느리고 길가에서 성상을 뵙고자 하였으나 고

95) 《조선왕조실록》 인조실록 4권, 인조 2년(1624) 3월 3일. ; 《승정원일기》

을을 다스릴 일이 급한 바 있어 조급히 내려갔다가 오늘에 이르러 겨우 상감의 앞에서 뵙게 되었으니 실로 죄송하기 그지없사옵니다.

인 조 : 안현 싸움에서 선봉이 된 자는 몇 사람이며, 그들의 이름을 모두 기록하였는가?

정충신 : 그들의 성명을 기록하지는 않았으나 낱낱이 알고 있습니다.

인 조 : 김경운(金慶雲)은 역전하다가 죽었으니 매우 애석하다. 그날 한참 동안 접전하였으나 관군은 죽은 자가 전혀 없다고 하니, 무슨 까닭인가?

남이흥 : 지형이 좋은 곳에 진을 쳤으므로 적의 포탄과 화살이 미치지 못하거나 넘어가 버려서 그러했던 것입니다. 김경운이 탄환에 맞고 나서는 군사들의 마음이 잠시 꺾이는 듯하였는데, 한명련(韓明璉)을 닮은 적의 좌영장(左營將) 이양(李壤)이란 자가 탄환에 맞아 말에서 떨어져 죽자 모든 군사들이 한명련이 죽었다고 여겨 환호하면서 사기가 한없이 치솟았습니다.

인 조 : 반란군 중 고개에 오른 자는 몇이나 되었는가?

남이흥 : 중턱에 오른 자가 겨우 3, 4백 명이었고 먼저 싸워 죽으면 그 뒤에서 그들에 이어 군사가 계속 올라왔습니다.

인 조 : 이괄은 언덕에 오르지 아니하였는가?

정충신 : 이괄은 고개 중턱 바윗가에 서서 있었고, 한명련은 그날 싸움에서 무릎에 탄환을 맞았습니다.

인 조 : 탄환을 맞았으면서 어찌 말을 탔단 말인가?

정충신 : 성 안으로 들어서자 기절하였다고 하옵니다.

인 조 : 반란군의 향방을 정탐하지 못했던 것은 무슨 까닭인가?

정충신 : 반란군이 길을 동으로 잡았다가 서로 잡았다가 하며 때에 따

라 변경하여 상황을 헤아리기 어려웠으므로 어디로 가야 할지 몰랐습니다. 그리고 행군하는 데 있어서 먼저 복병을 두었다가 10여 리를 간 뒤에야 복병을 거두므로 관군이 감히 가벼이 나아가지 못하였습니다. 가장 어려웠던 것은 반란군이 앞에 가면서 먼저 남은 양초(粮草)를 불태워 풀잎 하나도 남기지 않았으므로 아군이 뒤에 가면서 양초를 얻지 못했던 것입니다.

인 조: 처음에 듣기에 이 반란군이 분탕(焚蕩)하지 않았다고 하였는데, 끝내 그러하였는가?

정충신: 봉산(鳳山) 이후로는 곳곳에서 분탕하여 관군으로 하여금 먹을 것이 없게 하였습니다. 이리하여 관군이 마탄(馬灘)을 건널 때에는 굶주린 자가 많았는데, 원수(元帥)가 뒤에 오면서 전대에 밥을 담아 보냈습니다. 신이 즉시 군사들에게 고루 나누어 주어 먹게 하여서 투료(장수가 사졸과 고락을 같이 한다는 말)의 은혜를 베풀었더니 군사들이 모두 눈물을 흘렸습니다. 개성(開城)에 이르러서는 개성 사람들 대다수가 술과 먹을 것을 가져와서 먹게 하였으나 군사들이 모두 먹지 않고 말하기를, '너희들이 역적 이괄의 군사를 먹였는데, 우리들이 어찌 차마 그들이 먹던 나머지를 먹을 수 있겠는가' 하였으니 충의스런 기개를 알 수 있습니다.

인 조: 이는 군졸의 충의이기는 하나 실로 장수된 자가 격려하였기 때문이오.

남이흥: 반란군들은 풀 속으로 뱀이 달아나듯 잠적하였으므로 향한 바를 알지 못하였사옵고 민망하였던 바는 반란군들이 달아나면서 분탕질을 하였사옵기로 관군으로 하여금 자고 먹을 수가 없었사옵니다.

정충신 : 한명련이 일찍 기린노를 통하여 옛 주인을 찾아 관군의 동정을 탐문하면서 복장까지도 같게 하였음으로 분별하기가 지극히 어려웠었사옵니다.

인 조 : 반란군이 관군을 탐지하였다면 관군은 어찌 그들을 알지 못하였으며 의복을 서로 같이 하였다면 반란군들은 어찌 서로 섞일 것을 근심치 않았는가?

남이흥 : 우리는 반란군을 공격하는 사람이 되고 반란군은 우리를 피하는 자가 되었기 때문에 그들은 항상 샛길을 이용하여 출발하였던 것이옵니다.

인 조 : 박영서는 끝까지 굴하지 않고 절(節)을 지켜 죽으니 지극히 가상하구려.

남이흥 : 광주목사 임회도 또한 사절하였사옵고 한효중의 말을 듣건대 임회는 적을 꾸짖고 죽었다 하오며, 또한 처음부터 지방을 떠나지 아니하였다 하옵니다.

인 조 : 도민(都民)이 성 위에서 관망하는 자를 영기를 보내 불렀음에도 달려오는 자가 적었다 하던데 과연 그러하였는가?

남이흥 : 오는 자는 지극히 적었사옵니다.

인 조 : 당초에 오는 자가 없었는가?

남이흥 : 당초에 오는 자가 없었사옵니다.

정충신 : 이수백이 정인(正士와 같음)을 수검(手劍 : 칼로 사람을 죽이는 것)한 것은 참으로 용서할 수 없는 일입니다. 당초에 반란군이 영변에 있을 때 수백이 칼을 빼들고 여러 사람 앞에서 선언하기를 한 마디 말이라도 차가 생긴다면 사생을 결단하겠다고 하였다 합니다. 그는 처음으로 의주별장이 되어 이괄이 중히 여기는 군인으로서 마침내 이괄과 함께 모반을 하였다 합

니다. 기익헌도 처음에는 납지(비밀편지)로 이를 몰래 내통하고 반란군과 상의하여 우리 군사의 계책을 늦추게 하였던 것입니다. 그 후 그는 반란군과 더불어 있으면서 수괴의 목을 베어온다고 하였다는 것이옵니다.

남이흥 : 이 무리들을 베게 된다면 서쪽에서 온 군사가 마음의 쾌사로 여길 것입니다. 또한 이선철도 강동에 있을 때 원수의 전령을 보고서 반란군에게로 간 것도 영변에서 협박을 받은 자와는 다른 바가 있을 것이옵니다.

정충신 : 이수백은 금부도사를 죽이는 계책을 힘껏 도왔고 또 유순무 등에게 협박하기를 오늘날 우리의 일을 따르면 살고 따르지 않으면 죽을 것이다 하였으니 역적 이괄을 위하여 계책을 주로 세운 정상은 이것에 의하여 알 수 있습니다. 기익헌, 이양 등은 정성을 보낸 글이 있기는 하나 이양은 안현 싸움에서 힘껏 독전하다가 화살에 맞아 죽었고 이선철은 말을 달려 적진으로 돌아갔으니 이들은 목을 베어 사람들에게 보이지 않아서는 안 되겠습니다.

인 조 : 여러 사람의 의논이 이와 같다면 당초 조정에서 약속이 있었을 것이니 이제 식언은 할 수 없는 것이오.

남이흥 : 신 등은 두 역적(이수백과 이괄)과 더불어 어깨를 같이 하였던 것이 부끄러울 따름이옵니다.[96)]

인 조 : 당초에 이미 현상금을 걸어 잡게 한 명이 있었으니, 이 일이 임진(臨津)을 건너기 전에 있었다면 녹훈(錄勳)하고 봉군(封君)해야 할 것이오. 이미 패한 뒤일지라도 괴수의 머리를 베어 가지고 왔으니, 전연 상을 주지 않을 수 없소.

남이흥 : 신들은 의리상 이들과 함께 어깨를 나란히 하여 조정에 설 수

없습니다. 혹시 급한 일이 있으면 이들은 또한 때를 틈타 난을 꾸밀 것입니다.

인　조 : 선봉으로서 역전한 사람을 각자 낱낱이 조사해 내라. 원수(元帥)가 경을 기다려 공을 정하려 하므로 특별히 부른 것이오.

인　조 : 황주 싸움에서는 관군이 싸우지 않고 자궤(自潰 : 스스로 물러선 것)하였다는데 어찌된 연유였는가?

남이흥 : 교련도 받지 못한 군사로 수 또한 모자랄 뿐 아니라 투항하여 오는 그들의 진위를 분간키 어려워 잠시 망설였던 까닭이오며, 안현에서는 사전(死戰 : 목숨을 걸고 싸우는 것)을 하였사오나, 그 또한 성상의 높으신 은덕으로 이기게 된 것이옵니다.

정충신 : 우리 군은 언제나 그들에게 원만히 대하여 저들로 하여금 거부하는 것과 순리대로 가는 도리를 깨우치게 함으로써 포수 1,200명이 투항하였기로 관군은 잠시 물러섰던 것이옵니다.

인　조 : 반란군도 타국 군이 아니고 또한 우리 농민들이니 교련을 하지 않았다고 해서 피차 다를 바 없지 않았는가?

남이흥 : 반란군은 작년 8월부터 늘 싸움을 익혀왔던 자들이옵니다.

인　조 : 비록 교련을 하였다 하더라도 2년이 채 못 되었는데 그렇게도 대적하기 어려웠는가?

정충신 : 반란군은 미리 편성되었고 관군은 급작스럽게 걷어 합한 것이 황주 뒤의 일이오라 또한 어쩔 수 없었던 것이옵니다.

인　조 : 반란군도 또한 관망한 형세는 없었는가?

정충신 : 반란군도 또한 관망하였던 것이 마탄 뒤의 일이옵니다. 반란군들은 교병(驕兵 : 교만한 군사)이 되어서 섬멸하기 수월하였

96) 《승정원일기》 p.108

사옵니다.

남이흥: 소신의 숨은 군사가 전진하는 것을 반란군이 알지 못하였던 것도 이기게 된 연유라 하겠습니다.

인 조: 알지 못하는 자 족히 두려울 것이 없으매, 싸우던 날 작은 승리 뒤에 교병으로 패하게 되었던 것이 분명하구려.

정충신: 군사는 세이온지라 세를 잃게 되면 감히 뒤를 돌아보지도 못하고 도망하게 되는가 합니다.

인 조: 혹자의 말로는 아직도 반란군이 수천은 남았다 하던데 그게 사실인가?

정충신: 수구문으로 빠져 나갈 때는 겨우 수백뿐이었다 하옵니다.

인 조: 반란군의 형세는 가히 궁척되었도다.

남이흥: 반란군이 삼전도를 건너서 이괄과 합세하니 싸움을 맡고자 하였사오나 항왜(항복한 왜병)가 모두 달아났다는 소문을 듣고, 이보령을 날으듯이 넘었사온데 또 다시 이경립이 다른 마음을 품었다 하여 신경원으로 하여금 군사를 거느리고 벌아를 넘게 했었던 것이옵니다.[97)]

16) 이괄의 난의 영향

이괄의 난은 실패했지만 이괄은 민중의식 속에 영웅으로 부각이 되었으며 특히 이 난이 국내적인 문제보다 후금의 움직임에 큰 영향을 주었고 정묘호란의 직접적인 도화선이 되었다는 것이 대단히 역사적으로 중요한 일인 것이다. 어쨌든 이괄의 난은 다음과 같이 정리된다.

97) 《조선왕조실록》 원전 33집 589면

1. 반군이 도성을 점령하고 왕이 파천할 정도로 기세가 높았던 점.
2. 지략과 용맹으로 일세를 풍미하던 지도자에 의해 저질러졌다는 점.
3. 민심의 동요가 어느 난보다 가장 심했다는 것.
4. 정묘호란의 직접적인 동기가 되었다는 점이 특기할 일이다.

06

남이흥, 박홍구의 역모를 막아내다

박홍구는 광해조 때 상신이다. 사람됨이 어리석고 비열하여 탐욕스럽고 더러웠는데 흉론에 부회하여 오랫동안 정승자리에 있었다. 그러다가 인조반정 때 조정과 함께 죄를 받았다.

이괄의 난 때는 그의 아들인 박내장이 앞장서서 역적들을 맞았고 종사관이라고 칭하면서 성안을 횡행하였는데 그 아버지 박홍구 역시 광주에서 군복을 입고 말을 달려 경성으로 오다가 이괄이 패함으로써 도로 시골로 내려갔다.

박홍구 등은 스스로 온전하지 못할 것을 두려워하여 역모를 꾀한 것이다. 당시는 내란이 막 평정되어 마음이 들떠 있었다. 이에 장만이 정사공신들과 의논을 하고서 남이흥에게 지시 색출하게 하였다. 남이흥은 병을 치료한다는 핑계를 대고 스스로 역모를 꾀하는 것처럼 꾸며 의심스런 사람을 염탐하였다. 역모에 가담했던 장만의 군관 이대온을 속여 유인해 음모를 알아냈고 또 박홍구의 조카인 박윤장이 남이흥을 믿고 역모 사실을 발설하였다.

그 결과 박홍구 부자 및 박윤장을 체포하였다. 그리고는 그의 적형인 박성장 등을 아울러 국문하였는데 박윤장, 박성장, 박홍구의 아들인 박지장이 모두 자복하고 사형되었다. 재산은 모두 적몰되었고 여러 아들과 조카들은 모두 죽어서 남은 후손이 없다.

이 사건은 장만이 자신의 군관 이대온이 흉도와 불모를 음모하는 것을 알고 남이흥에게 지시 해결하도록 한 것이다.

이 사건은 박홍구의 서질 박유장이 이대온, 이대겸, 기필헌 등과 주모했고 박홍구의 아들 박윤장, 박지장, 박내장과 조카 박윤장, 박성장, 박진장, 박일장 등도 모두 참여하여 알고 있었으며, 박홍구의 생각은 반드시 먼저 기찰하는 무리를 제거해야 성사시킬 수 있다고 했다. 성사된 다음에는 먼저 폐주를 태상왕으로 받들어 인성군에게 전위하게 하고 폐주로 하여금 중국에 주문하게 해야 한다.—그러면 일의 순서가 순조롭게 될 것이다.—그러나 먼저 폐주를 받들 경우 민심이 복종하지 않아 반드시 이괄이 흥안군을 세웠을 때처럼 도성의 백성들이 복종하지 않을 것이다. 그러니 먼저 인성군을 세운 다음에 폐주를 받들어 와야 한다고 하였다.

그리고 박윤장과 기필헌 등 음모한 내용은 거사하기 하루 전에 약간의 정예군사를 4대장의 집 근방에 잠복시켜 놓았다가 몇시 몇분경에 서로 호응하여 한두 명만 제거해 버린다면 나머지는 염려할 것이 없고 도감의 군사 1~2초(哨)의 대응만 얻어도 성사시킬 수 있는데 장관(將官)이 우리 편이 됐다고 했다.

무인 김정간, 김계종, 김원도 함께 모의에 참여했고 무장 원수신과 문신 정문부에 대해서는 장차 설득하여 참여시키려 하였다. 조정과 그의 제자도 모의에 통하였고 그리고 개성유수 최관에게 사람을 보내어 내통 그곳의 군사를 빌려 쓰려고 하였는데 이는 거의할 때 장단에서 힘을 얻으려고 했던 것이다. 이대온은 생각하기를 유생 김재신, 정광택, 조여빈 등도 음모에 가담했다고 믿었다. 그런데 방기하는 사람 성여준이 너무 이르다고 만류하였는데 이대온은 우리들이 거사하면 반드시 호응할 것이다, 라고 하였다.

이렇게 되어 김인, 이이, 심일민(남이흥의 심복) 등이 상변하려 하자 이대온은 사실이 탄로나 시세가 궁하게 되었으므로 또한 그의 아우 이대짐과 함께 같은 날 고변을 하였는데 국정이 형신하기를 청하였다. 박윤정, 이계종, 김원, 이대온, 이대짐, 박성장, 박지장 등이 잇달아 승복하였으므로 모두 정형에 처하였다.

이대검의 모의 공사(供辭)는 그들의 모의 절차를 더욱 상세하게 갖춘 것인데 그 공초에서 말하기를 박지장이 정문부에게 가서 설득하자 정문부가 허락하지 않으면서 말하기를 오늘날 아래에 있는 사람들이 모두 선하지 못하다 하더라도 위에서는 대단하게 인심을 잃은 일이 없다. 만일 인성군이나 어느 사람의 후손을 세웠다가 찬적한 사람들을 모두 놓아주어 다시 예전처럼 행동한다면 어떻게 되겠는가 하였다.

대간이 또한 국문하기를 청하면서 아뢰기를, "정문부가 지은 초희왕이란 시 두 절구는 이미 재상들도 본 것입니다" 하고 드디어 이를 가지고 정문부를 형신했는데 시종 원통하다고 하면서 형장을 맞고 죽었다.

박홍구는 1차로 형수한 다음에 자진하도록 하였고, 박유장, 박내장, 박진장, 박일장, 김정간 등은 승복하지 않고 죽었다. 최관과 조정 등은 서로 호응한 흔적이 없다 하여 모두 방송하였다. 김재신 등 3인과 성여춘도 모두 정배하였고 박홍구의 조카 박이장은 일찍이 그의 형 박진장, 박윤장의 요망한 말을 곧이 듣는 것을 책망했기 때문에 유독 형신을 면하고 변방지역으로 정배되었다. 박계장도 먼 곳으로 유배되었고, 상(임금)이 재차 추관을 인견하여 옥사의 실정을 사문한 다음 드디어 이렇게 논단을 한 것이다.

기필헌은 교하에서 망명한 지 얼마 안 되어 장단에서 그의 종이 참수하였는데 김인 등을 시켜 검시하게 하였다. 이선철의 아들 이증은 처음에는 역적의 공술에서 나왔는데 체포할 적에 그의 아비의 글을 찾아내어 보니 말뜻이 비밀스러웠다. 그래서 이선철 부자는 연루자 고백록에 의해 국문을 받다가 죽었다.

국정이 인성군 이증의 부자를 잡아내어 처치할 것을 청하면서 아뢰기를,

"인성군 이증은 역적의 초사에 나온 것이 전후 한두 번이 아니었는데 이번에 박윤장 등이 또 이공의 둘째 아들을 구심점으로 삼았습니다. 서로 호응한 사실은 알 수 없기는 합니다만 선처하는 도리가 있을 수 없습니다."

하니 임금이 답하기를,

"이 사건을 보건대 내가 놀랍기 그지 없다. 경들이 어찌하여 이런 말을 하는 것인가. 이증 군이 흉적의 구심점이 되었다 하더라도 조금도 서로 호응한 흔적이 없는데 무슨 선처하는 방도를 취하겠는가. 경들은 다시 이런 말을 하지 말라."

하였다. 이 사건은 장만이 자신의 군관 이대온이 불괴를 음모하는 것을 알고 심복 남이홍에게 지시하여 남이홍의 책임하에 이이, 김인, 심일민 등을 지휘하여 기찰하게 한 바 위와 같은 역모를 알아내어 위와 같이 처벌을 한 것이니 장만이 남이홍을 신임한 증거이며 박홍구의 역모를 해결한 또 하나의 공적이다.[98]

98) 《조선왕조실록》 인조실록 7권, 인조 2년(1624) 11월 8일 (무오)

07 서북의 방비책과 골칫거리 모문룡군

1624년 3월 14에 이어 인조는 이괄의 난 평정의 1등공신 장만, 남이홍 등을 불러 서북방 방비와 모문룡군사에 대한 대책을 1624년 12월 22일에 논의하였다.[99]

관향사 남이웅이 황해도와 평안도 각 고을의 군량을 전후에 걸쳐 모두 1만2천90석이나 독부의 군전에 보냈는데도 명나라 모문룡 도독이 또 올해의 수량 3만석이 아직 도착하지 않았다는 이유로 도사 이권과 천총 양문종을 차송하여 기일내로 납부하도록 독촉한 사실을 접반사 유의립이 치계하여 보고하였다.[100] 원탁이 치계한 내용에 의하면 모 도독과 편실에서 만났을 때 모 도독이 말한 이야기이다.

"나는 국왕과 의리가 한 집안 같기 때문에 이상길이 머물기를 원했던 것인데 내 말을 듣지 않았다가 끝내 일을 망치게 하였습니다. 그리

99)《조선왕조실록》인조실록 7권, 인조 2년(1624) 12월 22일
100)《조선왕조실록》원전 33집 658면 ;《조선왕조실록》인조실록 7권, 인조 2년(1624) 11월 28일(무인)001

고 도리어 나를 의심하여 능한산성을 보지 못하게 하였고 심지어 남이흥이 청룡산에서 나를 습격하려까지 하였는가 하면 조사(詔徙)가 돌아갈 때 내가 조사를 잡으려 한다고 하였으니 이것이 무슨 도리인가 하기에 신이 능한산성의 일과 남이흥의 일은 일찍이 듣지 못한 바이고 조사가 돌아갈 때의 일도 필시 그럴 리가 없는 일이라고 대답하였더니 도독이 말하기를 '지나간 일에 대해서 어찌 내가 개의하겠는가. 다만 이후로도 서로 협력하고 합심해야 할 것입니다' 하였습니다."

《조선왕조실록》 인조 5년(1627) 5월 5일 내용에 있는 이상과 같은 문장으로 보아서 모문룡의 존재가 귀찮은 존재임을 알 수 있지 않은가 여겨진다.[101)]

인조가 서북방 방어가 겨울철 이래로 지난 해보다 훨씬 소홀해졌다고 여겨 근심을 풀지 못하고 있는 상황에서 대책을 장만과 남이홍 등에게 물었다.

장만은 인조에게 그 당시 서북방 지역을 방어하기 위한 군사력이 총 1만 명이 되지 않은 상태에서 훈련이 잘 된 10만여 군사를 보유하고 있던 후금의 침공에 무력할 수밖에 없는 상황이라고 보고하였다.

또 장만이 인조에게 장만이 가도에 주둔하고 있던 명나라 모문룡군사들이 내지에서 난동을 부리면 격파하기가 어렵지 않다고 대답하였다. 남이흥은 우리나라 군사들이 모문룡 휘하 명군들을 격파한다 할지라도 명과의 외교 분쟁을 염려하지 않을 수 없었다.

명군과의 전투 이후에 있을 외교 분쟁에 대한 염려 때문에 그는 이후 우리나라에 대한 모문룡의 지나친 언행도 모른 체 간과할 수밖에 없었는데 그래서 조정으로부터 비난을 받았다.

101) 《조선왕조실록》 원전 34집 인조 2년(1624). ; 인조실록 16권, 인조 5년(1627) 5월 14일(가금) 001

이에 인조는 체찰사(體察使) 장만(張晚), 총융사(摠戎使) 이서(李曙), 평안병사 남이흥(南以興), 훈련대장 신경진(申景禛) 등을 인견하여 대책을 논하였다.

인 조: 겨울철 이래로 내가 서쪽을 돌아보는 근심을 풀지 못하고 있다. 오늘날은 방비가 지난해보다도 훨씬 소홀한데, 경들이 어떻게 조처할 것인지 모르겠다.

장 만: 지난해에는 남쪽 군사가 다수 입방(入防)하였는데, 올해에는 온 도를 통틀어 계산해도 첨방(添防)하는 숫자가 1만 명에도 차지 못합니다. 그래서 이미 황해도 군사 4천을 추후로 부방(赴防)하게 하였습니다마는 그래도 엉성한 결과를 면치 못하고 있습니다. 그러나 남쪽 군사를 보충할 경우 또 군량이 부족하게 될 텐데, 이런 상황에서는 실로 좋은 계책을 세울 수가 없습니다.

인 조: 1년을 쓸 수 있는 저축이 있어도 부족할까 걱정인데, 더구나 한 달 양식도 없으니 앞으로의 일을 계획하기가 정말 어렵게 되었다. 그러나 그대들이 힘을 다해 꾸려나가야지 어떻게 할 수 없다고 하여 놔둘 수 있겠는가.

남이흥: 서쪽의 근심이 하루가 다르게 심해지고 있는데, 신은 한 번 죽을 것을 각오하고 있습니다. 그러나 신의 몸이야 아까울 것이 없지만 국가의 일은 어찌할 것입니까. 관서(關西)에 가면 그쪽의 형세를 갖추어 진달드릴까 하는데, 묘당에서 선처해 주기만을 바랄 뿐입니다.

인 조: 명나라 모문룡 도독(都督)이 날이 갈수록 더욱 심하게 우리나라를 침해하고 있는데, 어떻게 감당해 낼 것인가.

장 만: 모병(毛兵 : 모문룡의 군사)이 갈수록 더 침해하고 있는데, 조

만간 내지(內地)에서 난동을 부릴 것이 분명합니다. 그러나 난동을 부린 뒤에는 격파하기가 어렵지 않습니다.

인 조: 이것이 무슨 말인가? 승부를 염려하는 것이 아니다.

남이흥: 격파하는 것이야 어렵지 않다 하더라도 일단 이기고 난 다음에 장차 국가의 처지가 어떻게 되겠습니까.

장 만: 서관(西關)은 옛적부터 번화하다고 일컬어져 사행(使行)이 오갈 적에 혹 주색(酒色)에 빠지는 등 일대의 고을에 폐해를 끼치고 있습니다. 아무 일이 없는 태평시대라 하더라도 이렇게 해서는 안 될 텐데, 더구나 이러한 때이겠습니까? 이번에 남이흥이 내려가게 되었으니 계칙(戒飭 : 경계하여 타이름)해서 보내는 한편 방백에게도 하유하소서.

인 조: 이미 하유하였으니 신칙(身飭 : 몸을 삼감)하도록 하시오.

남이흥: 서쪽 변방의 군졸은 사노(私奴)가 절반을 차지하는데, 한 몸에 두 가지 신역(身役)을 치르고 있는 일이야말로 가장 감당하기 어려운 일입니다. 신의 생각에는 대동역(大同驛) 이북으로는 수공(收貢)하는 사람을 금단했으면 합니다.

인 조: 안 되오. 우리나라의 사대부는 중국과 달라 얼마 안 되는 녹(祿)에만 의존하고 있는데, 노비에게 수공하는 것까지 금한다면 무엇을 가지고 의식(衣食)을 해결하겠는가.

인 조: (또 이르기를) 오늘날 적을 방어하는 계책은 오로지 수령과 변장(邊將)이 인심을 얻도록 힘쓰는 데에 있을 뿐이다. 아무리 금성탕지(錦城湯池)가 있다 하더라도 인화(人和)를 잃게 되면 강토를 적에게 주는 결과가 될 것이니, 경은 경계하시오.[102]

102) 《조선왕조실록》 인조실록 7권, 인조 2년(1624) 12월 22일

인조와 남이홍, 장만과의 후금 방어책 논의에 대한 다음의 사관의 논찬은 당시 조정 정책담당자들의 숭명배청이라는 이념에 사로잡혀 제대로 외교관계를 처리할 안목이 아주 편협했음을 보여준다. 장만이 현 서북방의 군사는 일만 명이 채 안 되어 타도에서 보강을 해야 할 정도로 엉성한 처지이고 군량을 걱정해야 할 상황에서 후금 방어책의 좋은 계책이 없다고 사실대로 보고하고 있다. 그러나 사관은 현 서북방 군사 상황에 따라 좋은 계책을 세울 수 없다는 사실 그대로의 장만의 보고를 아주 폄하하고 있다.

남이홍은 인조에게 서북방의 군졸 중 절반을 차지하는 사노(私奴)에게 두 가지 신역(身役)을 감당하는 것을 면해 줄 것을 건의하였다. 그는 절반을 차지하는 사노들이 과중한 신역으로 군무에 전념하기 어려워 서북방의 군사들의 군사력이 크게 저해된다는 사실을 알고 이를 개선하고자 인조에게 건의했지만 관리들의 월급을 주는 데 지장이 있다고 하여 거절을 당하였다. 당시 군사들의 절반을 차지하던 군졸들이 군역만이 아니라 서북방 관리와 장교들의 월급 충당의 세금도 담당하는 과중한 신역 때문에 군사로서 제 역할을 하기가 어려운 처지에 있었음을 알 수 있다. 인조는 사노의 군졸들의 사기 고취보다는 서북방의 관리와 장교들의 근무여건을 고려한 월급 지급에 비중을 두었다.[103]

사신(史臣)은 논하다.

장만은 선왕조 때부터 30여 년 동안 국가의 두터운 은혜를 받았고, 반정(反正)한 뒤에는 가장 먼저 곤수(閫帥 : 전군의 총사령관)의 소임을 맡아 퇴곡(推轂 : 임금이 수레를 밀어줌)하는 성대한 예까지 받았다. 그런데도 역적 이괄(李适)의 변란 때에는 시종 머뭇거리기만 하다

103) 《조선왕조실록》 인조실록, 인조 4년(1626) 12월 22일

가 적도가 대궐을 침범하여 군부(君父)를 파천(播遷 : 임금이 피란함)하게 만들었다. 다행히 하늘이 도와주고 부곡(部曲)이 힘을 다한 덕분에 안현(鞍峴)에서 승리하게 되었으나, 이 공은 겨우 죄를 보상할 정도에 지나지 않는 것이었다. 그런데도 원훈(元勳)으로까지 녹공(錄功)되고 이어 체찰사로 임명되었으니, 장만으로서는 정성을 다하고 생각을 다하여 중책을 위임한 뜻에 어떻게든 부응하려고 해야 마땅한 일이다. 그런데 자문을 구할 적에 계책 하나도 마련해 내놓지 못한 채 쓸데없이 군사를 써서는 안 될 상황에서 군사를 사용하여 능력을 자랑하고 무용(武勇)을 과시하는 짓이나 하려고 하는 등 도리어 남이홍이 그래도 대의를 아는 것보다도 못했으니, 통탄함을 금할 수 있겠는가.[104)]

이 당시 나라의 정세가 위급한 상황에서 인조 임금과 조정에서는 이런 위기상황을 타개하고 이끌어 나갈 장재로 장만, 정충신, 남이홍에게 크게 의지한 것이 사실이다. 그러나 그들이 근본적으로 부족한 군사와 군량 때문에 후금의 침공에 대비할 임금의 기대에 부응하는 좋은 계획을 내놓지 못하였던 처지가 안타깝다. 그들이 이럴 수밖에 없었던 결정적인 원인은 그 해 연초에 일어났던 '이괄의 난'의 영향이었다. 왜냐하면 이괄이 제대로 훈련된 12,000명의 군사들을 반란군으로 활용하여 결국은 지리멸렬하게 만들었기 때문이다.

위의 인조가 남이홍, 장만 등과 후금 방어대책과 함께 모문룡군사에 대해서도 논하였다.

인조가 장만에게 가도에 주둔하고 있는 명나라 모문룡군사가 우리나라를 침해했을 때 어떻게 막을 수 있겠는가라고 질문한다.

장만은 조만간에 명나라 모문룡군사들이 내지에서 반란을 일으킬

104) 《조선왕조실록》 인조실록 7권, 인조 2년(1624) 12월 22일

것이라고 대답한다. 명나라 모문룡군사는 병력 4만여 명의 대군이었으나 오합지졸이었고, 후금과 대치하면서도 제 구실을 못하는 허약한 군대였다. 이 사실은 일년 전에 모문룡군사가 주둔하고 있던 가도에 직접 갔다 온 유공량의 보고가 입증한다.

이때 유공량(柳公亮)이 모 도독의 진영에서 돌아왔는데, 그대로 입시하게 하였다.

상이 하문하기를,

"도독이 지금은 의심하는 뜻이 없던가?"

하니, 공량이 대답하기를,

"신이 도독 문하에 하루 동안 머물렀는데 의심하는 기색이 별로 없었습니다. 처음엔 한때의 참소하는 말로 인하여 성을 내었으나 그다지 원망하는 것은 아니었습니다. 우리가 성의로 대접하는데 그가 어찌 믿지 않을 이치가 있겠습니까. 그의 병력을 보건대 오랑캐를 멸할 힘은 없는 듯합니다. 장만(張晩)이 갔을 때 소진을 치고 만났는데, 군사가 모두 지치고 용렬하여 혹시 작은 이익을 보고 움직일지는 몰라도 큰 일을 거행하기는 어려울 듯했습니다."

하였다. 상이 이르기를,

"그곳에 온 유민은 얼마나 되는가?"

하니, 공량이 아뢰기를,

"수십 리 사이에 유민들이 길을 가득 메우고 물건을 팔았는데, 요동과 다름이 없습니다."

하였다. 상이 이르기를,

"군병과 기계는 우리 나라에 비해 어떻던가?"

하니, 공량이 아뢰기를,

"병기라는 것이 그저 막대기 끝에 쇠를 꽂은 것이어서 정밀하게 만든 우리나라의 것과는 비교가 안 됩니다. 도독은 단지 강개한 마음을 품고 있을 뿐 적과 상대가 되지 않는다는 것을 알고 있으니, 출전할 리가 만무합니다. 우리나라의 세력을 끼고서 산해관(山海關)의 울타리 역할을 하고 있는 데 불과합니다."

하였다.[105)]

도독(都督) 모문룡군사는 조선을 의지하여 명나라 군사로서 체면을 유지하는 허약한 군사력이지만 조선에만은 상국의 군대로 군림하면서 당치 않은 요구와 간섭을 일삼았기 때문에 조선에서는 귀찮은 혹과 같은 존재였다. 도독(都督) 모문룡(毛文龍)이 배후에서 후금을 방어한다는 구실로 조선에게 수시로 군량과 군수품을 요구해 얼마나 많은 피해를 받고 있었는지는 다음의 인조와 모문룡의 사절인 모승록과의 대화를 통하여 알 수 있다.

상이 태평관(太平館)에 거둥하여 모승록을 접견하였다. 상이 이르기를,

"요동(遼東) 백성 1백만 명이 잇달아 들어오고 있는데, 앞으로 공급하여 구제할 무슨 좋은 방도가 있겠소?"

하니, 모승록이 말하기를,

"지금 산동(山東)에서 날라오는 군량이 며칠 안에 이를 것이니, 빌려온 수량도 갚을 수 있을 것입니다."

하였다. 상이 이르기를,

"우리나라가 해마다 흉년이 들어 뜻에 맞게 급한 상황을 구해 주지 못하였소. 그리고 여력이 있다면 어찌 감히 갚기를 요구하겠소이까. 1

105)《조선왕조실록》인조실록, 인조 1년(1623) 6월 12일

백 만이나 되는 독부(督府)의 인원이 조정에서 공급하여 주기만을 바라는데, 바다로 날라오는 양식이 넉넉하지 못한 형세이고 우리나라 역시 피폐하여 곡식을 나르는 의리를 다하지 못하고 있소이다. 이제 독부의 계책으로서는 젊고 씩씩한 자만을 남겨 두고 늙고 어린 자는 모두 산동에 보냄으로써 배로 옮겨 오는 폐단을 줄이는 것만 갖지 못할 것이외다."

하니, 모승록이 말하기를,

"적도를 베어 없애고서야 비로소 돌아가는 것을 의논할 수 있을 것입니다. 전에 말[馬]을 청구하면서 여러 번 자문(咨文)을 보냈는데도 오래도록 회보가 없으니 가부를 내려 주셨으면 합니다."

하자, 상이 이르기를,

"힘이 미칠 수만 있다면 어찌 말씀하시는 것을 기다리겠소이까. 우리나라에서 생산되는 말은 전진(戰陣)에서 쓸 만한 것이 매우 적은데, 게다가 한 더위에 먼 길을 달려 보내면 필시 병들어 손상될 것이니, 서늘한 가을이 되면 대인의 말씀에 따를까 하오."

하였다. 이때 모문룡(毛文龍)이 요동 백성을 구제한다는 핑계로 날이 갈수록 더욱 급하게 양식을 재촉하고 또 전마(戰馬) 5백 필을 요구하였었다.[106)]

도독(都督) 모문룡의 군사들이 군량이 부족하다고 하여 조선의 북도에서 양식과 소와 말을 약탈하기도 하여 조선에게는 우려의 대상이었다.

모문룡(毛文龍)의 차관(差官) 시가달(時可達)·왕보(王輔) 등이 군사를 거느리고 북도(北道)에서 철산(鐵山)으로 향하였다. 이때 왕보 등

106) 《조선왕조실록》 인조실록, 인조 2년(1624) 5월 2일

이 각각 군사를 거느리고 북도에서 영흥(永興)으로 돌아왔는데, 일행의 부마(夫馬)가 무려 5백여 필이나 되었다. 그들은 또 양식이 모자란다고 핑계하여 고을에서 내놓을 것을 요구하였으며, 정평(定平) 이남에서는 군사를 풀어 놓아 횡포를 부리면서 소와 말을 약탈하고 집에 감춘 것까지 찾아내어 가져갔으므로, 연로(沿路)가 모두 텅 비어 있었고 백성이 다 울부짖었다.[107)]

이렇게 사고가 빈번했는데 특진관 이경직이 가도에 갔다가 돌아와 인조에게 보고한 내용을 소개하면 이렇다.

"신이 막 가도에서 왔는데 모문룡이 우리나라를 의심하는 것이 우리가 그들을 의심하는 것보다 더하였습니다. 모문룡의 군세가 너무 피폐해져서 그의 뜻은 다만 성안에서 편안히 앉아서 부귀나 누리고 싶을 뿐이지 딴 생각은 없는 것 같았습니다. 그리고 그가 하는 것도 조금도 볼 만한 것은 없고 군대수를 과장하였으며 많은 부녀자들을 거느리고 살면서 번번히 거짓 공로나 상신하고 있었습니다. 피난 나온 요민들도 달리 의지할 곳이 없기 때문에 부득이 와서 붙어 있는 것이지 마음 속으로는 심복을 하지 않고 있었습니다. 군대를 조련할 때도 호령에 법도가 없어서 사졸들에게 과실이 있으면 반드시 그의 얼굴을 때리는데 그러한 군율이 어디 있겠습니까? 신이 보기에도 그는 걱정할 것은 조금도 없다고 생각합니다."

"그들의 병력과 장비를 볼 때 그런대로 쓸 만하던가?"

"아닙니다. 쓸 것이 없습니다."[108)]

모문룡은 위의 후금을 견제하고 공격한다는 명목으로 조선 평안북도 서해안의 섬인 가도에 주둔하면서 조선에 식량과 말 등의 공급을

107) 《조선왕조실록》 인조실록, 인조 2년(1624) 6월 8일
108) 《조선왕조실록》 인조실록 20권, 인조 7년(1629) 3월 27일 (계미)

요구하는 등의 횡포를 자행하였다. 실제로는 후금을 견제할 만한 군사력을 갖추지 못하면서 조선에 대하여는 후금을 견제하고 공격한다는 허세를 부렸다.

이런 사실은 1623년 6월 12일에 명나라 장수 모문룡(毛文龍) 주둔지 가도(椵島)에 다녀온 유공량(柳公亮)이 "우리나라의 세력을 끼고서 산해관(山海關)의 울타리 역할을 하고 있는 데 불과합니다"라는 보고와 1629년 3월 27일 이경직(李景稷)이 "모문룡의 군세(軍勢)가 너무나 피폐해져서 그의 뜻은 다만 섬 안에 편안히 앉아서 부귀나 누리고 싶을 뿐이지 딴 생각은 없는 것 같았습니다"라는 보고를 통해서 입증이 된다.[109]

모문룡의 주둔지에는 자신 휘하의 수만은 부하와 요동에서 피란 온 수만 명의 명나라 사람들을 먹일 식량과 군수물자 등이 절대적으로 부족하였다. 조선도 가도에 주둔하고 있던 모문룡이 요구하는 식량과 군마를 조달할 수 없는 어려운 처지에 있었다. 그래서 가도에 주둔하던 모문룡군은 부족한 식량을 취하기 위해 조선의 평안도 내륙에 침입하여 약탈을 자행하여 도민들은 불안에 떨어야 했다.

조선의 조정에서는 모문룡의 휘하 장수들이 후금에 연이은 투항과 평안도 일대 약탈의 가능성에 대해 대책을 논의하기도 했다.

주강 후 김상용이 모문룡의 오랑캐에게 투항시의 대책에 대해 논의하였는데 지사(知事) 김상용(金尙容)이 인조에게 아뢰었다.

"모문룡군이 비록 오랑캐에게 투항하지 않는다 하더라도 우리나라에 대하여 난동을 부리지 않는다는 것을 보장할 수 없습니다. 앞으로 청룡산성으로 들어가면 식량이 없는 군대가 될 것인데 어떻게 지탱하

109) 《조선왕조실록》 인조실록 13권, 인조 4년(1626)

겠습니까. 식량을 구한다는 명목으로 장난을 하면 어떻게 금할 수 있겠습니까. 그리고 중국 조정에다 주문(奏聞)하여 식량을 보급해 주지 않고 오랑캐와 서로 내통한다는 등의 말로 이완(李莞)을 모함할 경우, 우리나라로서는 어떻게 해볼 도리가 없습니다. 외간(外間)의 의논은 '일이 이미 이 지경에 이르렀으니 싸움을 하는 수밖에 없다' 고들 합니다."[110]

그런데 김류는 남이홍이 명나라 장수 모문룡과의 대화 때 모문룡이 조선 조정에 대하여 비하하는 발언에 적극 대항하지 않은 죄를 들추어 비방하였다.

실제로 남이홍이 모문룡과의 대화 때 모문룡이 조선의 조정에 대하여 심한 격하의 발언을 했다. 당시 남이홍은 그를 대의로 대응해야 했는데 그렇게 못한 것에 대한 비방이 많았다.

그러나 남이홍으로서는 모문룡을 나무라지 않을 수 밖에 없었던 것은 그를 나무랐을 때 모문룡이 조선에 해악을 끼칠 가능성이 있음을 염두에 두고 적당히 넘길 수밖에 없었을 것이다. 때문에 평안도 총지휘관으로서 모문룡군의 정황에 대하여 비교적 정확히 알고 있었던 남이홍은 모문룡의 발언에 맞대응할 경우 그가 조선에 해악을 끼칠 가능성을 염두에 두고 적당히 넘겼을 것이다. 남이홍은 자신에게 모문룡이 조정에 대해 격하의 말을 한 내용을 장계로 보고하였다.[111]

이 장계의 내용에 대하여 그 당시 조정의 최고 실세인 좌찬성 김류는 일선의 정황을 제대로 알지도 못하면서 인조에게 아뢰었다.

"남이홍이 모문룡의 패악한 말을 들었을 때에 마땅히 '남의 신하된 처지에 이런 말을 들었으니 얼굴을 들 수가 없다. 장군 앞에서 자결하

110) 《조선왕조실록》 인조실록 14권, 인조 4년(1626) 8월 13일
111) 《조선왕조실록》 인조실록, 인조 10년(1632) 9월 13일(무오)

여 죽겠다' 고 대답했어야 합니다. 그렇게 대답했다면 그도 반드시 뜻이 저상되었을 것인데 남이흥이 그렇게 하지 못했습니다."

그리고 남이흥에게 죄를 물을 것을 건의하니, 인조는 남이흥을 비호하면서 넘어갔다.[112)]

"창졸간에 당한 일이라 모문룡의 발언에 대응할 생각이나 어찌할 수 있었겠는가."

김류에 이어 간원이 며칠 후에 남이흥에게 죄를 줄 것을 재차 건의하였다.

"평안병사 남이흥(南以興)은 명장(明將)과 서로 접견할 때에 들은 말이 패악스럽고 망령되었다면 마땅히 엄한 말로 꺾고 대의(大義)로 배척하여 스스로 감내할 수 없다는 뜻을 보였어야 합니다. 그런데 도리어 조용히 한담설화(閑談說話)하는 자처럼 수작하였으니 매우 생각이 부족합니다. 남이흥을 엄중히 추고하소서."[113)]

조정에서는 일선의 최고 지휘관이 현지 상황을 고려하여 대응하는 일마저 대의명분으로 비난하여 벌을 주고자 했다. 가도에 주둔하고 있던 모문룡군에게 잘못 대응했을 때 조선에 끼칠 해악을 고려하여 대응해야 했던 일선의 지휘관인 남이흥의 어려운 사정을 고려하지 않고 벌을 주자고 조정의 최고의 실세인 김류마저 인조에게 건의를 했던 것이다.

조선의 군사력에 비해 절대적으로 우세한 후금의 침공을 막기 위해 방어에 힘쓰고 있는 일선 최고 지휘관에게 조정에서 모든 힘을 실어주어도 어려운 상황이었다. 그런데도 일선 최고 지휘관에게 약간의 빌미만 있으면 벌을 주려고 했던 상황에서 후금의 막강한 공격력을 대처

112) 《조선왕조실록》 인조실록 8권, 인조 3년(1625) 1월 16일
113) 《조선왕조실록》 인조실록 16권, 인조 5년(1627) 4월 22일

해야 했던 어려움을 짐작할 수 있는 것이다.

국왕도 조심스럽게 비위를 거스르지 않으려고 대하는 입장인 명나라 장수 모문룡에게 남이홍이 대들었다면 어떤 결과가 나올까.

비변사는 남이홍(南以興)과 이시영(李時英) 등이 보낸 보고에 모문룡이 부하들에 이어 언제 후금에 투항할지 모른다는 보고를 하였다. 이 말이 모문룡에게 전해져 조정과 사이가 소원해질 것을 우려하고 있었다. 그래서 비변사는 남이홍 등에게 모문룡이 후금에 투항할지 모른다는 의심의 내색을 비치지 말고 믿음으로 상대하도록 인조께서 지시할 것을 건의했다. 또한 비변사는 모문룡이 신미도(身彌島)로 이주했을 때 별사(別使)를 보내 안부를 물은 적이 없어 소원해지지 않을까 걱정하여 별도의 안부를 물을 것을 인조에게 건의하였다.[114]

이런 상황이면서도 실권파들은 남이홍에게 운신의 폭을 줄이고 제거하려고 노력했으니 남이홍의 위치가 어떠했을까 짐작할 수 있다.

모문룡군은 명나라 군대로서 청(후금)나라를 견제하기 위해 우리나라 서해의 가도와 신미도에 진을 치고 있었는데 그 수가 무려 4만여 명이나 되는 대병력이었지만 오합지졸이었던 것이 사실이었고,[115] 조선에 대해 터무니없는 요구와 행패를 일삼고 패악한 말을 많이 해서 귀찮은 존재였다. 평안병사 남이홍은 이것을 탐탁하지 않게 여겨 견제했다.

남이홍은 모문룡군의 동태에 대한 정보 파악을 게을리 하지 않고 있었다. 비변사가 남이홍에게 모문룡군의 후금에 투항할 것이라는 의심의 말을 삼가하도록 하라는 건의를 인조에게 한 다음 해였다.

남이홍은 모문룡군의 동태에 대하여, "중국 파총(把摠) 유계영(劉啓

114)《조선왕조실록》 인조실록 10권, 인조 3년(1625) 12월 12일
115)《조선왕조실록》 원전 32집 202면

榮)이 병사 30명을 거느리고 노적(奴賊)의 소굴로 도망쳐 들어갔다 합니다"라는 모문룡 부하 장수의 후금 투항 사실을 보고하였다.[116)]

남이흥의 이 보고를 통해서 한 달 후에 조정에서는 모문룡군의 후금 투항 가능성과 서북지역 약탈의 가능성에 대해 인식하고 그 대응책에 대해서도 논의하였다.[117)]

10여 일 후에 좌의정 윤방이 남이흥(南以興)을 만나 모문룡이 후금에 투항하는 변을 일으킬 것이라는 이완(李莞)의 보고에 대해 논의를 시작했다. 조정에서는 미리 모문룡이 후금에 투항하는 일에 대응을 해야 했으나, 체찰사 장만이 말하기를 모문룡이 반역의 정상이 분명한 후에 대응해야지 미리 했다가는 모문룡이 조선이 그의 군량 요구 등의 침해를 싫어해 공격해 온다고 역이용을 했을 경우 명나라에 조선이 궁지에 몰릴 수 있다는 점을 감안해야 한다고 말하였다. 인조는 모문룡의 후금 투항의 조짐을 알게 되면 변방의 장수들이 동요할 것을 우려하여 추후 명나라의 조치에 따라서 조치하자고 결정하였다.[118)]

조선에서는 모문룡의 후금에 투항 조짐의 정보를 접하고도 그의 역이용에 따른 명나라와의 관계 때문에 미리 대응하지 못하는 처지에 놓였다. 조선에서는 후금의 차후에 있을 침공에 아군의 지원 세력인 모문룡이 후금에 투항한다면 더욱 방어에 어려운 여건이 조성된다고 생각했다.

모문룡군은 초기 즉 1621년 광해 13년 이래 요동 유격으로 조선의 지원을 받으면서 평안도 철산 앞바다의 가도에 동강진을 설치하고 후금의 배후에 위협을 가하고 있었다. 모문룡은 요동지방으로부터 도망

116) 《조선왕조실록》 인조실록 13권, 인조 4년(1626) 7월 17일
117) 《조선왕조실록》 인조실록 14권, 인조 4년(1626) 8월 13일
118) 《조선왕조실록》 인조실록 14권, 인조 4년(1626) 8월 27일

해오는 한인들을 수용하여 세력을 확대시켜 나가는 한편 후금지역(만주)에 억류되어 있는 한인 포로들과 은밀하게 내통하여 그들의 반란과 소요를 선동하고 조장하였다. 모문룡은 다시 철산 사량 신미도 등에 분진을 설치하고 정묘호란이 일어나기 직전인 1626년 12월까지는 수시로 압록강 대안의 후금지역에 부대를 진출시켜 휘바 교맥충 등지를 비롯한 남만주의 안산역, 사르흐 등을 공격함으로써 후금의 안전을 위협하기도 하였다. 이런 유격활동과 이에 대한 조선의 지원은 후금의 요서진출에 큰 장애가 되었다.

후금사회에 혼란을 초래하게 하였고, 그들의 배후에 가하는 위협을 제거해야 한다는 필요성을 절감하고 조선에 대한 무력 침공이 불가피하다는 결론을 내린 것이다.

모문룡은 조선에는 귀찮은 존재였지만 상대하여 쳐부술 수도 없고 울며 겨자 먹기로 환대를 해야 했다. 모문룡은 화친이 마무리될 무렵 사자를 평안도에 보내 자기들이 공급해 준 물건 값으로 아직 보내주지 않은 쌀 5000여 섬을 내놓으라고 독촉을 했다. 평안도에서는 부랴부랴 창고의 바닥까지 긁어 쌀을 보냈는데 일부가 수송 도중 침몰 당하기도 했다.

모문룡은 전쟁의 와중에도 때로는 가도, 때로는 신미도에서 공공연히 밀무역을 벌였다. 교묘하게 명과 후금과 조선과의 사이에서 삼각무역을 도모한 그는 난세에 끼어든 간상모리배이자 대표적인 탐관오리이고 국제적인 음모가였다. 양민의 목을 적군으로 가장시키는 천인공노할 방법으로 전공을 과장해 총병으로 승진했으며 가도를 무역기지로 삼고 무역선의 통행세까지 챙겼다.

섬에서 상품을 파는 사람들에게서 커미션을 받아내기도 했다. 조선을 계속 압박해서 쌀을 공급받고 북경의 고관들을 뇌물로 매수해 자신의 위치를 다졌다. 모문룡에게는 힘을 보태주는 사건이 일어났다. 정묘호란 때의 앞잡이 유해는 3중 첩자 노릇을 하면서 늘 불안에 떨었다. 명나라 조정에서는 은 1만냥을 걸고 그를 잡아 오는 사람은 양주자사 자리를 주겠다고 현상을 걸었다. 후금도 역시 그의 행적을 수상하게 여기고 있었다. 수세에 몰린 유해는 또 한 번 꾀를 냈다. 자기 집에 불을 질러 다른 사람을 타 죽게 만들어 자신이 자살한 것처럼 위장을 하고 다른 형제들과 함께 가도로 망명했다. 후금은 감쪽같이 속아 넘어갔고 조선 사신도 임금에게 그의 자살을 보고했다. 모문룡은 그들의 망명을 환영했다.

유해는 유흥조로 이름을 바꾸고 세 동생과 함께 후금 군사를 거느리고 모문룡에게로 와서 행동을 같이 했다. 이제 유해는 모문룡의 부하가 된 것이다. 영원성을 지키던 원숭환은 끊임없이 후금군의 공격에 시달렸다. 그는 모문룡으로부터 후금의 배후를 공격하겠다는 약속을 받고 출동하였는데 아민이 군사를 동원 반격하자 모문룡은 그대로 가도로 달아나 버렸다. 원숭환은 모문룡을 영원 앞바다에 있는 쌍도로 불러내 12가지 죄목을 조목조목 열거하고 그 자리에서 처단해 버렸다. 그는 유흥조 등 모문룡의 유력한 부하들을 데리고 갔었다. 그런데 그렇게 된 것이다.

모문룡의 후임으로 부총관 전계성이 가도의 책임자가 되었다. 그 아래에서 유흥조의 동생인 유흥치가 유력한 장수로 활약하였다. 조선에서 해외 천자라고 불렀던 모문룡 식민지총독 행세를 하던 그가 사망하니 인조는 앓던 이가 빠진 듯 시원했으며, 벼슬아치들도 기뻐했다. 모문룡의 부하로 역전의 장수인 공유덕 등은 자신들도 원숭환에게 처벌을 받을까 두려워 후금으로 망명했다. 망명하면서 이들은 홍이포라는 귀중한 선물을 가지고 더구나 기술자와 같이 가 후금의 태종에게 바쳤다. 홍이포는 자기 아버지를 죽인 괴력의 순무기이다. 그런데 후금은 원숭환이 지키는 영원성을 비키어 만리장성쪽에서 북경으로 통하는 길을 골라 침입하면서 간계를 썼다. 이 길은 원숭환이 터 주었으며 그가 자신들과 내통을 하고 있는 관계라고 소문을 명나라에 흘렸다.

그런데 새로 명의 황제가 된 의종은 귀가 얇고 의심이 많은 인물이라 후금의 모략에 밀려 금방 원숭환을 잡아다가 시장 바닥에서 처형했다. 원숭환의 휘하인 조대수 등은 아무 죄가 없는 상관이 잡혀 죽자 명나라는 희망이 없다고 여겨, 기마병 1500명을 이끌고 후금으로 투항했다. 이 무렵 후금은 잠시 휴식 시간을 가지면서도 홍이포 제작에 열을 올렸다.

1630년 4월 유홍치가 가도에서 난을 일으켜 전계성을 죽이고 총지휘관이 되었다. 전계성이 유홍조가 투항한 전공을 깎아내려 포상을 방해했기 때문이다. 복수하려고 반란을 일으킨 것이다. 유홍치는 조선의 접반사와 수행원마저도 묶어놓고 핍박을 가했다. 조선은 이들이 후금으로 달아나지 않으면 육지로 올라와 노략질을 할 것이라고 예상하고 봉쇄작전을 폈다.

유홍치는 후금으로 들어가려 했는데 자신의 말을 듣지 않는 후금군 출신 군사와 상인들을 마구 죽여 인심을 잃었다. 틈을 엿보던 명나라 장수 심세괴가 난을 일으켜 유홍치 형제를 죽였다. 유홍치 형제가 후금에 투항하려고 육지로 올라오자 후금군이 이를 지휘하러 관산 일대로 몰려들었다. 이렇게 해서 가도의 분쟁이 종식되고 조청전쟁이 일어날 때까지 명의 관할 역할을 했다. 가도는 그야말로 세 나라의 분쟁지역이고 눈엣가시였다.[119]

119) 이이화, 《한국사이야기》 pp.161~171

08
정묘호란과 남이흥

1) 청태조 누루하치 이후의 세력균형과 조선 정벌군 아민

여진족은 건주, 해서, 야인으로 나뉘어 있는 밑에 더 작은 부족으로 갈리어 있었다. 16~17세기에 건주와 해서, 여진은 인구도 늘어났고 생산력도 발전해서 농업사회로 발전하고 있었다.

한족을 시켜 농기구를 개발하여 농토를 개간하고 명, 조선과 교역을 하면서 부를 축적하고 강역을 넓혀 갔다.

임진왜란시 명, 조, 일본이 전쟁을 하는 동안 여진족이 급속히 강국으로 성장하여 기울어가는 명을 압박하고 여진과 조선의 관계도 달라지게 되었다.

조선은 임진왜란 때 명나라에게 재조번방지은(再造藩邦之恩)을 입어 존명사대(尊明事大) 사상을 따르고 있었는데 오랑캐로 보아오던 여진족이 은인인 명나라를 친다고 하니 가까이 할 수 없는 처지이고, 그래서 누루하치가 조선을 돕기 위해 출병하겠다는 것도 서해 유성룡이 거절하기도 했다.

▲ 청태조 누루하치

청태조 누루하치는 8기의 열정체제를 썼고 누루하치 생존시는 절대권자인 칸 밑에 이른바 4대왕인 代善(대선), 아민, 망고르타이, 누루하치와 여덟째 아들인 皇太極(황태극, 홍타이지)이 세력균형을 이루고 있었다. 황태극이 새로 칸에 즉위하자 이에 불만을 품은 사람이 아민과 망고르타이였다. 청태종은 집권에 방해가 되는 이들을 제거할 포석으로 정묘난리에 출정시켜 소외된 불평을 해소시킴과 동시에 충성심을 시험하기로 했다. 그래서 출정군의 사령관으로 아민을 임명하고 조선정벌에 출정시켜 시험해 보고자 한 것이다.[120] 만일 원정 과정에서 실수를 하면 그를 제거할 기회가 될 수도 있는 것이다.

2) 인조와 정묘호란의 대비책 논의

이괄의 반란이 평정된 지 3년 후, 인조는 즉위 5년(1627)이 되었으나 군사력이 피폐해지고 평안도 방어력이 극도로 약화된 상황에서 후금

120) 국사편찬위원회 편, 《한국사 29》, 〈조선 중기의 외침과 그 대응〉

(後金)의 기습 침공을 받아 오랑캐로 멸시해 왔던 여진족과 굴욕적인 형제지국(兄弟之國)의 맹약을 맺게 되었다. 이것이 정묘호란(丁卯胡亂)이다.

그리고 다시 9년 후, 또 병자호란(丙子胡亂, 1636)을 당하여 인조가 청태종(清太宗)에게 무릎을 꿇고 항복함으로써 조선조 개국 이래 최대의 치욕인 군신(君臣) 관계를 맺고, 그로부터 조선은 약 2백 년간 청제국의 간섭을 받기에 이르렀다.

후금(청)이 명나라 북경의 관문인 산해관을 넘보고 있으면서 동시에 배후의 조선 침공 계획을 하고 있었다. 조선의 조정에서는 후금의 침공을 방어하기 위해 나름대로 안간힘을 기울여 대비하고 있었다. 문제는 조선의 조정이 정충신이 후금에 출입하여 정탐한 보고가 적군의 막강한 전세(戰勢)에 조선이 방어하기란 매우 어렵다는 사실을 제대로 인정하지 않았던 데서 비롯된 것이다.

정충신은 "저들은 많고 우리는 적어서 대적할 수 없다"라고 인조에게 대면하여 적의 군세와 조선의 방어력에 대하여 정확하게 보고하였다. 그러나 조선 조정의 정책을 좌우하는 정책담당자들이 숭명배청(崇明排淸)이라는 대의명분으로 후금과 외교를 하다 보니 정묘호란을 당하여 관서(關西)와 해서(海西)지방의 백성들을 도탄에 빠지게 하는 국난을 자초한 것이다.

인조는 1624년 3월 14일에 연안부사 남이흥, 안주목사 정충신과 함께 후금(청)국 침략에 대한 방어책에 대해 논하였다.[121]

인조가 자정전에 나아가 연안부사 남이흥, 안주목사 정충신을 인견하였다.

121) 《조선왕조실록》 인조실록, 인조 2년(1624) 3월 14일

인 조: (이괄의 난에) 역전한 장사를 사핵(査覈 : 실상을 조사하다)하는 일에 과연 빠뜨린 사람은 없는가?

남이흥: 별로 빠뜨린 사람이 없습니다.

인 조: 경들은 오랑캐의 정세를 알 수 있을 것이다. 오랑캐가 기세를 몰아 쳐들어 온다면 어떻게 막을 것인가?

정충신: 신은 오랑캐의 소굴에 출입하였으므로 적의 정세를 잘 알고 있는데 저들은 많고 우리는 적어서 대적할 수 없을 뿐더러 철기(鐵騎)로 충돌해 오면 야전(野戰)으로 맞서 싸울 수 없고 오직 성을 지켜야만 막을 수 있을 것입니다.

남이흥: 금년에는 남방의 군사를 징발하지 않았으므로 변방(邊將)의 장수가 군사의 적은 것을 걱정할 것입니다.

인 조: 군사가 적더라도 적절히 사용하는 것은 장수에게 달려 있다. 지킬 수 있으면 지키고 싸울 수 있으면 싸워야 하는 것이다. 싸우기만 해서도 안 되고 지키기만 해서도 안 될 것이다. 요는 임기응변하기에 달려 있다. 지키기만 하고 나가 싸우지 아니하면 쳐들어오는 적을 어떻게 막을 수 있겠는가?

인 조: 안주의 군사는 그 수가 얼마나 되는가?

정충신: 겨우 2천여 명입니다.

인 조: 전에 듣건대 6~7천은 된다고 하였는데 지금은 어찌하여 그리 적은가? 그 성은 얼마의 군사가 있으면 지킬 수 있겠는가?

정충신: 4~5천이 있으면 지킬 수 있습니다.

인 조: 성의 형세가 가장 좋다고 하던데 그러한가?

정충신: 성 밖에 천연의 참호인 큰 강이 있으니 험준한 곳을 차지한 형세라 할 수 있습니다.

인 조: 강이 얼음으로 얼면 어찌하겠는가?

정충신 : 겨울에는 또한 빙성(氷城)을 설치하여 적을 막을 수 있습니다.

인 조 : 연안도 성을 지키는 곳인데 경은 어떻게 수어(守禦)하겠는가?

남이흥 : 임진년 이후로 전혀 수선하지 않아서 성문이 무너지고 옛 우물이 모두 못 쓰게 되었습니다. 신은 성을 보수하고 우물을 파려고 하는데 백성의 힘이 고갈되어 일을 시작하기 어렵습니다.

인 조 : 전에 오랑캐에게 갔을 때 당시 사정은 어떠하고 그들의 군사는 얼마나 되던가?

정충신 : 병마(兵馬)가 정예롭고 강성하여 참으로 대적하기 어려운 적이었습니다. 군사가 얼마쯤 되는지 상세히 알 수 없었으나, 팔부대인(八部大人)이 있다는 말을 들었고 또 4백 명을 1초(哨 : 군대 편제의 단위. 5백 인이 1營, 3백 인이 1旗, 1백 인이 1哨이다)로 한다는 말이 있으니 대략 9만여 명은 될 것입니다. 이른바 장갑군(長甲軍)·중갑군(重甲軍)이란 것이 각각 1백 인으로서 모두 수은갑(水銀甲)을 입었는데 따로 한 초를 만들었습니다. 이들은 씩씩하고 용맹한 자를 따로 뽑은 것으로서 성을 공격할 때에 쓰는 것이라 하였습니다.

인 조 : 오랑캐의 말은 모두 좋은 말이던가? 그 숫자는 얼마쯤 되던가?

정충신 : 모두 좋은 말이었는데 무리지어 있는 것을 보니 대략 1만여 필(匹)이 될 듯하였습니다.

인 조 : 오랑캐의 추장은 한낱 하찮은 자일뿐이다. 우리나라 수천 리의 지방에 어찌 적을 제어할 만한 사람이 없으랴마는, 찾는 데에 정성스럽지 못하므로 쉽게 얻지 못할 뿐이다. 지금 장신(將臣)들이 모두 들어가 지킨다는 것으로 말하면서 출전할 생각을 갖고 있지 않으니 어찌 한심하지 않은가.

정충신 : 우리나라는 본시 군사가 없는 나라인데 아무리 훌륭한 장수가 있더라도 누구와 함께 싸울 수 있습니까. 지금 10여 만의 무리를 뽑아서 1~2년 동안 훈련시킨다면 요동(遼東)도 진격하여 빼앗을 수 있을 것인데, 어찌 반드시 수어하려고만 하겠습니까. 지금 창성(昌城) · 의주(義州) · 안주(安州)의 제진(諸鎭)이 가장 요충지인데 이들 본진에 각각 민병(民兵)을 거느려 굳게 지킬 계획을 세우도록 당부하고, 입방(入防)하는 군사에 있어서는 그 수의 다소에 따라 편의대로 수어하도록 하고, 패강(浿江, 대동강) 이서에는 가을 이후에 청야(淸野)하여 대비하도록 경계하면, 적이 오더라도 그 형세가 반드시 오래 머무르지 못할 것입니다.

남이흥 : 부원수의 수하 군사는 2천이 못 되니, 어떻게 이것으로 큰 적을 대항하겠습니까. 정병 수만을 교련할 수 있다면, 신처럼 못난 자도 목숨을 바쳐 싸워서 스스로 공을 이룰 수 있을 것입니다.

인조가 이어 주찬(酒饌)과 표피(豹皮) 등의 물건을 하사하였다.[122)]

3) 정묘호란 직전의 정국 상황

인조와 남이흥, 정충신의 후금의 침략에 대비한 논의를 통해 당시의 상황을 알 수 있다.

이 당시 조선은 1만2천여 명을 거느리고 서북지방 국방을 담당하던

122) 《조선왕조실록》 인조실록, 인조 2년(1624) 3월 14일

평안병사 이괄이 휘하 군사로 반란을 일으켰다가 실패하자 서북지방 방어의 군사력에 치명적인 피해를 주었음을 확인할 수 있다.

정충신은 후금의 군사력을 제대로 파악하고 있었으며, 남이홍은 우리의 적은 군사로는 도저히 후금의 침략을 방어하기란 매우 어려운 처지임을 잘 파악하고 있었다. 남이홍은 부원수의 휘하 군사가 불과 2천명에 불과하니 몇 배 이상의 막강한 후금의 군사를 방어하기가 매우 어려운 처지임을 인조에게 말하였다.

남이홍과 정충신이 아무리 뛰어난 장수라 할지라도 훈련이 잘 된 3만명의 군사로 침략해 오는 후금을 상대로 방어하기란 매우 힘겨운 처지에 있었음을 알 수 있다. 그런데도 인조는 후금 추장 누루하치를 한낱 하찮은 자로 인식하고 후금 군사를 물리칠 만한 인재를 구하지 못했을 뿐이라고 하면서 안일하게 생각하였다.

인조는 남이홍이 막강한 후금의 군사력과 정예의 철기 군사를 야전에서는 도저히 당할 수 없기 때문에 성에서 방어해야 한다는 대비책을 목숨 부지를 위한 것이라고 여길 정도로 매우 부정적으로 인식하였다. 그리고 명이 임진왜란 때 우리나라를 구원해 주었다는 숭명배청(崇明排淸)의 명분론이 대부분들의 지식인과 사대부들에게 이념화된 상황에서 인조도 예외일 수 없어 화친의 외교란 생각할 수조차 없었던 상황이었다.

▲ 청나라의 주력 군대조직인 팔기군의 병사

이 당시 서북방의 방어에 주요 장수인 남이홍과 정충신이 후금군의 군사력이 강대하고 아군의 대응이 절대적으로 열세임을 제대로 알리기는 하였지만 조정의 숭명배청이라는 이념의 정책 때문에 성에서 적을 방어하는 소극적인 방어책만을 건의할 수밖에 없었던 상황이 안타깝다.

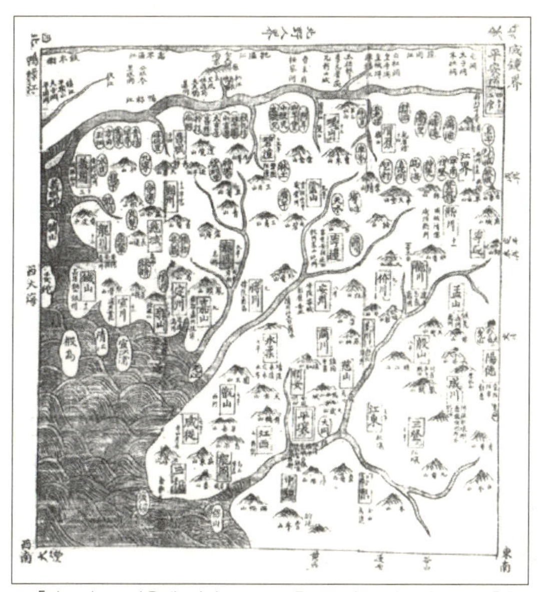

▲「팔도지도」 가운데 평안도 부분. 후금군의 공격로인 의주, 용천, 곽산, 선천, 철산 등의 지명이 나타나 있다.

도체찰사 장만(張晩)이 연안부사(延安府使) 남이흥(南以興)을 서울 안에 머무르게 하였다가 위급할 적에 조발(調發)하여 쓸 수 있게 하기를 청하니, 상이 윤허하였다.[123]

남이흥은 이괄의 난 때 이괄의 반역 군사가 재기불능으로 만든 안현(鞍峴) 전투의 공으로 의춘군(宜春君)에 봉해졌다. 《조선왕조실록》에 보면 그가 사무처리에는 능력이 있다고 평하면서 그의 성품은 거칠고 사나웠다고 평하였다. 이는 그가 기강이 문란한 고을을 법에 따라 엄격히 다스린 데서 나온 결과가 아닌가 생각한다.

남이흥은 사람됨이 거칠고 사나웠으나 자못 일 처리하는 능력이 있었다. 혼조(昏朝) 때에 여러 차례 변방의 큰 고을을 맡으면서 사람 죽이기를 삼대 베듯 하였으나 섬기는 일을 잘하여 은총을 굳혔다. 반정

123) 《조선왕조실록》 인조실록, 인조 2년(1624) 11월 3일

초기에 장만(張晩)이 출사(出師)할 적에 데리고 가서 공을 세울 수 있게 하기를 청했는데, 이괄(李适)의 변란 때 정충신(鄭忠信)과 함께 먼저 안현(鞍峴)에 올라가 힘껏 싸워 공을 세웠으므로 마침내 녹훈(錄勳)되고 봉군(封君)된 것이다.[124]

4) 남이흥 평안도 병마절도사 부임

남이흥(南以興)은 평안병사 정충신(鄭忠信)의 병이 심하여 서북지역인 관서(關西)의 군사를 총지휘하는 평안병사에 임명되었다.[125]

관서지방은 곧 있을 후금의 침공에 백성과 관원의 걱정이 태산 같아서 조정에서는 큰 걱정이 아닐 수 없었다. 그 당시 최고의 장수로 평가받고 있던 정충신(鄭忠信)이 중병을 앓고 있어 평안병사의 직무를 수행할 수 없게 되었다. 조정에서는 정충신을 대신할 만한 장수를 찾아 임명을 해야 하는데 남이흥 이외에는 대안이 없었다. 이때 도체찰사 장만이 연안부사 남이흥을 서울 안에 머무르게 하였다가 위급할 때 조발하여 쓸 수 있기를 청하니 이를 윤허하였었다.[126]

그래서 남이흥은 서울에 있었다. 그때 조정의 형편은 인조반정이 끝난 지 얼마 안 되는 시기이어서 반정공신들 간에도 서로 반목하고 있고 서로 의심하는 처지여서 시국이 어수선했다. 더구나 관서지방은 이괄의 난의 끝이라 사지로 인정, 서로 가기를 꺼리는 곳이었고 믿고 보낼 만한 인물도 없었다. 평안도가 걱정이 된 조정에서는 남이흥을 부르게 된 것이고, 남이흥도 항상 나라를 걱정했고 애국심의 발로로 마

124) 《조선왕조실록》 인조실록, 인조 2년(1624) 11월 5일
125) 《조선왕조실록》 인조실록, 인조 2년(1624) 12월 15일
126) 《조선왕조실록》 인조실록 7권, 인조 2년(1624) 11월 3일(계축) 002

다하지 않고 평안병사직을 자진 응했던 것이다.

병사 정충신(鄭忠信)의 병이 심하므로, 도신(道臣)의 치계에 따라 묘당(廟堂)이 체직시킬 것을 아뢰어 남이흥(南以興)을 평안병사로 대신한 것이다.[127)]

남이흥이 평안병사로 임명되기 5개월 전에 좌의정 윤방(尹昉)[128)]은 평안병사인 이수일(李守一)을 조정의 신하들이 인조에게 교체해야 한다고 건의한 것에 대해 의사를 물었다. 인조는 그가 부임할 때 평안병사 직책에 뜻이 없음을 알고 있었으며, 위란(危亂)을 당해서는 그가 적임자가 아니라고 평하면서 후임자로 누가 적합한가를 신하들에게 물었다.

윤방은 정충신과 남이흥을 천거한다. 신흠은 "재기(材器)로 보면 정충신을 써야 할 것이고, 지위와 인망으로 따진다면 남이흥을 써야 할 것이다"라고 했다. 도원수(都元帥) 이홍주(李弘冑)는 "재지(材智)를 먼저 생각하고 그 지위와 인망은 뒤에 생각해야 할 것이다"라고 대답하였다. 인조는 "참으로 쓸 만한 사람이라면 어찌하여 문벌의 높낮음을 논하겠는가? 이괄 반란군을 결정적으로 패퇴시킨 안령(鞍嶺)의 싸움에서도 정충신이 먼저 올라갔다고 하니, 그가 평안병사 직임에 적합할 것이다"라고 말하면서, 이홍주의 의견에 따라 정충신을 평안병사

127) 《조선왕조실록》 인조실록, 인조 2년(1624) 12월 15일

128) 윤방(해평인) : 호는 유천. 영의정 윤두수의 아들. 그는 약관으로 학문에 대성 진시와 문과에 급제한 후 많은 벼슬을 거쳤으며 인조반정 후 우의정, 좌의정 정묘호란 때에는 영의정을 역임했다. 신묘년의 당화로 그의 아버지 윤두수가 귀양을 가자 사직 칭병하고 한거생활을 했다. 수차 제관이 있었으나 거절하다가 임진에 다시 출사하여 명에 사신으로 다녀왔다. 또 1618(광해 10년) 광해군의 난정 때는 인목대비를 폐위하여 서인으로 하자는 정청에 불참하고 사직하였다. 사관한거(벼슬을 사양하고 한가한 생활)하더니 인조반정이 일어나자 다시 정승(우의정, 좌의정, 영의정)이 되고, 정묘호란 때는 인조를 강화에 호종했다. 또 묘사제조로 40여 위의 신주를 모시고 강화에 피난, 땅속에 파묻어 화를 면하게 했으나 1638년 인순왕후의 신주를 분실하고 나머지 신주를 말에 함부로 실어 한양에 옮겼다는 죄로 파직되어 연안에 유배당했다가 향리로 귀향 78세로 죽으니 문익이라 시호하였고 여러 권의 저서가 있었으나 화재로 타 버렸다.

에 임명했다. 평안병사로 임명된 지 5개월만에 정충신은 풍토병으로 위중하여 조신의 치계(조정 신하의 건의)에 따라 병조판서가 체직(遞職)시킬 것을 임금께 아뢰어 남이흥을 후임자로 임명한 것이다.[129)]

남이흥은 평안병사로 발탁되어 근무한 지 얼마되지 않은 시기에 정묘호란이 발발하여 홀로 외로운 안주성에서 난국을 감당하다가 순국한 것이다.

5) 유능한 장수들이 남이흥의 휘하에서 근무하기를 원함

소근진첨사(所斤鎭僉使) 박명룡(朴命龍)은 인조 임금께 상소하여 소근진 첨사를 사임하고 남이흥 병사를 따라 함께 서쪽 변방으로 가서 위로는 국가를 위하여 은덕에 보답하고 아래로는 평소의 뜻을 이루게 해달라고 청하는 상소를 했다.

임금이 허락을 했고 전마(戰馬) 1필을 내렸다고 한다. 박명룡은 남이흥 장군을 따라 안주성에서 맹렬히 전투하다가 전사하여 임금의 정려가 내려진 충민사에 남이흥 등과 같이 배향되었다.[130)]

충민사의 동무위차에서 제일 먼저 기록되어 있다.[131)]

또한 군기시주부 김양언(金良彦)은 평안도 안주 사람으로 그의 아버지가 강홍립의 천총으로 있다가 명나라 원병으로 참전한 심하(深河 : 사르흐) 전투에서 전사하였는데 김양언은 하늘에 호소하고 가슴을 두드리며 기필코 복수하려 하였다.

김양언은 언제나 흰 옷과 흰 관 차림으로 자신의 영 안에서 기거하면

129) 《조선왕조실록》 원전 33집 653면
130) 《조선왕조실록》 인조실록, 인조 2년(1624) 12월 18일
131) 《조선왕조실록》 인조실록, 인조 2년(1624) 12월 18일

서 심하 전투에서 아버지를 잃은 고아 300여 명을 모집하여 여러 해가 되도록 먹여 살리었다. 그리고 그곳 변방에서 교육을 시키면서 국경을 막고 지켰다. 그 뒤 이괄의 난 때 장만도 원수를 따라 난에 뛰어들어 안현(鞍峴)의 전투에서 많은 공을 세워 진무공신 3등에 녹훈되고 군기시 주부를 제수 받았다.

그는 아래 내용과 같이 상소를 써서 남이흥을 통해 임금께 전달하고 서울에 올라가지 않고 임명받은 서울이 임지인 군기시주부의 직에 부임하지 않았다.

명나라 원병으로 참전한 심하(深河 : 사르흐) 전투에서 전사한 아버지의 원수에게 복수를 하고자 결심했던 안주 사람인 군기시주부 김양언은 1625년 1월 16일 눈물을 흘리며 감개하면서 상관인 남이흥에게, '아버지의 원수를 갚지 못한 터에 관작(官爵)을 바라는 바가 아니니다. 오직 변방에서 목숨을 바칠 생각밖에 없다'[132]고 호소하였으며, 남이흥의 휘하에서 죽기를 각오하고 싸우다가 안주성에서 전사한 것이다.

김양언의 상소 내용은 이러하다.

"신은 서쪽 변방의 유생으로서 본래 재식(才識)도 없고 집도 가난하기에 직접 농사를 지어 노친을 봉양해 왔는데 불행하게도 심하(深河)의 싸움에서 아비가 전사하였습니다. 거적을 깔고 아무리 애통해 해도 소용없는 일이기에 자원해서 종군하여 복수할 것만을 생각하였습니다. 그리하여 오직 왕이 적을 정벌할 날이 오거나 노적(奴賊)이 준동하기라도 하면 먼저 나서서 쳐죽이다가 목숨이 끊어진 뒤에야 그만두려고 하였습니다. 이것이 신의 숙원인데 천은(天恩)이 잘못 내리어 경직(서울에 있는 직책)을 제수하셨습니다. 특별한 은혜와 영광은 천지처

132) 《조선왕조실록》 인조실록 8권, 인조 3년(1625) 1월 16일

럼 한이 없습니다만 신의 본심은 오직 아비의 원수를 갚는 것이니 진실로 낮이나 밤이나 난리에 대비하여 국경의 울타리를 떠나지 않아야 마땅합니다. 어찌 소복을 벗고 신면(紳冕 : 큰 띠와 관)을 갖춘 채 적들의 소굴을 멀리 떠나 국도(서울)에 올라갈 수 있겠습니까? 만약 그렇게 한다면 신은 진취(進取)하는 영광을 탐한 나머지 불공대천의 원수 갚는 의리를 버리는 결과가 될 것이니 신은 만 번 죽더라도 결코 그렇게는 감히 하지 못하겠습니다."

이 내용을 보고 임금이 아름답게 여겨 해조(병조)로 하여금 그의 소원대로 시행하도록 하고 포상하는 특전을 내리게 했다.[133)]

이렇게 되어 남이흥의 휘하에 계속 있게 된 김양언은 정묘호란이 일어나자 남이흥을 도와서 열심히 싸우다 전사했다. 김양언은 적군이 침입했다는 소식을 듣자 바라던 적이 왔으니 원수를 갚고 죽을 곳을 찾아 충효를 다 하겠다고 하였다. 적군이 성 밑에 닿아 화살이 비 오듯하는데 그가 성의 담에 올라가 활을 쏘아 적을 죽인 것이 산더미 같아서 적은 감히 접근하지 못했다. 안주성이 함락되자 주장(主將)인 남이흥 등이 자폭한 후에도 더욱 분발하여 싸우다가 몸에 10여 군데의 상처를 입고 전사했는데, 이때 적의 죽은 시체도 산더미 같았다 한다.[134)]

장수로서 김양언은 성에 다가가서 적에게 활을 쏘다가 화살이 다하자 편곤(鞭棍)으로 많은 적을 쳐죽이고는 마침내 북당수(北塘水)에 투신하여 죽었다.[135)]

이 모두가 빛나고 장렬한 죽음이었다.

성이 함락되고 수 일 지나서 김양언의 아들 세호가 못 가운데서 그의

133) 《조선왕조실록》 인조실록 8권, 인조 3년(1625) 1월 16일
134) 《조선왕조실록》 33집 671면
135) 《조선왕조실록》 인조실록 16권, 인조 5년(1627) 4월 22일

아버지 시신을 찾았는데 노기가 발발하여 살아 있는 듯했고 온몸에 박힌 화살촉이 서너 되나 되었다고 한다. 나라에서는 그에게 판중추부사를 내리고 3세 순절기를 지어 문 위에 걸어두게 했고 안주성 충민사에 남이흥과 함께 배향하였다.

안주성 싸움에 앞서 의병 싸움인 정주성 전투에는 김양언이 조직한 복수군이 가세했다고 했다. 김양언이 조직하고 양성한 복수군이라면 김양언이 지휘를 했어야 되는데 기록이 없으니 유감이다.

정주의 의병부대는 남쪽 해변에 있는 자성산(慈聖山)의 험준한 봉우리를 거점으로 용감하게 투쟁을 벌였다. 이들은 적의 공격을 10차례에 걸쳐 막아내는 치열한 싸움을 했으나 다행히 아군의 손상은 없었다. 이들은 무기도 없이 세모난 방망이와 크고 작은 잔돌을 산더미처럼 쌓아 놓고 이것들을 써서 끈질기게 덤벼드는 적을 많이 죽여서 큰 타격을 가하였으나 마침내 양식이 떨어져 커다란 곤경에 빠지게 되었다. 이들 모두 배우지 못하고 가난한 농민들이기 때문에 그들이 거둔 훌륭한 전과를 보고할 수 없었다고 한다.

안주성 싸움에서 서문을 지켰던 태천현감 김양언은 자신을 비롯한 3세가 국가를 위해 순절했다. 그는 정묘호란 때 순절하였고, 그의 아버지 김덕수(金德秀)는 심하역(深河役 : 1619년 사르흐 전투)에서 전사했고, 그의 할아버지 김장련(金長鍊)은 임진왜란 때 순절하였다. 그는 정묘호란 때 안주성 싸움에서 전사하기 전에는 정주에 머무르고 있었다. 사르흐 전투에서 전사한 사람들의 자손 3백명(5백명이란 기록도 있음)을 모아 복수군을 조직하였는데 부모의 원수를 갚기 위한 군병이란 뜻에서 붙여진 이름이다.

김양언은 도체찰사 장만으로부터 복수장의 칭호를 받았다. 그는 이괄의 난 때 척후장이 되어 안현에서 적을 무찌른 공으로 진홍군에 봉해졌고 태천현감에 제수 받았으나 사임하고 나가지 않았으며, 흰 옷과 흰 갓을 쓰고 변방을 지키고 있었던 것이다.

정묘호란이 일어나 적군이 침입했다는 소식을 듣자 바라던 적이 왔으니 원수를 갚고 죽을 곳을 찾아 충효를 다하겠다고 남이흥의 휘하로 들어갔다. 그래서 영장 한덕문과 태천현감인 그는 서문을 지키고 있었다.

적군이 안주성 밑에 닿아 화살이 비오는 듯하는데도 김양언은 성의 담에 올라가 활을 쏘아 적을 죽인 것이 산더미 같았고 적은 감히 접근하지 못했다. 성이 함락되자 주장 남이흥 등이 자결한 다음 김양언은 더욱 분발하여 힘 닿는 데까지 싸울 생각에서 홀로 편곤을 쥐고 몸을 떨쳐 덤벼들어 적을 죽이는데 적의 시체가 삼대 흩어진 듯하였다. 군사가 다 없어지고 힘이 다하였으나 계속 싸우다가 마침내 10여 곳에 상처를 입고 못 위에 서서 죽었다.[136]

인조반정 때는 당로에 있는 벼슬아치에게 굽히지 않아 현달(顯達)하지 못하였던 영유현령(永柔縣令) 송도남(宋圖南)은 정묘년 호란을 당하였다. 그때 그는 군사를 뽑아 병사(兵使) 남이흥의 진중으로 달려가서 남이흥의 휘하에 들어와 안주성 전투에서 전사하였다.[137]

영유현령(永柔縣令) 송도남(宋圖南)에게 특별히 증직을 명하고 아울러 시호를 내렸으니[138] 영의정 김재로(金在魯)의 말을 따른 것이다.

송도남은 정묘년에 순절한 사람이다. 젊어서부터 강개하여 지조가 있었다. 광해군 때 그의 지친(至親)이 정승이 되자 마치 몸을 더럽히는 것처럼 피하였다. 태학(太鶴)의 장의(掌議)가 되어서는 정조(鄭造)·

136)《국역 연려실기술 IV》p.103
137)《조선왕조실록》인조실록 57권, 인조 19년(1639) 2월 22일
138)《조선왕조실록》인조실록 57권, 인조 19년(1639) 2월 22일(병오)

윤인 · 이위경(李偉卿)을 토죄(討罪)할 것을 청했다가 흉당(凶黨)의 눈에 거슬렸는지라, 그가 등제하자 교서관(敎書館)으로 분관하여 모욕을 주었다. 인조반정 때는 당로에 있는 벼슬아치에게 굽히지 않아 현달(顯達)하지 못하였다.

영유현령이 되어 정묘년 호란을 당하였는데 군사를 뽑아 병사(兵使) 남이흥의 진중으로 달려갔다. 병사와 다른 고을 수령들이 그가 서생이라 하여 돌아가기를 권하니 송도남이 "난(難)에 임하여 자신의 몸을 잊는 것이 어찌 무부만의 일이겠느냐?" 고 하며 격문을 지어 오랑캐에게 효유(曉諭)하되 먼저 그 화약(和約)을 저버리고 내침한 죄를 낱낱이 꼽고 우리나라가 천조(天朝 : 명나라)와의 대의를 저버릴 수 없음을 극력 말하면서 역(逆) · 순(順)의 뜻으로 효유하니 사지(辭旨)가 격렬하였다.

적이 성에 닥치자 갑옷을 벗어 나무에 걸면서 "성이 장차 함락될 것인데 몸을 보호해 무엇하겠는가?" 하고는 손수 그 아들에게 글을 써 보내기를 '남아의 사업이 오늘 결판이 났다' 고 하였다.

그는 성이 함락되었는데도 여전히 성 머리에 서서 적에게 활을 쏘아 댔다. 그는 적의 화살에 맞아 고슴도치처럼 되었는데도 끝내 화살을 놓지 않고 마침내 성가퀴를 베고 죽었다.

그 일이 알려지자 예조참판으로 증직하고 두 아들들에게 벼슬을 내렸다. 숙묘께서 그 마을에 정문(旌門)을 세우고 안주에 사당을 세우고 같은 때에 순절했던 사람인 남이흥 · 김준(金浚) 등과 같이 향사(享祀)하라고 명하였는데 그 자질(姿秩)이 맞지 않아 아직도 시호를 받지는 못하였다. 이 때에 와서 대신이 아뢴 바로 인해 모두 허락했다.[139]

139) 《조선왕조실록》 원전 33집 671면

조선의 조정에서는 후금과 명나라와의 전투상황과 적국의 동향에 대한 정보를 예의 주시하며 후금에 대응하고 있었다. 조선의 조정에서는 후금이 북경의 길목인 산해관에서 얼마 떨어져 있지 않은 광녕(廣寧)에 총력을 기울인 명나라 군사들과의 전투의 승패가 자국의 안위와 직결되어 있어 그 결과를 예의 주시하고 있었다.

이때 평안감사 윤훤은 모문룡의 군사 동태와 압록강 건너 봉황성과 광녕(廣寧) 근처 영원(寧遠)에 정탐자를 보내어 후금과 격전할 비상사태가 발생하면 남이흥을 최일선의 창성과 의주에 진주시켜 방어에 대비하도록 조처하겠다는 내용을 조정에 보고하였다. 조선에서는 명나라와 후금의 전쟁 승패에 따른 세력 판도의 변화에 적극적으로 대응하고 있었다.

이괄이 난을 일으키기 전에 군사력을 유지하고 있었더라면 후금의 막강한 군사력를 맞아 싸웠어도 방어가 가능했을 것이다. 조선에서는 이괄의 난으로 피폐해진 관서지방의 군사력을 다시 회복하기가 불가능하였다. 그러니 아무리 조선의 조정에서 후금의 동태를 예의 주시하면서 대응한다 할지라도 허약한 군사력으로 적을 방어하기란 불가능한 것이 현실이었다.

평안감사 윤훤이 치계하였다.

"열진(列鎭)의 치보를 접하여 보니 노적(奴賊)이 군사를 동원하여 서쪽으로 광녕(廣寧)을 향했다 하는 바, 천하의 승패와 안위가 이 거취에 달려 있으니 매우 염려됩니다. 도독이 군마를 거느리고 차유령(車踰嶺)을 거쳐 삼차수동(三叉水洞)으로 향한다는 말을 들었습니다. 신은 영리한 통사(通事)를 정하여 봉황성(鳳凰城)과 영원(寧遠) 지방에 보내서 탐문하여 과연 적병과 교전할 걱정이 있으면 즉시 순변사(巡邊使) 남이흥(南以興)으로 하여금 창성과 의주 등지로 진주(進駐)하여 그곳의 민병을 거느리고 위급에 대비토록 하고자 합니다."[140]

6) 인조가 평안감사 이상길, 평안병사 남이흥에게 유능한 지휘관을 추천하라 지시

그 당시 후금과 국경을 마주 대하고 있는 곳인 의주와 창성에서는 8년이나 후금의 침공에 대비하고 있었다. 후금은 명나라로부터 심양(瀋陽)을 점거하여 국력이 확장 일로에 있었으며 조선쪽의 요양(遼陽)으로 압박을 가해 오고 있었다.

조정에서는 후금의 침공이 임박한 비상시국에 총력 대비로써 유능한 지휘관을 기용해야 했다. 평안감사 이상길(李尙吉)과 평안병사 남이흥(南以興)에게 유능한 지휘관을 추천하라는 지시를 했다.[141]

"의주와 창성이 8년 동안이나 변에 대비하고 있다. 출신(出身)과 장관(將官)들이 온갖 악조건을 마다하지 않고 오래도록 성에 머물면서 갑옷을 입은 채 창을 베개 삼아 자는 고생을 생각하노라면 애달픈 마음이 든다. 먼 지방의 사람들이 한 번도 은명을 받아보지 못한 채 공로를 세우고서도 억울하게 지내다가 수척해서 죽어가는 등 장사들이 시름하고 고달파하고 있다. 변방의 인심이 해체되어 버리기라도 하면, 위급한 사태가 발생했을 때 죽도록 힘쓸 사람을 얻기 어렵게 될 것이다. 그들 중에 어찌 지용(智勇)이 있고 재력(材力)이 있어 천 명, 백 명의 우두머리가 될 만한 사람이 없겠는가. 경들은 2부(府)의 출신과 장관들 중에 다년간 공로를 세운 사람의 직명(職名)을 기록하고 공로 사항을 주(註)로 달아 널리 공론을 모아 고하의 등급을 매긴 뒤 속히 계

140) 《조선왕조실록》 인조실록 12권, 인조 4년(1626) 5월 6일
141) 《조선왕조실록》 인조실록, 인조 3년(1625) 2월 24일

문함으로써 수용(收用)할 수 있게 하라."[142)]

7) 평안병사 남이흥의 주둔지로 안주성이냐 구성이냐 주둔지 논쟁

비변사가 평안병사 남이흥에게 황해도의 순변사를 겸임시키자고 건의했고 임금이 허락을 했다. 그리하여 남이흥은 후금이 침공할 위기 상황에서 황해도, 평안도 즉 해서의 입방군(入防軍)을 통틀어 지휘하였다. 조정에서 남이흥이 후금의 침공에 대비할 만한 총지휘관의 장수로 인정하였음을 알 수 있다.[143)]

후금의 침공에 대비하여 관서와 해서지방의 총지휘관인 남이흥이 일선인 구성에서 적을 맞아 싸우도록 해야 한다는 좌찬성 이귀의 계획에 대하여 장만은 일선의 성이 구비되지 않은 구성에 남이흥이 깊숙이 들어갔다가 적에게 패배할 경우 방어군 전체에 끼치는 큰 영향 때문에 성을 갖춘 안주성에 주둔하는 것이 좋다는 의견을 제시하였다. 영의정인 윤방도 장만의 의견에 찬동하여 성을 갖춘 안주성에 총지휘관 남이홍이 주둔하여야 바람직하다고 하였다. 인조는 총지휘관인 남이홍이 내지인 안주성에 주둔할 경우 일선인 의주와 창성 등지의 군사들의 사기 저하를 염려하였다. 이귀는 논찬에서 남이홍이 안주성에 주둔하고자 하는 뜻과 장만이 안주성에 총지휘관 남이홍이 주둔해야 하는 계책을 남이홍의 신변 보호를 위해 꾸며낸 것이라고 비난하였다.[144)]

성에서 적의 침공을 방어하는 전략은 전년도 3월 14일에 정충신이 인조에게 "신은 오랑캐의 소굴에 출입하였으므로 적의 정세를 잘 알

142) 《조선왕조실록》 인조실록 8권, 인조 3년(1625) 2월 24일
143) 《조선왕조실록》 인조실록 8권, 인조 3년(1625) 3월 14일
144) 《조선왕조실록》 인조실록, 인조 3년(1625) 6월 19일

고 있는데, 저들은 많고 우리는 적어서 대적할 수 없을 뿐더러, 철기(鐵騎)로 충돌해 오면 야전(野戰)으로 맞서 싸울 수 없고 오직 성을 지켜야만 막을 수 있을 것입니다"라고 말했던 것과 같다.

장만은 일선의 장수로서 우리 군사력이 기마병을 중심으로 하는 적에 비해 훨씬 뒤떨어져 있다는 사실에 근거하여 야전보다는 성에서 적을 방어하는 전술을 채택하였다.

좌찬성 이귀와 병조판서 그리고 사관(史官)들이 일선의 지휘관으로서 경험이 많은 장만과 남이흥이 적군과 아군의 군사력 실상 비교를 바탕으로 해서 주장한 성에서 적을 방어해야 한다는 대책을 남이흥 개인의 신변보호로 비난했던 역사적 사실은 안타까운 일이다. 인조는 남이흥의 구성 혹은 안주성 주둔에 대하여 장만에게 병조판서와 의논하여 결정하도록 지시하였다.[145) 146)]

결국 이귀 등 실권파의 주장대로 구성에 주둔했다가 당한 것이다.

남이흥이 의주판관으로 있을 때는 의주부윤이었던 이이첨이 3년동안은 극진한 대우를 했다. 당시 의령남씨는 당색이 북인이었다. 북인의 젊은 맹장인 南以恭[147)] 南以雄[148)] 南以信[149)]이 모두 남이흥의 6촌 형제 였기 때문이다. 그 때문에 북인정권이 주도했던 광해군 때에는 같은 북인 이지완, 이이첨과 돈독한 관계를 가질 수도 있었을 것이다. 그러나 이이첨이 못되게 굴자 거리를 두었고 경신환국(당쟁이 시작된 이

145) 《조선왕조실록》 원전 34집 14면

146) 《조선왕조실록》 인조실록 9권, 인조 3년(1625) 6월 19일(을미)

147) 남이공 : 선조 23년 文科 급제. 평안도 암행어사. 정유재란 때 이발, 정인홍 등과 북인의 수뇌로 당쟁에 가담 1599년 북인이 분열할때 소북의 영수가 되었다가 파직당함. 광해군 초에 예조참의 1637년(인조 15년) 판서에 승진, 대사헌, 공조판서가 되었다가 청나라에 볼모로 보내게 된 왕제와 대신들을 다른 사람으로 바꾸어 보낸 사건에 책임을 지고 파면당함.

148) 남이웅 : 호는 시북. 1613년(광해군 5년) 文科 급제. 이괄의 난 때 황주수성 대장으로 공을 세워 진무공신 3등에 춘성군으로 봉해짐. 1646년(인조 24년) 우의정이 되어 민회빈 강씨의 사사를 반대하여 사직했다가 1648년 좌의정이 되었다. 시호 문정공이다.

래 가장 철저한 정치보복이 단행된 사건)으로 서인계열인 이귀 등이 집권한 인조시대에는 당색으로 보아서 푸대접을 받을 수 있지 않는가 여겨지며 이때 이항복은 서인으로서 서인계열이 따르고 존경하던 구심점의 인물로 권율장군의 사위였다.[150)]

위의 남씨 이신, 이공, 이웅, 이홍 이외에 4명이 있는데 남이홍의 6촌 이(以)자 항렬 4명을 넣어서 남팔이(南八以)라고 하여 당시 하늘을 찌를 듯한 권세와 이름을 날리기도 했다. 그러나 서인이 집권한 후로는 늘 질시와 감시와 견제를 받았다.

의주·창성의 군사들이 사기가 높아진다는 인조, 병조판서와 특진관의 주장에 대하여 장만이 임금께 아뢰었다.

"용천부사 이희건은 바로 충의가 있고 강개한 사람인데 용골 산성을 지켜 창성과 의주지방의 형세를 갖추려 합니다. 단 내지에 방비하는 군사가 없어서는 안 되겠기에 신은 별승군으로는 평양에 들어가 방어하게 하고 또 별초군으로는 안주에 가서 방수하게 함으로써 변란을 대비하려고 하는데 이 군사는 3,000명에 가깝고 거기다가 잡색군을 합하면 1만 1천 4백명이 됩니다."

그리고 군사를 나눌 방안에 대해서도 그에 대한 문서를 소매 속에서 꺼내서 올렸다. 인조가 그 문서를 보고 군사가 단약한 것에 대하여 걱

149) 남이신 : 호는 직곡. 임진왜란 때 이순신이 왜병을 연파하며 왜인의 간첩 요시라는 경상우병사 김경서를 이용하여 이간을 꾀하고 순신의 공을 시기하는 충청병사 원균은 순신을 모함하고, 순신은 천거한 유성룡(영의정)을 넘어뜨리려 노력할 때에 선조는 남이신을 어사로 파견하였다. 그가 가는데 연도의 백성들이 순신의 억울함과 이순신이 아니면 안 된다고 길을 막고 호소하였다. 북인인 그는 돌아와서 복명하기를 적장 가등청정이 건너오다가 풍랑을 만나 7일간이나 섬에 매여 있었는데 조선 수군이 나갔더라면 적을 다 잡았을 텐데 순신이 나가지 아니해서 기회를 놓쳤다고 하였다. 왕은 노하여 순신을 잡아 오게 하여 정유재란의 참극이 벌어졌다. 그 뒤 어떤 朝士가 묻기를 당시 내가 南中에 있어서 잘 아는데 그 이야기를 어디서 들었느냐 물으니 그는 낯이 붉어지고 답하지 못했다고 한다. 그의 아우로 남이공도 북인의 맹장이었다.

150) 이성무, 《조선시대 사상연구(2)》 (지식산업사, 2001) p.140

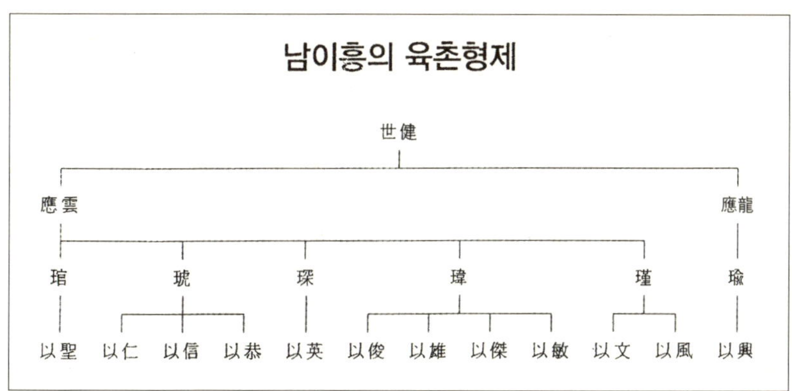

정하자 장만이 다시 아뢰었다.

"평안병사는 안주에 가서 주둔하는 것이 마땅하겠는데 묘당(병조판서)은 구성을 병사가 지킬 땅으로 삼으려 하니 이는 잘못 세운 계획인 듯합니다."

이때 영사 윤방이 동조하고 나섰다.

"장만의 말이 옳습니다. 구성은 성곽이 없으니 안주에 가서 주둔하는 것만 못합니다."

그러자 인조가 소리 죽여 한 마디 했다.

"안주에 가 주둔하는 것이 완고한 것 같기는 하다. 그러나 주장(主將)이 내지로 물러나면 창성과 의주지방의 장사(將士)들이 반드시 허전한 마음을 가질 것이다."

"병사가 주장으로서 군사를 거느리고 구성의 변두리 땅에 깊숙이 들어갔다가 갑자기 패배를 당하면 어떡하겠습니까?"

장만의 걱정어린 주청에 인조는 체념한 듯 하명했다.

"그렇다면 묘당과 잘 의논해서 처리하도록 하시오."[151]

151) 《조선왕조실록》 인조실록 9권, 인조 3년(1625) 6월 19일

이 의논에 대한 사신(史臣)의 논찬은 이러하다.

"주장된 자는 마땅히 국경에 부서(府署)를 개설하고 창성·의주·구성·삭주의 인심을 수습해야 할 것이다. 그런데 지금 병사 남이홍(南以興)은 기필코 안주를 지키겠다고 한다. 안주는 곧 내지이니 남이홍이 자신을 보호하기 위한 계책으로는 잘 된 것이라고 할 수 있을 것이다. 장만은 병사(兵事)에 밝은 장수로서 이 계책의 득실을 모를 리 없는데 탑전에서 주청한 것은 모두 남이홍을 위한 일뿐이었으니 통탄스럽기 그지없다."

남이홍의 주둔지를 일선인 구성에 두어야 한다는 조정 대신 좌찬성 이귀의 주장과 훈련이 잘 된 기마병으로 무장된 막강한 전력을 갖춘 적과 직접 맞서 싸우기가 어려워 안주성에서 방어해야 한다는 체찰사 장만의 주장이 팽팽하게 맞섰다.

이귀는 1625년 7월 6일에 남이홍의 본진(일선의 구성)을 비우고 내지인 안주성에 주둔을 해야 한다는 주장을 죄로 다스릴 것을 인조에게 건의하였다. 이귀는 광해군 때 구성 등지의 일선을 지키지 아니하여 적을 피할 수 없었던 일과 조선 개국 이래 얼음이 얼면 평안병사가 일선인 창성(昌城)에 나아가 지키고 얼음이 풀리면 영변에 물러나 지키게 한 규례를 들어 남이홍의 죄를 물었다. 이귀는 남이홍이 이괄의 난 때 서울에 반란군이 입성하도록 사전에 방어하지 못한 죄를 묻지 않은 은혜를 저버리고 조정을 무시하고 안주성에 물러나 개인의 신변 안전을 도모할 생각을 품고 있다고 하면서 인조에게 죄를 물을 것을 강력하게 건의하였다. 인조는 조정 대신들이 의논하게 하였지만 결정하지 못했다.

좌찬성 이귀(李貴)가 상차하여, 평안병사(平安兵使) 남이홍(南以興)

이 본진(本鎭)을 비워버리고 안주(安州)에 물러나 지킨 죄를 극력 진달하기를,

"조종조(祖宗朝)에서 평안도 안에 5진(鎭)을 설치한 뜻이 극진하였습니다. 그런데 광해 때에 예전 규례를 변경하여 7진(鎭)을 배치하여 영변(寧邊)·구성(龜城)·성천(成川)·평양(平壤) 4진은 모두 버리고 지키지 아니하여 일도의 백성으로 하여금 뜻밖의 변란을 만나면 모두 적을 피할 곳이 없게 하였습니다. 적신 박엽(朴燁)이 이 계책을 냈는데, 혼조의 임금과 신하가 그 술책에 빠졌던 것입니다. 조종조의 2백년 동안 전해 온 예전 규례에, 얼음이 얼면 병사(兵使)가 창성(昌城)에 나아가 지키고 얼음이 풀리면 영변에 물러나 지키게 하였는데, 그 의도가 있었던 것입니다. 지금 남이흥은 국가가 다시 살려 준 은혜를 생각하지 않고 감히 난리에 임하여 스스로 보전할 생각을 품고서 안주에 물러나 지키고 싶다고 많은 말을 늘어 놓으며 조정을 기망하였으니, 만일 조정에 사람이 있다고 여겼다면 어찌 감히 이런 말을 하겠습니까. 담당 관아로 하여금 율에 의해 죄를 정하게 하소서."

하니, 상이 묘당으로 하여금 의논하게 하였으나 결정하지 못하였다.

그런데 남이흥이 안주를 지키려고 한 것은 장만(張晩)의 계책과 같은 것이었다.[152]

며칠 후 체찰사 장만과 좌찬성 이귀는 남이흥의 주둔지에 대하여 심하게 다투었다. 장만은 성이 없는 구성에 평안병사가 주둔하는 것보다 의주 등에서 서울로 침공하는 지름길인 안주성에서 적을 방어하는 전술이 적절하다고 주장했다.

이귀는 안주성에서 남이흥이 적을 방어할 경우 이괄의 난 때처럼 적

152) 《조선왕조실록》 인조실록 9권, 인조 3년(1625) 7월 6일

이 맹산을 경유하여 해서로 해서 서울로 들이닥친다고 반론을 제기하였다. 이귀의 의견도 타당하지만 적의 군세를 파악하고 있으며 그 지역의 총지휘관 경험이 있는 장만의 계책이 적합했을 것이다. 이 계책은 적의 소굴에 직접 갔다 온 남이흥의 전임 평안병사였던 정충신도 인조에게 제시하였던 계책이다.

남이흥과 장만이 안주성에서 적을 방어해야 한다는 이 지역 일선 지휘관들의 경험과 당대 제일의 전략가의 주장이 무시되고 결국 이귀의 계책을 택했다가 낭패를 보고 말았다.[153]

인조는 남이흥이 구성에 주둔해야 한다는 실권자 이귀의 의견에 따랐다. 인조가 이귀의 의견을 따른 이유는 그가 인조반정 공신으로서 조정에서 실세의 권력을 행사했기 때문이다. 인조반정 후 집권 세력은 일단 이원익을 영의정으로, 박홍구를 우의정, 이광정을 이조판서로 삼았다. 이원익은 귀양살이를 끝내고 여주 고향집에서 나날을 지내던 77세의 노인이었고 영의정이라고는 하나 꼭두각시에 지나지 않았고 인사권은 이조참판 이귀와 병조참판 김류가 행사하였다.

남이흥은 정묘호란을 당하여 성이 없는 구성에 주둔하였다가 물밀듯이 쳐들어오는 적이 안주성 앞 맹주벌에 주둔한 후 부랴부랴 밤을 새워 안주성에 입성했다. 급히 안주성에 입성하여 전열을 가다듬지도 못하고 막강한 군사력으로 공격하는 적에게 수많은 사상자를 내게 하고 결국 함락을 당하였다.

만약에 장만이나 남이흥의 주장대로 안주성에서 치밀하게 적의 공격에 대비했더라면 적이 장기전을 펼치게 되고 보급품이 부족할 수밖에 없는 적의 예봉을 꺾는 큰 역할을 했을 것이다. 그러나 안주성이 함

153) 《조선왕조실록》 원전 33집 632면

락됨으로써 적에게 관서지방의 수많은 주민들이 식량을 빼앗기고 포로로 끌려가는 수탈의 비극을 면할 수 없게 되었다.

정충신이 전년도 인조 2년 3월 14일에 인조에게 남이흥과 함께 후금 방어책을 제시할 때의 말이 위의 안주성에서 미리 대비했을 때의 예상을 입증한다.

"지금 창성(昌城) · 의주(義州) · 안주(安州)의 제진(諸鎭)이 가장 요충지인데 이들 본진에 각각 민병(民兵)을 거느려 굳게 지킬 계획을 세우도록 당부하고, 입방(入防)하는 군사에 있어서는 그 수의 다소에 따라 편의대로 수어하도록 하고, 패강(浿江) 이서에는 가을 이후에 청야(淸野)하여 대비하도록 경계하면, 적이 오더라도 그 형세가 반드시 오래 머무르지 못할 것입니다."[154)]

"지금 부원수의 수하군사는 2천이 못됩니다. 어찌 이것으로 큰 적을 대항하겠습니까? 정병 수만을 교련할 수 있었다면 신처럼 못난 자도 목숨을 바쳐 싸워서 스스로 공을 이룰 수 있을 것입니다."

이는 당시 남이흥의 이야기이다

인조가 조정대신들에게 남이흥의 주둔지를 구성과 안주 둘 중에서 결정하라고 지시한 며칠 후 어느 날 이귀와 장만이 비국에 앉아 있을 때 장만이 남이흥을 안주성에 주둔하도록 하자는 계책을 말하였다.[155)]

"서관지방의 지형이나 여러 가지 사정으로 보아서 성이 없는 구성에 진을 치는 것보다는 비록 안주가 내지에 위치하더라도 의주 등에서 남으로 침공하는 지름길이고 작으마하나 성이 있으니 성이 없는 구성에 진을 치는 것보다는 성에 의지하여 안주를 지키는 것이 유리하지 않은

154) 《조선왕조실록》 원전 33집 632면
155) 송양섭, 『한국 군사사 논문선집』, 〈왜란 호란편〉(국방군사연구소 1997) p.688

가요? 평안병사 남이흥이 안주로 이동하여 성을 지키도록 합시다."

이귀가 큰소리로 꺾으며 말했다.

"남이흥이 안주에 물러나 지키다가 적이 만일 맹산(孟山)의 길을 경유하여 곧바로 해서로 향하여 그대로 서울로 들이닥치면, 이는 영공(장만)이 지난 해에 이괄이 멋대로 경성을 범하게 한 때와 다름이 없습니다."

그러자 장만이 크게 노하여 말하였다.

"국가에서 이미 나에게 체찰사의 임무를 맡겼으니 서변의 일은 내가 스스로 주장하겠소."

다시 이귀가 강력하게 반대하면서 대답했다.

"이는 국가의 존망이 매여 있는 것이요, 나라가 망하면 나도 또한 죽는데 어찌 상관이 없다 하겠소?"[156]

그러자 장만이 더욱 원한을 품었다.

위의 인용[157]과 같이 조정의 실권자 이귀와 비상시국의 군사관계 총사령관인 체찰사 장만과의 사이에 관서지역의 주장(主將)의 주둔지로써 구성이냐 안주성이냐로 심한 의견 충돌을 일으켰다. 장만은 조정의 실권자인 이귀의 주장을 자신이 군사관계 총사령관이라는 직책을 강조하면서 관서지역의 주장(主將)인 남이흥이 주둔해야 할 성으로 자신이 주장한 안주성을 관철하고자 했다.

그러나 조정에서는 장만이 서북지역 총사령관으로서 이괄의 난을 방어했을 때 이괄이 관군을 우회하여 서울로 쳐들어 온 사례에 더 비중을 두어 이귀의 주장을 따랐다. 후금군이 안주성을 우회하여 맹산

156) 《조선왕조실록》 인조실록 9권, 인조 3년(1625) 7월 6일
157) 《조선왕조실록》 인조실록 9권, 인조 3년(1625) 7월 6일(임자)

(孟山)의 길을 경유하여 곧바로 해서로 향하여 그대로 서울로 들이닥칠 것을 우려하는 실권자인 이귀의 의견에 따라 남이흥의 주둔지를 구성으로 정한 것이다.

이귀는 정묘호란이 끝난 지 몇 년이 지난 후 평안병사 주둔지를 영변으로 정하여 적의 침입 시 최전선에서 적을 방어할 수 있는 곳으로 적합하다고 주장하였다. 이때도 또 한 차례 정묘호란 전 남이흥과 장만이 평안병사 주둔지를 안주성으로 주장한 것은 남이흥의 일신의 안전을 위해서였다고 비난하였다.

그러나 정묘호란 때 윤훤 후임으로 평안감사로서 일선의 정황을 눈으로 직접 경험하였던 김기종도 평안병사의 주둔지를 안주성으로 주장하였던 것을 통해서 보면 장만이나 남이흥의 주장이 타당하다는 판단이 선다.

당시의 상황을 이해하는 데 도움이 될까 해서 덧붙인다.

권율은 영의정 권철의 5형제중 막내로 강화도 연동에서 태어났다. 권율은 초취가 딸 하나를 낳고 24세에 요절했다. 재취했으나 후사가 없고 그 딸이 이항복의 아내가 되었다. 권율은 1592년(선조 25년) 광주목사로 부임하였고 또 그 해에 임진왜란이 발발했다. 이때 권율 휘하에는 정충신이 지인이라는 직책을 가지고 권율을 돕고 있었다. 광주목사인 권율은 임진년 9월 19일 전주의 관문인 진산의 근처인 이치에서 적과 마주쳤고 싸워 승전을 했다. 의주에 몽진중인 선조에게 호남지방의 전투 상황과 이치의 대승에 대한 첩보를 전해야겠는데 보낼 사람이 없었다. 정충신이 자청하고 나섰다.

그래서 호남의 전세와 이치전투의 대승에 대한 첩서를 자세히 쓰고 사위인 병조판서 이항복에게 보내는 서찰을 한 통 써서 함께 정충신을 비장으로 삼아 전달했다. 정충신은 20일을 걸려서 의주에 도달했고 병조판서인 이항복을 먼저 찾아가 서찰을 전달했고 이항복은 선조에게 바쳤다. 전국토가 왜적의 점령하에 있는 줄 알았던 선조는 호남이 왜적의 침입을 받지 않았다는 사실과 이치전투에서 적은 군사로 왜적을 섬멸하고 호남을 구했다는 반갑고 기쁜 소식이었다.

이항복에게 보낸 편지 내용은 이 사람 정충신은 광주목의 지인이고 총명하고 인물이 출중하여 나라를 위하여 귀하게 쓸 인재이니 자네가 잘 가르치어 훌륭한 사람이 되게 하라는 내용이었고, 의주에서 이항복의 집에 있게 된 정충신은 이항복으로부터 사서오경, 춘추좌전, 사마천의 사기, 제자백가, 무경칠서 등을 배웠다. 그리고 이항복의 문하에 있던 이시백, 장유, 최명길 등과 사귀게 했고 학문과 무예를 닦도록 했다.

이들은 인조반정을 일으켜 반정의 공으로 실권파가 됐고 이항복이 북청으로 귀양갈 적에 후사를 부탁받았던 이귀는 반정의 1등공신으로 권력을 손아귀에 넣고 정권을 김류와 함께 좌지우지했는데[158] 이귀가 평안병사 주둔지로 구성을 주장한 것도 나라보다 당색을 본 것이 아닌가 생각할 수도 있지 않겠나 여겨진다.

이귀(李貴)가 차자를 올린 내용은 이러하다.

"병사(兵使)는 한 도(道)의 주장(主將)이고, 영변(寧邊)은 도내의 주진(主鎭)입니다. 조종조(祖宗朝)에서 영변에다 병영(兵營)을 설치하고 창성(昌城)에다 행영(行營)을 설치하여 겨울철 방어의 계책으로 삼은 것은 의도한 바가 있었습니다. 그런데 장만(張晩)이 처음 안주(安州)를 병영으로 삼은 것은 남이흥(南以興)을 위한 계책이지 국가를 위한 계책이 아니었는데 김기종(金起宗)이 또 다시 안주에다 병사를 옮기자고

158) 금남군 충무공 정충신 전기 유적현창사업회 pp.47~60

하니 매우 온당치 못합니다. 병사는 바로 한 도의 대장(大將)으로서 적으로 하여금 그의 면목(面目)을 알지 못하게 하여 적을 상대로 계책을 꾸며 먼저 무찌를 수 있는 형세를 만들어 놓고서 적에게 우리를 이길 수 없다는 모습을 보인 다음에야 만전(萬全)을 기할 수 있습니다."[159]

1629년에도 이귀는 또 남이흥과 장만이 평안병사의 주둔지를 장만이나 남이흥이 일신의 보호를 위해 안주성으로 주장했다고 비난하였다.

남이흥이 안주 주둔을 주장했을 때 안주성에 즉시 입성했다고 해도 대책을 세우고 준비하는 데에는 너무나 시간이 촉박해서 좋은 방법이나 대책이 없었을 것이다. 더군다나 적을 눈 앞에 놓고서야 안주성에 입성했으니 훈련은 물론이고 전열을 갖출 시간도 없는 처지에서 적과 맞닥뜨려 싸웠던 것이다.

승패는 불을 보듯이 확연했고 특히 극히 적은 군사로 많은 적과 상대하여 싸우면서도 세 차례나 침략군을 격퇴하여 쫓아냈었다고 하는 기록이 있는데 이것은 기적이 아닐 수 없고 결국 네 번째 격투에서 패하여 순국하고 말았으니 천추의 한이 아닌가 여겨진다.[160] [161]

조정 대신들이 관서지역의 일선 지휘관에 대한 신임을 바탕으로 사기를 북돋우는 것이 아니라 오히려 빌미만 있으면 죄를 물으려고 했으니 이런 판국에 사기가 올랐을 것인가. 남이흥과 같은 관서지역 일선의 총지휘관 등이 자율권을 가지고 군을 통솔해야 하는데 이 지경이었으니 사기가 높아질 수가 있었겠는가?

우의정 신흠이 관서지역에 후금이 언제 침공해 올지 모르는 비상시

159) 《조선왕조실록》 인조실록 27권, 인조 10년(1632) 11월 1일
160) 《조선왕조실록》 원전 34집 14면
161) 《조선왕조실록》 인조실록 9권, 인조 3년(1625) 6월 19일(을미)

국에 방어 상태가 허술하여 군사들이 불안에 떨고 있다고 인조에게 말하였다. 인조는 전쟁에서 장수들의 사기가 중요하다는 점을 걱정을 하였다. 인조가 일선 지휘관들의 사기를 고려하여 진작시키려는 생각을 가지고 있었으니 임금으로서의 자격을 지니고 있었음을 보여준다.

그러나 대사헌 김상헌(金尙憲)은 당시의 관서지역 총지휘관인 남이흥의 능력을 제대로 파악하지 않고 그가 겁이 많고 무재(武才)가 부족하여 심복하지 않는 장수들이 많다고 하면서 인조에게 이희건(李希健)으로 교체할 것을 건의하였다.

김상헌이 남이흥은 겁이 많고 무재(武才)가 부족하여 심복하지 않는 장수들이 많다고 했는데 소근진첨사(所斤鎭僉使) 박명룡(朴命龍), 군기시주부 김양언(金良彦), 영유현령(永柔縣令) 송도남(宋圖南) 등이 자진해서 남이흥 휘하에 가기를 원하여 임금께 상소 허락을 받고 남이흥 휘하에 있다가 같이 적과 싸우다가 순국하였다.

이는 김상헌의 말이 근거가 없음을 입증하는 것이다.

인조가 평안병사 이수일 후임으로 적임자인 장수를 신하들에게 추천하라고 지시하였을 때도 좌의정 윤방(尹昉)이 정충신과 남이흥을 추천하자 신흠은 이 두 장수의 능력을 "재기(材器)로 보면 정충신을 써야 할 것이고, 지위와 인망으로 따진다면 남이흥을 써야 할 것이다"라고 평가하였다.[162)]

신흠의 평가대로 부하들로부터 인망이 높은 남이흥을 대사헌 김상헌은 폄하하여 이희건(李希健)으로 교체할 것을 건의하였다. 인조는 남이흥이 큰 과실이 없고, 겨울철 적 침공에 대비할 시기에 주장(主將)을 교체할 수 없음을 들어 김상헌의 건의를 받아들이지 않았다. 남이

162) 《조선왕조실록》 인조실록, 인조 2년(1624) 12월 15일

홍의 인망을 높이 평가했던 우의정 신흠도 조정에서 일선의 지휘관을 위임하면 믿어야지 그렇지 않으면 공을 세울 수 없음을 들어 김상헌의 건의를 반대하였다.

일선의 총지휘관에게 빌미만 있으면 폄하하여 죄를 주거나 교체를 요구하는 대신들에게 휘둘리지 않고 상황을 제대로 직시하여 판단한 인조와 일선의 지휘관의 사기를 고려한 신흠과 같은 신하들이 조정에 있었기에 그나마 남이홍이 관서지역의 총지휘관으로서 목숨을 바치면서 방어에 전념할 수 있었다.

남이홍은 조정에서 틈만 있으면 죄를 주고 교체하려고 한 세력들에게 의연히 대처하면서 안주성에서 최후에는 화약고에 불을 질러 순국할 때까지 적의 방어에 최선을 다했으니 그의 조국에 대한 충성심에 머리가 숙여진다.

우의정 신흠이 아뢰기를,

"근래 서쪽 변방의 경보(警報)가 그다지 급박하지 않은데도 방수(防戍)가 단약하기 때문에 변방의 안정이 위태롭고 두렵게 여기고 있습니다."

하니, 상이 이르기를,

"전쟁은 사기를 위주로 하는 것인데 장사들의 사기가 저하된다면 참으로 염려스런 일이다." 하였다.

또 인조는 "남이홍에게 대단한 과실이 없고 또 겨울철의 방수가 이미 절박해졌는데 체임을 논하는 것은 불가하다."

하였다. 신흠이 아뢰기를,

"장수를 등용하는 방법은 위임하는 데 있습니다. 전일 정충신(鄭忠信)을 평안병사로 삼고 이홍주(李弘胄)를 원수(元帥)로 삼자 사람들은 더러 그가 반란을 일으키지 않을까 의심했습니다. 만약 조정에서 십분 믿는 사람이 아니면 모두 의심하고 두려워하는 마음을 갖는 것이니, 이런 처지에서 어떻게 공을 세울 수가 있겠습니까."

하니, 상이 이르기를,

"식견이 밝지 못한 사람은 자신이 직접 겪어보지 않았으면 모두 의심하는 법이다. 한 사람의 근거없는 말이 이리 저리 전해져 서로 의심하게 되는 것이니 이보다 더 해로운 것이 없다." 하였다.[163]

남이홍은 자신과 체찰사 장만이 관서지역 총지휘관 주둔지로 안주성을 건의했는데 이귀의 의견에 따라 구성으로 결정이 되자 조정의 명에 따라 구성으로 출발하였다. 남이홍은 그의 주둔지인 구성을 향한 출발과 장수들이 험한 산 고개에 복병을 설치하고 지휘한 사실을 조정에 보고했다.

"신이 직접 군사 1천 5백여 명을 거느리고 구성(龜城)을 향하여 출발하는 한편, 각 부대의 여러 장수들은 각기 해서(海西)의 별승군(別勝軍), 호서(湖西)의 자모군(自募軍), 본도(本道)의 정초군(精抄軍)을 거느리고 험난한 지형을 의지하여 팔령(八嶺)·차유령(車踰嶺)·능항령(綾項嶺) 등지에 복병을 설치했습니다."[164]

8) 정묘호란의 동기

광해군 때는 명과 친교하면서도 만주에서 일어난 여진족 후금에게도 비위를 맞추었으므로 충돌이 일어나지 않았다. 그러나 인조반정으

163) 《조선왕조실록》 인조실록 10권, 인조 3년(1625) 9월 19일
164) 《조선왕조실록》 인조실록 10권, 인조 3년(1625) 11월 14일

로 정권을 잡은 서인들은 후금 배척정책을 썼다.

명나라와 대치관계에 있는 후금으로서는 명나라와 교린국인 조선이 뒤에 있으니 위협을 느껴 신경을 곤두세울 수밖에 없었다. 더구나 후금에서는 조선이 반정 후 사대 숭명정책을 내걸고 척화론으로 자국을 적대시하니 조선에 대한 감정이 악화되었다.

때마침 1621년 1월 후금군은 산해관 이남지역으로 진출하기 위하여 명의 방어선을 돌파하고 영원성을 공격, 2일 동안 공방했으나 성을 탈취하지 못하고 후금 황제 누루하치 자신이 명군의 포격에 부상을 입고 악화되어 1622년 8월 11일에 사망하였다.

조선에 대한 강경책을 썼던 그의 8째 아들인 홍타이지(황태극)가 대한[165]을 계승하고 후금의 태종이 된 것이다.

따라서 조선에 대한 감정을 정벌을 통하여 해소시키려 하던 차에 이난영, 한윤, 정매 등 이괄의 잔여세력이 후금에 망명하여 조선의 대명 협조관계를 폭로하면서 후금의 태종에게 조선 침공을 충동질하였다.

그들은 반정공신들이 광해군을 퇴위시킨 것도 부당하고 인조가 왕위에 오른 것도 부당하다고 후금 태종에게 호소했다. 또 서북면 방어력이 50%가 약화돼서 오합지졸이고 모문룡(명나라 장수) 군대도 역시 오합지졸이니 빨리 조선을 쳐야 한다고 후금 태종에게 설득 권유하였다.

후금 방어를 위한 관서지방 군사들은 이괄이 난을 일으키기 전에는 12000명에 해당하는 군사를 확보하고 정예로 훈련시켰다. 이괄이 이 군사를 후금 방어를 위해 사용하지 않고 자신이 일등 반정공신에서 빠진 복수를 위해 난을 일으켰다가 전멸한 것이다. 그 뒤 조선의 조정에

165) 대한 몽골, 터키 등 유목국가의 군주 패륵의 칭호, 여기서는 청황제 홍타이지를 가리킨다.

서는 다시 군사수부터 충당해야 했으나 여의치 못했고 후금의 막강한 군사력의 침공을 방어한다는 자체가 어려운 지경에 이르렀다.

이괄의 난이 관서지역의 군사력을 피폐시킨 결과가 되어서 정묘호란 때는 후금에 대한 방어와 대응에 불능을 자초하게 했다. 이괄의 난은 한 나라의 중요한 직위를 맡고 있는 사람이 자신의 이익을 위해 공권력을 사용할 경우 전 국민을 도탄에 빠질 수 있게 하는 계기를 마련한다는 교훈을 준 것이다. 더군다나 이괄의 잔여세력이 자신들의 복수를 위해 적국의 최고 지도자에게 조국의 허실에 대한 정보를 제공하면서 침공을 충동질했다.

이는 그들이 자신들의 사리사욕에 눈이 멀어 조국의 전국민들이 적의 발굽 아래 짓밟히고 국력이 도탄에 빠진다는 사실을 염두에 두지 않은 매국적인 행위였다.

이괄의 난이 끼친 영향은 정묘호란으로 관서지방이 도탄에 빠지게 했고 국력이 피폐해졌으며, 이어 9년 후에 일어난 병자호란은 조선에게 이루 말할 수 없을 정도의 인적 · 물적 피해를 낳으면서 적국에 인조가 항복하는 사태로 이어졌으니 참으로 안타까운 일이다.

후금의 태종은 모문룡군을 제거하고 조선의 항복을 받아 대명전에 후금이 총력을 집중하고 후방의 안전을 도모한다는 목적을 달성한다는 개념으로 두 가지 이유를 들어 조선에 대한 침공을 결정하고 수도 심양을 출발하였으니, 첫째는 광해군에 대한 보은이었고, 둘째는 명나라가 요동을 침범한 후금을 치기 위한 구원병을 조선에 요청했을 때 광해군은 강홍립에게 1만 3천의 군사를 주어 참전시켰다. 이것이 둘째 이유였지만 후금이 정주에 이르러 대금국(大金國) 이왕자(二王子) 동중왕(同衆王)의 명으로 보낸 국서에서는 조선에 출병 동기를 네 가지로 밝혔다.

첫째, 두 나라는 본디 원수진 일이 없는데 아무 까닭도 없이 명나라를 도와 우리나라를 공격했다(사르흐전투).

둘째, 우리나라가 요동을 차지했으나 조선은 이웃나라로서 한 마디 좋은 말이 없다가 모문룡을 숨겨주고 양곡과 말 먹이를 공급했다. 이것을 고치지 않았고 우리나라가 좋은 글을 써서 보내어 조선이 모문룡을 결박해 와서 두 나라 사이에 좋은 관계를 맺을 것을 요구했으나 달가워 하지 않았다. 신유년(1621년)에 내가 가서 모문룡을 잡으려고 조선에 들어갔을 때 민간에 아무 피해도 주지 않았는데도 조선은 사례조차 안 했다.

셋째, 모문룡을 조선에 놓아두고 우리의 도망치는 백성을 유인해 우리 지경에서 도둑질을 하게 했다. 우리의 도망민은 여진족[166]과 한족이 섞여 있는데 이들 1천여 명이 만주땅과 조선땅을 넘나들며 노략질을 일삼았는데도 조선은 방관했다.

넷째, 우리 황제가 사망했을 때 원수 사이인 명나라도 사람을 보내 조문하고 예물을 가져와 새 황제를 축하해 주었다. 더구나 우리 전 황제(누루하치)는 털끝만큼도 조선과 나쁜 감정이 없었는데 조선에서는 한 사람도 조문이나 축하하러 온 사람이 없었다.

그리고 전년에 있었던 좋지 않은 사건은 글로 다 진술하기 어렵다. 그러므로 내가 대병(大兵)을 이끌고 그대 나라에 와서 강화를 요구하는 것이니 그대는 관원을 보내어 죄를 인증하고 속히 와서 강화하도록 하라고 하였다.[167]

166) 여진족-동만주와 연해주 방면에 살던 반농반수렵 생활을 하던 퉁그스계 부족
167) 《조선왕조실록》 인조실록 16권, 인조 5년(1627) 4월 1일

강홍립이 명나라 구원병으로 참전할 때 광해군은 명이 패전을 하면 후금에 항복하여 협조하라고 일렀다. 이때 조정에서는 의정부 참찬 강홍립을 도원수로 삼아 각 도에서 선발한 포수 3천 5백 명, 동사수 3천 명 등을 합쳐 13,000명을 구원병으로 명나라에 파병했다.[168)]

강홍립은 1619년 2월 중순 압록강을 건너 명군과 합류하여 후금의 수도 홍경으로 진격했다. 그러나 홍경에서 약 50㎞ 지점인 사르흐 싸움에서 조선국 도원수 강홍립, 부원수 김경서, 종사관 이민환, 소장 김응하[169)] 등은 적을 막아 싸우면서 수제체를 따라 300리를 들어갔다가 명군의 주력이 후금군에게 대패하자 조선군도 퇴로가 차단됐다. 이때 강홍립, 김경서, 이민환 등은 모두 항복했으나 김응하는 힘써 싸워 끝까지 굴하지 않고 싸우다가 마침내 죽으니 그를 김 장군이라 일컫고 조정에서는 병조판서에 추증하였다.[170)]

강홍립은 광해군의 지시대로 실천하였다. 누루하치는 조선을 침공하고자 심하(深河 : 사르흐) 전투에서 항복한 강홍립을 억류시켰다. 이때 명의 총병 장승윤 등이 죽고 경략 양호(楊鎬)[171)] 등이 크게 패하고 첨사 반중안 등도 모두 전사했다.

그때는 명과의 경제적 단교로 물자가 부족한 후금이 조선을 치고 싶어도 조선의 군세를 모르는 데다가 가도에 주둔한 명군의 강한 저항이 있을까 두려워 주저하던 차였는데 강홍립과 이괄 잔여 세력을 통해 그

168) 온창일 ,《한민족전쟁사》(집문당, 2001) pp.375~376

169) 김응하(1580~1619) : 618년 명나라가 조선에 원병을 청하자 강홍립을 따라 출전했다. 그러나 명군이 패하고 조선의 원군도 후금에 항복했으나 그는 항복하지 않고 휘하 3000의 군사로 후금군과 맞서 싸우다 전사했다. 1620년 명나라 신종으로부터 요동백에 봉해졌다. 뒤에 영의정으로 추증되었다.

170)《조선왕조실록》원전 34집 189면

171) 양호 : 정유재란때의 경략 조선군무사가 되어 참전하였다가 울산 도산성 싸움에서 대패하여 파면되었다. 1618년 청나라가 명나라를 침략하자 다시 기용되어 요동 등을 경략하였으나 실패하였다.

허실을 간파했던 것이다.

9) 후금의 조선 정벌군 편성

“후금의 태종은 8기군을 직접 관장하여 대한(大汗)의 직할 통치체제를 구축한 다음에 1627년 1월 8일 패륵 아민(阿敏)을 총대장으로 삼아 3만 6천 명의 조선 침략군을 편성하고 이를 6천명씩 6개 군으로 편성하여 지휘관을 임명하였다(1기군 : 6000명).

1군은 패륵 아민이 직접 지휘하고 용천을 함락시킨 뒤 안주로, 2군은 패륵 지르갈량이 철산 공략 후 가도 및 신미도의 모문룡군을 소탕하고 청천강 이북 일대의 각 고을을 경계한다.

3군은 패륵 아지개, 4군은 패륵 데두, 5군은 패륵 요토가 거느리고 3, 4, 5군은 선천, 곽산, 정주를 공략한 다음 안주로 직행하기로 한다.

6군은 패륵 서이도가 지휘하여 곽산을 공격한 다음 안주로 직행한다. 후금의 태종은 모문룡군이 조선군과 연합전선을 펼 것을 염려하여 이것을 제압하기로 하고 제2군(6천명)을 선발하여 모문룡군을 제압하도록 했다. 그리고 5개 군 3만명을 안주성으로 진격시켰다.

그래서 모문룡군의 전력을 무력화시키고 조선군의 항복을 받아 대명전에서 후환을 없애기 위하여 후금군 사령관 아민은 사르흐 전투에서 항복한 조선군 도원수 강홍립, 부원수 김경서, 종사관 이민환 등을 향도로 삼아 강이 얼어 병력의 이동에 장애가 되지 않는 날을 택하여 출발하였던 것이다. 이것이 정묘호란의 시작인 것이다.

후금의 병력 운용은 기의 신호로 이루어졌는데 8기병제이다. 넓은 지역에서는 나란히 8도(道)로 병진하기로 하고 공간이 협소한 지역에서는 8기가 각각 다른 길로 분진하여 일제히 상대를 공격하는 전법을

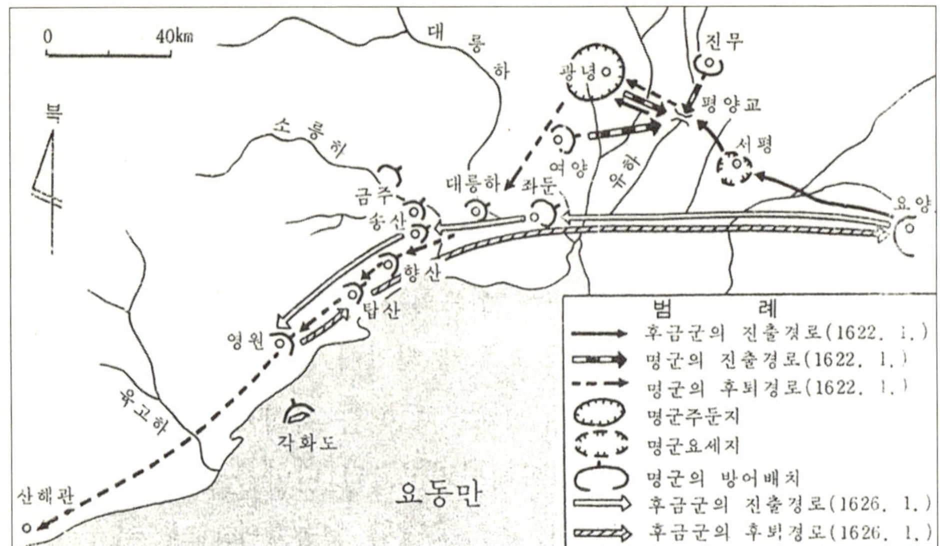

▲ 후금의 조선 정벌군 편성.

구사하였다. 전투시에는 철갑과 창검으로 중무장한 부대가 선두에서 진격하고 경검과 궁시로 무장한 부대가 이를 후속하였으며, 기병부대는 후미에서 창검병과 궁병부대를 지원하다가 상대의 측방을 공격하거나 후미를 차단 또는 추격하는 임무를 수행한다.

이와 같이 후금군은 보병과 기병을 배합해서 운영하여 공성과 야지 전투를 수행할 수 있는 능력을 보유하였다. 후금의 태종은 8기병을 직접 관장 대한(大汗)의 직할통치체제를 구축한 다음 6천 명씩으로 구성된 6개 군을 편성하고 위와 같이 지휘관을 임명했다.[172)]

의주와 창성진을 탈취한 후금군은 의주에서 전열을 정비하여 각 부대에 구체적인 임무를 부여하고 임무에 입각한 기동조를 배치하였다.

후금군은 조선이 침공로로 판단했던 서북면 북로를 사용하지 않고

172) 온창일, 《한민족전쟁사》(집문당, 2001) p.380

의주 · 정주 · 안주에 이르는 남로를 기동로로 이용하려 했다.

이러한 기동계획에 따라서 아민의 1군은 용천으로, 2군은 용천을 우회하여 철산으로 향했다. 3, 4, 5, 6군은 의주에서 선천을 향해서 진격했다. 결국 2군 이외의 전군이 안주성 공략이 목표였던 것이다.[173)] [174)]

10) 후금의 침입(정묘호란)

후금 이전의 여진족은 나라가 없었고 조선 세조 때에는 강순 · 어유소 · 남이의 건주위 정벌에 의해서 조선의 지배를 받다가 1580년경에는 명나라의 지배하에 있었다. 1589년 9월 청태조 누루하치[175)]는 건주여진(建州女眞)의 한 추장에 지나지 않았다. 그의 할아버지와 아버지는 모두 다른 부족의 난에 죽었다.

그런데 그가 명나라에 반기를 들 때에는 명나라에 의해서 그의 할아버지와 아버지가 피살되었다고 하면서 이 한을 풀기 위해서 정벌에 나

173) 온창일, 《한민족전쟁사》(집문당, 2001) pp.385~386

174) 국방부 전사편찬위원회, 《민족전란사 3》 〈병자 호란사〉, pp.56~57

175) 누루하치 : 성은 애신각라. 1552~1626. 건주여진의 한 추장에 지나지 않았지만 1583년 처음으로 독립을 위해 군사를 일으켜 수년 사이에 건주여진을 통일하고 명나라에 대해서는 공손한 태도를 취하며 정복전쟁을 펼쳤다. 1616년 국호를 후금이라 하고 한의 지위에 올랐다. 그는 여진문자를 발명하고 만주족 고유의 부족제를 기초로 팔기제도를 만들어 정치군사 조직으로 삼았다. 1619년에 5월에는 나라 이름을 금이라 하고 황제의 옷을 입고 짐이라 칭하였다. 그 후 누루하치가 심양(요동성의 성도)을 함락시켰다. 이때 명의 天子 신종은 원숭환을 경략으로 삼아 광령(요하의 서쪽 지방)에 가서 누루하치의 침공을 막도록 했다. 원숭환에게 패하여 분통이 나서 등창으로 누루하치가 죽으니 홍타이지가 뒤를 이었다. 누루하치는 후계자를 정해놓지 않았다. 그에게는 16명의 아들이 있었는데 홍타이지가 8째이고 칸의 자리는 야심에 찬 홍타이지에게 돌아갔다. 그는 아버지를 따라 전선을 다니며 많은 공을 세웠다. 후금에는 국가창업의 기둥이며 유력한 귀족인 四天王이란 뜻의 사페이레(四貝勒)가 있었다. 나이 순서에 따라 누루하치의 둘째 아들 다이산(代善)을 첫째 페이레 누르하치의 조카 아민(정묘호란 때의 침략군의 총사령관)을 둘째 페이레, 다섯째 아들 망굴타이가 셋째 페이레 홍타이지를 넷째 페이레로 했다. 명나라와의 관계가 긴박했던 때라 후계자 다툼을 벌이지 않고 홍타이지가 칸으로 추대되었다. 대조선 강경론자 홍타이지는 온건론자이던 자기 아버지가 죽자 즉시 조선 침략을 단행했다.

섰다고 핑계를 댔다. 그리고 그는 동방으로 진출, 북녘의 모든 부족을 침략하여 기세가 점점 커졌다. 세력이 커지기 이전에는 이따금 노략한 한인(중국 본토인)을 도로 보내어 명나라 조정에 충성을 바쳤다. 다른 부족 근오십(누루하치와 같은 여진족의 추장) 등이 식합호(만주에 있는 지명)를 침략하여 지휘(명나라 무관직) 유부를 죽이고 건주위(建州衛 : 만주 남쪽에 위치한 여진족이 살던 곳)로 달아나자 누루하치가 즉시 그의 머리를 베어 중조(명나라 조정)에 바치었다.

또 좋은 말을 바치고는 제 할아비와 아비가 중국을 위해 싸우다가 병화로 죽은 곡절을 아뢰어서 대장, 즉 용호장군의 이름까지 얻은 것이다.

명나라로부터 용호장군의 벼슬을 얻는 데서 시작, 세력이 강성해져서 다른 부족을 함락시켰다. 심지어 누루하치는 제 아우 속기함치를 죽인 후 아우의 군사까지 아울러 다스리는 등 모든 부족들을 침공하여 여진족을 통일하였다. 1616년 한(汗)의 지위에 올라 국호를 후금(後金)이라 하였다. 1618년과 1619년 사이에는 중국의 무순성(요동성 중부지방 무순에 있는 성)을 함락시키는 등 세력을 떨쳤고 조선국 원병과의 싸움에서도 크게 이겼다.

그런데 후금이 강대하게 된 결정적인 계기는 조선에 임진왜란이 일어나서 명과 조선의 시선이 여기(임진왜란)에 몰린 것을 이용하여 전 만주지방의 여진족을 통일시키고 세력이 강대해져서 명나라와 조선을 침공한 것이다.

후금은 사르흐 전투에서 명군과 조선 원병군에게 대승한 뒤 수도를 홍경에서 요양으로 옮겨 명나라를 압박하다가 1625년 안전지대인 심양으로 옮겨와 성경(盛京)이라 불렀다. 그 다음 해 누루하치는 명나라 산해관을 공격하기 위해 그 앞쪽에 있는 영원성(지금의 興城 : 명 말

금주 일대와 아울러 중요한 군사 기지로서, 후금의 산해관 진격을 막는 최후 저지선이었음)에서 명장(明將) 원숭환에게 패하였다.

이때 원숭환은 후금의 침략에 대비하여 마음을 다짐하고 결전 채비를 다했다. 만약 명나라에서 생각하는 영원성은 이 성이 함락되면 산해관이 함락되고 산해관이 함락되면 북경은 연이어 함락될 정도로 군사요충지였다. 원숭환은 복건성에 지시해서 포르투갈에서 유입된 홍이포[176]를 가져오도록 해서 새까맣게 모여든 후금군이 총공격을 개시하자 홍이포를 발포했다. 홍이포가 굉음과 함께 시뻘건 불을 토해내자 떼를 지어 몰려오던 후금군은 차례로 넘어졌다. 뜻밖에 고전을 겪은 누루하치는 후퇴 명령을 내리지 않을 수 없었다. 25세부터 싸움에서 패한 적이 없는 누루하치는 "어찌하여 이 작은 성을 함락시키지 못하는가? 하늘의 뜻이로다…" 한탄하면서 후퇴해서 후방에 머물렀다. 그가 1626년 영원성 전투에서 패전으로 울화병에 시달려 죽었다고도 하고 대포의 파편에 맞아 죽었다고도 한다. 이때 나이 68세였는데 그 뒤를 이은 후계자는 여덟째 아들 홍타이지다.[177]

이런 상황일 때 1624년(갑자년) 이괄의 난 때 한명련의 아들이 심양으로 도망와서 후금 황제와 강홍립에게 조선 조정이 강홍립의 일문을 다 죽였다고 거짓말을 했다. 이괄의 잔여 세력은 누루하치와 홍타이지에게 후금군이 조선을 침략하도록 충동질을 하고 인도하였다.

176) 홍이표 : 포르투갈에서 유입된 서양식 대포. 새까맣게 밀려드는 강대한 청군을 홍이포를 써서 격퇴 청태조 누루하치가 분통이 터져서 사망했다.

177) 홍타이지(1592~1643) 청의 2대 황제 누루하치의 8째 아들로 1626년 태조의 뒤를 이어 제위에 올랐다. 즉위 후 만주인과 한국인 관계 등 국내의 융화를 꾀한 후 내몽고를 점령하였다. 이후 국호를 대청이라 고치고 연호를 숭덕이라 바꾸고 조선을 침공하였으며 중국 본토를 침공하기도 하였다. 제도정비와 함께 군사력을 강화하여 명나라에 대항하고 청조의 기초를 이루었다. 누루하치가 일찍이 나가 놀다 보니 산 옆에서 한 계집이 오줌을 누고 지나갔다. 그런데 오줌 줄기가 산을 뚫어 그 깊이에 말채찍이 들어갔다. 이를 본 누루하치가 괴이하게 여겨 그 계집을 데려다가 아들을 낳으니 그 아이가 바로 홍타이지이다.

▲ 청태종 홍타이지

이에 조정에서는 강홍립의 3촌 진창군(晋昌君) 강인(姜絪)과 강홍립의 처자를 선천(宣川)에 보내여 강홍립에게 보이니 강홍립이 비로소 뉘우쳤다.

후금의 태종은 광해군을 폐위시킨 것을 응징한다는 구실로 조선의 도원수 강홍립 등 조선의 항장들과 이괄의 잔여세력인 이난영, 한윤, 정매 등을 향도로 삼아 압록강이 얼어붙어 병력의 이동이 장애가 되지 않는 겨울을 택하여 1627년 1월 13일 수도 심양을 출발하였던 것이다.

후금의 태종 홍타이지는 3만 6천여 명의 군사를 동원, 1627년 인조 5년 1월 14일 총대장 아민[178]의 지휘 아래 파죽지세로 남하했으며 선봉장은 유해(조선의 진주 출신이라고도 하는데 확인할 수가 없고 그는 명나라 지휘관인 유정의 휘하에 있다가 사르흐 전투 무렵 후금에 투항

178) 아민, 황태극(홍타이지)과 마찬가지로 누루하치의 아들(족하라고 기록된 경우도 있다)이고 직위도 같은 서열인 패륵이었으나 누루하치의 후계 권력 다툼에서 세력에 밀렸고 홍타이지가 집권한 후 4개월만인 천총원년 1월에 조선정벌을 결의하고 그의 집권화 운동의 시금석으로서 정적인 아민을 총대장으로 파견하였던 것이다. 아민의 파견은 그의 즉위를 달가워하지 않는 불만을 해소시키려는 뜻과 아민의 충성심을 가늠하는 수단이었으며 호란 주도로 말미암아 죄를 얻어 논죄되고 말았다.

해 공을 세운 뒤에 아민의 사위가 된 사람이다)였다. 불과 2~3일만에 의주를 함락시키고 출병 후 8일만에 안주성에 도달 평안병사 남이흥과 충돌하게 된 것이다.

이는 남이흥이 평안병사로 부임한 지 1년 2개월 24일 만에 당한 것인데 부임일수가 문제가 아니라 실권파의 감시와 견제로 군사양성 등 운신의 폭이 없었던 것이 문제였고, 평안병사의 부임지가 안주성이 아니라 권신, 이귀의 억지 주장에 따라 정해진 구성이었던 것이 문제였다. 후금군 총대장 아민이 거느리는 대군이 안주성 북방인 맹주벌에 진주한 후에야 그날 저녁에 안주성에 입성하여 전쟁 준비나 훈련 등을 전혀 할 수 없는 촉박한 처지에 충돌을 하게 된 것이다.

평안병사 남이흥, 의주부윤 이완은 침공하기 전부터 곧 변이 일어날 것이라고 여겼고 체찰사 장만도 변란을 염려했지만 이괄의 난으로 허약해진 군사력으로 막강한 후금의 침공을 방어하기에는 역부족이었다. 정묘호란 때 후금과 맹약을 맺은 후 인조가 후금국과 화친할 수밖에 없었던 이유를 설명하기 위해 명나라에 보냈던 국서를 보면 임진왜란의 후유증으로 국력이 고갈되어 사전의 방어 대비가 허술할 수밖에 없었고 가도에 주둔하고 있던 모문룡군에 의지한 상황에서 후금군의 침공에 대한 대항이 역부족이었음을 설명하고 있다. 이 국서로

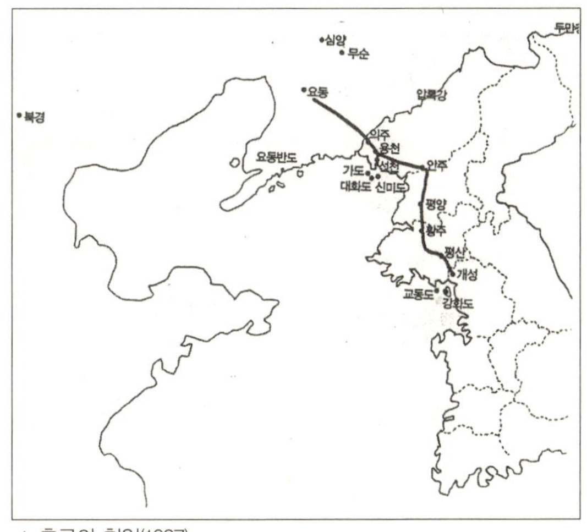

▲ 후금의 침입(1627)

당시의 정세를 입증할 수 있는데 그 내용은 다음과 같다.

"저들의 소굴이 우리나라와 매우 가까워서 다만 강 하나를 사이에 두고 있을 뿐이니 무장한 기마(騎馬)가 달려온다면 수일 이내에 당도할 수 있습니다. 우리나라는 10년의 전쟁으로 중외(中外)가 함께 곤궁하여 국력이 이미 고갈되었고 백성들의 생명이 거의 다하였으니 아무리 엄중히 단속하여 방비하더라도 엉성할 수밖에 없습니다. 그러므로 오직 위로는 천조(天朝)의 우레 같은 위엄에 의지하고 아래로는 모장(毛將)의 범 같은 위세에 의지하여 우리의 적개심을 조금이나마 펴보기를 생각하였습니다. 그런데 뜻밖에 금번 흉적이 정예병을 모두 동원하여 급히 달려와서 군대를 잠복시켰다가 은밀히 습격하였는데, 그 기세가 마치 하늘에 닿을 듯하고 빠르기가 풍우(風雨)와 같아서 서로(西路)의 큰 진(鎭)들이 차례로 함락되었습니다."[179]

11) 조선의 초기 방어 계획

후금군이 1627년 1월 13일 국경을 침입했다는 보고가 1월 17일 접수되었다. 후금군이 침입한 지 나흘이 지나서였다. 가도의 모문룡 진영에 파견됐던 접반사 원탁, 정주목사 김진이 올린 장계다. 접반사 원탁은 후금군이 13일에 의주를 포위하고 접전하였는데 승패를 모른 상태라고 보고하였다. 정주목사 김진은 14일에 후금군이 능한산성을 포위했다가 싸우지 않고 퇴각하여 읍내에 진을 쳤으며, 나머지 후금군은 이미 선천(宣川) · 정주(定州)의 중간에 육박하였으니 장차 얼마 후에 안주(安州)에 도착할 것이라고 보고하였다.

179) 《조선왕조실록》 인조실록 16권, 인조 5년(1627) 4월 1일

장계를 받은 조정은 중신들을 소집하여 사태의 심각성을 깨닫고 즉각 인조 임금이 영중추부사 이원익(李元翼), 판중추부사 정창연(鄭昌衍)·신흠(申欽), 좌의정 윤방(尹昉), 우의정 오윤겸(吳允謙), 비국 당상 김류(金瑬)·이귀(李貴)·이정구(李廷龜)·장만(張晩)·김상용(金尙容)·이서(李曙)·서성(徐渻)·신경진(申景禛)·김신국(金藎國)·구굉(具宏)·이홍주(李弘胄)·심기원(沈器遠)·최명길(崔鳴吉)·이현영(李顯英)·장유(張維), 대사헌 박동선(朴東善), 대사간 이목(李穆)을 소집하고, 승지 이여황(李如璜)·김상(金尙) 등을 모아 대책을 논의했다.

이때 인조는 후금군의 공격 목표가 모문룡군만을 사로잡으러 오는지 조선국을 침공하러 오는지를 물었다. 장만은 후금군이 조선국을 침공해 오고 있다고 대답하였다.

인조가 물었다. 몇 명의 지원 병력이 필요한가에 대해서 장만은 2~3만 명이 되어야 한다고 대답했다.

인조는 "안주의 수군(守軍)이 만일 적다면 병사(兵使)는 속히 구성을 물러나서 안주를 수비하도록 하라"고 하여 남이흥의 군이 안주에 진군하여 입성하기를 허락하였다.

이어 인조는 장만에게, "적이 이미 성을 포위하였으니, 속히 군마(軍馬)를 정돈하여 오늘 중에 출발해야 할 것이다"라고 즉시 출정을 지시했다.

인조가 이원익에게 적의 형세에 대해 묻자, "철기(鐵騎)로 거침없이 쳐들어온다면 하루 동안에 8~9식(息 : 1식이 30리)의 길을 달릴 수가 있습니다. 그러니 시급히 대비해야 합니다"라고 하여 시급한 대응을 강조하였다.

도체찰사 장만을 '경기 이북 4도(道)의 체찰사'로 임명하여 관서와 해서 군사의 총지휘를 맡기고 청천강 이북에서 후금군의 진격을 저지하는 것은 불가능하다고 판단하고 청천강 이남에서 축차적인 방어선을 구축 지연전을 펼치면서 하삼도(충청, 전라, 경상도)의 근왕병 병력을 차출하여 후금군을 격퇴한다는 방어 전략을 수립했다.[180)]

이에 따라 조정은 안주를 중심으로 하는 청천강 이남지역을 제1방어선으로 하고 구성에 주둔하고 있던 평안병사 남이흥이 고수하여 후금군을 저지하도록 하였다.

평안감사 윤훤으로 하여금 안주 방어선의 후방지원 임무를 수행하도록 하고 만일 안주의 제1방어선이 돌파되면 평안감사 윤훤이 평양성을 고수하여 후금군의 남진을 저지하도록 하였다.

그리고 제2방어선은 황주 · 송정 일대에 구축하여 황해병사 정호서가 이를 지켜 후금군의 진출을 저지하도록 했다.

도체찰사 장만은 평산에 지휘소를 설치, 봉산과 재령을 잇는 선에서 제3방어선을 형성하여 개성, 한성 진출을 저지하도록 했는데 세부적으로 자세히 제시하면 이러하다.

① 제1방어선은 구성에 주둔하고 있는 평안병사 남이흥이 지휘하여 후금군의 청천강 이남(안주)의 진출을 저지한다.

② 평안감사 윤훤은 안주 방어선에 대한 후방 지원 임무를 맡고 안주 방어선이 돌파되면 평양성을 고수, 후금군의 남하를 지연시킨다.

③ 제2방어선은 황해병사 정호서가 황해도 모든 고을의 군사와 경기지역의 증원군을 황주에 집결시켜 황주, 송림 일대에서 평양과 중화를 연결하는 선으로 남하할 것으로 예상되는 후금군의 진출을 저지한다.

④ 제3방어선은 도체찰사 장만이 평산에 지휘소를 설치하여 안주,

180) 《조선왕조실록》 인조실록 15권, 인조 5년(1627) 1월 17일

황주 일대의 방어군을 총괄 지휘하는 한편 봉산과 재령을 잇는 선에서 방어선을 구축, 개성 · 서울 방면으로 진출하는 후금군을 저지한다.

⑤ 훈련대장 신경진은 서울 포수 및 경기지방의 군사를 거느리고 도성 한양의 방어와 치안유지를 담당한다.

⑥ 수어사 이서는 남한산성을 거점으로 삼아 하삼도(충청, 전라, 경상도)와 연락을 유지하여 증원군이 도착하는 대로 이를 재편성하여 안주, 황주, 평산으로 출진시키는 임무를 담당한다. 그리고 왕이 강화도로 파천할 경우에 엄호하도록 한다.[181]

⑦ 하삼도의 병사들은 경상 2천, 충청 5천, 전라 3천을 이끌고 남한산성에 집결한다.

⑧ 각 도의 수사(水使)들은 선박을 최대한으로 동원할 수 있는 태세를 갖추고 대기하고 있다가 명에 의하여 선박을 동원, 강화도로 진출할 준비를 갖춘다.

⑨ 강원도 병력은 평산으로 이동하도록 하여 도체찰사 장만의 휘하에 들어가 후금군의 남하에 대비한다.

⑩ 안주의 제1방어선이 돌파될 경우 국왕은 강화도로 이동한다.

라고 명시적으로 계획하였다. 고려 말기 이후 조용했던 강화도가 또 다시 전쟁 때문에 사람들의 입에 오르내렸다.[182]

그러나 강화도에 비축한 양곡은 2~3만석이었으니 장기전에 대비하기는 어려웠다. 세자는 전주로 내려보내 임진왜란 때처럼 분조를 했고 김상용은 서울을 지키는 유도대장으로 임명하는 등 결정은 순식간에 이루어졌다. 장만은 어찌된 영문인지 성대한 출정식을 갖고도 이틀이 지나서야 벽제를 출발했고 닷새가 지나서야 임진강 방어선을 넘어 개

181) 온창일, 《한민족전쟁사》(집문당, 2001), p.375
182) 《민족전란사 3》, 〈병자호란사〉, 국방부 전사편찬위원회(1986.11.20) pp.72~75

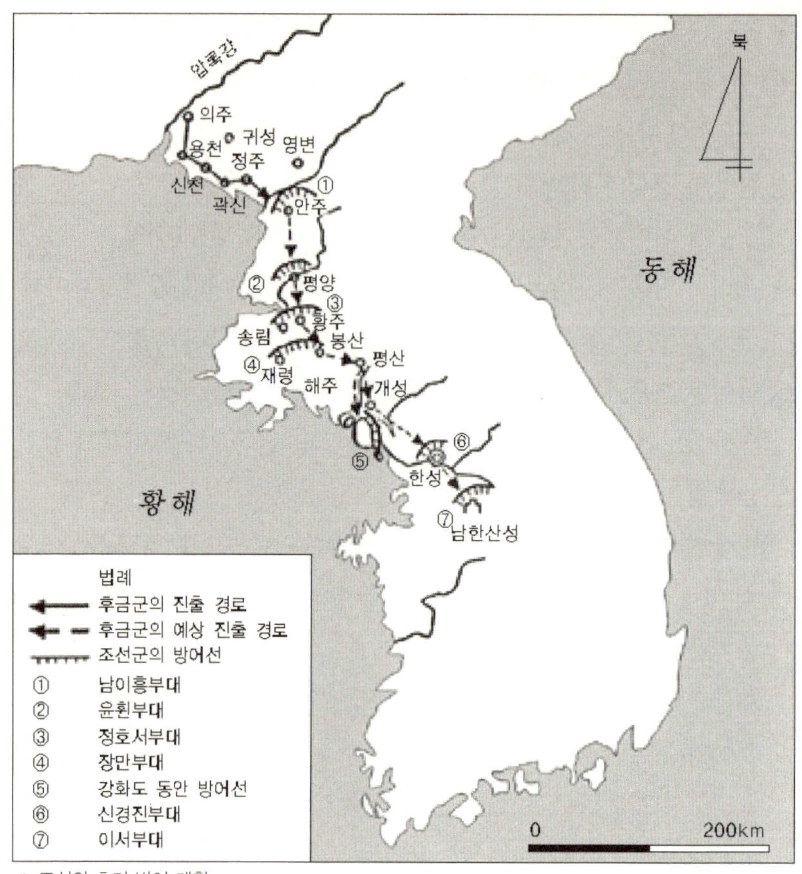

▲ 조선의 초기 방어 계획

성에 이르러 전진을 멈추었다.

그 당시의 나라 전체 상하의 사기가 그 지경이었고 난국 수습을 못하는 등 이렇게 혼란에 빠져 있었으니 속수무책이 아닐 수 없었다.

조정은 이렇게 축차적인 3개 방어선을 설정하고 책임자를 임명, 후금군의 남진을 지연시켜 하삼도에서 증원된 병력을 이용하여 반격을 가함으로써 후금군을 격퇴시키려는 방어계획을 수립하였던 것이다.

그러나 이런 방어계획은 병력과 지원면에서 확실한 뒷받침이 보장

되어야만 가치를 발휘할 수 있는 성질의 것이다.

12) 의주성 싸움

후금군은 1월 12일 조선의 국경 관문인 의주의 북쪽 압록강의 가운데에 위치한 승애도, 막사도, 칠적도, 구리도, 송도 등에 도착하여 병력을 집결하여 의주를 고립시킨 후 각 군별로 구체적 임무를 부여하여 세부작전 계획을 하달하였다. 이리하여 후금군의 조선 침공으로 인한 정묘호란의 전투가 시작된 것이다.[183)]

의주성은 부윤 이완이 약 3천 명의 병력을 거느리고 방어에 임하고 있었다. 이완은 이순신의 조카로서 임진왜란에도 참여하여 용맹을 떨친 무장이었다. 그러나 이완은 후금군의 대병력이 압록강 대안에 집결하고 있다는 보고를 받고 성을 굳게 지키면서 증원군이 도착하면 반격한다는 계획을 세워놓았다. 그리고 후금군이 침공했다는 보고를 구성에 본영을 두고 있던 평안병사 남이흥에게도 보고하였다(1627. 1. 13).[184)]

후금군의 의주성 침공과 함락의 일시가 조선의 조정(朝廷)의 문서와 개인 문헌과 차이가 있다. 조정의 문서에도 침공의 일시가 13일 새벽 1~3시 경에 압록강을 도강하여 바로 의주성을 침공하여 함락했다고 해석할 수 있는 기록과 13일 새벽 1~3시 경에 압록강을 도강하여 그날 낮에 의주성을 공격하다가 14일 새벽에 잠입하여 함락했다고 해석할 수 있는 기록이다.

전자의 기록에 해당하는 문서들은 다음과 같다.

183) 온창일, 《한민족전쟁사》(집문당, 2001. 4. 20) p.380
184) 송양섭, 《한국군사논문전집》 〈왜란 호란편〉, 국방군사연구소 pp.707~708

후금군 3~4만이 13일 밤에 빙판의 압록강을 건너 의주로 잠입 습격하여 성을 지키던 군사를 죽였다. 목사 이완은 적병이 성에 오른 뒤에야 이를 알았다. 날이 밝자 성이 함락되어 성의 군민들은 다 도륙당하였고 이완과 판관 최몽량, 별장 등이 다 죽었다(저자 번역).

平安監司尹暄馳啓, 奴金三四萬, 十三日夜, 氷渡鴨江, 潛襲義州, 由各口入殺守門軍士, 牧使李莞, 賊兵登城後, 始知之, 天明城陷, 一城軍民, 竝被屠戮, 李莞, 及判官崔夢亮, 別將等, 皆死事。以上朝報[185)]

후금군이 정주 · 의주에 주둔하여 성을 함락시킨 사정은 다음과 같았다. 후금군은 밤을 타 불의에 풀더미를 성내에 투입시켜 먼저 화약고에 불을 질러 연기가 하늘에 가득하였다. 그래서 아군은 적군과 접전할 겨를도 없이 다 죽었다. 적군은 부윤 · 판관의 처자 등을 다 머리를 베고 입은 옷을 벗겨 적군에 나누어 주었다(저자 번역).

平安監司尹暄狀啓, 奴賊, 時屯定州 · 義州, 城敗事段, 奴賊乘夜不意積草入城, 先衝火火藥庫, 煙氣漲天, 故未得接戰, 官軍盡死, 且府尹 · 判官妻子等, 盡爲斬頭, 其所著衣服, 盡脫輸入賊中分之事。[186)]

의정부의 장계에 의하면, 금년 정월 17일 평안도 도순찰사(平安道都巡察使) 윤훤(尹暄) 등 여러 장관이 잇따라 보낸 치계에 의거하건대 이 달 13일 4경에 노적(奴賊) 3만여 기(騎)가 갑자기 의주(義州)를 습격하여 수구문(水口門)으로 들어와 수문장을 죽이고 몰래 성안으로 들어왔으므로 군문(軍門)에서는 적군이 온 줄을 깨닫지 못했다. 본진(本鎭)의 절제사(節制使) 이완(李莞)이 급히 나아가 방어하면서 통판(通判) 최

185) 《승정원일기》, 인조 5년(1627) 1월 17일(을유), 원본17책/ 탈초본1책
186) 《승정원일기》, 인조 5년(1627) 1월 19일 (정해), 원본17책/ 탈초본1책

몽량(崔夢亮) 및 수하 장관들과 함께 아침까지 전투하여 적병을 많이 죽였으나 중과부적으로 버틸 수 없었다. 이완 · 최몽량 등은 적에게 굴복하지 않고 끝까지 항전하다가 함께 죽었고 대소 장관과 수만의 민병(民兵)들도 남김없이 도륙당하였다.[187]

후자의 기록으로 후금군이 13일 새벽 1~3시경에 압록강을 도강하여 이날 낮에 의주성을 공격하다가 14일 새벽에 함락되었다고 해석할 수 있는 평안감사 윤훤의 능한산성 함락 경위에 바로 이어 기술한 의주성 함락 경위로 여겨지는 것이 다음의 문서다.

14일 닭이 세 번 울 무렵인 새벽에 적병 5~6명이 포루(砲樓) 한 쪽 변을 따라 넘어 들어와 고함을 질러대니 성 위에 있던 군사들이 다 놀라 흩어졌다. 부윤은 병사를 이끌고 혹은 포를 쏘며, 혹은 총을 쏘면서 항전했으나 날이 채 밝자마자 더 이상 버틸 수 없어 부윤과 판관은 다 화살에 맞아 전사하였고, 성 안의 남녀들은 다 성 밖으로 쫓겨났다. 성 밖에 쫓겨난 남녀들은 다 참살이 되고 적이 그들의 옷은 다 벗겨서 적이 있는 성 안으로 운반했다(저자 번역).[188]

十四日鷄三鳴, 賊兵五六名, 從一邊砲樓底, 踰入發喊, 城上軍兵, 盡爲驚潰, 府尹率兵相戰, 或放或射, 至于日出時, 不能抵當, 府尹 · 判官皆中箭而死, 城中男女, 驅出城外, 盡爲斬殺, 所着衣服, 亦盡脫輸入城中事。

위 조선 조정(朝廷)의 문서들 중에서 의주성이 14일에 함락했다는 기록에 따른다면 후금군이 13일 낮에 의주성을 공격하다가 14일 새벽

187) 《조선왕조실록》 인조실록 16권, 인조 5년(1627) 4월 1일
188) 《승정원일기》, 인조 5년(1627) 1월 22일 (경인), 원본17책/ 탈초본1책

에 잠입하여 해가 떠오를 무렵에 함락됐다고 생각한다. 《연려실기술》이 의주성 함락 경위를 인용한 《조야기문》〈일월록〉에도 의주성이 14일 새벽에 함락된 것으로 기록되어 있다.[189)]

저녁에 한윤(韓潤)이 중국 옷으로 변복하고 몰래 사냥꾼을 따라 들어와 적을 성으로 끌어들여 군기(軍器)를 불태우니 성 안은 크게 혼란이 일어났다. 14일 새벽에 적이 성으로 육박하여 치달리며 쳐들어오니, 성 안의 반민들이 성문을 열고 적을 들어오게 하니 성은 드디어 함락되었다.

저자는 의주성 함락을 13일 낮에 공격하다가 14일 새벽에 잠입하여 해가 떠오를 무렵에 함락된 것으로 된 문헌 기록을 인용하여 의주성 함락 경위에 대하여 서술한다.

1627년 1월 13일 얼어붙은 압록강을 건넌 후금은 6군 중 3·4·5군을 장성－의주, 용천(용골산성 길)－의주, 선천(능한산성 길)－의주 간의 통로를 차단하고 1군, 6군으로는 의주성의 포위망을 구축하고 항복을 요구하는 통첩을 의주성에 보냈다.

"너희 나라에 네 가지 큰 죄가 있다. 천가한(天可汗 : 누루하치)이 죽었는데도 조문하지 않은 것이 그 첫째요, 선천전투에서 우리가 너희 나라 사람을 한 사람도 죽이지 않았는데도 사신(使臣)을 보내어 사례하지 않은 것이 그 둘째이며, 모문룡은 우리의 큰 적인데도 너희 나라가 그를 맞아들여 먹을 것을 주고 위로한 것이 그 셋째이며, 요동의 백성은 모두 나의 어린 백성인데 요동에서 도망한 자를 너희가 보호하고 반란한 자를 받아들인 것이 그 넷째이다."[190)]

189) 이긍익, 《국역 연려실기술 IV》(민족문화추진회), p.99
190) 《동국전란사》 외란편, (국방부 전사편찬위원회, 1988), p.48

통첩을 받은 이완과 최몽량은 이웃나라의 도리가 이웃을 침공하는 것이냐고 후금의 사자를 꾸짖어 내쫓고 의주성 사수를 다짐했다. 후금은 오시(오전 11시~오후 1시)부터 시작하여 술시(오후 7시~9시)까지 공격을 했으나 함락을 못 시켰고 저녁에도 계속 공세를 했다. 의주성의 조선군도 횃불을 밝혀 가면서 각종 총통, 화기와 활을 쏘아대고 돌을 던져 후금군의 성 진입을 막았다. 공방전이 계속되는 동안 후금군도 100여 명의 사상자가 발생하고 조선군도 화약과 화살이 바닥나게 되었다. 이렇게 되자 성내의 군민들은 사기가 떨어져서 성을 이탈하는 사람이 속출하였던 것이다.[191) 192)]

후금군은 성내에서 탈출한 조선 병사들을 포로로 잡아 남도의 군사와 북도의 군사를 가려낸 뒤 남도의 군사는 모조리 죽이고 항복한 조선군의 옷을 갈아입히고 머리털을 깎아 후금군으로 변장시키고, 한윤은 이들을 통해서 의주성 성문 밖 300m 지점에 있는 수로와 의주성 서문의 수문이 연결되어 있음을 알아냈다. 후금군은 향도 한윤으로 하여금 사냥꾼으로 가장한 100여 명의 병력을 이끌고 수문을 통하여 1월 14일에 성 안으로 진입시켜 의주성 안의 민가와 군기고 등에 불을 질렀던 것이다.

후금군이 의주성 잠입시 화공을 감행했다는 사실은 평안감사 윤훤의 후금군은 의주성과 정주성 등의 성을 초기 공격시 화공을 감행하여 성내를 혼란에 빠뜨려 함락시켰다고 조정에 보고한 것을 통해 입증이 된다.[193)]

성안의 여러 곳에 불길이 솟자 성 밖의 후금군은 일제히 성으로 육박

191) 온창일, 《한민족전쟁사》(집문당 2001), pp.383~384
192) 《동국전란사》 외란편, (국방부 전사편찬위원회, 1988), p.51
193) 《승정원일기》, 인조 5년(1627) 1월 19일 (정해), 원본17책/ 탈초본1책

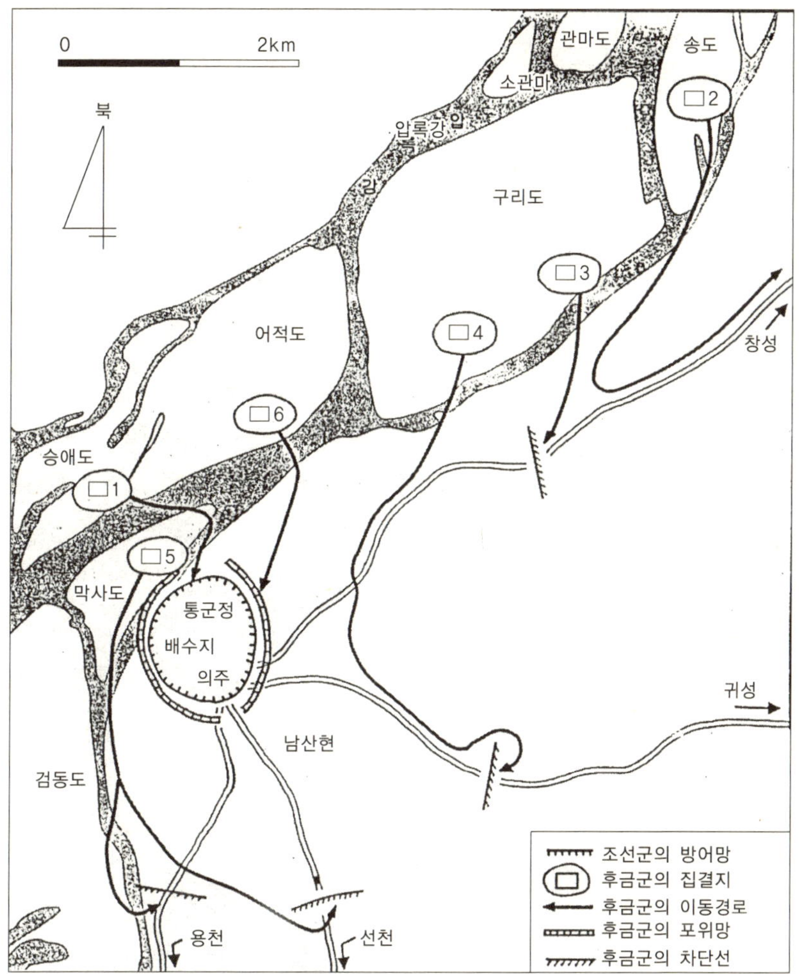

▲ 후금군의 의주 공격 상황

남문을 돌파하고 서문 등을 차례로 돌파, 부윤 이완은 서문의 장대에서 전투를 지휘하다가 화살에 맞아 전사하고, 동문 수비군을 지휘하던 최몽량도 포로가 되어 투항 권유를 받았으나 뿌리치고 끝까지 항거하다가 죽음을 당하였다. 의주성을 방어하다 전사한 의주부윤 이완에 대한 기록이 부정적으로 기록된 개인 문헌이 있다.[194]

그러나 이완은 13일 낮부터 밤에까지 항전하였다. 그런데 닭이 새벽을 알리는 시간에 후금군의 불의의 잠입을 당하여 결사적으로 항전하다가 해가 떠오를 무렵에 그는 전사하고 의주성이 함락당했다.

그가 전사한 지 3개월이 지난 후 조정의 비국에서 포상할 것을 건의하여 인조가 이를 승낙하였다.

"의주성(義州城) 안에 있던 장수들은 방비를 잊고 있다가 습격을 받은 것으로서 잘못이 없지 않기 때문에 즉시 포상(褒賞)하지 않았던 것입니다. 그러나 지금 듣건대 이완(李莞) 등이 군사를 모아 거리에서 싸워 매우 많은 적을 죽였고 힘이 다하여 패했다 하니 그 중에서 뚜렷이 드러난 이완 · 최몽량(崔夢亮) · 여영원(呂榮元) · 김제정(金濟鼎) · 양극(梁諴) 등에게는 모두 추증(追贈)하게 하소서. …〈중략〉… 포증(褒贈)하소서" 하니, 상이 따랐다.[195)]

지휘부가 순국하자 대부분의 조선군은 항복하였고 항거하는 병사는 처형을 당하였다. 항복한 조선군은 머리를 후금군같이 깎고 후금군에 편입시켰으며, 성내의 민가 주변에는 약탈과 살륙을 자행했고, 이로써 의주성은 후금군의 수중에 들어간 것이다.[196)]

정묘호란 등의 난리에 조선의 지배층은 대부분 문신들이었다. 문신들이 정권을 장악하여 국방을 소홀히 한 것이 패전의 중요한 요인이었다. 그리고 또 변경을 지키는 장수들의 태만과 안일한 태도, 또 서민들의 동요가 적국이 쉽게 침입하는 기회를 제공하였다.

의주부윤 이완은 오랫동안 인심을 잃음으로써 많은 부하들이 적군

194) 한국군사사 논문선집 p.708
195) 《조선왕조실록》 인조실록 16권, 인조 5년(1627) 4월 22일
196) 온창일, 《한민족전쟁사》(집문당, 2001), pp.383~384

에게 투항할 뜻을 가지고 있었다. 적군이 공격했을 때 그는 술에 취하여 있다가 황급히 응전하였으나 반란군이 이미 성문을 열고 적군을 맞이함으로써 성이 함락되고 그는 포로로(다른 기록은 전사) 잡혔다.

13) 창성진 전투

후금의 제 2군은 1월 13일 새벽 창성진 부근에 도착하여 창성진을 포위하였다. 그때 창성진에는 부사 김시약이 3천여 명의 병력을 이끌고 방어에 임하고 있었다.

후금군은 200여 명으로 창성진 주변의 도로망을 봉쇄, 외부와의 연락을 차단하고 창성진에 사자를 보내 항복을 권유하는 통첩을 보냈다.[197] 부사 김시약은 적침 소식을 듣고 여러 장수들과 함께 병기를 수습하여 방어태세를 갖추려 하였으나 후금군의 기세에 놀란 방어군들은 겁을 먹고 성을 탈출하거나 성을 내주고 항복하자는 병력도 있었다. 정찰을 보낸 병사들도 돌아오지 않아서 적정을 알 수가 없었다. 그리고 이런 상황에서 적의 기병 200여 기가 불시에 나타나서 외쳤다.

"너희 나라가 모두 함락되고 너의 국왕은 어디 간 곳도 알지 못한다. 그런데 너희는 외로운 성에 약한 병졸 몇 명으로 감히 대적 항거하려느냐? 빨리 나와 항복하라."

후금군의 기세에 눌린 방어군의 병사와 백성들은 밧줄로 성을 타고 도망을 쳤다. 부사 김시약은 군민(軍民)들이 성을 빠져 나가는 것을 막으려 하자 군민들은 창을 거꾸로 메고 김시약을 위협하였다.

이에 부사 김시약은 자신은 왕명에 의해 창성진을 지키기 위하여 싸

197) 온창일, 《한민족전쟁사》(집문당, 2001), p.384

우다가 죽을 것임을 천명하고 '나는 이 땅을 지킬 의무가 있으니 마땅히 나는 여기서 죽어야 한다. 그러나 그대들 목숨은 그대들 마음대로 하라' 고 부하들에게 재량을 부여하였다. 부사의 의연함에 감화된 병사들은 같이 싸우기로 결심하고 항복을 거절하고 방위태세를 가다듬었다.[198]

항복 권고가 받아들여지지 않자 후금군은 1월 13일 오후 공격을 개시 조선군과 오후 늦게까지 혈전을 벌였다.

이런 과정에서 조선군의 손실은 적지 않았고 조선군의 전력이 약화된 것을 안 후금군은 이날 자정 대규모 공격을 퍼부었다. 당시 창성에는 3천여 군사가 성을 수비하고 있었으나 기병 2백여 기에 성을 함락당하게 되었으니 참으로 애통한 일이었다.

이에 대항해서 조선군은 육탄 돌격까지 강행했으나 후금군은 성 안으로 진입하여 부사 김시약 외 수십 명의 장병이 포로로 잡히고 창성진은 후금군의 수중에 들어가고 말았다.[199]

후금군은 소수의 병력을 남겨두고 적장 지르갈랑이 주력을 이끌고 의주로 이동하는 도중이었다. 적장 지르갈랑은 김시약의 충의를 높이 평가하고 끌려가는 김시약에게 항복을 권유했다. 부사 김시약은 항복을 거절하고 의주까지 적에게 끌려가면서도 저항하다가 비참한 최후를 마치었다. 그의 두 아들도 그날로 머리를 깎이고 여진인의 종이 되었다.[200]

인조가 명나라에 후금과 화친하게 된 경위를 보낸 국서에 창성진을 방어하다 전사한 김시약에 대하여 다음과 같이 기록하고 있다.

198) 온창일, 《한민족전쟁사》(집문당, 2001), pp.384~385
199) 《군사사논문선집》 〈호란편〉 p.708
200) 《동국전란사》 외란편, (국방부 전사편찬위원회, 1988), pp.54~56

창성(昌城)
운두산
운산 경계
당아산성
고성
봉화대
삼선정
신창
우창
전창
동창
구계령
벽동 경계
소방장령
방장령
삼창
우구리보구대
자작령
창주진
창주파수
어정보
어정파수
묘동보
강두동
운두리보
운두리봉수
운두리파수
사단
여단
하파수
상파수
갑암보
압록강
안가동파수
고림성봉수

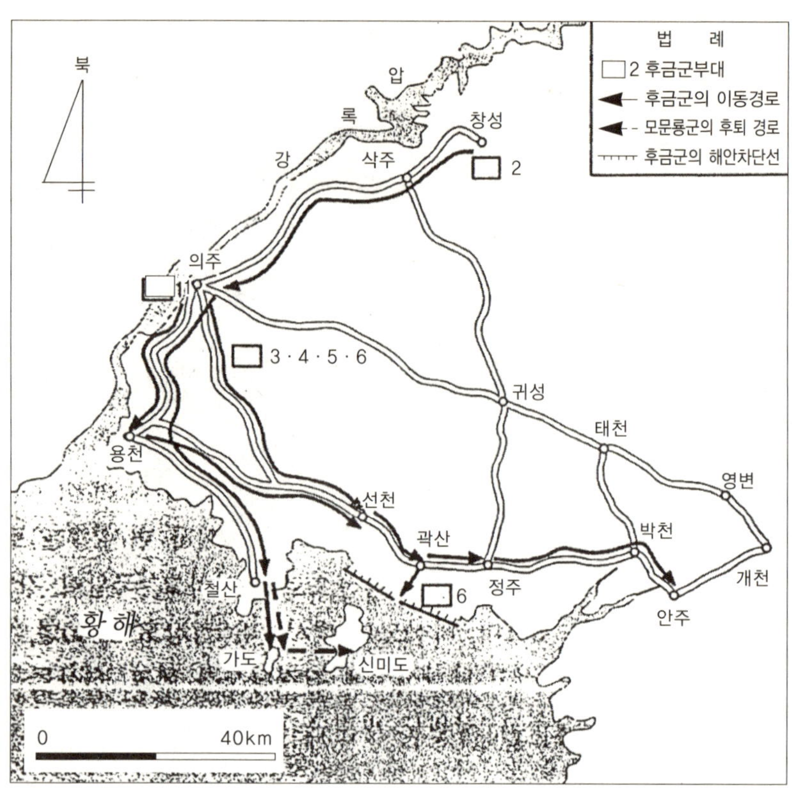

▲ 의주 점령이후 후금군의 기동 계획

"또 한 떼의 군대를 보내어 의주에서 강을 따라 올라와 창성부(昌城府)를 공격하자 절제사 김시약(金時若)이 홀로 외로운 성을 지켰으나 힘이 다하고 원군도 없어서 성이 드디어 함락되었다. 시약이 적에게 잡히자 적이 칼로 위협하였으나 시약은 적을 꾸짖으며 굴복하지 않고 그의 두 아들과 함께 살해당했다"[201]고 하였다.

201) 《조선왕조실록》 인조실록 16권, 인조 5년(1627) 4월 1일

14) 후금군의 모문룡군 견제

모문룡군을 공격하기로 되어 있던 적장 지르갈랑이 지휘하던 2군은 1627년 1월 15일 철산으로 직진하여 서포에 있던 모문룡군의 분진을 급습하여 점령하고 본진인 가도를 공격하였다.

가도에는 약 4만여 명의 모문룡군이 주둔하고 있었고 군수물자도 충분하였으나 실전 경험도 없는 데다가 훈련도 제대로 실시하지 않아 전투력이 보잘것 없었고, 후금군에 맞서 저항할 상태가 아니었으므로 후금군이 공격하자 가도의 본진을 포기하고 가도 동쪽 12㎞ 지점에 위치한 신미도로 철수했다.

해상전투에 익숙하지 못한 후금군도 더 이상 추격하지는 못하고 서포와 가도 일대에 분산 주둔하여 조선군과 수륙에서 협동작전을 못하도록 하는 견제 의무를 수행했다. 모문룡군의 무력화는 이로써 달성된 것이다.[202]

15) 용골산성 전투

이 전투는 안주를 향해 진격하는 주력부대가 후환을 없애기 위하여 벌인 전투였다. 관군을 지휘한 이희건 부사가 잘못된 판단으로 패하여 사망은 했으나 의병을 중심으로 후금군의 침공 후 6개월에 걸쳐 후금군의 공격을 막아낸 빛나는 전투라 하겠다.

즉 용천으로 진격한 후금군 제 1군은 무혈입성하였다. 용천부사 이희건이 1월 14일 의주와 창성진이 후금군의 수중에 들어갔다는 소식

202) 《동국전란사》 외란편, (국방부 전사편찬위원회, 1988), p.58. ; 《민족전란사3》 〈병자편〉, 국방부 전사편찬위원회, p.50

을 접하고 이희건은 눈물을 흘리면서 '죄는 크고 공은 없다. 내 한 목숨 바쳐서 결판을 내리라' 하고 용천으로 달려가 휘하 군사 5백 명과 용천부 내의 백성들을 용천 동쪽 4㎞ 지점에 위치한 용골산성으로 이주시켰다. 그는 용골산성을 거점으로 하여 유리한 지세를 이용하여 후금군과 장기전을 기도하면서 후금군의 남하를 지연시키려고 하였다.

용천을 무혈점령한 아민은 1군의 주력을 남하시켜 선천, 곽산, 정주 등을 공략하기 위해 남하 중인 3, 4, 5, 6군과 합류하도록 하고 1군에서 2천 명의 병력을 빼내어 용골산성을 공격하도록 했다. 후금군은 용골산성 주변의 서사령, 동사령, 건용동, 응장곡 등지에 병력을 분산 배치하여 용골산성을 공략할 준비를 갖추었다.

후금군이 성을 포위하자 기세에 눌린 용골산성 내 조선 군민 중 일부는 즉, 좌수가 후금과 내통하여 항복하려는 기도까지 있었으며 그들은 성을 버리고 탈출하였다.[203] 심지어 협수장 장사준은 적에게 피납된 처자를 찾기 위하여 성을 넘겨주려는 모의까지 하였다고 한다.[204] 이에 체부찬획사(體府贊劃使) 김기종이 조정에서 그대의 관직은 삭탈하나 백의종군하라는 명령을 내렸다고 전하자 부사 이희건은 이들을 처단하고 민심을 수습, 수성 결의를 다졌다.

이희건은 적극적인 방어를 구상하여 중군 이충걸과 협수장 장사준에게 성의 방어를 일임하고 자신은 산성을 포위한 후금군의 예봉을 둔화시키려고 후금의 배후를 교란시키는 유격전을 수행하기 위해 100명의 병력을 끌고 성문을 나서자마자 즉시 공격을 받아 전원 전사했다.[205]

203) 온창일, 《한민족전쟁사》 (집문당, 2001) p.387
204) 송양섭, 『한국 군사사 논문선집』, 〈왜란 호란편〉(국방군사연구소 1997) p.708
205) 《동국전란사》 외란편, (국방부 전사편찬위원회, 1988), p.49

인조는 이희건이 충의와 용력이 뛰어난 인물로서 여러 해 동안 변방에서 간성의 역할을 하고 있다고 하여 하사품을 보내기도 할 정도로 조정의 신임이 높았었다.

"용천부사(龍川府使) 이희건(李希建)은 충용(忠勇)이 뛰어나고 염치(廉恥)에 볼 만한 점이 있어 서쪽 변방을 지키는 간성 역할을 충분히 해내고 있으니, 내가 매우 가상하게 여긴다. 다만 여러 해 동안 변방에만 있어 필시 고달픔을 겪고 있을 테니, 아무리 나라를 위하는 정성이 간절해도 어찌 '나만 이렇게 고생하는가' 하는 탄식이 없겠는가. 내가 이 일을 생각할 때마다 마음이 편치 못하다. 특별히 해조로 하여금 채단(彩段) 2필을 내려보내어 나의 뜻을 알리게 하라."

그런데 이희건은 30명의 기마병으로 적을 추격, 병사들보다 앞장서서 가다가 화살을 맞고 죽었다라고 기록되어 있다.[206]

"전 용천부사(龍川府使) 이희건(李希建)은 병사들보다 앞장서서 힘껏 싸우다가 전사하였으니 나는 심히 애석하게 여긴다. 해조로 하여금 그의 관작을 복구하게 하고, 상구(喪柩)가 나올 때에는 지나는 각읍으로 하여금 호송하도록 하며, 그의 처자가 있는 곳을 방문하여 휼전을 거행토록 하라."

이희건은 용골산성이 무너진 후부터 비장한 각오로 목숨을 걸고 국가를 위하여 싸울 뜻을 갖고 있었는데, 적의 유병(游兵)이 운암(雲巖)으로 가려 한다는 소문을 듣고 김기종(金起宗)에게 인부(印符)를 주면서 말하기를 '이번에 가면 다시 돌아오지 못할 것 같다' 하고 드디어 30명의 기마병으로 적을 추격, 병사들보다 앞장서서 가다가 화살을 맞고 죽으니, 이 소문을 들은 자들이 슬퍼하였다.[207]

206) 《조선왕조실록》 인조실록 13권, 인조 4년(1626) 7월 11일
207) 《조선왕조실록》 인조실록 15권, 인조 5년(1627) 3월 5일

인조가 명나라에 후금과 화친하게 된 경위를 보낸 국서에 용골산성을 방어하다 전사한 이희건에 대하여 다음과 같이 기록하고 있다.

"용천절제사(龍川節制使) 이희건(李希建)은 용골성(龍骨城)이 격파된 뒤 흩어진 군사를 수습하여 여러 곳을 옮겨 다니며 전투하였고 적을 만나면 힘껏 싸워 많은 적을 쏘아 죽였는데 활시위가 갑자기 끊어지자 맨 주먹으로 적의 칼날을 무릅쓰고 싸우다가 적에게 살해되었다."[208]

후금군이 용골산성 절제사가 죽자, 이 여세를 몰아 성을 공격하자 성 안의 민심이 다시 동요하기에 이르렀다. 이에 중군 이충걸이 도망가고 협수장 장사준도 항복하고 말았다. 이렇게 되자 용골산성은 지휘체계가 마비되어 위기에 봉착하게 되었다.[209]

그러나 성 안에 남아 있던 조선 군민들은 후금군과 맞서기를 주저하지 않았다. 그들은 스스로 의병이 되어 성 안에 피난해 있던 전 영산현감을 지낸 철산 사람 정봉수를 대장으로 추대하고 정봉수는 관군 잔여 병력과 성내의 주민들로 의병부대를 편성하여 대오를 정비하니 그 수가 수백 명이었다. 이때부터 방어체제가 바뀌어 관군 주체 방어에서 자발적으로 참여한 의병부대가 이를 방어하게 되었다.

이 사실이 알려지자 조정에서는 그를 당상관(정3품)으로 승진시키고 가산군수에 임명하였다. 이로부터 군세가 더욱 강성해지자 정봉수는 군사를 이끌고 용골산성으로 들어가 웅거하였다.

평안감사 김기종은 용골산성 의병장 전 영산현감 정봉수가 의병장에 추대된 것과 성 내 인원이 4천 명이라는 상황 등을 조정에 보고하였

208) 《조선왕조실록》 인조실록 16권, 인조 5년(1627) 4월 1일
209) 온창일, 《한민족전쟁사》(집문당, 2001) p.388

다.

"용골산성(龍骨山城) 의병장인 전 영산현감(靈山縣監) 정봉수(鄭鳳壽)의 치보에 '저는 본래 철산(鐵山) 사람인데, 적의 침략을 받아 살아날 길이 없다가 일찍이 본성(本城)이 위험하다는 말을 들어왔던 터라 어려움을 무릅쓰고 이곳에 도착하였습니다. 용천(龍川) · 의주(義州) · 철산 등 읍에 피난하는 사람들이 돌아갈 곳을 모르다가 모두 성 안으로 들어와 재촉하여 장수를 시켜주었습니다. 드디어 사방에서 병사를 모집하니 며칠 내에 병정이 단합하여 4천 명에 이르렀습니다. 출신 김종민(金宗敏)을 중군으로 삼고 미곶첨사(彌串僉使) 장사준(張士俊) · 이광립(李光立) 등과 한 마음으로 계획하여 정예병을 뽑아 적들의 정세를 보아가며 출전하려 합니다' 하였습니다."[210)]

의병장 정봉수는 성의 방어태세를 강화했다. 후금군은 용골산성의 방어작전을 지휘했던 부사가 전사하고 중군이 도망가고 협수장이 항복한 상황이 전개되자 쉽게 점령할 수 있을 것이라 깔보고 1천 명의 병력으로 공격해 왔다. 그러나 성 안의 남녀가 침공한 적군을 향해 사력을 다해 물리쳤고 막대한 피해까지 입혔으며 성 밖 10리 지점으로 후퇴시켰다.[211)]

어느 날 적의 장수 3명이 군사를 거느리고 산성 후면으로 올라가는 것을 감지한 정봉수는 정예 포병 30여 명을 수풀 사이에 매복시켜 놓고 엄명을 내렸다.

"후금군의 병졸은 보지 말고 그들 장수가 접근하거든 각기 10발씩만 쏘아라."

얼마 후 적장 3명이 바위 위에 말을 세우고 그들 군사들에게 성을 격

210) 《조선왕조실록》 인조실록 15권, 인조 5년(1627) 3월 18일
211) 온창일, 《한민족전쟁사》 (집문당, 2001) pp.387~389

파하라고 독전을 하고 있었다. 이때 매복하고 있던 포병이 일시에 포격을 퍼부어 그들 세 장수를 사살하였다. 이로 말미암아 적은 크게 무너졌다.

이렇게 방어태세가 강하자 항복한 장사준을 내세워 항복을 권유했다. 즉 1월 16일 장사준은 후금의 향도가 되어 성 주변에 700여 명의 후금군을 매복시켜 놓고 10기의 호위병과 함께 성 밑으로 다가와 위협조의 항복을 권고하였다.

"너희가 만일 항복을 하지 않으면 비단 군사들에게 화가 미치는 것뿐만 아니라 백성에게 미치는 화도 헤아릴 수 없이 클 것이다."

이때 성 밖에 매복하고 있던 조선 군민들이 장사준과 수행자 10여 명을 급습하여 이들 모두를 죽였다. 이렇게 되자 주변의 후금군의 병사들이 성을 향해 돌격해 오자, 성 안의 의병들도 성 밖으로 달려 나가 후금군의 기병 병력과 혼전을 벌였다.

이 전투에서 후금의 기병은 거의 사살되고, 말을 빼앗기고, 본진으로 후퇴하여 3월 3일까지 조선과 후금과의 화의가 성립될 때까지 약 2개월 동안 서로 공격을 못하였다.

화의가 성립된 후에도 용골산성의 의병부대가 해산을 거부하자 후금군 대장 아민은 3월 27일 의주, 곽산 일대의 후금군을 동원하여 성을 공격하였다. 묘시(오전 5시~7시)에서 신시(오후 3시~5시)까지 다섯 차례나 거듭되었다. 성벽 위에서는 남녀노소 구별없이 전주민이 동원되어 성벽으로 기어오르는 후금군에 대하여 시석과 총포 사격으로 사격을 퍼붓는가 하면 일부 날쌘 장정들은 성문을 열고 뛰쳐나가 후금군과 백병전을 벌이기도 했다.

이와 같은 의병의 분전에 후금군의 선봉 수백 기가 걷잡을 수 없는 혼란에 빠져 대패하고 말았다. 대패한 후금군은 일단 선천, 정주 방면으로 후퇴하였다. 의병부대도 화약, 화살, 군량 등이 바닥나 성을 지탱하기 어려운 실정이었다.

후금군이 대규모 재공격을 해올 것을 우려하여 갑사(甲士) 장초(張超)를 조정에 급파하여 용골산성의 위급을 보고하였다. 보고를 받은 조정에서는 정봉수의 의병부대가 고립된 산성을 고수하여 후금의 많은 병력을 그곳에 고착시켰다는 점에서 그 공로를 높이 평가하고 정봉수의 직급을 올려 용천부사 겸 조방장으로 임명하였다.[212)]

사기가 오른 용골산성의 의병들은 후금군을 연이어 물리쳤다. 굴욕적인 화의를 성립시킨 조선 조정도 용골산성의 분전을 높이 평가하여 평안감사와 부원수 정충신에게 선전관을 급파하여 해로를 통하여 용골산성에 군량과 군기를 보급해 주도록 명령하기까지 했다.[213)]

한편 의병들이 해산을 하지 않고 저항하면 화의를 파기하겠다는 후금군의 위협에 조선 조정은 '후금군이 빨리 철수하는 것이 해결책이다' 라는 답변을 주기도 했다. 이에 후금군은 4월 13일 1만여 명을 동원하여 용골산성을 공격하였다. 그러나 이것도 격퇴되었다. 후금군의 공격을 수없이 격퇴한 용골산성의 조선군민들은 기아와 질병에 시달려 많은 사람이 죽어갔다.

평안감사 김기종이 용골산성이 매우 위태로우므로 정봉수에게 빨리 피하도록 통보할 것을 조정에 건의하였다.

"지금 김기종의 장계를 보건대, 용골산의 형세가 매우 고단하고 위급하므로 정봉수(鄭鳳壽)도 끝내 사수하기 어렵다는 보고를 하였다고 합니다. 대체로 형세가 점점 위급해지면 아무리 정봉수라 하더라도 동

212) 《조선왕조실록》 인조실록 16권, 인조 5년(1627) 4월 5일
213) 《동국전란사》 외란편, (국방부 전사편찬위원회, 1988), p.62. ; 《민족전란사 3》 〈병자호란사〉, 국방부 전사편찬위원회 p.629

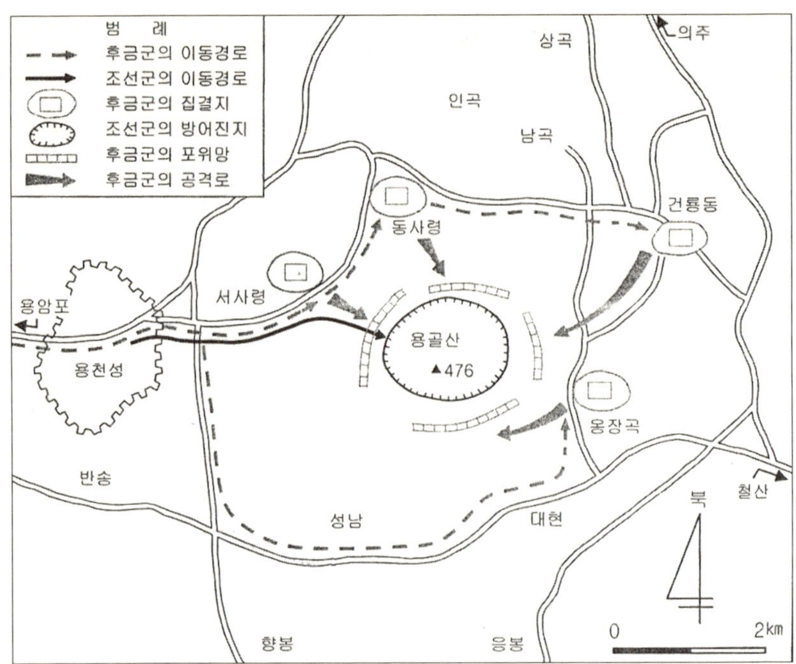

▲ 후금군의 용골산성 포위

요가 없을 수 없습니다. 감사 및 부원수(副元帥)로 하여금 형세를 살피고 적을 헤아려 은밀히 정봉수에게 통보하여 속히 옮겨 피하게 하는 것이 합당하겠습니다. 만약 지탱할 수 있는 형편이 되어서 성 안 사람들이 피하기를 원하지 않는다면 조정에서도 어찌 강요하겠습니까. 이러한 내용을 김기종과 정충신(鄭忠信)에게 하유하소서."

그러자 인조는 이에 따라 조치하였다.[214)]

그리고 용천부사 정봉수가 양곡이 다 떨어지고 전염병이 크게 성하여 죽은 노약자가 1천 3백여 명에 이르고 도망간 자도 이와 비슷하며 모문룡군에 마소를 팔아 양곡 100여 포를 사와 다급한 목숨을 구제하

214) 《조선왕조실록》 인조실록 16권, 인조 5년(1627) 5월 13일

고 모문룡이 쌀 7백 포를 내준 사실과 지난 달에 3천 명이던 성 안의 사람들이 지금은 3백 명도 되지 않는다는 상황을 다시 조정에 보고하였다.

"양곡이 다 떨어지고 전염병이 크게 성하여 죽은 노약자가 1천 3백 70여 명에 이르고 도망간 자의 수도 이와 비슷합니다. 그러나 어찌할 계책이 없어 성중의 마소 40여 두를 거두어 모영(毛營)에 팔아 양곡 1백여 포를 사와서 겨우 다급한 목숨을 구제하였습니다. 당차(唐差) 모영선(毛永璇)이 급한 사정을 모영에 보고하자 다행히 독부(督府)가 불쌍히 여겨, 쌀 7백 포를 내주는 은혜를 입었습니다. 쌀을 무역해 오다가 불행하게도 풍랑에 배가 전복되었는데 쌀은 거의 다 건져내어 지금 다시 배에 싣고 떠났습니다. …〈중략〉… 성중의 군졸들은 쌀을 무역해 온다는 말을 듣고부터는 도망갈 생각을 조금 덜하나 새로 도착한 의주 사람들은 점차 몰래 도망가서 지난달에 3천 명이던 것이 지금은 3백 명도 되지 않으니 실로 가슴이 아픕니다. 전후 참획(斬獲)한 21급(級)은 모영으로 보냈습니다."[215]

1627년 6월 중순경 850여 명의 장정과 1천여 명의 노약자들만 남게 되었다. 사태가 이 지경에 이르자 정봉수는 6월 14일 남은 인원을 이끌고 용골산성을 떠나 철산 서쪽 16㎞지점에 위치한 대계도로 이동하였다.[216]

이로써 후금군의 침공 후 6개월에 걸쳐 후금군의 공격을 막아냈던 용골산성의 저항은 중단되고 말았다.[217]

215) 《조선왕조실록》 인조실록 16권, 인조 5년(1627) 5월 30일
216) 《조선왕조실록》 인조실록 16권, 인조 5년(1627) 7월 1일
217) 《조선왕조실록》 인조실록 16권, 인조 5년(1627) 4월조, 연려실기술 25권 정묘호란조에 인용된 일월록 129. ; 병자호란사, pp.61~66.

16) 능한산성(곽산군 소재) 전투

후금은 총사령관 아민이 지휘하는 1군은 의주를 점령하고, 주력은 의주 가도를 따라 남하하게 하여 선천, 곽산, 정주 등을 공략하기 위해 남하 중에 있는 3, 4, 5, 6군과 합류하고 일부 2천 명으로 용골산성을 공격하게 했다. 이것은 신속히 세 곳을 점령하고 조선 서북 변경의 군사적 심장부인 안주에 대하여 집중 공세를 취하려고 한 것이다

또 후금군은 먼저 선천 · 곽산 · 정주 간의 요충지인 근담동 · 당아령 · 우동에 병력을 분산 배치하여 세 고을간의 연락을 차단하였다.

그리고 2군의 병력을 곽산 서쪽 해안인 신동포 · 유사포 · 용연 · 방축포 등에 배치하여 신미도의 모문룡군과 능한산성의 조선군이 상호 작용을 못하도록 호응을 제지하였다.

후금군이 남하하고 있다는 소식이 전해지자, 이 지역 수령인 선천부사 기협 · 곽산군수 박유건 · 정주목사 김진은 관할지역의 군사와 백성 그리고 무기와 양곡 등을 곽산 동쪽 4㎞ 지점의 능한산성(421m, 둘레 6913尺, 높이 13尺)으로 옮겨 방어 태세를 갖추었다.

이곳은 선천 · 곽산 · 정주에 이르는 도로를 감제할 수 있는 요충으로 산성 수비군 1천 명과 병력 34초가 상주하고 있었으며, 세 고을의 군민들이 집결 1만 명으로 증가하여 방위 태세를 갖추었다.

능한산성(凌漢山城)에 입성해 있던 대장 김진(金搢), 선천부사(宣川府使) 기협(奇恊), 곽산군수(郭山郡守) 박유건(朴惟健) 등이 후금군의 동태와 적의 항복 회유를 뿌리쳤다고 보고하였다.

"적의 기세가 몹시 왕성하여 한 패거리는 사포(蛇浦)로 향하고 한 패거리는 신미도(身彌島)로 향하며, 한 패거리는 또 선천(宣川)으로부터 와서 성문 밖에 진을 쳤는데 갖은 공갈과 위협을 하였습니다. 신들

이 엄정한 말로 회답하고 그 글을 가지고 온 자를 목 베어 사수하겠다는 의사를 보였더니 적병이 퇴각하여 정주(定州)로 향하였는데 이 근처에 파발을 띄울 수 있는 길이 두절되어서 진작 치계하지 못하였습니다."[218]

능한산성을 철저하게 고립시킨 후금군은 1월 17일 공격부대를 5개 제대로 나누어 오시(낮 11시~1시)까지 산성을 포위한 다음 항복 권고문을 성 안으로 보냈다.

"의주가 이미 함락된 마당에 너희들이 어찌하겠다는 것이냐. 성 안의 장수와 군사들이 성을 버리고 나와서 항복하면 우리 대군은 인명을 해치지 않고 그대로 지나갈 것이다. 그리고 우리가 출병한 것은 오로지 전왕(광해군)의 복수를 위한 것일 따름이다. 우리의 출병 목적이 달성되면 각 사민들에게 10년 동안 납세와 부역을 면제해 줄 것이다."

조선군은 이를 거부하고 정주목사 김진의 지휘 아래 선천부사 기협은 성의 동남쪽을, 곽산군수 박유건은 성의 서북쪽을 방어하기로 정하여 수성 태세를 갖추었다.

"우리는 조정의 명령을 받고 이 성을 지키고 있다. 너희가 공격해 오면 끝까지 싸워 죽음을 택할 따름이다."

정주목사 김진이 능한산성의 상황을 보고했다.

"적장이 선천군의 뒷고개에 주둔하여 다섯 갈래의 병마로써 세 겹으로 포위하여 지키고 일곱 갈래의 병마로써 각각 일곱 면(面)을 노략하였는데 아직 인명을 살해하지는 않았으며, 한윤(韓潤)의 형제도 강홍립(姜弘立)을 따라 건너와서 의주(義州)에 주둔하고 있다 합니다. 오늘 적이 보낸 사자(使者)가 성 밖에 와서 '성 안으로 들어가서 말을 하고

218) 《조선왕조실록》 인조실록 15권, 인조 5년(1627) 1월 20일

자 한다' 하기에 신 등이 군관을 시켜 답하기를 '양편 군대가 서로 마주하고 있으니 오직 일전(一戰)이 있을 뿐이며 성문을 열고 사자(使者)를 받아들일 수는 없다' 고 하였습니다. 적의 사자(使者)가 또 '의주는 이미 항복하였는데 그대들은 장차 어찌 하려는가' 하기에 신들이 답하기를 '우리들은 조정의 명령을 받들고 함께 본성(本城)을 지키고 있으니 너희들이 와서 침범하고자 한다면 마땅히 한 번의 결전을 치러야 할 것이다' 하였더니 적의 사자(使者)가 드디어 돌아가면서 멀리서 아군에게 '한윤이 복수를 하기 위하여 나와 방금 상경하였다' 하였습니다."[219]

후금군은 1월 17일 신시(오후 3시~5시)경 공격할 태세를 갖추었다. 먼저 후금군은 산성 주위에 불을 질러 화공을 펴려다가 성 안의 주민들이 혹한기에 화목으로 성 안팎의 나무를 베었기 때문에 화공에 실패했다.

산성의 서남문에 병력을 집중 공격했으나 조선군의 저항으로 정면 공격은 어렵다 판단하고 기계를 사용하기로 결정 1월 17일 어두운 저녁에 1천여 명의 병력을 능한산성의 후면의 계곡으로 우회시켜 북문을 기습 공격할 준비를 갖추었다.

후금군은 성의 정면 동서남쪽에 사다리를 걸쳐 놓은 다음 짚과 풀로 사람의 형상을 만들어 세워놓고 북을 치며 함성을 지르면서 조선군의 주의를 이곳에 집중시킨 다음 북쪽으로 우회한 병력으로 기습공격을 하여 북문을 돌파하였다. 성 내로 진입한 후금군은 산성 내의 민가와 화약고에 불을 질러 동서남쪽을 방어하고 있던 조선군의 배후를 위협하여 조선군은 혼란에 빠지고 전열이 흐트러지기 시작했다.

219) 《조선왕조실록》 인조실록 15권, 인조 5년(1627) 1월 20일

성 안에서 불길이 솟자 동 · 서 · 남문 밖에서 기세를 올리고 있던 후금군이 이들 성문을 돌파, 성 안으로 진입하여 전투는 하루를 넘기지 못하고 조선군의 패배로 끝나고 말았다.

정주목사 김진 · 곽산군수 박유건은 가족과 함께 사로잡혀 항복하였고, 선천부사 기협은 항복 권유를 뿌리치고 휘하의 장병들과 같이 끝까지 저항하다가 전사하니 능한산성은 완전 함락되고 말았다.[220]

인조가 명나라에 청과 화친하기까지의 사정을 설명한 국서에 능한산성(凌漢山城) 함락에 대하여 다음과 같이 기술하였다.

"17일 적병이 승세를 타고 진격하여 곽산(郭山)의 능한산성(凌漢山城)을 포위하고 전 병력으로 공격하여 함락시켰는데, 성을 지키던 장수 선천절제사(宣川節制使) 기협(奇協)은 피살되고, 정주절제사 김진(金搢), 곽산절제사 박유건(朴惟健)은 사로잡혔다."[221]

《승정원일기》에는 평안감사 윤훤(尹暄)이 능한산성(凌漢山城)의 함락을 보고한 장계 내용을 다음과 같이 기술하였다.

"지난 17일 저녁 때 적군이 동쪽 굽은 성으로부터 갑옷을 입고 각자 방패를 지니고 넘어왔다. 이에 아군은 일제히 방포를 한 후 미처 화약 저장을 못할 때 적이 일제히 돌입하여 정주목사 김진이 사로잡혔으며 선천부사 기협, 곽산부사 등은 피살되었다. 성을 지키던 삼색군병은 다 피살당했다(저자 번역).

平安監司尹暄狀啓, 凌漢山城, 去十七日夕時, 賊自東邊, 曲城着甲, 各持防牌踰入時, 我兵一齊放砲後, 又未藏藥之時, 賊一齊突入, 定州牧使金搢被擄, 宣川府使奇協, 郭山郡守等被殺, 守城三色軍兵, 皆被廝

220) 《동국전란사》 외란편, (국방부 전사편찬위원회, 1988), pp.60~70
221) 《조선왕조실록》 인조실록 16권, 인조 5년(1627) 4월 1일

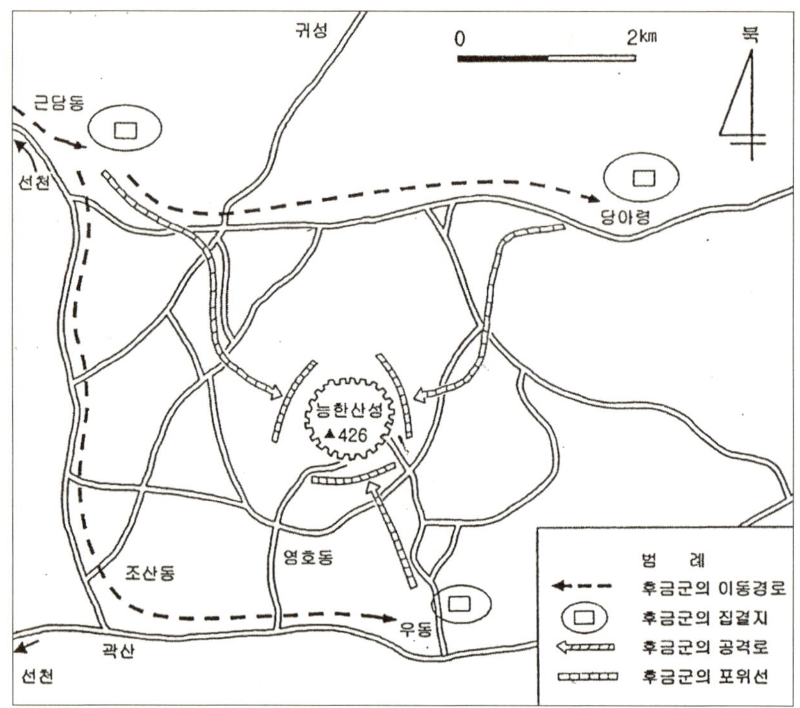

▲ 후금군의 능한산성 포위 공격

殺。[222]

후금군들은 박유건과 김진의 처첩을 욕보이고 항상 진중 막사에 가두었다. 그리고 행군을 할 때는 박유건과 김진으로 하여금 그들 처첩의 말 고삐를 잡게 하였다. 박유건과 김진이 그 아내들의 부정을 책망하자 아내들은 그들 남편의 불충을 꾸짖었다고 한다.[223]

222) 《승정원일기》, 인조 5년(1627) 1월 22일 (경인), 원본17책/ 탈초본1책
223) 《동국전란사》 외란편, (국방부 전사편찬위원회, 1988), pp.49~50. ; 후금군은 박유건과 김진의 처첩(妻妾)을 능욕하고 진중 막사 안에 가두어 두었다고 한다. 그리고 행군할 때는 박유건과 김진으로 하여금 그들 처첩의 말고삐를 잡게 하였다. 박유건과 김진이 그 아내들의 부정(不貞)을 책망하자, 아내들은 그들 남편의 불충(不忠)을 꾸짖었다고 한다.

1월 21일에 평안병사 남이흥이 능한산성의 함락을 보고하자 조정에서는 분조(分朝 : 비상시 임금이 세자와 조정을 나눔)을 의논할 정도로 후금의 관서지방의 방어를 비관적으로 바라보았다.

평안감사 윤훤은 정탐한 내용인 능한산성의 함락 상황과 의주성과 용골산성 등 두 성이 함락됨과 정주에 주둔하고 있는 적이 퇴각 의사가 없음을 조정에 보고했다.

"신이 군뢰(軍牢) 임의경(任義京) · 김돌쇠(金乭屎) 등으로 하여금 능한 산성을 정탐하도록 하였더니, 대장 정주목사 김진, 곽산부사 박유건은 포로가 되었고 선천부사 기협은 굴복하지 않고 죽었으며, 세 고을의 군병들은 다 살해당하고 도망하여 목숨을 건진 자는 단 수십여 명뿐이며, 의주(義州) · 용골(龍骨) 두 성은 다 함락당하였고 정주(定州)에 주둔하고 있는 적은 현재 진격하거나 퇴각할 의사가 없으며 우리 백성들 중 붙잡혀 간 자들은 모두 머리를 깎였다고 합니다."[224]

평안감사 윤훤은 능한산성 함락은 조선의 존망이 안주성과 평양성 두 성의 방어에 직결되어 있어 백성들의 인심이 흉흉하다고 조정에 보고했다.[225]

도체찰사 장만도 군사들과 백성들이 용골산성과 능한산성이 함락됐기 때문에 안주성이 즉시 공격받을 위급한 지경에 처하게 되자 불안에 떨고 있으며 자신도 수하에 병력이 없어 일선을 구원할 수 없는 처지에 있으며 이제 막 도착한 군병 1천여 명이 도달했지만 탄약이 없어 후방 지역인 평양과 황주, 평산을 방어할 수 없는 처지에 있음을 조정에 호소하였다.

224) 《조선왕조실록》 인조실록 15권, 인조 5년(1627) 1월 22일
225) 《조선왕조실록》 인조실록 15권, 인조 5년(1627) 1월 22일

장만의 치계

"안주가 적병의 공격을 받을 위급한 지경에 처하게 되자 사람들은 두려워하여 이곳 저곳에서 급한 상황을 보고해 오고 있습니다. 신은 수하에 병력이 없어서 달려가 구원하지 못하고 앉아서 수백 리 강토를 상실하여 오랑캐의 손아귀에 넘겨주게 되었습니다. 평양은 성이 넓고 커서 수비상의 어려움이 서쪽의 각 성들보다도 심합니다. 황주와 평산은 더욱 곤란한 점이 있는데 사태가 급박하게 발생하다 보니 미처 조처할 수 있는 계책은 없고 생각하면 맥이 빠질 따름입니다. 이 무렵 장만의 휘하에는 군졸이 없었는데 이후로 긁어 모아 기보(畿輔)의 군병 1천여 명이 이제 비로소 이곳에 와서 모였는데 다 탄약이 없으며 빈 손으로 현재 있습니다. 해조로 하여금 조속히 내려보내도록 하소서. 한 나라의 존망이 안주, 평양 두 성에 달려 있는데 능한이 함락이 된 뒤부터는 인심이 흉흉합니다 평양부의 품관 등 세 명이 처자를 데리고 몰래 빠져나왔기에 그날로 효시를 하였습니다."[226]

윤훤의 치계

"한윤은 조선 사람을 만날 때마다 그의 아비 한명련의 원통함을 호소하며 역적 이괄 때문에 오해를 받은 것이지 실지로는 역적에 협조하지 않았다고 거짓으로 말하였다고 합니다."[227]

17) 남이흥이 순국한 안주성 전투

후금군의 병력 운영은 기의 신호로 이루어지는 8기병제이다. 그 당

226) 《조선왕조실록》 인조실록 15권, 인조 5년(1627) 1월 21일
227) 《동국전란사》 외란편, (국방부 전사편찬위원회, 1988), p.50

시의 후금군의 병력은 8기로서 1기가 6천 명이니 4만8천 명이다. 이중에서 6개 군으로 조선 침략군을 편성했으니 총 3만6천 명이고 또 이중에서 2기군의 6천 명은 모문룡군과 조선군이 연합전선을 펼 것을 염려하여 이것을 막기 위해서 모문룡군을 제압하도록 조치했고, 1기, 3기, 4기, 5기, 6기군의 전병력 3만 명이 안주성 침공을 목표로 맹주벌에 집결 진주했던 것이다.

1627년 1월 15일에 능한산성을 점령한 후금군은 산성 주변에 배치되었던 병력을 1월 16일까지 정주에 집결시켜 전열을 정비하였다.

그 후에 남쪽으로 진출하여 1월 19일에는 안주 북방 16㎞ 지점에 위치한 박천을 유린하고 얼어붙은 청천강으로 접근하였다. 그들은 청천강 연안의 차장리, 용서리, 신도리, 금성리, 신석리, 백석연을 연하는 길을 따라 얼어붙은 청천강을 건너서 1월 19일 맹주벌(안주성 북방)에 포진하였다.[228)]

안주는 고구려시대부터 청천강 남안의 가장 중요한 군사거점으로 인식되던 곳이다.

안주는 고구려 을지문덕이 서기 612년 수군을 괴멸시킨 살수대첩의 현장이고 요새로서 높이 4m(12尺), 길이 1,500m(4255尺)의 석성으로 둘러싸여 있었으며 성 안에 18군데의 우물과 샘이 있고 중앙에 군창이 있는 방어의 요지였다.

1월 20일 후금군 3만여 명은 안주성을 포위하고 있었다. 심양을 떠난 지 8일만이었다. 짐을 싣고 오는 낙타의 걸음걸이는 말보다 느렸지만 방어군이 거의 없었기 때문에 행군 속도가 빨랐다. 후금군은 안주성에 사자를 보내 항복을 권유했다.[229)]

228) 《민족전란사 3》 〈병자호란사〉, 국방부 전사편찬위원회 p.75
229) 온창일, 《한민족전쟁사》(집문당, 2001) p.392

구성에 주둔하고 있던 평안병사 남이흥은 후금군이 안주성으로 진격하고 있다는 장계를 받고 밤을 새워 병력을 안주성으로 이동시켰다. 남이흥의 휘하에는 우후 박명룡 · 구성부사 전상의 등이 있었다. 군사를 이끌고 구성으로부터 밤을 새워 안주를 향해 급히 진군하여 19일 밤에야 비로소 안주성에 들어섰다.

강계부사 이상안은 서울로부터 내려오다가 적봉에 막혀 진퇴를 못하고 좌영장 겸 개천군수 장돈 · 속읍 맹산현감 송덕영 · 태천현감 김양언 · 박천군수 윤혜 · 영유현령 송도남이 민병을 영솔하고 본성(안주성)으로 들어왔다. 훈련봉사 김언수 · 함응수 · 현덕문 · 천총 임충서 · 중군 양진국 등이 또한 힘을 내어 본주(안주) 방어사 김준과 더불어 소임대로 대기하고 있었다. 시간은 20일 묘시(오전 5시)였다.[230]

남이흥은 평안감사 윤훤에게 장계[231]를 올려 증원병을 청하였다. 적이 옛 향교 앞을 거쳐 줄지어 성 밑으로 향하니 싸움은 시작된 것이었다.

그러나 우리 쪽은 옆 고을의 병력을 전부 모을 수도 없는 급박한 처지였으나 남이흥이 이끌고 온 1,500명과 강계, 개천, 맹산, 영유, 박천 등의 군사를 모두 모아서 성 중의 군사와 민간인, 그리고 노약자까지 다 모아도 3천 명에도 못 미치었다. 이런 적은 군사로 실전 경험을 쌓고 정예화된 후금군 3만 명에게도 굴하지 않고 방어태세를 갖추고 대치하고 있었다.[232]

아민은 안주를 평화적인 방법으로 수중에 넣으려고 사자를 보내어 항복을 촉구하였다. 너희 나라는 무엇 때문에 이웃나라인 우리와 신사

230) 강성해 · 유재성, 《민족전란사 3》 〈병자호란편〉, 국방부 전사편찬위원회 p.76
231) 장계 감사 또는 왕의 명을 받고 지방에 파견된 관원이 서면으로 임금께 올리는 보고
232) 온창일, 《한민족전쟁사》(집문당, 2001) p.392 ; 이이화, 《한국사 이야기》 p.48

(信使)를 교환하지 않고 국교를 단절하려 하는가. 어찌하여 천시를 살피지 못하고 감히 우리나라와 원수가 되려 하느냐. 어서 빨리 나와 항복하고 화친할 것을 약속하라.[233)]

원래 안주는 국방의 최전선인 서북의 요새지로서 평안병사의 병영으로 수만 명(이괄의 난 때 이괄이 영변에 주둔하면서 거느린 병력은 1만2천)의 상비병을 보유 중인 병영이었으나 이괄의 반란으로 모두 없어지고 비어 있는 상황이었다.[234)]

이 무렵 안주목사 김준은 군사 요충지에 군사력이 미약함을 후환으로 여겨 조정의 인준을 받아 승병 천여 명을 모집하여 군사 훈련을 열심히 시키던 중이었다고 한다.

그런데도 서북방 국방대책에 대한 염려와 깊은 생각이 없는 제신들은 태평성대에 김준 목사가 승병을 양성하여 민폐를 끼치는 것은 맞지 않는 계책이라고 주장하여 해체시켰다고 한다(김준 장군 사적기록).

또한 조정의 제신들은 도체찰사 장만 및 평안병사 남이흥이 군사 요충지인 안주에 병영을 두고 주둔하겠다는 것을 적극 반대하여 멀리 떨어진 구성에 주둔케 했다.

그래서 안주성이 후금군에게 포위당하기 직전에야 남이흥 평안병사가 겨우 안주성에 입성하게 해서 훈련은 물론 준비도 못한 상태에서 싸우게 한 것이다. 1월 20일 후금군 3만 명이 안주성 밖에 접근하여 동서남북 사방에 진을 치고 안주성에 대한 포위태세를 갖추었다. 포위망을 구축한 후금군은 공격개시에 앞서 안주성에 사자를 보내어 항복을 또 권유하였다.[235)]

233) 《민족전란사 3》〈병자호란편〉, 국방부 전사편찬위원회 pp.76~77
234) 《동국전란사》 외란편, (국방부 전사편찬위원회, 1988), pp.75~76
235) 《민족전란사 3》〈병자호란편〉, 국방부 전사편찬위원회 p.76

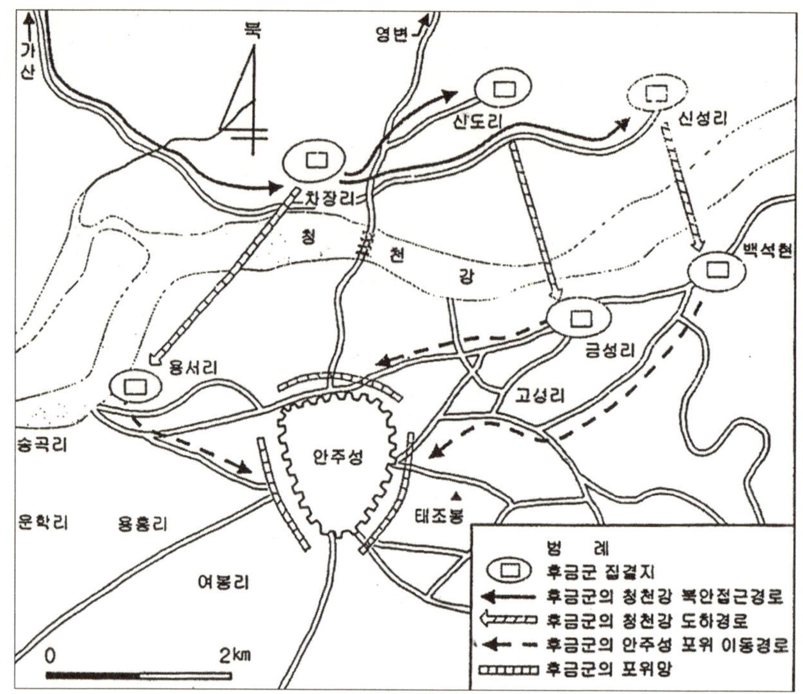

▲ 안주성 전투 상황

남이흥은 병사들을 성의 요지에 잘 배치하여 지키게 했다. 훈련이 안 된 전력으로 적병 즉 조선 침략군 3만 6천 명(6기)중 2기군 6천 명은 모문룡군을 견제하도록 했고, 나머지 5기(1, 3, 4, 5, 6기)의 3만 명이 모두 안주성을 공격했다. 3천 명의 군사로 3만 명과 상대해서 싸운다는 것은 중과부적이어서 승패는 불을 보듯 뻔하였다. 처지가 이 지경이었지만 남이흥은 안주방어사 김준, 평안 우후 박명룡 등 제장들을 거느리고 후금군에게 끝까지 항전과 더불어 성을 사수하기로 맹세하였다. 오직 믿는 것은 충의지심 하나뿐이었다.

군과 민들은 남이흥의 결연한 모습을 보고 반드시 죽을 결심임을 알고 크게 감동하였다. 자신들도 남이흥 평안병사를 도와 맹렬하게 싸울

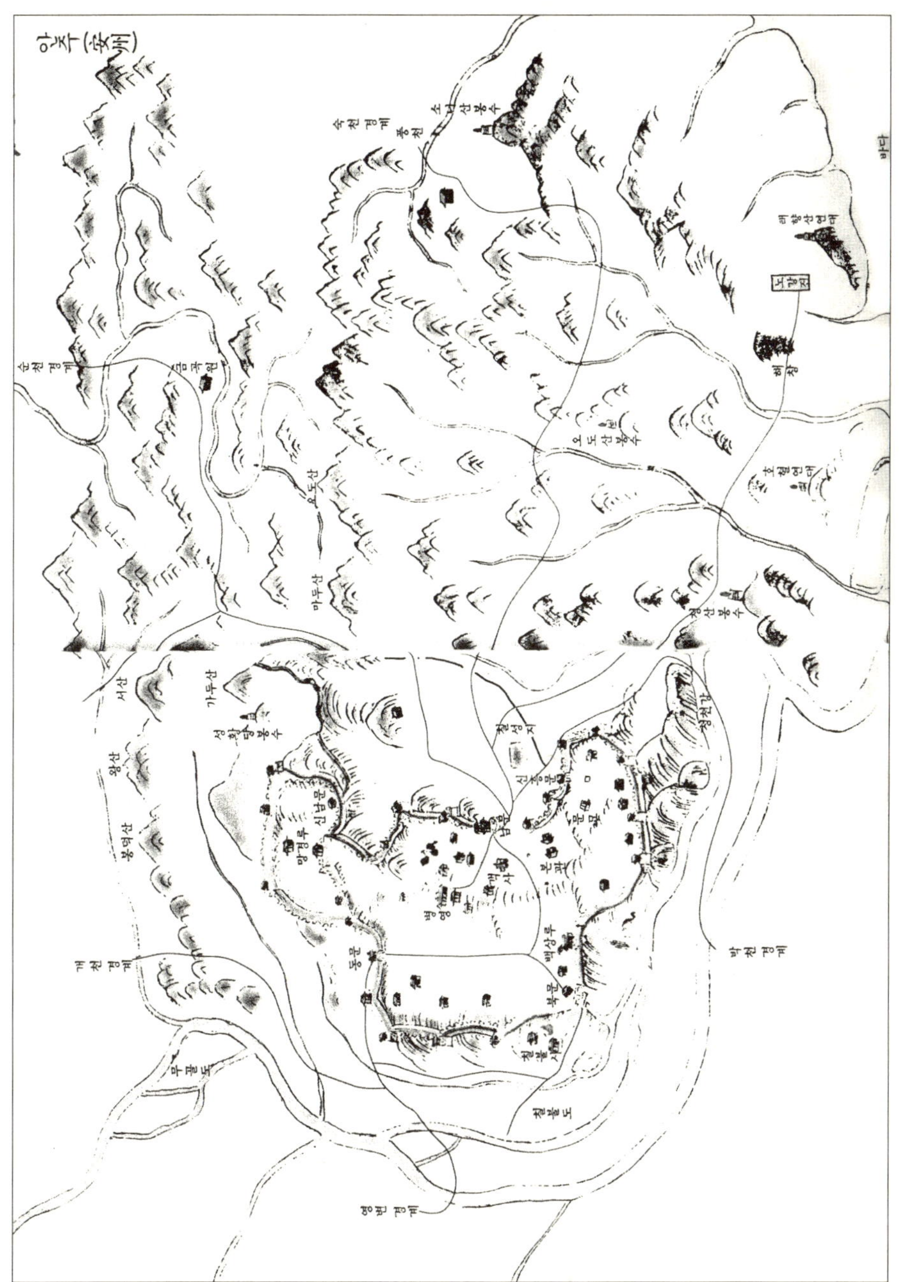

안주(安州)
숙천경계
순천경계
금곡원
오도산
마두산
오도산봉수
해창
노강진
바다
서산
가두산
왕산
봉명산
개천경계
무골도
영변경계
철불도
박천경계
청천강
칠성지
남문
신남문
망경루
병영
백상루
북문
동문

것을 다짐했다. 남이흥은 오직 충의로써 장수들을 격려하면서 임전태세를 갖추고 있었던 것이다. 남이흥은 결전을 서둘렀다. 이런 중에도 남이흥은 부하들을 시켜 성 위에 올라가 깃발을 휘두르면서 군악을 요란하게 울리게 하고 친히 성 안을 순찰하면서 군사를 철통같이 정비하고 군비를 정돈한 다음에 고을 사람들을 모두 철가시켜 성 안으로 들어오게 했다. 성문을 모두 닫아 걸게 한 다음 돌과 모래를 산더미처럼 쌓아 올려서 성문을 굳게 막았다. 그리고 성 주위에 있는 집은 결사적인 항전의지를 보이기 위해서 아까운 집이지만 또 후금의 화공에 대비 작전상 필요에 의해서 불을 질렀다.[236)]

'비록 애석하고 아까운 일이지만 어쩔 수 없는 일이니 전쟁이 끝나면 나라에서 전부 새로 지어줄 것이다' 라고 안심시키면서 임전태세를 갖추었던 것이다.

1월 20일이었다. 후금군 3만 명이 안주성 밖에 접근하여 동서남북에 진을 치고 안주성을 포위하고 있었다. 남이흥은 적정을 살피기 위해 군관 한 명을 골라 적진으로 보내고 결사항전의 결의를 전달했다. 적장 아민은 안주성을 평화적인 방법으로 수중에 넣으려고 사자를 보내 다시 한 번 다음과 같이 항복을 촉구하였다.

"대금황제가 그대들의 하는 일에 화를 내어 군사를 파견하여 토벌하게 하였다. 그대들은 어찌하여 호패법을 만들어 백성을 괴롭히며 이웃 나라인 우리와 신사(信使 : 사절)를 교환하지 않고 국교를 단절하려 하느냐? 더욱이 3리에 불과한 작은 성 안에 있는 수만 명의 백성에게 무슨 죄가 있어 망령되게 항거하여 백성들로 하여금 모두 어육이 되게 하는 화를 자초하려 하느냐? 어서 빨리 나와 항복하고 화친할 것을 약

236) 《남이흥 장군 유사록》, ; 《동국전란사》 외란편, (국방부 전사편찬위원회, 1988)

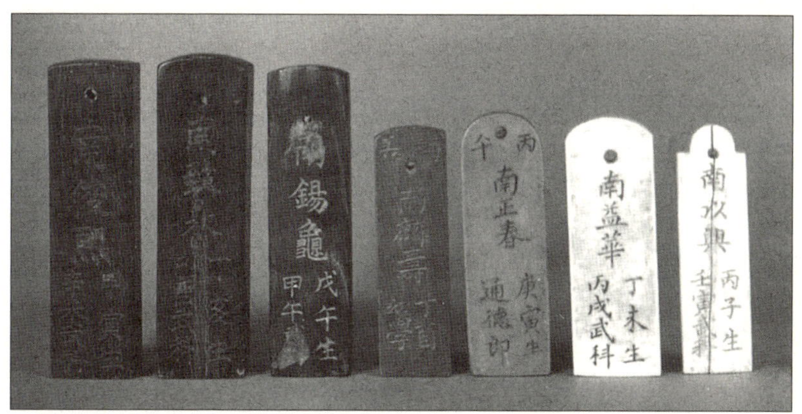

▲ 충장공 남이흥의 호패와 그 직계후손의 호패

속하라."[237]

중군 송덕영과 증산군수 장돈(다른 책은 장돈이 개천군수)으로 남문을 지키게 했고(전상의 장군 사적에는 남문인 백상루를 전상의 장군이 지켰다고 되어 있음), 영장 한덕문과 태천현령 김양언으로 서문을 지키도록 배치했고, 구성부사 전상의 · 영유현령 송도남으로 동문을 지키도록 배치했다. 제일 중요한 북문은 남이흥 병사와 김준 목사가 지키면서 박명룡으로 하여금 포군을 거느려 화포를 쏘게 하였다.[238]

청천강을 건넌 선봉 침공군은 박명룡의 포군에 의하여 수천 명의 사상자를 내고 일시 격퇴된 듯했다. 그러나 다시 좌우 공격으로 싸움이 시작되었다.[239] 적병은 동서남북측을 모두 포위한 상태로 계속 군사를 북문으로 투입시켰다. 그리고 동서남북이 완전 포위되고 있는 어려운 상황이었다.[240]

237) 온창일, 《한민족전쟁사》(집문당, 2001) p.392. ; 《동국전란사》 외란편, (국방부 전사편찬위원회, 1988), p.51
238) 김준 장군의 사적기록
239) 《동국전란사》 외란편, (국방부 전사편찬위원회, 1988), pp.76~77
240) 온창일, 《한민족전쟁사》(집문당, 2001) pp.392~394

안주성 전투 상황에 대해 자세하지는 않지만 전체적인 정황을 기술한 문헌은 인조가 명나라에 후금과 화친하기까지의 사정을 설명한 《조선왕조실록》에 실린 다음의 국서이다.

"20일 적이 청천강(淸川江)을 건너 안주(安州)를 급히 공격하였는데 절도사(節度使) 남이흥(南以興), 방어사(防禦使) 김준(金浚) 등이 성을 돌면서 굳게 지키자 적은 운제(雲梯)를 사용하여 전 병력이 개미떼처럼 붙어 올라왔는데 세 차례 싸워 모두 물리치니 적의 사상자가 매우 많았다. 오랫동안 혈전하였으나 힘이 다해 성이 함락되자 남이흥 · 김준 등 장관 수십 명은 진영 안에 화약(火藥)을 쌓고서 스스로 불타 죽었고 성을 지키던 군사와 백성 수천 명은 모두가 도륙당하였다."[241]

문헌마다 일시나 정황이 약간 다르긴 하지만 위의 《조선왕조실록》에 실린 국서가 비교적 객관적인 안주성 전투 상황에 대한 기술이다. 즉 20일에 후금군이 청천강을 건너 안주를 급히 공격했고, 남이흥이 이끌던 조선군은 후금군이 운제(雲梯)를 사용하여 성벽을 돌파하려는 공격을 세 번이나 무찔렀고, 조선군이 후금군을 맞아 오랫동안 혈전하다가 성이 함락되자 평안병사 남이흥, 안주목사 김준 등이 화약고에 불을 붙여 분사했다는 내용의 기술이 이에 해당한다.

저자는 위 국서 내용의 일시와 정황에 맞추어 안주성 전투 경위를 서술한다. 또한 《승정원일기》에 기록된 체부찬획사(體府贊劃使)가 안주성 전투에 관한 정보를 조정에 보고한 장계에 21일 하루 종일 전투가 치열했다고 기술되어 있다.

241) 《조선왕조실록》 인조실록 16권, 인조 5년(1627) 4월 1일

평안감사가 장계에, "1월 21일 후금군이 안주성을 포위한 상황에서 적군과 아군이 종일토록 포를 쏘아대며 전투가 그치지 않았다"고 보고하였다(저자 번역).

平安監司狀啓內, 今月二十一日, 奴賊圍安州城, 砲聲終日不絶事。[242]

위 기록은 이튿날 21일 하루 종일 치열한 전투에 대해 저자가 다음에 사적인 문헌을 통해 인용하여 서술한 전투 전개 상황에 대한 객관성을 부여한다.

후금 진영의 총대장 아민은 또 조선군에게 항복을 권유했다.

"성 안에 있는 인명이 불쌍하니 빨리 항복하여 살 길을 찾아라. 남쪽 지방의 군사들은 죄가 없으니 성문을 열고 내어보내라. 성 안에 있는 군사들도 무기를 버리고 항복하면 우리도 군사를 움직이지 않겠으니 회답을 기다리겠다."

그러나 남이흥은 거절하였다.

그 무렵 적진에서 돌아온 군관에 의해서 후금군의 규모가 3만에 이른다는 보고를 받은 조선군 진영은 한 때 술렁였으나, 남이흥은 비장한 호소로 설득했다. 그리고 끝까지 싸우기로 결정하고 후금군 진영에도 중군을 보내어 통보했다.

최후의 1인까지 싸우겠다는 남이흥의 최후 통첩을 받은 후금군의 장수 아민은 1월 21일 새벽에 안주성을 또 공격한 것이다. 이날은 새벽부터 안개가 끼어 원근을 분간할 수가 없었다.[243]

후금군은 북과 꽹과리 그리고 나팔까지 불어대며 안주성에 접근하여 선두의 공격대로 1만4천 명의 병력을 산개시켜 성벽을 기어오르게

242) 《조선왕조실록》 인조실록, 인조 5년(1627) 1월 23일(신묘) 원본17책/ 탈초본1책
243) 온창일, 《한민족전쟁사》(집문당, 2001) pp.392~393

하였다. 그리고 나머지 6천여 기병은 성 주위를 맴돌면서 성에 대고 사격을 실시하여 성벽을 기어오르는 병력을 엄호하였다.

후금군이 성벽을 기어오르기 시작하자 성 안의 조선 군민도 남이흥이 환갑휘도(갑옷을 입고 칼을 휘두르는 것)를 하면서 독전을 하니 원거리 후금군에게는 대포사격으로, 근거리 적에게는 화살을 쏘아 저지했다.

방어군의 사격에 의하여 성벽을 기어오르다가 떨어져 죽는 후금군 마상에서 성벽 주변의 참호 속으로 굴러 떨어져 죽는 후금군 등 무수히 많은 후금군 사상자가 발생했다. 성벽을 기어오르는 후금군에게는 돌과 물을 퍼부어서 공격을 저지하였다. 후금군은 선두 공격 제대가 실패하자 2, 3대를 계속 투입하여 파상 축차 공세를 취해 왔다. 안주의 조선군은 후금군의 파상공세에도 굴하지 않고 완강하게 버티어 내었다.

조선군은 온힘을 다해서 막았다. 밖에서는 개미의 힘만큼도 보탬이 없고 성중은 물이 펄펄 끓는 형국이었다.

평안병사 남이흥은 방어사 김준 등 휘하 장병들을 격려하면서 굳게 대항하여 지키자 후금군은 공격에 실패하고 사상자만 늘어났다. 이러기를 세 차례나 당당히 막아낸 것이다.

1월 21일 그날은 묘시(새벽 5~7시)부터 적의 무리가 총공격을 개시한 것이다. 후금군의 주력부대는 성의 동쪽으로 쳐들어왔다. 성의 동쪽은 얕았고 지형이 평이하였으므로 적은 이곳을 골라 마구 기어오르며 밀어닥쳤고 안에서도 온 힘을 다하여 막았다.

남이흥은 하는 수 없이 호루에 올라가 적이 가까이 오기를 기다려 화살을 쏘았으나 한계가 있는 화살로 한이 없는 적을 막으려 함에 화살은 이미 다했다. 이런 경황 중에도 굴하지 않고 적과 싸워 물리친 것이다. 후금군은 그들의 사상자만 증가하게 되자 하는 수 없이 일단 공격을 중단하고, 정오경이 되니 적은 병력을 5리 정도 철수시켜 사상자를 수습하고 부대를 다시 정비하고 오후에 다시 공격을 개시했다. 전투는 오전 양상의 반복이었다.[244)]

남이흥은 즉시 조정에 다시 외로운 안주성이 함몰되려 하고 있다는 상황을 적은 장계를 임금에게 보냈다. 당시 선전관 백현민이 왕명을 받들고 성에 와 있었는데 남이흥은 왕명을 받든 사람이 여기 있어서는 안 된다고 말하고 혈서로써 장계를 써서 조정에 보낸 것이다.

"외로운 성이 적의 포위를 받고 있으므로 형세를 지탱하기가 어렵습니다. 평안감사 윤훤은 군사를 이끌고 하루면 올 수 있는 거리에 있으면서도 앉아서 구경만 하고 구원해 주지 않으니 신 등은 죽을 수밖에 없습니다."[245)]

평안병사 남이흥은 평안감사의 지원이 없이는 죽음만이 있을 뿐이라는 내용의 마지막 장계를 혈서로 써서 선전관 백현민(휴암 백인걸의 손자이고 벼슬이 통정대부에 이르렀으며, 그 자손은 홍덕에 많이 살고 있다고 함)을 통해서 올리고 또 결사항전을 하겠다는 결의를 후금군 진영에도 전달하였다.

평안감사 윤훤에게도 속히 증원군을 요청하는 장계를 보냈다.

죽음으로 일생을 결하겠다는 남이흥의 결의를 전해 들은 후금군 총대장 아민은 다시 공격 명령을 내렸다. 또 다시 치열한 싸움은 시작된 것이다.[246)]

적들은 성곽을 두세 겹으로 둘러싸고 진을 치고 대기하고 있었다. 이

244) 《민족전란사 3》 〈병자호란사〉, 국방부 전사편찬위원회 1986. 11. 30 p.78
245) 《동국전란사》 외란편, (국방부 전사편찬위원회, 1988), p.52. ; 《민족전란사 3》 〈병자호란사〉, 국방부 전사편찬위원회 1986 11. 30 p.78
246) 온창일, 《한민족전쟁사》(집문당, 2001) pp.392~393

때 강홍립 · 이난영 · 한명련의 아들 한윤이 관아의 밖에 가까이 와 있으면서 우리 측의 항복을 회유하였다.[247]

"쌍방의 형세가 어떻다는 것은 성 안 사람들의 눈으로 보아도 아는 터이고 싸움이 또 시작되면 관아가 무너지고 모든 사람들이 전부 어육이 될 것은 뻔한 일이니 급히 나와 화해함이 좋지 않은가?"라고, 큰소리로 꾀어 성 안 군사의 질서를 교란시키려 하였다.

남이흥은 즉시 문답을 시작했다.

또 후금군이 남이흥에게 항복을 권유하여 말하였다.

"만일 남이흥 그대가 화해를 한다면 그대에게 후영이 있을 것이요, 성 안 군민들도 처자를 보전할 것이나, 거절할 것 같으면 그대는 물론이고 성 안 군민들까지도 어육이 될 것이니 깊이 생각하라."

이에 남이흥은 외쳤다.

"무엇을 가리켜 후영이라 하며 무엇을 보고 불리라 하느냐?"

그러자 적이 또 말하였다.

"항복을 하면 온 성이 편안할 것이고 길할 것이며, 그렇지 않으면 싸움에 패하고 흉한 일만 닥칠 것이다."

그들의 태도를 보고 있던 남이흥은 크게 소리쳤다.

"나는 나라의 명령으로 나라를 지키는 장수이다. 왕명을 받들고 성을 지키는 것이 신하로서 나의 임무요, 직책이거늘 어찌 나라를 팔아서 구차하게 삶을 도모하랴! 내가 만일 영위만을 가진 것으로 그친다면 어찌 조가를 바치는 신하이랴. 오직 나에게는 오랑캐를 무찌르는 일만이 있을 뿐이요, 그것만이 영광되고 흔쾌한 일이다. 만일 이 싸움에서 죽는다 하여도 부끄러움이 없는 영광된 죽음이 아니겠느냐? 분명

247) 《동국전란사》 외란편, (국방부 전사편찬위원회, 1988), pp.76~78

히 사리가 그러하거늘 너희들은 나를 속이려 하느냐? 내가 억울하고 한이 되는 것은 너희들의 목을 베지 못하는 것이다."

군사와 백성들은 남이흥의 동요 없이 의연한 모습을 보고 죽음을 각오한 결심임을 알고 감동하여 울면서 그와 함께 죽음을 내놓고 싸울 것을 다짐했다.

이때 적의 장수 한 명이 또 나와 소리쳤다.

"너희들은 작은 성에 모여서 수만 군중에게 무슨 죄가 있다고 항전하여 그들을 궤멸시키고 스스로 어육이 되려 하느냐? 너희들은 참으로 천시를 살피지 못하고 대국과 싸움으로써 원수를 삼으려 하느냐? 심히 가소로운 일이다. 급히 나와 항복하고 화해를 약속함이 현명한 처사가 아니겠느냐?"

이에 남이흥은 대답했다.

"우리 조선군은 싸움과 죽음만 알 뿐이요, 항복이나 화해 같은 것은 아는 바 없다."

후금군은 사자(使者)를 통하여 병사 남이흥의 죽음으로써 일전을 결하겠다는 의사를 통고받고 그에게 더 이상의 항복 권유를 단념하였다.

후금군은 남이흥에게 최후의 통첩을 하였다.

"그렇다면 진군하여 도륙을 할 테니 후회하지 말아라."

후금군이 1월 21일 유시(오후 5시~7시) 안주성에 대한 총공격을 재개했다. 다시 싸움이 시작되었다. 그날은 안개가 자욱하여 지척을 분간할 수가 없었다. 적은 나팔을 불고 북을 치면서 3만여 명의 군사로 성을 공격하였다.

후금군은 세가 번개같이 빠르게 온 성을 휩싸고 격돌하면서 일시에 침공하니 성 중에서도 지지 않고 맹렬하게 응사하면서 대적하였다. 비록 평안병사의 방어군 군사 수는 적었지만 남이흥의 지휘하에 일사불

란하게 대항하였다. 조선군과 후금군이 혼전을 벌이면서 전쟁터는 아수라장이 되었다.

빗발치는 화살들에 맞아 후금군의 무리는 수없이 죽어갔다. 후금군의 시체가 성 둘레에 파놓은 호안에 산처럼 쌓여갔다. 조선군의 사격을 무릅쓰고 성의 동남 성첩에 운제(雲梯)[248]를 거는 데 성공한 후금군은 이 구름다리를 타고 성 안으로 돌입하여 백병전이 벌어졌다. 이때부터 성 안의 방어태세에 혼란이 일어나기 시작하여 성의 동남쪽을 담당한 방어군은 점차 관아로 밀리게 되었다. 이와 때를 같이 하여 안주성 서북방과 동북방의 성벽에도 후금군의 운제가 걸쳐졌다. 이 운제를 통하여 성 안으로 진입한 후금군이 안주성 4대문에 불을 질렀다. 성 안은 걷잡을 수 없는 혼란에 빠져 들어갔다. 이 틈을 타서 성 밖의 후금군의 주력군이 성의 4대문을 돌파하고 성 안으로 쇄도하였다.[249]

조선군의 전열이 흔들리자 성 안으로 진입한 후금군은 이들 대문을 부수고 쇄도하여 작은 성을 마구 공격하여 물밀듯이 밀려 들어왔다. 조선의 안주성 방어군도 성내로 진입한 후금군을 상대로 선전분투하였으나 수적으로 열세하여 패색이 짙어졌다. 남이흥 군은 밀려드는 후금군을 저지하지 못하고 중영루로 후퇴하였다. 함께 성을 방어하던 휘하 장병들이 중영루로 후퇴하였다.

대적하던 후금군도 밀고 들어와 전쟁터는 아수라장이 되었다.

사세는 더욱 급박하게 되었다. 조선군은 궁지에 몰리게 되었고 시간이 지날수록 조선군의 사상자는 늘어만 가고 중과부적의 정도는 심해져만 갔다.

창과 칼이 서로 어울리어 형세는 풍전등화처럼 위태로웠다. 후금군

248) 운제 : 성을 공격하는 기구
249) 《민족전란사 3》〈병자호란사〉, 국방부 전사편찬위원회 1986. 11. 30. p.78

들은 워낙 숫자가 많은지라 성을 가득하게 메웠고, 조선군은 이들을 상대로 역투했으나 글자 그대로 중과부적이었다. 이런 가운데서도 남이흥은 조금도 동요 없이 중영루에 서서 맹렬히 싸우도록 독전을 하였다.

후금군들의 기세는 더욱 극성하여 좌우로 돌진하니 성 안의 군사도 더욱 힘을 배가하여 죽기를 두려워하지 않고 싸웠다. 그러면서도 주장(主將) 남이흥 등은 화약고를 중심으로 성루에 기대어 대포를 쏘았다. 그러나 적들은 일시에 남이흥을 에워쌌다. 병법의 대가인 손오(孫吳)가 있어도 다른 방법이 없었다.

후금군들은 창칼에 찔려 죽으면서도 밖으로부터 계속 밀려들어 구름처럼 들어와서 성 안은 온통 후금군으로 가득찼다. 형세가 이 지경에 이르자 남이흥은 도저히 이길 수 없음을 통감하고 최후의 순간이 도래했다고 판단하였다. 그리고 남이흥은 화약고에 횃불로 불을 지르니 굉음과 함께 불길은 하늘을 뒤덮었다. 요란한 폭음과 함께 안주 관아(중영루)는 순식간에 불기둥으로 화하였다. 남이흥 이하 조선군은 물론 후금군 수천 명이 한꺼번에 폭사했다. 그리고 불에 타 남이흥과 같이 없어진 장대루(중영루)는 남이흥이 1620년 안주목사 겸 방어사로 재직 중 중건한 것으로 그와 같이 폐허가 되었다.[250]

이리하여 안주의 방어선이 무너졌다.

이와 같이 후금군은 안주성을 포위 공격한 지 이틀만에 함몰시키는데 성공하였다.

안주성 전투가 끝난 후 효시를 당한 윤훤을 대신하여 평안감사가 된 김기종(金起宗)이 안주성 함락에 관하여 현지 상황을 제대로 파악하기

250) 《조선왕조실록》 34집 64면. ; 《동국전란사》 외란편, (국방부 전사편찬위원회, 1988), pp.78~82

어려워 주장(主將) 남이흥과 제장이 중영에 모여 화약으로 분사(焚死)하였다는 간단한 내용의 패전을 조정에 보고하였다.

"안주가 함락되자 남이흥(南以興)은 약간 명의 제장(諸將)을 거느리고 중영(中營)에 모여서 화약으로 스스로 분신하여 죽었다 합니다. 이 사실을 들으니 침통한 마음 가눌 수 없습니다."[251]

평안감사 김기종은 위의 《조선왕조실록》에 기록된 보고를 한 후 3개월여 후 안주성이 함락될 당시 수습하여 묻은 시체와 불타 죽은 자의 수에 대하여 보고한 것이 《승정원일기》에 기록되어 있다.

안주성 내외에서 널려 있는 시체를 수습하여 묻은 자가 3천 4십 1인이라고 하며, 불타 죽은 자의 수가 1천여 인에 해당한다고 장계로 조정에 보고하였다.

平安監司今初七日成貼狀啓, 安州城中城外僵尸, 已爲收拾埋置者, 三千四十一人, 燒火死者, 一千餘人事。[252]

인조 5년 4월 22일(무오) 원본 17책(탈초본 1책2/2)에 기록된 평안감사의 장계에는 성함락시 同一死者六千여인 그중 사절자(절의하다 죽은 자) 필다라는 기록도 있다. '사절자 필다' 라는 말은 불에 타 죽은 자를 말하는 것으로 짐작된다.

위의 기록에 안주성 함락 당시 전사자의 수가 6천여 명에 달하였다고 한다. 다른 조정의 공식적인 문서나 사적인 문헌에는 치열한 전투였을 것이라는 정도를 언급한 정도여서 후금군이나 조선군 쪽에서나 이 전쟁에 승패가 갈릴 정도로 비중이 있었던 안주성의 명성에 걸맞는 처절했던 전투 상황을 기록을 통해 실감할 수가 없었다.

251) 《조선왕조실록》 인조실록 15권, 인조 5년(1627) 1월 25일
252) 《승정원일기》 인조 5년(1627) 4월 12일 (무신) 원본17책/탈초본1책

그런데 이 기록은 전투 후의 시체를 수습하고 불에 타 죽은 수만을 언급했지만 후손인 우리는 조선군이 막강한 후금군을 맞아 목숨을 내던지고 아주 치열한 전투를 벌였음을 충분히 실감할 수 있다. 또한 안주성에서의 전투는 조선군이 청천강 이남의 평양을 비롯한 후방 지역을 방어하기 위해서 총력을 기울여 처절한 전투를 감행했음을 확인할 수 있다.

조선에서는 후금군 방어의 전선에서 사실상 최후의 전투였던 안주성의 함락으로 평양과 그 동쪽 여러 성들의 군사가 모두 형편없이 사기를 잃고 있었다. 안주성이 함락된 후에는 무인지경으로 후금군이 진격해 왔다. 이 상황을 도체찰사 장만(張晩)과 김기종(金起宗) 등이 조정에 보고하였다.

"안주(安州)는 여러 해 동안 전력한 곳인데 또 함락을 당하여 평양 동쪽의 여러 성들이 사기를 잃고 말았습니다마는 한 번 싸워 죽는 길밖에는 다시 해 볼 도리가 없습니다. 신경원(申景瑗)으로 하여금 황주(黃州)・평산(平山)을 진구(進救)하도록 독려하였는데 봄철 진흙탕이 무릎까지 빠져서 사람과 말이 진격하기가 곤란합니다."[253]

안주성이 함락된 지 보름 후에 비국에서, 안주성 싸움에서 전사한 장수 중에서 유독 남이흥만이 표창 증직되었고, 나머지 장수들은 확실한 보고를 기다려 시행하려고 했다고 한다. 비국은 마침 평안감사 윤훤의 장계에 성 안에서 실상을 목격한 초관(哨官) 김여수가 살아 돌아와 말한 바를 통해 나머지 장수들의 최후의 모습을 알게 되어 그들에게 표창을 내릴 것을 인조에게 건의했다. 평안감사 윤훤의 장계에 김여수가 여러 장수들의 최후에 대해 목격한 실상에 대하여, "김준(金

253) 《조선왕조실록》 인조실록 15권, 인조 5년(1627) 1월 24일

浚) 부자는 남이홍과 한 곳에서 가장 장렬하게 분사(焚死)하였고, 장돈(張暾) · 전상의(全尙毅) · 송도남(宋圖南) · 이상안(李尙安) · 김양언(金良彥) 등도 모두 살신보국(殺身報國)하였다" 고 쓰여 있다면서 그들에게 표창을 내릴 것을 건의했다.[254)]

안주성이 함락된 지 2개월 후에 평안감사 김기종(金起宗)이 안주성이 함락될 당시의 정황에 대한 정보를 종합하여 조정에 보고하기를, "안주목사 김준의 아들은 아버지를 따라 불 속으로 뛰어들어 함께 죽었고, 김준의 첩인 양녀(良女) 김씨는 적에게 굴복하지 않고 남편을 따라 죽었다.

"(전략) 개천군수(价川郡守) 장돈(張暾)은 김양언(金良彥)과 함께 남이홍(南以興)에게 강력히 간쟁하기를 '성첩에 있는 군사는 모두 민정(民丁)들이니 중영(中營)의 사수(射手) · 포수(砲手)를 네 개의 부대로 나누어 무너지는 곳에 따라 구원하게 하라' 고 하였으나 남이홍이 그 말을 듣지 않았습니다. 성이 함락되려 할 때 장돈은 '일은 이미 틀렸다' 하고 끝내 자기의 구역을 지키다가 죽었습니다. 김양언은 중영에서 치솟는 불길을 바라보며 '절의는 높지만 장부(丈夫)는 아니다' 하고 성에 다가가서 적에게 활을 쏘다가 화살이 다하자 편곤(鞭棍)으로 많은 적을 쳐죽이고는 마침내 북당수(北塘水)에 투신하여 죽었습니다. 구성부사(龜城府使) 전상의(全尙毅), 동루장(東樓將) 김언수(金彥秀)도 김양언과 함께 적을 쳐죽이다가 힘이 다해 죽었습니다."[255)]

개천군수 장돈과 태천현감 김양언이 주장(主將) 남이홍에게 지휘부의 포수와 사수를 적에게 위태로운 성벽을 담당하고 있는 민간인들에게 지원하도록 했으나 거절당했다. 그래서 그들이 안주성의 방어 내지

254) 《조선왕조실록》 인조실록 15권, 인조 5년(1627) 2월 4일
255) 《조선왕조실록》 인조실록 16권, 인조 5년(1627) 4월 22일

함락 지연을 시키지 못한 것에 대해 한탄했다는 정보는 남이흥의 분사를 무모한 행위로 여기게 한다. 그러나 주장(主將)이 지휘부의 장수들의 목숨을 지키기 위해 사수와 포수를 지휘부에만 포진시켰다는 말은 신빙성이 없는 이야기로 여겨진다.

위의 보고를 통해서 보면 아직 어느 성벽도 적에게 함락당한 상태가 아닌 상황에서는 막강한 후금군의 화력에 맞서기 위해서는 당연히 주력의 총과 대포의 화력을 사방의 성벽에 배치해야 하는 것은 당연하다. 그러나 이미 후금군이 성을 넘어와 지휘부를 에워쌌을 때는 사수와 포수를 지휘부 주위에 배치하는 것이 타당하지 않을까?

위의 《조선왕조실록》에 실린 평안감사 김기종의 장계 《승정원일기》에는 안주성 전사자 표창의 근거 사실을 위해 본토인들의 말을 채록하여 안주성 함락 당시의 상황을 기술한 것이라고 설명되어 있다.

평안감사가 4월 17일에 보고한 글이다.

후금군이 성 밖에 주둔하고 있다가 여러 차례에 걸쳐 항복을 권하였을 때 안주목사 겸 방어사 김준은 남이흥에게 성을 의지하고 일전을 할지언정 화(和 ; 항복)의 한 자라도 논할 수 없다고 남이흥에게 건의했다. 남이흥은 항복을 거절했다. 후금군의 조선국 침공에 인도자로 온 박난영과 오신남(강홍립을 따라 명군을 원병하기 위해 사르흐 전투에서 후금에게 항복함)이 성 밑에 도착하여 평안병사 남이흥을 만나보기를 두세 번 청하였다. 남이흥 등은 말을 타고 성 위에서 그들을 잠시 보고 조국을 배반하고 적을 따른 죄를 나무랐다. 박난영과 오신남은 자신들은 단지 양국이 화친한 후에 조국에 돌아와서 죽을 뿐만을 원할 따름이라면서, 대장인 남이흥이 성에서 나와 적장을 본다면 화약(화친)이 이루어질 수 있다고 대답하였다. 남이흥은 그렇다면 그대들이 말한 대로 한다면 항복이지 화친이 아니다. 박난영과 오신남이 남이홍이 항복할 의사가 없음을 후금군에 알린 후에 적군이 성에 진군하여 성을 공격하였다. 성이 장차 함락될 무렵에 남이홍과 김준이 중영(지휘부)의 누상에 있었다. 이때 초관(哨官) 김여수(金汝水)가 치달아 누 밑에 도달하자 남이홍이 사태는 이미 아군이 적군에게 함락될 지경에 이르렀으니 장차 어찌하면 좋단 말인가라고 탄식하였다. 그리고 이내 손가락으로 화약궤를 가리키며 나의 죽음은 이것에 있을 뿐이라고 말하였다. 드디어 화약고에 불을 붙여 스스로 불에 타 죽었다.

이하 나머지 부분의 내용은 위의 《조선왕조실록》에 기술되어 있는 내용과 같다.

남이홍에게 장돈과 김양언이 성벽에 사수와 포수를 배치하자고 강력하게 건의했을 때의 일시(日時)가 위의 《조선왕조실록》보다 더 자세히 '賊未犯城時' 라고 기술하였다. 개천군수 장돈의 죽음도 자기 구역의 포루를 지키다가 화약으로 스스로 불타 죽었다는 상황과 구성부사 전상의(全尙毅)와 동쪽 포루장(砲樓將) 김언수가 화약에 투신해서 죽는 것은 적을 죽이다가 전사하는 것만 못하다는 말을 하고 난 뒤 이 둘은 혹은 사격을 하다가 적을 가격하면서 사상자를 많이 냈다는 상황이 더 자세히 기술됐다. 성이 함락당할 당시 6천여 명이 죽었는데 그 중에 절의하다가 죽은 자도 다수인데 자세히 그 사실을 알 수 없다고 기술하였다(저자 번역).

당시의 상황으로 보아서 사수와 포수를 성벽에 배치하는 것은 불가능한 것이 아닌가 생각된다.

平安監司十七日成貼狀啓, 安州戰亡將士中表表死節者, 博採土人之言, 則賊兵之來屯城外, 屢以和事爲言, 兵使南以興曰, 兵交, 使在其間, 循例酬應, 觀其情形, 一面更加防備, 是或兵家一道。防禦使金俊曰, 唯當背城一戰, 和之一字, 非所論也。及朴蘭英 · 吳信男到城下, 請見兵使·防禦使, 至再至三。以興·俊等, 立馬城上, 暫見吳·朴兩人, 仍責以背本國從賊之罪, 二人答以, 吾等之願, 只在兩國解兵, 歸死本土, 大將若出見賊, 則和約可成, 以興·俊曰, 若然, 便是降, 非和也。二人歸報, 則賊遂進兵攻城, 城將陷, 以興·俊, 在中營樓上, 哨官金汝水, 馳到樓下, 以興謂曰, 事已到此, 將若之何? 仍以手指火藥櫃曰, 吾死在此。遂以火藥自燒死。金俊子有聲, 亦隨父在樓中, 父子同時焚死。俊之妾金氏, 爲賊所執, 欲逼之, 其妾曰, 夫爲忠臣, 妾爲烈婦, 可也。罵賊不受辱, 爲賊亂斫而死。賊未犯城時, 介川郡守張暾, 馳到中營, 力爭於南以興曰, 守堞軍, 都是民兵, 雖多無用, 砲射精兵, 皆聚中營, 賊若登城, 中營軍雖欲往救, 其勢不及, 以此砲射, 分作四衛, 遊兵預置城上, 隨處應變, 可爲萬全計。以興不用其言, 暾曰, 今日事去矣, 一死外更無他策。還到信地砲樓, 終始不下一步地, 以火藥自燒死。復讎將金良彥, 見諸將自焚曰, 節則高矣, 不射一賊, 徒殺吾身, 非丈夫事, 當城射賊。矢窮後, 又以鞭棍, 擊殺甚衆, 竟投水死。龜城府使金尙毅, 東砲樓將安州出身金彥秀曰, 投火而死, 不如殺賊而死, 二人或射或擊, 賊之死傷亦多, 及其力盡, 爲賊所殺。大蓋, 城陷時同日死者, 六千餘人, 其中死節者必多, 而不得詳知事。以上座目外竝內下日記[256]

안주성 함락 5개월이 지난 후 평안감사 김기종, 도원수 장만, 신경원이 흩어져 도망했던 관리들이 이제 돌아와 모였는데 모두 말하기를 안주성 함락 때 박천군수 윤혜와 안주 출신 함응수가 전사했다고 조정에 보고하였다. 이 보고서를 통해서 박천군수(博川郡守) 윤혜(尹憓)는 서문장(西門將)으로서 적병이 성에 올라오자 주장(主將)을 구하기 위해

256) 《승정원일기》 인조 5년 1627년 4월 22일 (무오) 원본17책/ 탈초본1책

중영(주장 지휘소)에 가담하여 싸우다 주장인 남이흥과 함께 분사하였음을 알 수 있고, 함응수는 북문장으로 적이 성벽에 올라왔을 때까지 자신의 방어지역을 지키다가 전사했음을 알 수 있다.[257]

최일선의 방어선인 안주성의 전투 결과와 영향은 후금의 후방 침공을 방어하는 데 큰 부담을 안게 될 정도로 아주 중요하였다. 남이흥은 군사력이 수적으로도 3천 명으로 3만여 명의 후금군에 비하여 열세인 상태에서 최선을 다해 분투했지만 최일선의 주장(主將)이 항복함으로써 조선군에게 치욕을 안겨주는 것 대신 화약고에 불을 붙여 적과 함께 죽는 숭고한 분사(焚死)를 택하였다.

이전의 패전인 능한산성의 대장 정주목사 김진과 곽산군수 박유건이 적에 항복함으로써 그들의 처첩들이 후금군들에게 간음을 당하고 행군을 할 때는 그들이 각각 그들의 처첩의 말고삐를 잡았다는 수치스러운 행위가 능한산성 전투 경위 편에서 《조야기문》《일월록》에 기록된 것을 언급하였다. 만약에 남이흥이 관서지방과 해서지방의 주장(主將)인 순변사로서 항복을 했더라면 본인이 김진이나 박유건처럼 당했을지도 모르는 수치는 도외시 하더라도 조선군 전체에 끼치는 사기 저하는 매우 컸을 것이다. 그가 비록 전력을 다하다가 후금군에게 패전했지만 끝까지 분사(焚死)로써 항전한 기개는 조선군에게 크나큰 힘이 됐을 것이고 귀감이 된 것이다.

당시 남이흥의 옆에는 두 부하가 있었다. 그들은 남이흥 옆에서 그를 도와 열심히 싸우고 있었다. 그 중 한 명은 비장 정연록이었으니 영남인이었으며 영변에서부터 가장 사랑하고 믿는 처지였고, 또 애남(편비 : 영변 관노)도 다같이 남이흥을 따르는 사랑하고 믿는 처지였다.

257) 《조선왕조실록》 인조실록 16권, 인조 5년(1627) 6월 29일

그들은 물러서지 않고 남이흥이 화약이 있는 장대루에 불을 지르려 하자 루에 불길이 닿지 않게 하려고 애를 썼다. 그것을 보고 남이흥이 손을 저어 물러가도록 재촉하였으나 두 사람은 태연하게 서 있는 채로 크게 통곡을 하며 말했다.

"공은 나라를 위하여 죽고 우리들은 공을 위하여 죽겠습니다."

그리고는 난간을 붙들고 물러서지 아니하고 계속 싸우다가 끝내 남이흥과 함께 타죽었다. 그들은 안주까지 남이흥을 계속 따라와 같이 근무했고 결국 생명까지 상전을 위해 바친 것이다. 해마다 남이흥의 제사 때는 이 두 사람에게도 제상을 차려서 제사를 올리고 있다.[258)]

마침내 안주 방어선이 무너지고 후금군이 관아의 내정으로 돌입하기에 이르렀을 때 최후의 순간이 왔다고 깨달은 남이흥은 구차하게 생명을 보존하여 적의 포로가 되느니보다 떳떳한 죽음을 택하기로 하고 미리 준비했던 화약고에 불을 질렀다. 이윽고 요란한 폭음과 함께 안주 관아는 순식간에 불기둥으로 화하였다. 하늘로 치솟는 불기둥 속에 남이흥과 김준 등 여러 장졸들이 비장한 최후를 마친 것이다.[259)]

남이흥은 타 죽으면서 탄식을 하였다고 한다.

"수하 장병의 훈련과 단 한 번의 싸움도 익혀 보지 못하고 마침내 패함에 이르니 이것이 비통할 뿐이로다."

그가 얼마나 아쉽고 분했으면 죽으면서까지 그런 한탄을 했을까. 안타까운 일이다. 충과 열의 화신으로 어려운 싸움을 수행하던 남이흥은 패배를 직감하고 화약고에 불을 지르겠다는 단안을 내린 것이다. 관서 지역의 주장(主將)으로서 항복시 당할 자신과 장령들의 수치만이 아니

258) 《동국전란사》 외란편, (국방부 전사편찬위원회, 1988), p.52. ; 온창일, 《한민족전쟁사》(집문당, 2001) p.394
259) 군사문헌집 《동국전란사》 외란편, (국방부 전사편찬위원회, 1988)

라 국가적으로 미칠 커다란 사기 저하를 예방하기 위해 분사(焚死)를 단행한 것이다. 후금군은 안주성을 포위공격한 지 2일만에 이를 함몰시키는 데 성공을 거두었다 그러나 병사 남이흥을 비롯한 다수 장병들의 항전의지와 순국정신은 이 전투에 참가한 후금군에게 커다란 충격을 주었다.

18) 남이흥의 비장한 순국은 적장 아민도 머리 숙여 추모하게 했다

이렇게 안주성은 무너졌으니 이때 남이흥의 나이 52세였다.

적병 역시 함께 타 죽은 자가 수천 명이었으나 정작, 적의 총사령관 아민도 남이흥을 추앙했다. 평안병사 남이흥을 비롯한 다수의 장령들 그리고 병사들의 항전의지와 순국정신은 이 전투에 참가한 후금군에게 감동을 준 것이다.

평안감사가 안주성이 함락된 지 3개월 후 조정에 보고한 안주성 함락시 전사한 시체 수습의 수가 3천41명이고 불타 죽은 시체의 수가 1천여 명이라고 보고한 것[260)]을 통해 그들의 죽음은 아무리 적장이라 할지라도 항전의지와 순국정신에 감동할 수밖에 없었을 것이다.

적의 총대장 아민은 안주성 안의 폐허를 보고서는 머리를 조아려 곡을 하면서 남이흥을 비롯한 조선의 순국 장병에게 다음과 같이 충의를 기렸다.

"조선은 충의의 나라라 하더니 내 이제 그 참모습을 두 눈으로 똑똑히 보았도다."

태조의 2왕자라 불리는 적의 총대장 아민은 성 안에서 조선장병을

260) 《승정원일기》 인조 5년 1627년 4월 12일(무신) 원본17책/ 탈초본1책

죽이는 후금군 병사들을 말리고 남아 있는 조선 사람들을 살려주었다. 그리고 포로로 잡힌 수백 명의 조선 포로들을 석방하였다.

"조선 장병들의 충의에 감동된 바 있어 너희들을 석방하노니 각기 고향에 돌아가 안심하고 생업에 종사하라."

당시의 조선군의 병력이 3,000명이라고 했는데 전부 전사했다고 하더라도 나머지 1041명은 적의 시체가 아닌가. 전사자가 6,000명이란 기록도 있는데 이것을 인정한다면 우리의 조선군이 3,000명이고 아무리 치열한 전쟁이었어도 사는 사람이 있게 마련이고 수백 명 포로를 석방했다고 했으니 이 전쟁이 얼마나 치열했는지 짐작할 수 있지 않은가. 그리고 이 기록으로 보아 남이흥의 죽음이 나라를 위해 위대하고 숭고한 순국임을 가리키는 것이 아닌가 여겨진다. 결국 평안병사 남이흥은 안주성을 지키지 못했지만 살아남은 수백 명 백성들의 생명을 지켜준 셈이다. 그리고 아민의 이런 사례는 몽골군에게서나 후금군의 전례에서는 찾아볼 수 없는 유화정책이었으니 남이흥의 순국이 얼마나 위대하고 비장한 것인가를 웅변으로 말해 주는 것이다.[261]

19) 안주 주민은 남이흥의 사후 북신사라는 사당을 지어 추모

또한 안주 주민들은 남이흥의 사후(死後)에 북신사라는 사당을 지어 놓고 남이흥의 초상을 모시고 가뭄이나 전염병이 들면 이곳에 기도를 할 정도로 그의 인격과 정신을 높이 공경했고 죽음을 애석하게 여겼다.[262] 이것 역시 남이흥의 순국에 대한 백성들의 지극한 숭모이다.

261) 《동국전란사》 외란편, (국방부 전사편찬위원회, 1988), pp.80~81. ; 온창일, 《한민족전쟁사》(집문당, 2001) p.394
262) 《남이흥 장군 유사록》 p.95

후금군은 안주를 함락시킨 후로는 무인지경으로 남진을 계속했다. 그리고 당일로 평양성으로 진군했다. 소현세자는 전주로 피난하고 인조는 강화도로 피난하였다.[263)]

그리고 김상용을 유도대장, 여인길을 부유도대장으로 삼아 도성인 한양성을 지키게 하였다. 그리고 도체찰사 영의정 이원익, 좌의정 신흠, 서평부원군 한준겸 등에게 세자와 남하하게 하였고, 인조는 강화도로 거동하였다. 충신 김자겸, 장유, 병조판서 이정구, 호조판서 김신국 등이 왕을 호종하였다.

20) 남이흥의 순국은 명나라를 감동시킴

이 무렵 남이흥의 재종(6촌) 남이웅(이괄의 난 때 3등 공신, 후에 좌의정 역임)이 바다를 건너 명나라에 사신(使臣)으로 가서 옥하관(玉河館)에 투숙하였다.

그런데 그때 황궁(명나라 수도, 지금의 북경에 있는 궁)으로 통하는 길거리에 남이흥이라고 쓰여진 붉은 현수막이 웅장하게 붙여진 것을 보았다. 역관에게 연유를 물었더니 이렇게 대답했다고 한다.

"이것은 그대 나라에서 죽음으로써 성을 지키다가 순절한 남이흥의 이름을 써서 여러 사람들에게 보이는 것인데, 곧 명나라 조정에서 그 절의를 포상하는 특전이다. 무릇 절의가 있으면 그 이름을 붉은 현수막에 써서 많은 사람에게 보여주는 것이 중국의 포상하는 법이요."

그리고 도성 사람들이 많이 모여서 길거리에서 남이흥이라고 쓴 붉은 현수막들을 관람하고 있었다. 남이웅은 그 역관에게서 남이흥의 전

263) 군사문헌집 《동국전란사》 외란편, (국방부 전사편찬위원회, 1988), pp.80~81

사 소식을 전해 듣고 크게 놀라 그 깃발 아래에 가서 곡을 하였다. 명나라 사람들이 그가 남이흥의 친족인 줄 알고 그를 더욱 융성하게 대접하였다고 한다.[264] 남이흥이 신하로서 제 나라를 위하여 어렵게 순국한 것을 중국 조정에서 관여할 바는 아니겠지만 이토록 특별히 대해 준 것은 특수한 예이다. 남이웅이 귀국하여 안주성이 함락된 날과 중국 조정에서 표충(表忠)을 하던 날을 참고해 보니 그 사이가 6, 7일인데 명나라에서 수천 리 밖에서의 일을 짧은 시간에 탐지한 것은 그들의 정보능력이 빠름을 알 수 있는 일이다.

남이웅은 일가친척들을 대할 때는 꼭 이 이야기를 했다고 한다.

"나와 이흥은 내가 형으로 가깝게 지내는 처지였다. 그는 일찍부터 문장과 명망이 높았다. 내가 항상 말하기를 이흥은 낙척[265]한 인물이라고 칭찬을 했다."

남이흥이 무과에 응시하기 위해 글 읽기를 그만두자 남이웅이 말했다.

"장부는 장부다. 그대는 무를 익혀 공명을 얻으리라."

어느 날 남이웅이 꿈을 꾸었는데 하늘로부터 드리워져 있는 붉은 비단에 남이흥의 이름 석자가 금빛으로 쓰여져 휘황찬란하게 빛나고 있었다. 남이웅이 꿈을 깨어 말하기를, '장부여 그대는 장차 큰 인물이 되리라' 하고 말하였으며 이상한 일이라고 하였다 한다. 이는 갑자년 이괄의 난 때 역적을 토벌한 공훈을 세울 것과 또 정묘호란 때의 순국을 미리 예시한 것이 아닌가 여겨지는데 비상한 인물의 일은 미리 정하여진 것이 아닌가 생각된다고 이야기 했다 한다.[266]

264) 《국역 연려실기술 IV》, pp.103~104
265) 낙척(落拓) : 기개가 활달하고 뜻이 큰 것
266) 《동국전란사》 외란편, (국방부 전사편찬위원회, 1988), p.52

이 기록으로 보아 남이흥의 죽음이 나라를 위해 숭고하고 위대한 순국임을 가리키는 것이 아닌가 여겨진다.

남이흥의 장엄한 죽음은 중국의 야사에도 특서되었다고 하며 그 내용은 다음과 같은 것이라고 한다.

"열렬한 충성과 병병한(빛나는) 절개는 적도 능히 굽히지 못했고, 불도 또한 태우지 못했네! 기운은 산하보다도 장하였고 이름은 중국 천지에조차 가득차 있었네! 예부터, 사불사(죽어도 죽지 않았다)라는 말은 남이흥을 두고 한 말이 아닌가 여겨진다."

21) 남이흥 순국 후 나라의 보은

안주성 함락 후 얼굴이 누군지 알 수 없는 그을린 시신 하나가 있었는데 그 의복으로 보아 남이흥의 시신 같았으므로 관에 넣어 가매장하여 두었다. 1627년 인조 5년 4월 6일에 비국이 안주의 남이흥 · 김준의 상구를 호송하도록 청하였다.

남이흥의 자손들이 와서 확인하기를 기다렸다가 광주군 중부면 탄리에 장사지냈다. 남이흥의 장례는 인조의 명에 따라 국장으로 치렀고 불천지위 제사(장자에게 그 지위가 계속 세습되는 제도로 인물에 관계없이 고을 수령에 임명하고, 불천지위를 받은 분의 제사를 계속 영구적으로 지내도록 하는 제도임)를 지내도록 하였다.

남이흥이 순국한 뒤에 장례를 치룰 때는 인조께서 친히 납시어 입고 있던 곤룡포를 벗어서 관 위에 덮어 주셨다. 순국한 충신에 대한 배려와 감동이 얼마나 컸던가를 알 수 있다.

남이흥에게 내린 사패지는 그 넓이가 당진군 대호지면 전부와 정미면 일부까지 포함되는 넓은 땅이었고 남이흥이 근무했던 연안에도 땅

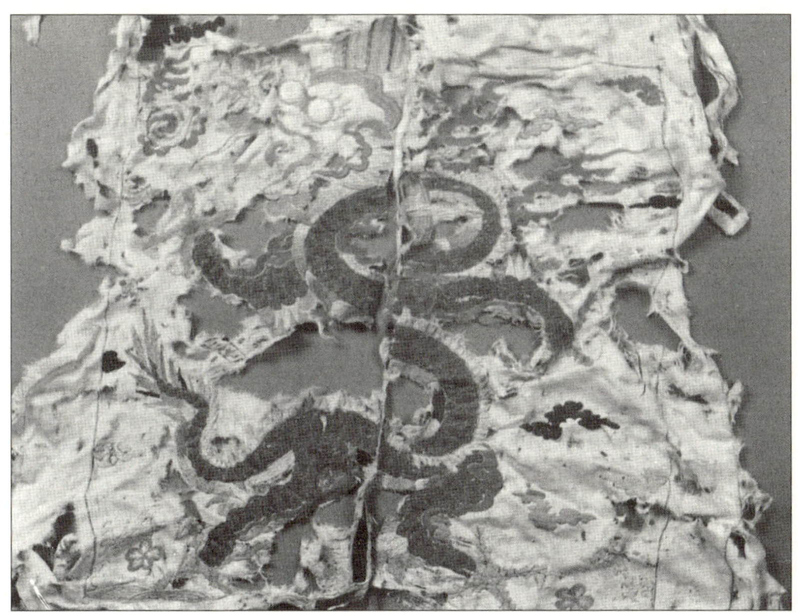

▲ 인조대왕이 남이흥 장군의 장례식에 참석하셨다가 입고 계시던 곤룡포를 벗어서 관에 덮어주셨다.

1만 평을 사패지로 하사하였으니 이것 역시 충신에 대한 배려가 매우 컸음을 증명하는 것이 아닌가. 또 불에 타죽은 시체가 1,041구라고 기록된 것으로 보아 최후의 항전 수단으로 화약고에 불을 질렀다는 증거가 된다.[267]

현종은 1663년 9월 9일(현종 4년) 남이흥에게 충장공(忠壯公)의 시호를 내렸다.[268]

조정에서는 남이흥의 순절을 기리어 그에게 '대광보국 숭록대부 의정부 좌의정 겸 경연사의춘부원군'에 봉증하였고 불천지위를 내렸다.

이 기록은 이괄의 난을 평정한 공로로 1등공신이 되었고, 1등공신으로 3자급을 올려 받았으니 승진한 것을 그때 이미 승진한 것이고 불천

267) 《조선왕조실록》 인조실록 16권, 인조 5년(1627) 4월 6일(임인)
268) 《조선왕조실록》 현종실록 7권, 현종 4년(1663) 9월 29일

지위를 받은 것이 이때 가증된 것이 아닌가 여겨진다.

1681년(숙종 7년) 7월 26일에 조정에서 정묘호란 때 용골산성을 방어하다가 순절한 용천부사 이희건 등과 나머지는 안주성을 방어하다가 순절한 남이흥 등 16인의 사당를 안주산성에 세우도록 명하였다. 그리고 이 사당의 명칭으로 충민(忠愍)의 사액을 내렸다.

이보다 먼저 승지(承旨) 정유악(鄭維岳)이 관서(關西)에 사명(使命)을 받들었다가 돌아와서 임금에게 아뢰고 정묘년에 전진(戰陣)에서 죽은 여러 신하로 평안병사(平安兵使) 남이흥, 안주방어사(安州防禦使) 김준(金浚), 우후(虞候) 박명룡(朴命龍) 등의 사우를 순절한 지역에 세우도록 주청하고, 비국(備局)에서 복주(覆奏)하여 세 사람의 사우를 세우도록 허락하였다. 사우가 이루어지자 병사(兵使) 이세화(李世華)가 그 당시 전진(戰陣)에서 죽은 강계부사(江界府使) 이상안(李尙安) 등 13인을 아울러 거론하며 청하였으나 그렇게 시행하지 못했는데, 이때에 이르러 관찰사(觀察使) 유상운(柳尙運)이 나이 많은 주민들과 정묘년의 일을 직접 본 사람들에게 물어서 이상안 및 용천부사(龍川府使) 이희건(李希建), 좌영장(左營將) 개천군수(价川郡守) 장돈(張暾), 맹산현감(孟山縣監) 송덕영(宋德英), 태천현감(泰川縣監) 김양언(金良彦), 귀성부사(龜城府使) 전상의(全尙毅), 박천군수(博川郡守) 윤혜(尹憓), 영유현령(永柔縣令) 송도남(宋圖南), 훈련봉사(訓鍊奉事) 김언수(金彦守)·함응수(咸應守)·한덕문(韓德文), 천총(千摠) 임충서(林忠恕), 중군(中軍) 양진국(梁晉國) 등이 함께 본성(本城)을 지키면서 힘을 다하여 싸우고 대비하여 방어하다가, 성(城)이 함락되자 스스로 불에 타서 죽은 상황을 진술하여 아뢰고, 함께 제사(祭祀)를 지내도록 하여 '절의(節義)'를 숭상하고 장려하며 격동시키고 권면하도록 청하자, 예조에서 복주하여 허락하도록 청하였다. 남이흥·김준·박명룡을 주사

▲ 충장공 남이흥 부자에게 국가에서 내린 사패절목 여기에 보면 대표지면 전부와 정미민 일부가 포함되어 있다. 철종 7년 한성부에서 발급한 완문으로 해미현 서면의 13개 마을은 남유 남이흥가에 분급된 사패지로 근자에 이들 마을에 대한 침탈이 자행되자 이를 제어하기 위하여 내린 완문이다. 말미에 한성부 당상의 수결이 있다.

(主祠)로 하고, 이상안 등 12인은 그 작위(爵位)에 따라 동쪽·서쪽으로 나누어 배향(配享)하게 하니, 임금이 그대로 따르고, 사우의 이름을 지어 내리기를 충민(忠愍)이라 하고 예조낭관(禮曹郎官)을 파견하여 제사를 내렸다.[269]

이들 이외에도 이수택(李秀澤)·이응택(李應澤)·이한춘(李漢春)·문팔준(文八俊)·최계근(崔繼根)·함용즙(咸龍楫)·한억류(韓億瑠)·강복수(康輻守)·김응방(金應邦)·조여식(曺汝植)·최덕후(崔德厚) 모두 정묘호란 때 절의를 지키다가 죽었다. 이 일이 나라에 알려져 그들이 살던 마을에 정문을 세워 표창했다.[270]

1629년(인조 7년) 3월 27에 시독관 최유해(崔有海)가 인조에게 "남이흥(南以興)·송도남(宋圖南)이 나랏일로 죽었는데, 그들에게 모두 자손이 있으니 녹용(錄用)하는 것이 옳을 것 같습니다"고 건의하니, 인조가 매우 옳다고 하면서 담당 부서에 지시하라고 했다.[271]

조정에서는 남이흥의 순국의 공으로 그의 자손들은 모두 평안하게 생활을 할 수 있게 배려하였다. 공의 장자 두극은 불천지위 세습과 용안현감을 임명받았고[272] 차자(次子) 두병(斗柄)은 공조참판 어영대장 3도통어사를 지냈고, 차(次) 두기(斗機)는 첨지중추(僉知中樞)이고, 차(次) 두추(斗樞)와 차(次) 두표(斗杓)는 둘다 현감이었다. 첫째 사위 유효걸은 이괄을 경기도 이천까지 추격하여 심복들이 상관인 이괄의 목을 베게 한 공으로 이괄의 난 평정 후 2등공신의 녹을 받았고, 둘째 사위 김진성은 감역이었고, 셋째 사위 김중원은 군수였다.[273]

269) 《조선왕조실록》 숙종실록 12권, 숙종 7년(1681) 7월 26일
270) 연려실기술 국역본.
271) 《조선왕조실록》 인조실록 20권, 인조 7년(1629) 3월 27일
272) 《조선왕조실록》 인조실록 48권, 인조 25년(1647) 9월 4일(신축)
273) 《충장공 남이흥 유사록》

병조가 아뢰기를,

"경외(京外)의 전쟁에서 사망한 자의 자손들은 선묘(宣廟)의 옛날 관례대로 녹용(錄用)해야 할 텐데, 이후 1630년(인조 8년) 2월 13일에 병조에서 정묘호란 때 일선에서 순국한 남이흥과 송도남을 포함한 대부분의 사람들의 자손들에게 휼전(恤典 : 정부에서 이재민을 구제하기 위하여 내리는 특전)을 거행할 것을 청하여 허락을 받았다. 병조가 정묘호란 때 일선에서 전쟁하다 사망한 자의 자손들 중 이미 모범적으로 싸우다 죽은 남이흥의 아들 남두극(南斗極)은 시임(時任) 수령으로, 기협(奇協)의 아들 기진경(奇震慶)은 시임 별좌(別坐)로, 김준(金俊)의 아들 김진성(金振聲)은 시임 주부(主簿)로서 이미 상전(賞典)을 받았다고 인조에게 말한 후 복수장(復讐將)인 전 권관(權管) 김양언(金良彦)의 아들에게도 관직을 제수할 것을 건의하였다. 인조는 김양언(金良彦)의 아들 김세호(金世豪)에게 변장(邊將)을 제수하라" 고 지시하였다.[274)]

22) 둘째 아들 두병과 부실 연안김씨

안주성이 풍전등화격인 어려운 이때 남이흥은 김준의 아들 김유성을 조정에 안주성 전황의 급보를 전할 사자로 택하려 하니, 그는 국토 수호의 중요한 임무를 버리고 갈 수 없다고 사절하였다. 할 수 없이 안주성에 같이 있던 남이흥의 둘째 아들 두병에게 장계를 써주어 서울로 보냈던 것이다.

남이흥의 둘째 아들 두병은 정묘호란의 안주성 전투가 일어나기 바

274) 《조선왕조실록》 인조실록 22권, 인조 8년(1630) 2월 13일

로 전에 약관 15세로 경상도 남쪽, 남해 고을의 목민관(현령)으로 부임하여 근무하고 있었다. 그런데 두병은 1625년 2월에 아버지가 계신, 전운이 감도는 이곳 관서지방에 가서 아버지를 돕기로 마음 먹고 임금에게 상소를 하여 남해현령직 사직을 청하여 임금의 허락을 받았다.

남해현령(南海縣令) 남두병(南斗柄)이 상소하기를,

"관직을 사직하고 서쪽으로 가서 아비 남이흥(南以興)과 서쪽 변방에서 함께 일을 하여 부자의 군대가 됨으로써 장식(張植) 형제가 장준(張浚)의 군사가 되었던 예를 본받고 싶습니다."

하였는데, 상이 이조에게 처리하게 하였다. 이조가 아뢰기를,

"남두병이 그의 아비를 따라 함께 시석(矢石)을 무릅쓰고자 하니, 사정(私情)이 간절하기는 하나, 한 지역을 책임진 신하를 마음대로 처신하게 할 수는 없습니다."

하니, 상이 그의 소원대로 시행하라고 명하였다.[275)]

그 당시는 대부분의 관리들이 후금의 침공에 대비해야 하는 변방인 관서지방을 사지로 알고 부임하기를 꺼리던 때였다. 그런데 남이흥의 아들인 남해현령(南海縣令) 남두병(南斗柄)은 후금의 공격에 목숨을 버릴지 모르는 관서지방인 아버지의 임지에 같이 있게 해달라는 상소를 조정에 보냈다. 그리하여 그는 안주성으로 가 아버지를 모시고 있었다.

남두병이 후금의 다가올 침공에 아버지와 함께 생사를 같이 하고자 하였던 뜻은 단순한 효심을 초월하여 오늘날 우리에게 큰 감동을 주고 있다. 구성에 가서 아버지를 모시고 있으면서 정묘호란 때 후금군을 방어하는 안주성 전투에 임하고 있었다.

275)《조선왕조실록》 인조실록 8권, 인조 3년(1625) 2월 13일

그런데 남두병은 이런 인물이었다. 남두병이 약관 15세에 남해현령으로 부임했을 때 환영하는 의식이 있었다. 육방 관속과 고을 유지 등 수십 명이 동헌에 가득 모여 있었다. 그런데 어린아이인 원님을 깔보고 아전들이 함부로 대했다.

"사또께선 너무 어리시니 망아지처럼 멋대로 날뛰는 민심을 어찌 수습하시렵니까?"

방에 가득한 좌중은 모두가 빈정거리며 홍안(紅顔)인 현령의 대답을 기다렸다. 이렇게 지방 유지들과 육방 관속이 번갈아가며 상전을 은근슬쩍 놀려댔다.

"사또께선 어찌 그리도 특출하셔서 열다섯 나이에 사또가 되셨습니까?"

남두병은 정색을 하고 반문했다.

"내 나이에 지방 현령 따위가 뭐 그리 대수롭다고 호들갑들이냐? 역대 왕조를 살펴보면 젖 안 떨어진 동궁도 계셨고, 코 흘리는 상감도 계셨느니라. 열다섯이나 돼서 현령 한 자리 한 것이 무엇이 그리 대수롭다고 그렇게 떠들어대느냐?"

좌중에 있던 육방 관속과 여러 지방 유지들이 모두 혀를 내둘렀다.

늙은 이방이 한 마디 더 지껄였다.

"하오나 사또께선 이 고을 백성들을 손아귀에 넣으셔야 비로소 백성을 다스릴 수가 있을 것인데, 너무 어리시니 망아지처럼 멋대로 날뛰는 민심을 어찌 수습하시렵니까?"

좌중은 모두가 빈정거리며 대답을 또 기다렸다.

괘씸하게 생각한 두병은 혼을 내주어야 되겠다는 생각으로 아전들을 전부 불러 한 자리에 모아 놓고 밭에 가서 수수땡이 한 대씩 꺾어오라고 명령을 내렸다. 이들 모두는 밖으로 나가 한 길이 넘는 수숫대 하나씩을 가지고 들어왔다. 남두병은 고개를 끄덕이면서 그러면 지금부터 그 수숫대를 손아귀에 넣고 다들 꺾어보라고 명령했다. 아무도 꺾는 자가 없었다. 꺾어질 리가 없다.

"이자들아, 1년도 안 된 수수깡이 하나도 못 꺾는 주제에 15년이나 자란 현령을 너희들이 세 치 손아귀에 넣고 감히 휘두르려고 해!"

남두병은 이렇게 호통을 쳐서 혼을 내고는 아전들을 꼼짝 못하게 하고 부렸다는 인물이다.

그는 후에 공조참판, 어영대장, 훈련대장을 역임했다.

남이흥은 안주성이 함락되기 전에 장계를 써서 두병에게 주며 임금께 올리도록 하고 할머니와 어머니를 모시도록 하라고 한양으로 쫓았다. 남이흥은 장계에 쓰기를 '일만 번을 생각해 본다고 하여도 오직 죽는 일 밖에는 다른 도리가 없다' 고 하였으니, 싸움에 임하는 장수로서 이미 굳어진 충의에 찬 그의 결심의 표현이었다.

남이흥의 장계를 받은 인조는 선전관 백현민을 보내어 그를 위로하고 격려하였다고 한다.

남두병은 임금께 장계를 전달하고 빨리 서둘러서 할머니와 어머니께 문안을 드리고 작은어머니(남이흥의 부실)인 연안김씨께도 문안을 여쭙고 아버지의 말씀을 어기는 일이 되더라도 전쟁터인 안주에 속히 가려고 서둘렀다.

그런데 작은어머니가 나도 안주에 가서 위험에 처한 장군을 옆에서 도와야 되겠다고 나섰다.

"안주는 전쟁터입니다. 부녀자의 몸으로는 감당하기 어려우니 아니 됩니다."

남두병은 간절하게 말렸다. 그러나 그녀는 듣지를 않고 자신도 따라가서 적과 전쟁을 하고 계신 남편 남이흥 장군 곁에서 티끌만한 작은 힘이라도 도와야 되겠다고 우겼다. 작은어머니의 마음이 굳어 있다는 것을 안 두병은 다른 도리가 없었다.

연안김씨는 21살, 아들 두병은 20살, 마치 오누이 같았다. 남두병은 무복차림이 아니고 도포에 갓을 썼고 연안김씨는 소복차림이었다. 그들은 북관으로 가는 나그네 차림이었다. 먼 길을 가기 때문에 어디서 봉변을 당할지도 모른다는 생각에서였다. 연안김씨는 장옷으로 얼굴을 가리고 말을 탔다. 두 사람이 나란히 말을 타고 전쟁터인 안주를 향해서 급히 떠났다. 쉬지 않고 속히 달려서 개성에 닿으니 날이 어두워서 더 갈 수가 없었다.

그들은 개성역 여각에서 숙박하고 새벽에 일어나니 안주 등지에서 피난민 행렬이 물밀 듯이 내려오고 있었다. 남두병은 안주에서 왔다는 피난민에게 물었다. 그런데 공교롭게도 남이흥의 비장이 보냈다는 남이흥의 본댁이 있는 서울로 간다는 사람을 만난 것이다. 남이흥 병사가 안주성에서 전사했다는 놀라운 소식을 듣게 된 것이다.

이런 상황이 된 전쟁터에 작은어머니를 모시고 갈 수는 없는 처지였다. 두병은 연안김씨를 남겨놓은 채 쪽지를 써놓고 이른 새벽에 급히 안주를 향해 달려갔다. 역시 이른 새벽 서둘러 일어나서 이 쪽지를 본 연안김씨는 정신을 잃은 채 쓰러졌다. 연안김씨는 온종일 식음을 전폐했다. 부인도 새벽 일찍 일어났으나 두병은 이미 전지로 떠나고 없었고 안주성이 함락됐다는 소식인 것이다. 두병과 그의 아버지 남이흥은 안주성 함락 직전에 적의 포위망 속에 같이 있었으므로 죽음을 같이 할 수밖에 없는 처지였으나 임금께 보내는 장계를 전달하라는 아버지의 명령을 수행하다가 여기까지 온 것이다.[276]

276) 금남군 정충신 전기 유적 현창사업회 pp.302~306

연안김씨는 다음과 같은 유언의 글을 썼다.

"아들은 아버지에게 효도하기 위해서 전쟁터로 뛰어 떠났는데 나는 도대체 무엇인가? 전쟁터에서 목숨을 내놓고 나라를 위해서 싸우다가 전사한 남편에 대해서 나는 어떤 존재인가? 도움을 조금도 줄 수 없는 거추장스런 존재가 아닌가? 나도 죽어버리자. 사랑하는 남편의 뒤를 따라서 죽어버리자. 남편은 나라를 위해서 몸을 바쳤으니 나는 남편을 위해서 몸을 바치자!"

남편이 전사한 안주를 향해 4배하고 단정히 꿇어앉은 채 글을 남겨놓고 합장을 했다.

"사또의 분수에 넘치는 사랑을 받으면서 지내 온 저도 사또의 뒤를 따르겠습니다. 사또가 있는 곳으로 달려가겠으니 버리지 마십시오."

연안김씨의 눈에서는 진한 눈물이 흘러내렸다. 연안김씨 여란은 망설임 없이 자신의 명치를 향해 은장도를 꺼내 힘껏 찔렀다.

연안김씨는 남이흥의 본실도 아니었고 부실이었다. 사랑하는 낭군의 충절을 흠모했고 자신의 원한을 풀어준 은인이었던 부군의 곁으로 간 것이다. 애절한 글을 남겨놓고 자결을 했다. 아까운 청춘을 남편을 위해서 버린 것이다.

그 당시는 가정을 떠나 타지역에서 근무하는 목민관은 의무적으로 부실을 두게 하였다. 이러한 위대한 여인(연안김씨)은 남이흥이 공홍병사로 재임할 때 관내 주민이었다.

그런데 이 지역은 당시의 세도가인 이이첨의 세력이 상당히 미치는 지역이어서 이들과 선이 닿는 아전들의 행패가 심했다. 이들은 세력이 커서 부임하는 원님도 손아귀에 넣고 조종했다. 이들의 눈밖에 나면 원님의 자리를 유지하지 못하고 쫓겨나는 판국이었다.

공홍병사로 부임한 남이흥은 이런 사정을 이미 알고 사정을 철저히 하여 기강을 잡겠다 결심을 했다. 부임해서는 죄상이 제일 악독한 한 놈을 골라서 공개적으로 장살을 시켜 버렸다. 이렇게 해서 기강을 잡았기 때문에 선량한 육방 관속이나 양민들에게서는 추앙을 받았으나 세도가인 이이첨 세력에게는 눈엣가시였다. 세도가인 이이첨의 영향 아래에 있는 사간원에서 공홍병사 남이홍을 파직시키라고 아우성이었다. 남이홍은 사람됨이 패저하고 행실이 추잡스러우며 잔혹하게 형장을 사용해 사람을 함부로 죽인다고 했다. 심지어 읍비를 곤장을 쳐서 죽이겠다고 위협하여 간통했다고 무고하면서 파직시키라고 했다. 임금도 사람의 생명을 중히 여기는데 함부로 사람을 죽인다고 파직시키라고 무려 7차례나 소를 올렸다.

인조는 남이홍의 일은 본도감사로 하여금 상세히 조사하여 아뢰게 하라 했다. 그래도 사간원에서는 광해 108. 8. 10. 3 (경자), 광해 108. 8. 10. 4 (신축), 광해 108. 8. 10. 5 (임인), 광해 108. 8. 10. 6 (계묘)에 연이어 남이홍을 잡아다가 국문하여 율대로 죄를 정하고 파직시키라고 날마다 아우성이었다. 그래서 광해군은 남이홍을 체차하라고 사간원에 답하였다. 그랬어도 계속 사간원은 남이홍을 잡아다 국문할 것을 아뢰었다(108. 8. 10. 7 (갑진)).

광해군은 사간원에 체차했다고 또 답했다. 그래도 사간원은 남이홍을 국문하고 율대로 죄줄 것을 또 요구했다(108. 8. 10. 8 (을사)).

그런데 공홍감사에게 지시한 남이홍에 대한 보고가 올라왔다. 간통에 대한 것은 증거가 없고 사람을 장살시킨 것은 인정이 되나 직권 남용으로 볼 수 없는 것으로 보고됐다. 그러나 광해군은 이이첨 세력의 아우성에 밀려 남이홍을 파면시켰다.[277]

277) 《조선왕조실록》 광해군일기 113권, 광해 9년(1617) 3월 27일(임진)

◀ 충장공 남이흥의 부실 연안김씨의 비(당진군 대호지면 무덤 옆에 있다.)

南忠壯公副室延安金氏之碑

夫死於君妾死夫一家全節世直無
廣陵南畔留雙塚 千古行人起悵盱
(錦南 鄭忠信)

지아비는 임금을 위해 죽고 사랑하는 연인은 지아비를 따랐네
한 집안의 온전한 절개는 세상에 드물고 드문 일일세
광릉땅 남쪽 언덕 위 쌍무덤에 머물면서
오랜 세월 지나가는 길손에게 흠모의 정을 돋우어 주네

이런 사유로 남이흥은 파면을 당하고 귀가했다. 귀가할 때는 주민들이 나와서 상의(백의)를 벗어서 길에 깔고 남이흥 병사가 밟고 가도록 했는데 그 길이가 10리라고 했으며 이것은 최대 존경의 표시라고 한다. 얼마 있다가 남이흥은 경상우병사로 임명받았다.

남이흥의 부실 연안김씨 여란은 이이첨의 추종자들에 의해 재산을 다 빼앗기고 잔인한 횡포와 인권유린을 당했고 그들에 의해서 부모까지 여의어 천애고아가 된 처지였다. 그녀는 자신의 사무친 원한을 남이흥 병마절도사가 풀어주었으니 여한이 없고 여기서 살 필요도 없다고 생각했다. 그래서 그녀는 남이흥께 여생을 바치겠다고 결심하고는 해임을 당해 임지를 떠나는 그를 따라 나섰다.

남이흥은 자신을 따라 나서는 그녀를 여러 번 타일러서 되돌려 보내려고 하였다. 그러나 그녀는 듣지 않고 높은 나무에 올라가서 말하기를, "저는 이제 원한을 다 풀었으니 여한이 있을 수 없고, 공께서 거두어주시지 않으신다면 죽는 길을 택하겠습니다" 고 외치면서 완강히 되돌아가기를 거절하였다.

남이흥은 하는 수 없이 그녀의 요구대로 부실로 맞이하여 같이 귀향하였다. 그녀가 당대에 이름이 높았던 연안김씨(여란)이다.[278]

임진왜란시 남이흥의 아버지 남유의 순국, 정묘호란시 아들(이괄의 난 진압시 일등공신) 남이흥의 순국, 손자 남두병의 활약, 남이흥의 부실 연안김씨의 순절, 남이흥의 사위 유효걸의 유공 등은 국난을 당하여 숭고하고 비장한 충의를 유감없이 발휘한 사례다.

278) 금남군 정충신 전기유적 현창사업회 pp.302~306

23) 안주성 전투에 남이흥과 함께 순국한 사람들

남이흥과 같은 훌륭한 상관 밑에서 적에 항거하여 성을 지키는 본래의 뜻에서는 촌보의 움직임도 없었던 것은 장돈이요, 성을 지키기 위하여 일문이 함께 죽은 것은 목사 김준 부자였다.

안주성이 함락되던 날 김준의 아들은 아버지를 따라 불 속에 뛰어들어 함께 죽었고, 김준의 첩인 양녀김씨는 후금군에게 잡히자 굴복하지 않고 충신인 남편을 따라 열녀가 되겠다며 욕을 퍼붓다가 죽었다. 이 김준 아들의 나라와 아버지에 대한 충효정신과 김준 첩의 열녀정신은 우리에게 숭고한 감정으로 다가온다.[279)]

한편 김준은 죽은 후에도 그 피부가 산 사람과 같았는데 그 고을 사람들이 울면서 그 시신을 거두어 관에 넣어 묻어 주었다고 한다.

박천군수(博川郡守) 윤혜(尹憓)는 안주성(安州城)이 함락되던 날 서문장으로 후금군이 성 위로 올라오자 중영(中營)으로 달려가 남이흥과 함께 최후를 마치었으며, 안주 출신 함응수(咸應壽)는 북문장으로서 끝까지 힘껏 싸워 한 발짝도 떠나지 않고 싸우다가 전사했다.[280)]

24) 남이흥 순절 후 노모와 부인

남이흥의 모친 유씨부인은 정묘호란 당시 나이가 80이었다. 모친은 전년에 영변으로부터 집에 돌아와 겨우 반 년이 될 즈음 정묘호란이 일어났다. 여러 가지 사정으로 보아서 전쟁은 승리하지 못할 것이고 아들이 죽음으로 결단하리라는 것을 알고 미리 집으로 와 있었다고 한

279) 《조선왕조실록》 인조실록 16권, 인조 5년(1627) 4월 22일
280) 《조선왕조실록》 인조실록 16권, 인조 5년(1627) 6월 29일

다.

모친은 막상 남이흥이 지키던 안주성이 무너지고 아들 남이흥이 자결했다는 소식을 듣고 예견한 듯이 비장하게 말하였다.

"아버지는 임진왜란(무술년)에 나라를 위하여 싸우다 죽었고, 아들 또한 나라를 위하여 정묘호란에 싸우다 죽으니(정묘년), 30년 사이에 부자가 모두 다 나라를 위해서 죽었구나! 두 사람의 죽음은 모두 영광된 것이니 옛 사람들에 견주어도 부끄럽지 않다. 이에 무슨 바람이 있으리오만 많은 사람들이 그 화로 인해 불귀의 혼이 되었으니 안타까운 일이며 망인들의 억울함이 통탄스런 한이로다!"

그리고 애통에 찬 눈물을 흘리며 탄식했다.

"나라가 어찌하여 이 지경이 되었으며 우리 가족들도 또한 어찌 이 지경이 되었는고?"

이런 남이흥의 노모에게는 임금이 예조에 하교하여 담당 고을로 하여금 매월 식량과 반찬을 대라고 하였으며, 만약 병을 앓으면 아뢰게 하라고 하였다.[281]

1635년 10월 16일에 김자점은 인조에게 남이흥의 노모가 작고하여 조상할 것을 건의하였다. 인조는 남이흥이 나라를 위해 죽은 것을 잊을 수가 없다고 하면서 담당부서로 하여금 특별히 부의를 내리고 또 본도로 하여금 석회와 조묘군(造墓軍 : 묘를 조성하는 일꾼)들을 주도록 하라고 지시하였다.[282]

남이흥의 부인 역시 하동정씨로 세조조의 영의정이었던 정인지의 6대손 희적의 딸인데 남이흥과 동년생으로서 예의범절이 바르고 유순하며 품행이 아름다웠다 한다. 부인은 시어머니를 극진히 모셨고 첩을

281) 《조선왕조실록》 인조실록 20권, 인조 7년(1629) 1월 17일
282) 《조선왕조실록》 인조실록 31권, 인조 13년(1635) 10월 16일

대하는 데도 은의로써 대하였고, 종을 다루는 데도 어진 마음으로 대하여 안팎 일가들이 다 그녀의 아름다움을 칭찬했다.

남편인 남이흥에게는 항상 손님이 많았는데 항상 술대접을 잘 했으며, 술이 없으면 옷을 팔아서라도 술이 떨어지는 일이 없게 했다 한다. 부인은 시어머니의 희비를 얼굴빛을 살피어 알고 어김없이 도와드렸으며, 어떤 일이 있으면 정성을 다하여 기쁘게 해 드렸다. 경삿날은 자리를 마련하여 온 정성을 쏟았으며, 음식이 생기면 어머니의 분부대로 이웃에 나누어 주었다.

위의 남이흥의 노모와 부인의 행실은 한국 부인들의 전통인 부도를 대표한다고 할 수 있다. 유씨부인 같은 위대한 어머니이기에 이러한 웅혼한 아들인 남이흥을 길러내지 않았나 생각된다.

앞서 언급한 남이흥의 작은부인(부실) 연안김씨는 그 남편을 위해 꽃다운 청춘을 바쳤으니 이 또한 고귀한 죽음이다.

남이흥은 어머니에게 대한 효성이 지극하였으니 봉양에 힘을 기울여 항상 기쁘게 해 드렸다고 한다. 또 남이흥에게는 자매가 하나 있었는데 젊은 나이에 죽었다. 그 자매의 산소가 충장공 사당 옆에 있는 산에 소재한다. 남이흥은 자매가 죽은 후 그녀의 자식들을 친자식처럼 보살폈고 또 잘 살도록 배려했다. 남이흥에게 서제와 서매가 있었는데 생업을 주선해 주는 등 역시 잘 보살펴 주었다고 한다.

25) 안주성 함락 이후 국정의 혼란한 상황

평안감사 윤훤(尹暄)은 남이흥의 장계로 안주성이 위급하다는 급보를 받았었다. 이때 평안감사 윤훤은 휘하에 8천여 명의 병력을 지휘하고 있었고, 안주까지는 하루면 진주할 수 있는 거리에 있었다.

1629년 1월 17일에 평안감사 윤훤은 의주가 후금군에게 함락당하였으며, 적군에 강홍립을 비롯한 우리나라 출신의 사람들이 있으며, 적장 8인의 그 기세가 아주 강대하기 때문에 안주가 적의 침공으로부터 지탱하기 어려울 것같아 별장 김완에게 별승군 1천 7백 명을 이끌고 가 구원하도록 지시하였고, 평양은 5천 8백 명 정도의 군사가 지키고 있으며, 고을 수령들로 하여금 민병을 이끌고 입성하라고 지시하였다고 보고하였다.

"방금 도망쳐 온 사람이 와서 고하기를 '노병(奴兵)이 어젯 밤에 의주(義州)를 공격하여 함락시켰는데 전 창성부사(昌城府使) 박성인(朴姓人), 선사포첨사(宣沙浦僉使) 오성인(吳姓人) 및 한윤(韓潤)이 다 적진에 있었으며, 강홍립(姜弘立)·이영방(李英芳)은 대장이 되었고 적장은 8인인데 그 기세가 매우 거세다' 하였습니다. 안주는 형세가 지탱하기 어려울 듯하여 해서의 별승군(別勝軍) 1천 7백 명을 이미 김완(金完)으로 하여금 이끌고 가 구원하도록 하였습니다. 평양은 아병(牙兵) 2천 8백 명과 삼수병(三手兵)·정초병(精抄兵) 등 3천여 명이 있어 이들로 군대를 나누어 성첩(城堞)을 수비하도록 하였고, 또 주변에 있는 고을의 수령들로 하여금 각각 민병을 인솔하고 입성토록 하였습니다."[283]

그리고 또 보고하였다.

"별장(別將) 김완(金完)은 안주(安州)가 포위되었을 때를 당하여, 윤훤(尹暄)이 병졸 1천 7백 명을 주어 달려가 구원하도록 하였는데, 잘못 들었다고 핑계하고 평양으로 환군하였습니다. 군법으로 헤아려보면 중벌을 면하기 어렵지만, 신에게 장관(將官)이 한 사람도 없기 때문에

283) 《조선왕조실록》 인조실록 15권, 인조 5년(1627) 1월 17일

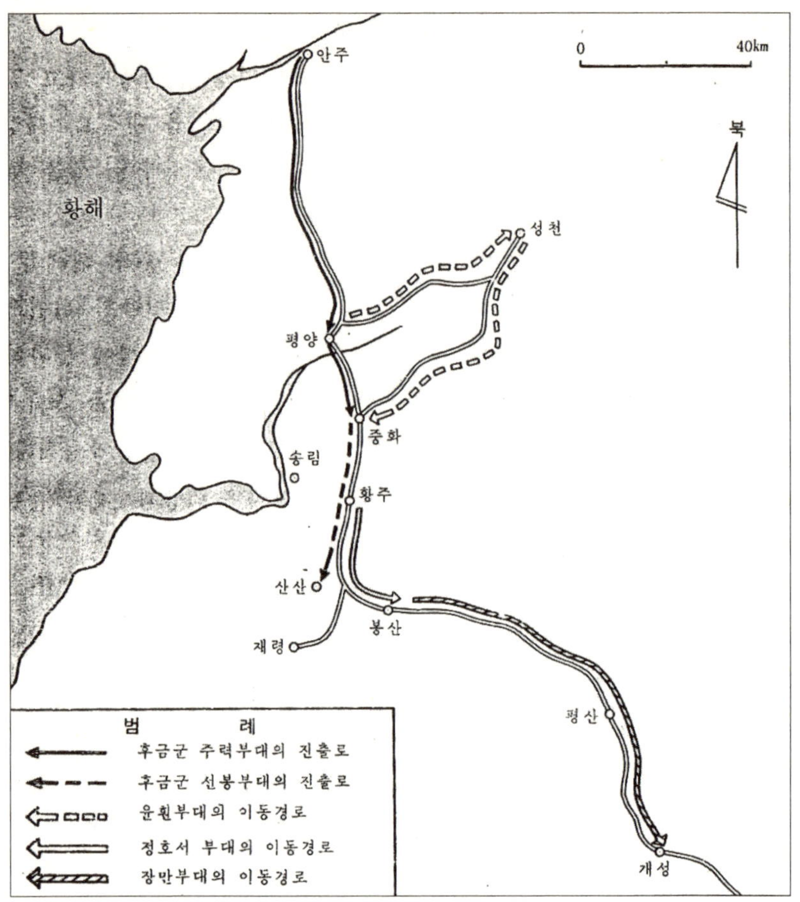

▲ 안주성 함락 직후의 상황

우선 장형만 시행하고 그로 하여금 공을 세워 충성을 바치도록 하였습니다."[284)]

이런 상황이 말해 주듯 남이흥은 평양감사로부터의 구원군을 기다렸으나 오지 않은 고립무원 상황에서 함락을 당하였으니 더욱 비통한

284) 《조선왕조실록》 인조실록 15권, 인조 5년(1627) 2월 6일

심정으로 분사(焚死)를 택하였을 것이 분명하다.

또한 안주성이 함락되고 후금군이 남진하고 있다는 소식이 전해지자 평양성 안의 민심이 동요되어 도망하는 병사와 백성의 숫자가 늘어났다. 윤훤은 조정에 평양의 민심을 진정시키고 군 기강을 바로 잡으려 했으나 커다란 효과가 없이 성을 빠져 나가는 인원만 늘어 중화로 퇴각하였다고 보고하였다.[285]

"적병이 이미 숙천(肅川)에 이르렀는데 본성의 군병들은 모두 놀라서 도망가 버리고 텅 빈 성에 홀로 앉아 있자니 이렇다 할 계책이 떠오르지 않아서 군관(軍官) 40여 명을 이끌고 중화(中和)로 퇴각하여 머물고 있습니다."[286]

"박규영(朴葵英)이 평양을 관할하는 대장으로서 어리석은 백성들을 모아들여 심지어 경작하도록 권장하고 있으니, 오래 머무를 뜻이 있는 것 같습니다. 그리고 평양성이 함락당하던 때 성 안 사람들이 무리를 지어 약탈하다가 적이 물러가면 죽임을 당할까 두려워하여 굳은 뜻으로 적에게 붙어버렸으니 더욱 통분합니다."[287]

황주에서 5천여 명의 황해도 병력을 지휘하여 제2 방어선을 구축하고 있던 황해병사 정호서는 후금군의 진격을 저지할 태세를 갖추고 있었다. 그러나 평안감사가 평양성을 버리고 성천으로 옮겨갔다는 소식을 전해 들은 정호서는 자기 휘하의 소수병력으로는 후금군을 상대할 수 없다고 판단하고 1월 25일 병력을 이끌고 봉산으로 후퇴하고 말았다. 1월 26일에 도체찰사 장만은 조정에 후금군이 평양에 머물고 있고 선봉대는 황주에 도착하였으며, 평안병사 신경원(申景瑗)의 군대는

285) 《조선왕조실록》 인조실록 15권, 인조 5년(1627) 1월 24일
286) 《조선왕조실록》 원전 34집 164면, ; 인조실록 15권, 인조 5년(1627) 1월 24일 임진 002
287) 《조선왕조실록》 인조실록 15권, 인조 5년(1627) 2월 6일

밤에 놀라서 무너져 흩어졌고 평산도 방어할 기세가 없다고 보고하였다.[288)]

평안감사 윤훤과 황해병사 정호서가 성을 버리고 도망하였다는 보고가 도착하자 조정에서는 황급하여 김기종을 평안감사로, 신경원을 남이흥 대신 평안병사로 삼고 도사를 파견하여 윤훤과 정호서를 체포해 오게 하였다.

임진왜란 때 좌의정 윤두수의 아들이자 당시 영의정 윤방의 아우이며 평양성을 버리고 황주로 도피했던 심의겸의 사위 평안감사 윤훤은 목이 베어졌고 황해병사 정호서는 귀양을 갔다. 최명길이 말했다. 윤훤을 엄하게 다스리지 않으면 장차 다른 사람을 징계할 수 없다고 하여 잡아다가 문초하기로 했다. 그리고 강화에서 사형에 처했다.

신임 평안감사 김기종은 함락된 평양지역 상황에 대하여 보고하였다.

현재 평양은 박규영(朴葵英)이 다스리고 있다. 박규영은 사르흐 전투에서 후금으로 강홍립과 함께 포로로 잡혀간 장수 박난영(朴蘭英)의 동생이다. 박난영은 후금에 사신(使臣)으로 갔다가 돌아오지 않았다. 평양은 박규영이 대장으로 있으면서 경작을 주민들에게 권장하고 있었으며, 평양성이 함락 당하던 때 성 안의 주민들이 무리지어 약탈을 하였다. 그리고 그들은 적이 물러가면 보복을 당할까봐 후금군에 적극 협조하여 살 길을 도모했다는 사실을 보고하였다.

안주성이 함락되자, 조정에서는 후금군을 막기 위해 김상용을 유도대장, 여인길을 부유도대장으로 임명하여 도성에 남아 서울 도성을 지키게 하고, 24일에는 영의정 윤방, 우의정 오윤겸, 이조판서 김류, 찬성

288) 《조선왕조실록》 인조실록 15권, 인조 5년(1627) 1월 26일

이귀, 훈신 최명길, 김자겸, 장유, 병조판서 이정구 등이 왕을 호종하였다. 왕은 전국에 교유문을 보냈다.

이 안주성이 함락됐다는 소식이 전해지자 인조는 1월 27일 마침내 강화도로 파천의 길을 떠났다. 임금의 수레가 자취를 감출 때쯤 서울의 유도대장 김상용(金尙容)은 조정에 서울의 상황을 보고했다.

"서울을 호위하는 책임을 지는 장수들까지 덩달아 몸을 숨겨 버렸다. 백성들은 엎어지고 자빠지면서 서울을 벗어났고 피난을 가지 못한 사람들은 양반집 개와 닭을 닥치는 대로 잡아먹고 빈 집을 털었다. 포졸이 막으려고 하면 칼을 들고 대항하는 험악한 분위기다."[289)]

그러나 임진왜란 때와는 달리 궁궐과 관아 물건은 불태우지 않았다. 서울의 유도대장인 김상용은 후금군이 임진강을 건넜다는 소식을 듣고 성을 버리고 달아나니 도성이 크게 혼란하여 선혜청과 호조가 도적이 지른 불에 타 버렸다.[290)]

인조 일행은 무사히 강화에 도착했으며 종묘의 신주도 모시고 갔으나 안치할 건물이 마땅치 않아서 한구석에 쌓아 놓다시피 했고 그런 혼란 중에 신주 하나를 분실하는 사고가 일어나 책임자인 영의정 윤방은 그 분실 사건을 책임지고 귀양까지 갔다 와야 했다.

안주성이 무너진 후로는 무인지경으로 패퇴했으니 윤훤과 정호서의 예가 그것이고 안주가 무너지고 적이 숙천에 이르렀다는 소식을 듣자 24일에는 전주로 세자를 보내 분조를 단행했다. 그래서 도체찰사 이원익, 좌의정 신흠, 서평부원군 한준겸은 세자를 모시고 전주로 남하했고 또 병조참판 이민구, 순검사 심기원, 통어사 류비연, 동양위 신익성 등도 세자를 수행하게 했다. 26일에는 인조도 도성을 버리고 29일 한

289) 《조선왕조실록》 인조실록 15권, 인조 5년(1627) 1월 27일
290) 《조선왕조실록》 인조실록 15권, 인조 5년(1627) 2월 11일

강을 건너서 왕은 강화도의 진해루에 이르렀다.

26) 안주성 함락 이후 허둥대는 위정자들의 모습

평안감사가 안주성 함락을 조정에 보고하자 분조할 준비에 대해 논의했다. 이때 체찰사와 호소사를 남쪽으로 보내어 근왕병을 징집하게 하였으나 소식이 없었고 병조판서 이정구는 군병의 수도 파악하지 못했다. 인조가 도감군(훈련도감)과 수원병이 몇 명이냐고 묻자 병판은 도감군을 각지로 분송하고 남아 있는 수가 얼마인지 모르며 수원군의 수는 나에게 알려주지도 않았다고 하니, 왕은 병을 주관하는 장관이 병수를 모른다고 하니 옳은 일인가 하고 힐책하였다.[291]

함경도와 강계 등 7읍에는 정병이 건재했으므로 이들을 원병으로 끌어다 쓰라는 왕명이 있었으나 구체적인 활동이 보이지 않았으니 한심하지 않을 수 없는 노릇이다. 국난을 당한 당시 위정자들의 모습을 잘 드러내고 있는 것이다.

한편 북병사 윤도와 남병사 변흡(이괄의 난 때 안령 싸움에서 남이홍과 같은 지역에서 전투를 하여 공로를 세워 진무공신 2등에 오름)이 군사를 거느리고 평양에 진주하였다.

조정에서는 충청 · 경상 · 전라도 병사에게 삼도의 병사들은 군사를 거느리고 서쪽으로 가서 임진강을 수비하라고 명했으나 여러 장수들은 그 명령을 이행하지 못했고, 충청수사만이 수천 명의 군사를 이끌고 동작나루에 진을 쳤다.[292]

따라서 공주 이북은 한 곳을 제외하고는 방비가 전혀 없는 상태였으

291) 《조선왕조실록》 인조실록 15권, 인조 5년(1627) 1월 21일
292) 《동국전란사》 외란편, (국방부 전사편찬위원회, 1988), p.55

니 그 당시 우리의 국방 태세가 얼마나 허술했는가를 짐작할 수 있다.

이런 상황이었는데도 그 당시 조정에서는 주전파와 화친파로 갈리어서 대립을 했으며 주전파도 겉으로는 화친을 해서는 안 된다고 큰소리 쳤지만, 속으로는 화친이 성립된 것을 다행으로 생각했다. 또 화친파들은 주전파들의 화친 반대 여론에 눌려 드러내놓고 화친을 주장하지 못하고 있었으나 최명길만은 자기의 소신대로 내놓고 화친을 당당히 내세웠으며, 그로 인해서 탄핵을 당하기도 했다.[293)]

명분으로 보아서 후세 사람들의 추앙은 주전파들에게 뒤지지만 사실상으로는 당시의 정세로 보아서 대단히 옳게 판단을 했고 눈치를 보지 않고 당당했으니 진짜로 훌륭한 분은 이 분이 아닌가 여겨진다.

서울 장안에는 후금군들이 이미 육박해 들어오므로 일시에 무너지고 흩어져, 주전파로 유도대장인 김상용이 긴급명령을 내려 어고(창고) 및 병조 · 호조 · 태창(太倉) · 선혜청과 도성 내 병영의 모든 창고를 불사르게 하였다.[294)]

이로 인해 국가의 비축 양곡이 모두 없어져 버렸다. 그런 후 또 김상용이 강화도에 들어감에 따라 노량진에 쌓아두었던 양곡 1천여 석도 잃어버리게 되었고, 여인길이 수척의 선박으로 겨우 200여 석만을 수습하였을 뿐이다. 이런 사례를 보아 조정을 받드는 중신들이 얼마나 당황하였고 허둥댔나를 짐작케 한다.

27) 의병의 봉기

외부의 침공이 있을 때마다 가족과 고향을 보호하고 침공군을 격퇴

293) 《동국전란사》 외란편, (국방부 전사편찬위원회, 1988), pp.55~56
294) 《동국전란사》 외란편, (국방부 전사편찬위원회, 1988), pp.55~56

해야 한다는 실리와 명분을 바탕으로 조선 각 지역에서 의병이 결성되어 거사를 했다.

후금군의 침공을 먼저 받은 선천, 용천, 정주 등지에서는 이에 자생적인 의병이 조직되었다. 선천 주민 2,000여 명은 지득남을 중심으로 의병을 결성하였고, 용천의 유생 이립 · 철산의 김려기 등과 정주의 주민들은 스스로 의병을 조직하여 후금군을 상대로 유격전을 수행하여 배후를 위협 교란하는 작전을 수행했다.

특히 평안감사 윤훤이 유격전을 수행하겠다는 핑계로 평양성을 빠져 나간 후 평양성 주민들은 전 판관 김준덕을 의병장으로 추대하여 평양성 사수를 결의하고 후금군의 평양성 진입을 봉쇄하기도 했다.

자산과 봉천에서는 고을 유지를 중심으로 의병을 조직하여 마을과 마을사람들을 지켜내기도 했다. 이렇게 서북지방에서는 자생적인 의병이 결성되어 자전자수의 자위책을 강구했다.

의병의 봉기는 후금군이 조선을 침공한 후 일주일이 지난 1월 19일 인조가 죄기교서를 발표하면서 전 호군 김장생[295]을 양호 호소사, 정현광을 영남 호소사로 위촉하여 의병을 모집하고 근왕하도록 함으로써 전국적으로 확대되었다.

1월 22일 연산 본가에서 인조의 유지를 받은 김장생은 80노구를 이끌고 호남의 각 고을에 격문을 발송하며 의병의 봉기를 호소하였다.

295) 김장생(광산인) : 조선 인조 때의 학자. 호는 사계. 송익필, 이이의 문인. 선조 11년 학행으로 천거, 순릉참봉, 정산현감, 1592년 임진왜란 때 호조정랑으로 군량 조달에 공을 세웠고 안성군수로 있다가 1602년 청백리로 녹선되고 계축옥사에 심문받았으나 누명을 벗은 뒤 관직에서 사임, 연산에서 학문연구에 전심했다. 인조반정으로 부호군, 1625년 동지중추부사 이어 행호군, 정묘호란 때는 양호 호소사로 군량조달에 힘썼고, 청과의 화의를 적극적으로 반대했다. 이듬해 형조참판에 임명되었으나 사퇴한 후 향리에서 후학에 힘썼다. 조선예학의 주류를 형성, 시호는 문원공이며 문묘배향이 됐으며, 그의 아들 김집도 문묘에 배향이 되어 조선 최고의 문벌을 형성했다. 최초의 한글소설 〈구운몽〉을 쓴 김만중은 그의 손자이다.

김장생은 기호지방 유림의 거두로서 그의 호소는 각지의 호응을 불러 일으켜 호남 호서 각지에서 의병이 결성되어 그의 휘하에 운집하였다.

김장생은 전주에 분조하고 있던 세자 일행이 후금군의 평산 진출 소식을 듣고 다시 영해 한산도로 분조하려 하자 적극 만류하면서 군량과 병력을 모집하여 반격을 개시할 태세를 갖추어 나갔다.

3월 3일 화의가 성립—양호 의병의 근왕은 불필요하게 됐고, 왕명에 의해 강화도에 온 김장생과 의병장들은 3월 5일 국왕을 배알하고 의병을 해산하였으며, 인조의 극진한 인사와 치하에 감사하면서 귀향을 하였다.

국방력이 부실한 조선으로서는 매우 다행스러운 현상이었다.

28) 화전양론

도체찰사 장만이 조정의 명에 따라 강홍립의 아들 강숙과 박난영의 아들 박립에게 국서를 주어 1월 25일 후금 진영으로 보냈다. 이유는 적병이 퇴각하도록 설득하는 한편 적정을 탐문하고자 하는 목적이 있었던 것이다.

강홍립이 장만에게 답서를 보냈다.

"저의 미련한 목숨은 죽지를 못하고 있습니다. 오직 양국이 전쟁을 하지 말고 화친만을 바라고 있는데 끝내 일이 이 지경에 이르렀으니 무슨 말을 더하겠습니까? 그간 한결같이 화친을 해야 한다는 의견을 개진하면서 죽음을 각오하였으나 이 지경까지 이르렀고 이제 두 집의 아이들이 칼날을 무릅쓰며 국서를 받들고 온 것을 보고는 더욱 꼭 화친하도록 힘쓰겠다는 결심이 굳어집니다. 엎드려 빌건대 영형께서 화친을 찬성하시어 조정의 근심을 덜도록 하시면 다행이겠습니다. 여기

군사들은 싸움에 깊이 세련되어 그 형세 또한 예리하니, 부질없이 입으로만 이 사람들을 기만하려 해서는 안 되겠습니다. 특별히 성의 있는 호의로 설득하고 예물을 후하게 주어 속히 이들이 철군하게 하십시오. 이것이 가장 좋은 방법입니다. 이곳에서 가는 사자(使者)에게는 반드시 어전에서 친히 문서를 전달하게 하여 그들로 하여금 피차가 화친을 하고자 하는 뜻이 확고하다는 것을 보이도록 하십시오. 이 역시 아주 긴요한 일이오니 깊이 생각하여 잘 처리하여야 될 것입니다. 집 아이는 한 번 대면하고 금방 돌려보냅니다. 형편상 길게 머물게 할 수 없으니 마음이 살을 에는 듯하나 어찌 하겠습니까?"[296)]

장만과 강홍립은 담장 하나를 사이에 두고 이웃에 살았으므로 어려서부터 서로 친밀한 사이였고, 강홍립이 보낸 서신을 보면 아직도 옛 친구의 정의를 믿는 듯하다.[297)]

2월 2일에는 후금의 사자(使者)가 강도의 갑곶에 이르렀는데 임금에게 보낸 서신은 화친을 하자는 것이었다.

"대금국(大金國) 이왕자(二王子)는 조선 국왕에게 답서를 보냅니다. 두 나라가 화친하고 좋게 지내자는 것은 다 함께 아름다운 일입니다. 귀국이 참으로 화친을 바란다면, 꼭 종전대로 명나라를 섬기지 말고 그들과 왕래를 끊고서 우리가 형이 되고 귀국이 아우가 됩시다. 명나라가 노여워하더라도 우리 이웃 나라가 가까운데 무슨 두려워할 것이 있겠습니까. 과연 이 의논과 같이 한다면, 우리 두 나라가 하늘에 고하고 맹세하여 영원히 형제의 나라가 되어 함께 태평을 누릴 것입니다. 일이 완결된 뒤에 상(賞)을 내리는 격식은 귀국의 조처에 달려 있으니, 국사를 담당할 만한 대신을 차출하여 속히 결정하여 일을 완결하십시

296) 《국역 연려실기술 IV》, pp.106~107. 인용문과 번역은 약간 다르나 내용은 같음
297) 한국군사사 논문선집 왜란 호란편 p.691

오. 그렇지 않으면 오가는 길에 시간만 지연되어 불편할 터이니, 우리를 신의가 없다고 여기지 마십시오."[298)]

후금국의 국서는 부드럽게 표현했으며 위협적 언사가 없다. 강화조건의 핵심은 명나라와의 관계를 끊으라는 것과 자기 나라를 형의 나라로 대접하라는 것이었다.

인조가 있는 행재소에서는 이 문제에 대해서 심각하게 논의했다. 결국 명나라와의 단교는 영의정 윤방의 의견에 따라 받아들이지 않기로 하고 금을 형의 나라로 섬기는 문제는 이정구의 의견에 따라 받아들이기로 결정했다

2월 5일 조정에서는 강인(姜絪)을 회답사로 보냈다. 강인은 강홍립의 숙부인데 야인(野人)이었다. 그를 가짜 형조판서로 만들어 회답사로 보낸 것이다.

회답서에서 인조는 두 나라의 전통적인 우호관계와 갑작스런 침입으로 놀라지 않을 수 없었다는 점을 말하고 명나라에 대한 사대은의를 늘어놓은 뒤 이렇게 이었다.

"큰 나라를 섬기고 이웃 나라와 사이 좋게 지내는 데는 본디 마땅한 방도가 있습니다. 이제 우리가 귀국과 화친함은 이웃 나라와 사이좋게 지내기 위해서이고, 명나라와의 관계를 끊지 않음은 큰 나라를 섬기기 위해서입니다. 이 두 가지 일은 함께 시행해도 서로 어긋남이 없습니다. 오직 제각기 나라를 지키면서 양쪽이 자기 도리를 다하고 서로 안락하게 지내며 대대로 좋은 관계를 유지해야 할 것입니다. 이것은 나의 간절한 소원이면서 하늘도 기뻐할 일이니 귀국은 알아서 처리해 주십시오."[299)]

298) 《조선왕조실록》 인조실록 15권, 인조 5년(1627) 2월 2일
299) 《조선왕조실록》 인조실록 15권, 인조 5년(1627) 2월 5일

글의 내용이 뻣뻣한 편이고 더구나 끝에다 명나라 연호인 천계(天啓)를 썼다. 상대를 자극하기에 충분한 답서였다. 후금군 진영에 사자(使者)로 간 강인(姜絪) 등이 2월 21에 후금의 二왕자가 조선 측이 보낸 국서에 명나라 연호인 천계(天啓)를 썼다고 하여 되돌려 주자 자신들이 용서를 빌었지만 안 되었다고 조정에 보고하였다.[300)]

강화를 놓고는 국내외적으로 의견이 분분했다. 사림 출신의 벼슬아치들은 이귀와 최명길이 화의를 주장해 대의와 나라를 그르쳤다고 탄핵했으며, 장만이 임진강 요새를 버리고 달아난 죄를 물어야 한다고 소동을 벌였다.

2월 7일에 또 도체찰사 장만이 조정의 명에 따라 1월 25일 후금 진영에 국서를 가지고 갔던 강홍립의 아들 강숙과 박난영의 아들 박립이 후금의 국서를 가져왔다. 후금은 조선이 후금군을 방어하지 못한 관리들을 처벌하고 전투태세를 강화하고 있어 화친하려는 의도가 엿보이지 않는다. 조선이 보낸 국서에 명(明)의 천계(天啓) 연호를 쓴 사실을 지적하며 명과 외교관계를 지속한다면 화친할 수 없다고 강경한 입장을 나타냈다. 후금이 조선을 침공한 목적은 명과 조선의 외교관계를 단절시키고 화친하려는 데 있다. 그런데도 조선이 자국(自國)에 보낸 국서에 명(明)의 천계(天啓) 연호를 사용하는 처사로 보아 명(明)과 기존의 외교관계를 유지하려는 의도가 확연하므로 서울을 점령하여 일년 간 농사를 지으며 주둔하면서 돌아가지 않겠다고 위협을 가했다. 후금의 이 국서를 보고 인조는 후금과의 화친이 어렵게 됐다고 여겨 군사를 독촉하고 강도를 지킬 것을 지시했다.[301)]

2월 8일 후금군이 막강한 군사력으로 서울 도성을 향해 육박해 오고

300) 《조선왕조실록》 인조실록 15권, 인조 5년(1627) 2월 21일
301) 《조선왕조실록》 인조실록 15권, 인조 5년(1627) 2월 7일

있는 상황에서 이미 후금이 화친의 국서가 사자(使者)를 통해 임금에게 전해졌는데도 불구하고 윤황(尹煌) 같은 주전론자는 화친을 할 수 없다고 완강히 인조에게 건의하였다. 인조는 지금 화친을 허락한 것은 전쟁을 완화시키려는 계책이라면서 윤황의 건의를 받아들이지 않았다.

강인(姜絪)이 조정에 보고하기를 후금의 장수가 조선이 명(明)과 단교하면 화친하고 철군할 것이지만, 만약 조선이 이를 따르지 않는다면 화가 종사에 닥칠 것이므로 화친 여부를 빨리 결정해야 한다는 위급한 상황을 보고하였다.[302]

2월 10일 인조는 강홍립과 박난영을 접견하여 후금군의 정황을 묻고 화친의 뜻이 진정인가의 의견을 들었다. 강홍립과 박난영은 후금군이 진정으로 화친하려는 뜻이 있으며 회군할 것이라는 의견을 제시하였다. 김류가 화친을 하지 않으면 어떻게 되겠는가라고 묻자 강홍립은 저들의 칼날이 어디까지 미칠지 언제까지 갈지 모른다고 대답하였다. 강홍립은 후금의 화친을 받아들이지 않으면 피해가 막심할 것이라는 점을 들어 경고하였다.

김류가 박난영에게 "화친을 결정하게 되면 즉시 군사를 퇴각시켜야 되는데 평양에 머무르고자 하는 것은 무슨 까닭인가?"라고 묻자 후금이 누루하치 때부터 '조선은 마땅히 강화만 해야 할 뿐이지 우리들의 소유로 삼아서는 안 된다' 고 했다고 대답했다.

박난영은 화친하면 후금군은 물러간다고 의견을 제시하였다. 양사(兩司)가 인조에게 화친을 건의하는 강홍립을 참수하고 후금 사자(使者)를 접대하지 말라고 청하였다.

302) 《조선왕조실록》 인조실록 15권, 인조 5년(1627) 2월 8일

인조는 강홍립이, “오랫동안 오랑캐에게 있다가 국가를 위하여 나왔으니 정상이 용서해 줄 만한 점이 있는데, 지금 심지어 반신으로까지 지목하니 또한 억울하지 않겠는가 하면서 거절하였다.

또 같은 날 2월 10일 유해에 대한 접대 · 강홍립의 참수 등에 대하여 논의할 때 이귀와 최명길은 사자(使者) 유해를 접견하여 화친할 것을 주장했고 윤황 등의 다른 대신들은 반대의 주전(主戰)을 주장하였다. 인조는 사자(使者)을 접견하고 강홍립의 참수를 반대하고 화친에 동의하였다.[303)]

이렇게 해서 인조가 후금의 사자(使者) 유해(劉海)[304)]를 접견하기로 하였다.

후금의 사자(使者) 유해(劉海)는 강도에 들어왔는데도 조선의 조정이 그를 맞지 않으려는 처사에 대하여 화친이 나라를 살리는 길이라는 내용의 서신을 보냈다. 자신은 한인(漢人)으로서 조선의 국난을 구해주려는 마음을 가지고 있다. 백성들이 도탄에 빠져 있는데도 임금이 백성들을 생각하지 않고 권도(權道)로써 화친을 받아들이지 않으니 안타깝다. 백성들은 봄이 다가와 농사를 지을 시기인데 전란으로 생업에 종사할 수 없고 형제가 후금군에게 잡혀가는 절박한 상황이어서 화친을 간절히 바라고 있는데도 임금으로서 고려를 하지 않으니 잔인하다고 볼 수밖에 없다. 사자(使者)인 자신을 입금이 접견하지 않으면 후금

303) 《조선왕조실록》 인조실록 15권, 인조 5년(1627) 2월 10일

304) 유해 : 삼중 첩자 노릇을 한 사람이다. 진주 출신이라고도 하나 확인할 수 없음.
명나라 조정에서는 1만량의 상금을 걸고 그를 잡아오면 행주지사 자리를 주겠다고 공표했다. 후금 역시 그의 행적을 수상쩍게 여기고 있었다. 우리나라에 와서도 조선을 돕는 척했다. 수세에 몰린 유해는 또 한 번 꾀를 내어 자기 집에 불을 지르고 다른 사람을 타 죽게 한 다음 자신이 자살한 것처럼 위장하고 다른 형제들과 함께 가도로 망명했다. 후금은 감쪽같이 속았고 조선 사신도 유해의 자살을 보고했다. 모문룡은 반겼고 유해는 이름을 유홍조로 바꾸었다. 모문룡의 부하가 된 것이다.

군이 서울 성 안을 점령하고 팔도의 전백성들에게 미치는 피해가 막심할 것이다.

마지막으로 임금이 이번 사자(使者)인 자신을 접견하지 않으면 되돌이킬 수 없는 참화가 있을 것이라는 경고를 하였다. 유해가 인조에게 화친이 나라를 살리는 길이라는 서신을 보낸 2월 11일 이날에 유해는 인조를 접견했다. 유해는 자신이 읍하려고 하는데 인조가 손을 흔들지 않았다면서 화를 내고 퇴장하였다. 이때 이귀만이 화친이 어렵게 되었다면서 한탄하였다.[305)]

이 무렵 화전양론이 분분하였는데 후금이 먼저 강화를 제의해 오자 인조는 최명길 등의 주화론을 채택하여 후금과 교섭을 하여 정묘조약을 체결하게 하는 방향으로 후금과 외교를 전개하였다.[306)]

2월 13일에는 후금군에 있던 강인이 적의 동태를 조정에 보고했다. 적의 군사들이 약탈을 금하고 백성들을 안심시키고 있으면서 강홍립이 돌아오기를 기다리고 있다. 후금군은 마초식량을 구한다면서 마을과 들에 가득하니, 그들에게 군량과 꼴을 제공해 준다면 백성들의 침탈은 면할 수 있다. 즉시 왕자를 후금군에 보내지 않으면 큰 화가 미칠 것이다.[307)]

후금군 측에서는 조선 측에 천계(명 의종의 연호 天啓)를 쓰지 말고 왕자를 인질로 보낼 것을 요청했고, 조선에서는 왕자의 나이가 어려서 보낼 수 없다고 핑계를 대고 왕자 대신 종실인 원창군(原昌君) 이구(李玖, 성종의 서 13남 운천군의 증손자)를 왕세자라고 속이고 보내기로 했다.[308)]

305) 《조선왕조실록》 인조실록 15권, 인조 5년(1627) 2월 11일
306) 《동국전란사》 외란편, (국방부 전사편찬위원회, 1988), pp.56~57
307) 《조선왕조실록》 인조실록 15권, 인조 5년(1627) 2월 13일
308) 《동국전란사》 외란편, (국방부 전사편찬위원회, 1988), pp.56~57

인조는 2월 13일에 원창부령(原昌副令) 이구(李玖)를 원창군(原昌君)으로 삼아 후금군에 인질로 보내기를 지시하였다.[309]

2월 15일 인조는 인질 원창군 이구를 통해 보낸 국서에 화친의 맹약을 하도록 했다는 내용과 화친의 맹약을 하면 즉시 압록강 밖으로 철군하여 앞으로는 절대 양국이 상대방 국경을 넘지 않을 것을 요구하였다.[310]

원창군 이구를 인질로 보낸 2월 15일에 강화도 연미정(燕尾亭)에서 후금 사자(使者) 유해는 인조에게 조선과 후금의 화친의 맹약을 하였다.

유해(劉海)가 연미정(燕尾亭)에서 서약하기를,

"금나라 부장(副將) 유해가 명을 받들고 조선국에 와 강화하면서 해를 두고 맹세합니다. 조그마한 일로 다투거나 비리로 징구(徵求)하는 것을 허락하지 않을 것은 물론 화친이 이루어진 뒤에는 곧바로 돌아가겠습니다. 왕제(王弟)가 군문(軍門)에 이르러 함께 맹세하였는데, 만약 이를 빌어 볼모를 삼는다면 하늘이 금나라의 이왕자(二王子)에게 죄를 내릴 것입니다……."

사간 윤황(尹煌)이 후금 사자(使者) 유해가 인조에게 조선과 화친을 서약하기 바로 직전에 지금의 화친은 항복이니 화친하지 말 것을 상소하였다. 그는 상소문에 후금군은 후원군이 없고 병졸들이 피로하고 말이 지쳤으며 우리의 근왕병(勤王兵)이 모여들고 있어 각종 전술로 적을 공격하면 열흘이 지나지 않아 무너질 것이고, 인조에게 후금 사자(使者)와 화친을 주장하던 신하들을 참수할 것을 건의하였다.[311]

309)《조선왕조실록》 인조실록 15권, 인조 5년(1627) 2월 13일
310)《조선왕조실록》 인조실록 15권, 인조 5년(1627) 2월 15일
311)《조선왕조실록》 인조실록 15권, 인조 5년(1627) 2월 15일

2월 21일 후금군에 가 있는 강인과 이홍망이 조정에 후금의 이왕자(二王子) 아민이 유해가 조선과 맺은 화친을 맹약한 국서에 명(明)의 연호 천계(天啓)가 기재된 것을 보고 화를 내어, 유해를 다시 사자(使者)로 보내면서 국서를 되돌려 보내고 다시 화친의 맹약을 맺도록 지시하였다고 보고하였다.

2월 21에 후금 사자(使者) 유해가 강화도 연미정에 도착했다. 그를 접대하는 대신이 지난 번에 맺은 화친의 국서를 그가 되돌려 가져온 이유를 인조에게 알렸다. 지난 번 맺은 화친 국서에 명(明)의 연호 천계(天啓)가 기재되어 있어 후금의 이왕자(二王子)가 화를 내어 화친의 맹약이 그르쳐져서 후금군이 기한 내에 철군할 수 없게 되었다. 그러므로 이번 화친을 맹약하는 국서에는 명(明)의 연호 천계(天啓)를 쓰지 않도록 해야 한다는 내용이었다.

유해가 보낸 후금의 국서에도 지난 번 맺은 화친 맹약의 국서에 명(明)의 연호 천계(天啓)가 기재되어 있어 후금의 한황(汗皇)에게 보낼 수 없었으므로 이번의 화친을 맹약하는 국서에는 천계(天啓)를 기재하지 말라고 하였다. 만약에 천계(天啓)를 도로 쓴다면 왕의 동생으로 후금군에 인질로 가 있는 원창군 이구를 돌려보내고 화친을 하지 않고 철군하지 않을 것이다라고 하였다.[312)]

후금 사자(使者) 유해와 화친을 맹약하는 후금의 국서에 명(明)의 연호 천계(天啓)를 사용하지 말라는 요구에 대하여 인조는 대신들과 의논하였다. 인조는 회의 전부터 국가의 위기 상황을 생각하고 이번 화친을 맹약하는 국서에 명(明)의 연호 천계(天啓)를 사용하지 않을 것을 마음먹고 있었다.

312) 《조선왕조실록》 인조실록 15권, 인조 5년(1627) 2월 21일

이때 윤방과 오윤겸이 말하기를 당시의 시국을 "한강과 임진강 두 곳에 군량이 이미 고갈되었으니, 10일이 지나면 반드시 스스로 무너지는 걱정이 있게 될 것입니다"라는 위기 상황을 말하였다.

그런데도 오윤겸은 "이번 국서에 명(明)의 연호 천계(天啓)를 빼면 강상(綱常)을 말살하려는 것이니, 결코 따를 수 없습니다"라고 반대 주장을 하였다.

김류는 명(明)의 연호 천계(天啓)를 사용하지 않아도 강상(綱常)을 말살하려는 것이 아니다라고 반론하였다. 김류는 "국가의 존망이 여기에서 판가름나는데 신은 그것이 대의에 해로운지 모르겠습니다. 임진(臨津)의 군사가 이미 무너져 흩어질 형세에 있습니다"라면서 명(明)의 연호 천계(天啓)를 빼서 국서를 작성해야 하는 위기 상황을 말하였다.

영상 윤방, 원훈(元勳) 이귀와 김류는 이번 화친을 맹약하는 국서에 명(明)의 연호 천계(天啓)를 빼자고 주장하였다.

인조는 "영상과 두 원훈의 뜻이 이와 같으니 마땅히 이에 의하여 게첩을 만들어야 하겠다. 대의에 있어서는 나라가 망하더라도 결코 따를 수 없지만, 지금 이 게첩에 대해서는 억지로 다투면서 국가를 위망하게 만드는 일을 자초할 것은 없다"라고 하였다.

이렇게 해서 이번 화친을 맹약하는 국서에 명(明)의 연호 천계(天啓)를 빼서 작성하자고 결정했다.[313]

2월 23일 조선에서는 후금에 화친을 다시 말하고 명(明) 연호 천계(天啓)를 쓰지 않은 게첩(揭帖)으로 국서를 보냈다.

"두 차인(差人) 편에 서찰을 받으니 매우 위로됩니다. 화친하는 일은

313) 《조선왕조실록》 인조실록 15권, 인조 5년(1627) 2월 22일

이미 정당하게 되었으니, 지금부터는 마땅히 각각 맹약을 지켜 배반하지 말고, 피차의 백성들로 하여금 함께 안락을 누리게 한다면 더없이 좋겠습니다. 우리나라가 신하로 2백여 년 동안 황조(皇朝)를 섬겼으므로 받은 은혜가 깊고도 중하니 의리상 저버릴 수 없습니다. 전일의 서찰에 이미 이 뜻을 다 말하였으므로 지금은 다른 말을 하지 않겠으니, 귀국은 양해하십시오. 연호를 쓰지 않는 것은 게첩의 서식을 따른 것입니다."[314]

2월 24일에 유해가 화친을 맹세하는 글을 요구하자 화친이 이미 이루어졌다는 글을 보냈다.[315]

2월 28일에 후금에서 조선의 임금인 인조가 화친을 말하면서도 화친하고 싶지 않은 것이므로 화친을 맹약하는 의식을 조속히 거행하자는 국서를 보내왔다.

한편으로는 조선이 전투력을 강화하고 있는 것으로 보아 후금군과 승부를 겨루고자 하는 것 같다. 그렇다면 후금군에 왕제로 인질로 와 있는 원창군 이구를 보내고 난 뒤 날짜를 정하여 양국이 일전을 겨루고 난 뒤 맹약하는 의식을 거행해도 될 것이라면서 위협을 가하였다.

조선의 임금인 인조가 곧 바로 화친하고 싶다면 속히 화친을 맹세하는 의식을 거행할 것을 요구하였다.

"금나라의 이왕자(二王子)는 조선 국왕 휘하에 글을 보냅니다. 화친의 우호를 체결함은 두 나라의 소원인데 맹세가 없으면 어떻게 성실성을 믿을 수 있겠습니까. 지금 귀국 왕이 고집하여 지체시키면서 맹세하지 않고 있으니, 이는 화친을 말하면서 속으로는 화친하고 싶지 않은 것입니다. 어찌 근일 무기가 준비되고 사졸들이 훈련되어 한 번 싸

314) 《조선왕조실록》 인조실록 15권, 인조 5년(1627) 2월 23일
315) 《조선왕조실록》 인조실록 15권, 인조 5년(1627) 2월 24일

워 승부를 겨루고 싶어하는 줄을 모르겠습니까. 따라서 그렇게 한다면 그것은 대장부의 일이므로 바로 영제(令弟)를 돌려보내고 대신과 날짜를 약속해서 접전하여 누가 이기고 누가 지든 간에 다시 맹약을 정하는 것도 늦지 않습니다. 귀국 왕이 곧바로 화친하고 싶다면 속히 맹세하여 두 나라의 전쟁을 종식시키는 것이 생민들의 행복이니, 존재(尊裁)하십시오."[316)]

인조가 임진강이 무너지려는 국가 위기를 극복하기 위해 화친 쪽으로 정책의 방향을 잡자 수많은 신하들의 반대가 있었다. 이를 무릅쓰고, 원훈(元勳) 이귀, 김류의 지지를 받아가면서 화친을 맹약하는 결심을 했다. 2월 30일에 인조는 화친을 맹약하는 것에 대하여 의논하고 화친의 불가피성에 대하여 말하였다.[317)]

3월 3일에 인조는 후금 사자(使者) 유해와 함께 후금과 화친을 맹약하는 의식을 거행하였다.

이날 밤 상이 대청에 나가 향을 피우고 하늘에 고하는 예를 몸소 행하였다. (중략) 도승지가 상에게 향을 피우라고 고하자, 상이 향을 피웠다. 좌부승지 이명한(李明漢)이 맹세문을 읽었다. 그 글에 이르기를,

"조선 국왕은 지금 정묘년 모월 모일에 금국(金國)과 더불어 맹약을 한다. 우리 두 나라가 이미 화친을 결정하였으니 이후로는 서로 맹약을 준수하여 각각 자기 나라를 지키도록 하고 잡다한 일로 다투거나 도리에 어긋나는 일을 요구하지 않기로 한다. 만약 우리나라가 금국을 적대시하여 화친을 위배하고 군사를 일으켜 침범한다면 하늘이 재앙을 내릴 것이며, 만약 금국이 불량한 마음을 품고서 화친을 위배하고 군사를 일으켜 침범한다면 역시 하늘이 앙화를 내릴 것이니, 두 나라

316) 《조선왕조실록》 인조실록 15권, 인조 5년(1627) 2월 28일
317) 《조선왕조실록》 인조실록 15권, 인조 5년(1627) 2월 30일

군신은 각각 신의를 지켜 함께 태평을 누리도록 할 것이다. 천지 산천의 신명은 이 맹약을 살펴 들으소서(중략)" 하였다.

"조선 국왕은 지금 대금국 이왕자(二王子)와 맹약을 한다. 두 나라가 이미 아름다운 화친을 맺었으니, 이후로는 마음과 뜻을 함께 하여야 한다. 만약 조선이 금국을 적대시하여 병마(兵馬)를 정비하거나 성보(城堡)를 새로 세워 불선한 마음을 갖는다면 하늘이 앙화를 내릴 것이며 이왕자도 만일 불량한 마음을 갖는다면 하늘이 재앙을 내릴 것이다. 만약 양국의 두 왕이 마음을 같이 하고 덕을 같이 하여 공도로써 처신한다면 하늘의 보호를 받아 많은 복을 누릴 것이다" 하였다.

맹세하는 절차를 마치자, 유해는 돌아갈 것을 고하였다.[318]

조선의 병조판서 이정구와 후금의 사자(使者) 유해는 화친에 합의, 조선과 후금을 형제의 나라로 부르기로 하였다.

화친이 성립되자 사람마다 이를 통탄스럽게 여겼다.

화의가 이루어졌다는 소식을 듣고 성균관 유생들이 거세게 항의했다. 오랑캐의 사자와 박난영의 목을 베어 함에 담아서 명나라에 보내야 할 것이며 의리를 내세우고 화의를 배격하며 마지막까지 한바탕 싸워야 한다. 이 주장을 시작으로 화의를 반대하는 글을 올렸지만 허공을 치는 메아리였다.[319]

대사간 윤황은 화친을 항복이니 화친하지 말 것을 상소했고, 전한 강석기 등이 두둔하고 나서는 등 반대가 극심했으나 인조가 원훈(元勳) 이귀, 김류, 최명길 등의 주화론을 채택하여 정묘조약이 체결된 것이다.

1) 화약 후 후금군은 즉시 철병할 것. 평산 이남으로 더 진출하지 않

318) 《조선왕조실록》 인조실록 15권, 인조 5년(1627) 3월 3일
319) 《동국전란사》 외란편, (국방부 전사편찬위원회, 1988), pp.56~57

고 곧 철병할 것. 후금군은 철병 후 다시 압록강을 넘지 말 것.

2) 조선은 후금과 화약을 맺되 양국은 형제의 나라로 일컬으며 명나라와 적대하지 않을 것 등을 조건으로 삼았다.

이 화친의 맹약은 비록 형제의 나라로 규정하기는 했지만 후금군을 철수시키기로 한 것과 명과의 외교관계를 그대로 유지한다는 점에서는 후금국의 무력에 굴복한 일방적인 조약이라고 볼 수는 없다. 비록 조선이 군사적으로는 열세였지만 후금군이 장기적으로 주둔할 수 없다는 약점을 잘 활용한 협상이었다.

후금군이 침입한 지 한 달 20일만에 정식 화친이 성립되었다. 두 나라는 형제의 나라가 되었는데 아우는 조선이었다.[320]

전쟁이 벌어진 지 7개월만에 실제적인 종전이 이루어진 셈인데 안주성 싸움 이후는 무인지경으로 한 번도 대항을 못하고 지리멸렬이었으니 임금은 임금대로 중신은 중신대로 속수무책으로 갈팡질팡하였다.

임진왜란은 7년 기간의 긴 전쟁이었으니 전쟁의 피해가 컸을 것이라는 것을 알 수 있을 것이다.

그러나 이 정묘호란은 길게 잡아 7개월이었는데 전쟁의 피해는 더 컸다고 한다. 심지어 평안도와 황해도는 엄청난 피해를 받아서 주민의 40%가 죽거나 도망치거나 이주하거나 포로로 잡혔다고 한다.

후금군의 행패는 그만두고 우방이라고 생각하던 모문룡의 군대도 역시 끊임없는 노략질로 그냥 넘길 수가 없는데 속수무책으로 항의 한 번 못하고 방치했다고 한다. 여름에는 홍수가 나고 전염병이 크게 퍼져 고통을 가중시켰다. 화의를 약속하고 하늘에 맹세한 후에도 후금은 조선을 믿지 못하고 약속을 어기고 전쟁 행위를 계속했다.

320) 이이화, 《한국사이야기》 pp.158~160

조선은 그런 와중에도 정신을 못 차리고 대명사대(大明事大)에 빠져 속임수로 화친을 맺었다.

29) 당했으면 정신을 차려야지

정묘호란이 끝난 지 9년만에 병자호란이 일어났다.

후금군은 정묘호란 후 정신을 가다듬어 부국강병을 열심히 했기에 강대국이 되어 병자년(1636년)에 정병을 이끌고 용골대를 총대장으로 조선을 재차 침략하였으니 이것이 병자호란인 것이다.

조선 조정은 정묘호란으로 전무후무한 치욕을 당했으면서도 갈팡질팡 정신을 못차리고 방황하다가 병자호란을 불러들여 더 지독한 치욕을 당한 것이다. 후금은 강대국이 되어 조선의 재침인 병자호란은 물론 더 나아가 중원을 정복하여 청제국을 세워 조선의 종주국까지 되었는데 우리 조선은 같은 시간에 무엇을 했기에 이런 참담한 결과를 거듭 당했는지 천추의 한이 아닐 수 없다.

그런데 우리의 현재 정국도 이때와 유사하게 북핵으로 인한 위란을 맞고 있는데 긴장을 하지 않고 무사안일한 태도로 일관하고 있다고 느껴지는데 그런 위정자(책임자)의 모습을 보고 불안하지 않을 수가 없다. 국론을 통일시켜 단호하게 대처하는 모습을 보여주면 국민들이 안심하지 않을까? 기대해 보고 싶다. 그러니 병자호란 때와 같은 현실을 보면서 걱정과 근심이 없을 수 없다.

강홍립과 박난영은 후금에 있을 때 새로 장가를 들었는데 그들의 처는 유해의 처제들이었다. 이들은 요동 출신으로서 3자매였다. 그들 자매는 귀영개의 양녀이기도 하였다. 유해는 귀영개의 사위가 되자 자칭 후금국의 부마라 하였다.

후금국은 강홍립과 박난영에게 각각 요동사람 500명씩을 주어 부리게 했는데 유해가 조선에 들어올 때 강홍립과 박난영, 오신남의 처들을 데리고 왔으므로 그들 500명도 따라 왔다.

도성에서는 양식이 없어 각도에 나누어 거주하게 하였다.

27년 4월 28일 후금군이 압록강을 건너 철병하자 강홍립과 박난영은 그들의 아들들을 인질로 보내고 그들은 조선에 남았다.

이들 두 사람의 모친이 몇 년 전에 죽었으므로 추복하였다.

오신남은 자식이 없어 도리없이 후금군에게 끌려갔다.

강홍립은 자기 행동을 뉘우치고 선영에 가서 눈물로 하직하고 스스로 목매어 자살하였다. 인조가 새 개각을 단행하여 영의정에 김류, 우의정에 이성구, 이조판서에 최명길, 예조판서에 강석기, 호조판서에 이경직, 병조판서에 구굉을 임명하고 좌의정 홍서붕을 유임시켰다.

그간의 예로는 재상자리를 맡으려고 별별 공작을 다 벌인 벼슬아치들이 이번에는 이 핑계 저 핑계를 다 대면서 재상자리를 맡으려고 하지 않았다. 심지어 김신국 같은 사람은 아들을 청에 볼모로 보내지 않으려고 핑계를 대고 재상의 반열에서 빠지려고 하였다. 신경진 같은 이는 이런 약아 빠진 벼슬아치들의 처사에 분노해 소리쳤다고 한다.

쥐새끼 같은 무리가 나라를 이렇게 엉망으로 만들었다.

김류의 서녀 딸이 포로로 청으로 잡혀가게 되었다. 인조가 용골대에게 그 처녀를 풀어달라고 요청했으나 받아주지 않자 김류(영의정)가 용골대의 참모 정명수에게 옷깃을 잡으며 하소연을 했다.

내 딸을 보내주면 천금을 주겠소. 김명수는 옷깃을 뿌리치고 가 버렸다. 이 일로 영의정이 포로 값을 올렸다는 비난이 쏟아졌다.[321)]

321) 이이화, 《한국사이야기》 p.255

09
결어

양주의 화첩동의 주봉은 불암산의 석봉이다. 풍수지리설에 의하면 이 산은 갑주와 같아서 명장이 많이 날 형세라고 하는데 거기에는 남이흥의 9대조인 경열공, 8대조 충경공 재의 무덤이 있다. 그래서 그런지는 모르지만 재의 현손인 남이 병조판서와 5대손인 한성판윤 남치근, 8대손인 남이흥이 태어났다고 전해 온다.

정묘호란은 비록 진 싸움이지만 그래도 단 한 번의 싸움다운 싸움은 안주성 싸움이었다.

네 번이나 격돌했지만 세 번은 저지했고 네 번째 격돌에서 결국 중과부적으로 패했으니 통탄스런 일이고 그 이후 아군의 다른 싸움은 계속 무인지경으로 굴복하였으니 임금 인조가 치욕과 수모를 받고 굴복까지 하기는 했지만 형제지의를 맺고 끝난 것은 안주성 싸움에서의 적의 타격이 컸기 때문이 아닌가 한다.

남이흥이 주장(主將)으로 이끈 안주성의 전투는 졌기 때문에 빛이 나지 않지만 전투에 임했던 남이흥과 휘하 장병들은 3천 명의 군사로 후금군 3만 명과 싸우면서도 비굴하지 않았다. 남이흥은 최후에는 화약고에 불을 지르고 장렬하게 자분하고 최후를 마쳤다.

더구나 남이흥은 이괄의 난 때에 전공을 세워 갈성분위출기호력진무일등공신으로 책봉 받았고 정묘호란 때는 위와 같이 장렬하게 순국을 했다.

이괄의 난과 정묘호란 때 세운 남이흥 등의 공적은 더 큰 전란인 임진왜란과 병자호란에 가리어 잘 알려지지 않고 있지 않은가 생각이 드는데 실제로 우리 역사상 안주성 싸움처럼 비장하고 치열한 싸움이 어디에 또 있었나. 안주성 전투는 우리 역사상 어느 싸움보다도 물질적으로나 정신적으로 치열했다. 안주성 전투에서 주장(主將)인 남이흥은 임진왜란 때 진주성 2차 전투에서 성이 함락될 때 남강에 투신했던 의병장 삼장사(三壯士)인 김천일, 최경회, 황진과 달리 폭약을 터트려 장렬하게 순국하였다. 안주성이 무너지고 난 뒤 무인지경으로 수도인 한양성이 함락되고 강화도에서 인조가 결국에는 형제지의로 화친을 맺었다. 이런 전쟁인 정묘호란 때는 관서지방의 국민 40%가 전사하고 포로로 잡히는 등 극심한 피해를 보았다고 한다.

7년 전쟁인 임진왜란 때보다도 더 피해가 컸다는 이야기다.

이 책이 독자들에게 남이흥의 '이괄의 난' 평정과 정묘호란 때의 공적을 알게 하는 데 작은 도움이 되었으면 한다. 또한 이 책이 이괄의 난과 정묘호란의 발생 동기와 결과만을 아는 여러분들에게 전반적인 역사적 사실을 널리 알리는 데 도움이 되었으면 하는 것이 저자의 바람이다.

저자는 이 책을 쓰면서 인조반정으로 정권을 잡은 서인들이 실리보다 명분을 우선하는 숭명배청(崇明排淸) 정책을 펼친 결과가 얼마나 국가적으로 고통과 손실을 가져왔는가를 정묘호란이라는 전란을 통하여 뼈저리게 느꼈고 깨달았을 것이라 생각했다.

저자는 남이흥의 후손으로서 선조의 공적을 널리 알렸으면 하는 마음도 있었지만 이 책을 쓰기 위해 역사적 자료를 정리하면서 정묘호란 같은 전란의 발생 원인인 척화(斥和)와 대명의리(大明義理)의 명분주의 이데올로기가 국가적으로 얼마나 큰 피해를 낳았는가에 가슴이 매우 아팠다.

또 이괄의 난이 정묘호란 때 서북방의 국방을 허술하게 하는 데 결정적인 원인이 되었다는 것이 아쉬웠고 남이흥이 이러한 이괄의 난을 진압하는 데 1등공신이라는 혁혁한 공적과 정묘호란 때 안주성에서 장렬히 순국한 업적이 역사적으로 대단히 크다는 것도 알았다. 그런데 정묘호란은 국민들이 어떻게 생각하는가.

남이흥이 순절한 안주성은 우리나라 서북방 방어의 요새지로서 옛날부터 평안병사의 병영이었다고 한다. 그런데도 평안병사 남이흥이 안주성에 주둔해야 하는 것이 당연한 것인데도 조정의 권신 이귀의 잘못된 판단에 따라 구성에 주둔하게 하여 아주 짧은 시간에 안주성에 입성하여 방어할 준비를 못한 것이 대단히 안타깝다.

더구나 이괄이 평안병사로서 영변에 주둔하면서 거느린 훈련이 잘된 정병이 1만 2천 명이나 되었는데 그가 반란을 일으켰기 때문에 다 소멸시켰다. 그래서 불과 3년 후 정묘호란 때 후금군에게 침공의 결정적인 계기를 제공하게 된 것이다.

안주성에서의 남이흥이 거느린 병사는 3천여 명에 못 미치었다고 하니 이괄 때에 비해 전력이 얼마나 많이 약화되었는가를 알 수 있지 않은가. 이것이 위정자들의 안일한 생각 때문이라고 할 수 있지만 사색당파에서 적대파의 인물이어서 견제와 감사의 대상인물이기 때문에 활동과 운신의 폭이 적어서가 아닌가 생각된다.

더군다나 이괄의 난 때 후금국에 귀순한 이괄의 참모 한명련의 아들 한윤이 정묘호란 때 후금군의 향도가 되어 왔고, 이괄의 난 전에 명군의 원군으로 갔던 강홍립도 적이 되어 같이 침공해 왔다. 한윤과 강홍립은 우리나라의 국경 경계 상태를 잘 알고 있는 이들이어서 후금군이 우리나라를 침략하는 데 큰 역할을 했다.

정묘호란 때 의주부윤 이완은 이순신의 조카로서 임진왜란 때에는 공로가 많은 장수이다.

이런 장수가 임진왜란의 실전 경험을 제대로 살리지 못하고 의주성을 방어하지 못한 것도 아쉬운 일이 아닐 수 없다.

이괄 군에 소속되었던 군사들 중에는 일본의 항복 군사들도 있었다. 만약에 이괄이 반란을 일으키지 않고 훈련을 잘 시킨 정병 1만 2천 명이 3년 후 정묘호란 때까지 유지되었더라면 후금군이 우리나라 침공을 단념하는 결정적인 계기가 되었을 것이며 또 병자호란으로 연결이 되지 않았을 것이 아닌가 하고 생각하게 한다.

저자는 견문이 좁아 더 널리 살피지 못한 관계로 충장공 남이흥의 역사적 행적을 감히 평가는 못했고 사실 있는 그대로 기술할 수밖에 없었다.

그렇지만 이 책이 앞으로 남이흥에 대한 본격적인 연구나 전기 집필에 밑거름이 되었으면 하는 바람을 가져 본다. 또 이 책이 이괄의 난과 정묘호란 때 활약했던 장수들의 행적을 총체적으로 정리하는 데 시작이 되었으면 하는 바람도 갖는다.

유감인 것은 정묘호란이 우리나라에 침공해 온 후금에게 형제지의의 화친으로 끝난 전쟁이어서 그랬는지는 모르지만 이 전쟁에서 순국한 남이흥을 비롯한 여러분들은 임진왜란이나 병자호란의 전쟁에서 활약한 이들에 비해 현창을 받지 못한 것이 아닌가 하는 생각이 든다.

10

발간을 마치면서…

이 책을 쓰는 동안 자료가 수집되는 대로 열심히 살펴보았다. 그런데 이제까지 듣지도 보지도 못하던 훌륭한 업적이 많이 발견되었고 이런 정도의 훌륭한 분이라면 공적 사실에 비하여 소홀한 대우를 받았구나 하는 생각이 들었다. 해방 직후의 초등학교 국사 교과서인 《우리나라의 발달》이라는 책에서는 임진 · 정묘 · 병자호란을 이야기하면서 정묘호란조에서, 후금군이 전격적으로 침입을 했고, 평안병사 남이홍 이하 수만 명이 살해됨이라는 문장이 있었으나 어떻게 된 일인지 초등학교 교과서에는 그 문장이 종적을 감추었고 공무원 응시생이나 대학 입시생이 사용하는 두꺼운 수험용 책에나 간단하게 나오는 정도이다.

정묘호란 때 안주성 싸움에서 남이홍의 휘하에서 용전을 하다가 전사한 구성부사 전상의는 고향(광주광역시)에 충민사라는 사당을 조성하여 받들고 있다. 이 전투에서 주역인 남이홍 그리고 2인자 격인 정읍 출신 안주목사 김준과 우후 박명룡 등 여러 장수들은 안주의 충민사 이외에는 사당 조성 등을 통하여 현창이 된 경우가 거의 없다. 전상의

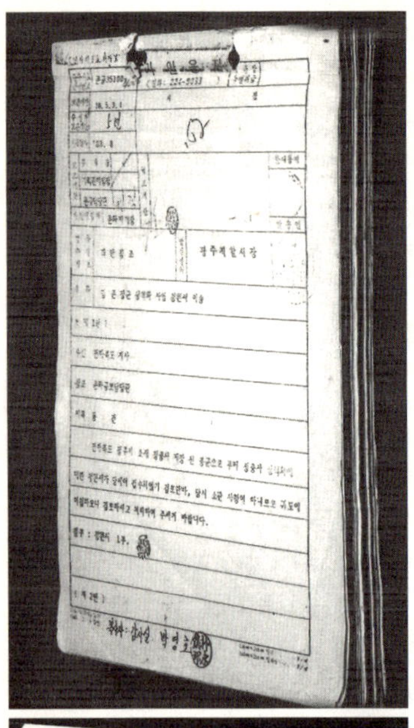

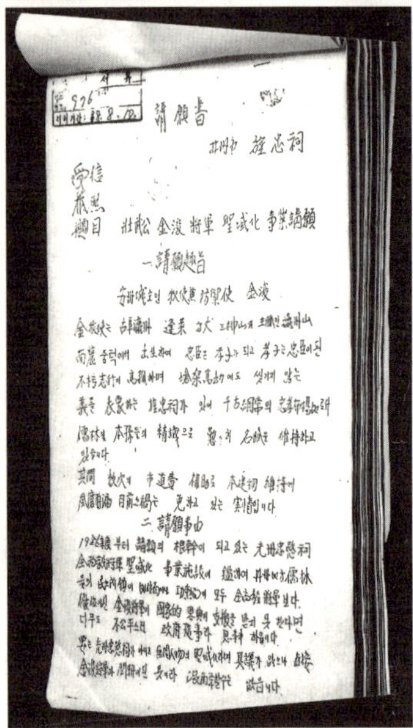

▲ 김준 장군 숭모회(정충사)에서 광주직할시에 김준 장군을 전상의 장군과 함께 성역화하여야 한다고 청원한 공문서 내용

구성부사의 사당 조성을 안 정읍 유지들은 뜻을 모아 전상의 부사에 비해 공적으로나 직급으로나 상급인 김준 목사를 광주의 충민사에 같이 모셔야 옳고 그것이 안 되면, 정읍에도 공적에 걸맞는 김준의 사당을 조성해 주어야 한다는 것을 각계에 진정을 하고 건의를 수십 차례 하였지만 이루어지지 않았으니 안타까운 일이 아닐 수 없다. 그러나 정읍 유지들의 이 일도 사실은 김준만 모시는 것이 아니라 남이홍 이하 휘하의 장수들을 전부 모셔야 한다고 주장해야 타당하다고 생각된다. 다른 분들을 제쳐놓고 한 분만 모시는 것은 일종의 아전인수이고 편벽이기 때문이다.

다른 분들의 사당이 해당지역에 조성되었는지 알 수는 없지만 남이홍 장군 후손들의 집성촌인 당진군 대호지면에 충장사(忠壯祠)가 조성되어 있어서 지금까지 뜻이 있는 분들이 남이홍의 국가 위란시 목숨을 바쳐 충성을 다한 충열의 정신을 받들어 모시고는 있다. 충장사 마을에 남이홍 병사 유물전시관 등을 당국에서 조성하여 관광객들에게 관람하게 하며, 자라나는 2세들에게 남이흥 장군의 충성심을 가르치기 위해 매년 학생 백일장, 궁도대회, 씨름대회, 시조경창대회, 전통무예 재현, 태권도 시범, 군악대 연주, 문화제 기념식(위 행사는 2007년 행사이고 해마다 달라짐) 등 여러가지 행사를 개최하고 있다. 이 책을 통하여 남이흥 장군이 전국적으로 더 잘 알려져 당진군 대호지면에 소재하는 남이흥 장군의 사당인 충장사(후손이 조성한 가문의 사당으로 조성됨)와 유물전시관에 많은 관람객들이 왔으면 하는 바람을 갖는다.

저자는 중국을 여러 번 다녀왔지만 이 책을 쓰기 위해서는 두 번 다녀왔다. 통일부에 북한 주민 접촉허가를 받아놓았으나 실제로 북한에 가는 것이 여의치 않았고 정부에서 신분보장 등 책임을 지고 보내주는 것이 아니고 저자가 개인 자격으로 가는 수밖에 없으니 그것이 문제였다. 지금까지 공적인 목적을 가지고 북한에 들어갈 경우(선교, 공장설립 등)도 평양, 개성, 금강산 이외는 남한 사람이 들어간 예가 없다고 한다. 이제까지는 북한에 들어가면 정치적으로 이용하기 위해서 억류를 하고 자유가 박탈되는 옛 시대 영상이 아직까지 남아 있어서 용기내어 무턱대고 들어갈 수가 없었다. 보장을 받고 들어가야 되겠는데 방법이 없는 것이다. 그래서 제일 먼저 간 곳이 주한 중국대사관이다. 대사관에 가서 대사를 면회하고자 했으나 출타중이라고 하여 못 만나고 조위 영사를 만나서 사정 이야기를 했으나 자신들도 북한에 대해서는 전혀 알지도 못하고 전혀 왕래도 없으니 죄송하지만 도와주는 방법이 전혀 없다고 했다.

또 통전개발 사장이 말하기를 자기들이 산동반도 북쪽 연태시로 흐르는 강이 모래가 쌓여서 연태항으로 입항하는 큰 배가 접안을 못하기 때문에 모래를 준설해야 하는데 그 공사를 중국의 기술력으로는 못하기 때문에 한국인인 자신이 맡았다는 것이다. 그래서 중국에 들어가는데 같이 가서 연태시장 등 관계자를 만나게 되는데 같이 가지 않겠느냐는 이야기였다.

사업에는 문외한인 나지만 기대를 가지고 따라갔다. 그러나 시장은 바쁜 사정에 의해서 못 만났고 시장이 베푸는 오찬에 초대 받아서 중식을 하는 자리에 참석했다. 김일성대학을 졸업했고 한국말도 자유자재로 통하는 양세안(楊世安) 투자 촉진국장을 소개받아서 사정이야기를 했다. 그리고 그 후에도 여러 차례 식사를 같이 했고 우리가 거처하는 호텔에까지 여러 번 들렀던 그여서 가까워진 그에게 부탁을 했던 것이다. 그러나 그도 역시 돕는 방법이 없다는 것이다.

또 2004년 6월에는 남한에서 6.15공동선언 기념식을 했다. 인천광역시에 있는 문학경기장에서 했는데 그 때 나도 초청을 받아서 북한 대표들과 같이 할 수 있는 기회가 있었다. 북의 대표단 총수가 총 103명이라고 했는데 3일간 같이 하면서 아침 · 점심 · 저녁도 같이 했고, 기념식과 공연관람도 같이 했다. 그러는 동안에 저자는 명함 51장을 북측 인사에게 건넸는데, 내게 명함을 건네는 사람은 전혀 없었다. 그 사람들은 지위고하를 막론하고 명함은 사용하지 않는 것으로 보였다. 2일차인 날은 기념행사를 했다. 기념식을 진행하는 단상에 올라갔다. 여러 사람이 앉았지만 김정일 배지를 달았으니 북에서 온 사람인 것은 알겠으나 그곳에서 누가 무엇을 하는 인물인지는 전혀 알 수가 없고 자리 위치나 겉으로 느끼는 풍모를 보아서 제일 고위층이 아닌가하는 생각이 들기에 인사를 하고 내 명함을 주었다. 그랬더니 드디어 상대방이 명함을 건네줘서 살펴보니 전화번호가 있고 주소도 있고 직함도 있는데 재중국 조선인총연합회 의장 양영동이라고 적혀 있었다. 가지고 간 내가 쓴 책 《사도의 길은》 두 권을 주고 읽어 보시면 고맙겠으며 김일성대학 도서관에 기증해 주시면 좋겠다고 말한 다음 전달했다. 그리고 시간을 내서 만나자고 약속이 되었지만 북측 대표들이 남한에 있을 때는 시간이 없어서 틈을 내지 못해 못 만났다.

▲ 청 초기 심양시대의 궁궐 앞에서의 저자

며칠 후에 그에게 심양으로 전화를 걸었더니 한 번 오시라고 한다. 오시면 대환영이라고 하면서 친절하게 대해 준다. 그래서 벼르다가 2005년 4월 10일 심양행을 단행해서 그를 만났다. 나는 그에게 남이홍 장군의 전기를 쓰기 위해서 평안북도 안주 연안 등에 가서 자료를 수집해야겠는데 북한에 갈 수가 없는 처지니 도와달라고 부탁을 했다. 그는 나에게 애국적인 좋은 일을 하시는데 당연히 도와 드려야 되겠으나 자신의 힘으로는 도와드릴 수는 없고 북한의 요인을 만나게 해 주겠으니 그 사람들과 만나서 이야기를 해 보라고 했다.

그래서 나는 그 다음날 심양시 서탑에 있는 북한 음식점 묘향산(1층은 다방, 2층은 식당)에서 북한 사람 두 사람을 만났다. 나는 그들에게 간단한 인사를 하고 북한에 들어가려는 이유와 준비해 간 원고자료를 주고 북한에 들어가게 도와달라고 했다. 그들은 나에게 조총련 의장과 마찬가지로 "중요한 애국적인 국가 일을 하시는데 당연히 도와 드려야지요. 그러나 지금 저희들이 선생님을 모시고 북조선에 들어갈 수는 없는 처지이고 북조선에 보고를 한 다음 그 지침에 의해서 선생님을 모시고 들어가야 할 텐데 날짜가 정해진 것도 아니고 한없이 기다릴 수도 없는 일이니 귀가해 계시면 연락을 하겠다"고 말했다.

그리고 그들은 나에게 2005년에는 6.15공동선언을 평양에서 기념하기로 되어 있고 남한 대표들 600여 명이 오게 되었는데 그 때 같이 오셔서 잠깐 빠져 나와서 볼 일을 보면 되지 않겠냐는 제의도 했다. 그래서 나는 그 방법도 좋겠다고 생각하고 귀국하여 우선 통일부에 가서 북한 주민 접촉허가 기간이 2005년 4월 30일로 끝나기 때문에 다시 1년 연장허가를 받은 후 '민족화합협력위원회'에 가서 의논을 했다.

그런데 지금 '민족화해협력위원회'에 가입한 단체가 210개인데 한 단체에서 3명씩만 차출해도 600명이 넘는 처지니 인솔하는 직원도 못 갈 처지라 하면서 어려우니 포기하는 것이 좋겠다고 했다. 저자는 역사와 문화적인 중요하고 당당한 이유로 가겠다는데 못 간다면 말이 되겠느냐고 반문했다. 그것은 선생님의 생각이고 그 사람들 역시 자기들 일이 중요하다고 하니까 도리가 없단다.

그러나 사실은 그게 문제가 아니라 거기에 가려면 회비 명목으로 돈을 내야 되는데 몇십만 원 정도면 문제없겠으나 1인당 3백만 원을 내라고 하였다. 나는 그 소리를 듣고는 갈 생각을 접었다. 문제는 정부 차원에서나 민간 차원에서 북한을 접촉할 때 돈을 갖다 주어야 접촉이 되는 모양이고 갖다 준 만큼 북한도 남한에 상응하는 보답이 있으면 좋은 일이겠으나 그렇지 못한 것으로 보이니 유감스런 일이 아닐 수 없다. 또 세계일보가 속한 '통일교'는 북한과 왕래가 있는 종교이다. 통일교 교주 문선명 씨가 평양에 자유자재로 드나들며 김정일과 사진도 찍고 악수하는 아주 가까운 사이다. 그래서 세계일보사 김찬호 상무를 찾아가 사정이야기를 하고 북한에 갈 수 있도록 도와달라고 부탁을 했다. 그리고 그간의 사정을 이야기했더니 놀라운 표정을 지으면서 선생님 혼자 가실려고 했느냐고 반문하면서 무모한 짓을 하셨다고 한다. 그러면서 무모한 짓은 당장 포기하고 단체를 만들어서 단체의 이름으로 정부와 북한에 교섭하여 허락(승인)을 받은 다음 보장을 받아야 되는데 돈을 갖다 주어야 되니 선생님 개인의 입장에서 방문하는 것은 무모한 짓이니 포기하란다.

그래서 이것저것 생각하지 말고 책을 발간하기로 했다. 그런데 2004년도만 해도 출판사에서는 원고를 보고 책을 발간하겠다는 출판사가 여러 곳 있었다. 나는 좋은 책을 만들기 위해서는 북한을 꼭 다녀와서 북한의 자료가 있으면 금상첨화이겠고 없더라도 안주성이나 충민사의 사진만이라도 끼워 넣으면 되겠다고 생각하여 노력하다 시일을 끈 탓에 책을 발간하겠다는 출판사가 없어졌다. 경기가 나빠서 그런 것이다. 역사물을 많이 발간하는 집문당에 갔었는데 사장이 하는 말이 만일 작년에 가지고 왔어도 베스트셀러감인데 늦었다고 하면서 발간해서 500권만 팔면 출간비는 나오는데 500권 이상은 틀림없이 팔린다고 했다. 그러면 발간하자고 했더니 지금 현재 들어온 원고만 발간하고 폐업하려고 마무리중이라고 했다.

여하튼 이렇게 되고 보니 이것저것 생각하지 않고 내가 내 돈으로 발간해야 되겠다는 생각이 들어서 책 제책사를 알아보았더니 최소한 1,000권 발간에 500만원이 든다고 하는데 저자에게는 너무나 과분한 금액이고 애를 쓴 원고를 사장시켜야 할 처지가 아닌가 생각하고 있던 중 다시 생각을 했다. 남이홍 장군의 위대한 정신과 공적을 추앙하는 분들을 찾아 그분들의 협조를 받으면 되지 않겠나 하는 생각이었다.

그래서 저자는 충장공 남이흥 장군의 후손으로서 어려서부터 오직 선한 마음과 성실한 처세로 성공, 커다란 기업체를 운영하는 기호를 제일 먼저 찾아갔다. 이 사람은 저자의 요청에 쾌히 100만원을 희사했다. 이어 대전직할시 선우복지원 이사장 이우가 50만원, 사업가인 현우가 20만원 희사했고, 홍우가 10만원, 도성이가 10만원을 희사했다.

또 큰아들이 그 당시 연세대 의대에서 소아과 전문의까지 모든 과정을 마치고 시카고대학 의과대학에서 취업이 아니고 연수중이기 때문에 생활이 어려울 터인데도 제 아비가 발간비 때문에 걱정하는 것을 알고 어려운 중에도 500달러를 보내왔다. 둘째아들 남일이 그 당시 역시 미국유학을 마치고 돌아와 갓 취업을 했는데도 500달러를 내놓았다. 여기까지 이야기는 직계 후손들의 이야기이고, 직계가 아닌 강우가 20만원, 역시 영양남씨인 남희웅 변호사가 100만원을 희사해 주었고, 또 이 전기 집필 초기부터 편집에 저자를 도와주던 대한예수교장로회 강북교회 장로회 회장이며 화가인 서임병 씨가 충장공 남이흥 장군의 업적에 감동하여 50만원을 쾌히 희사했다. 그리고 필자의 바로 위의 형인 경우 씨가 100만원을 보태주었고 이 책을 발간한 김재엽 사장님도 100만원을 희사했다. 이렇게 많은 분들의 물질적 도움으로 이 책을 발간하게 된 것이다.

이런 일들이 모두 장군의 위대한 정신과 빛나는 업적에 대한 추앙의 발로라고 생각되며, 결국은 저자를 도와준 것이니 감사를 표하지 않을 수 없다. 마지막으로 옛날 저자의 동료교사인 신관중 교감 염동락 군이 바쁜 중에도 많은 시간을 할애하여 자료를 구해 주었고 교정을 해 준 도움에 감사를 표하는 바이다.

2011년 5월 1일

서계 **남 균 우** 씀

11

남이흥 장군 추모시조 모음

아버지 가시던 길 아들이 아니 가랴
뉘뉘로 궤젓하게 몸던진 땅이어니
오늘은 저 높은 언덕 한 빛으로 남는다

〈최 중 관〉

꿰뚫은 새매 눈빛 누리를 떨게 하고
몸던져 불든 나라 미르옷 덮었으니
지금도 그 얼이 남아 잇고 잇는 저 언덕

〈고룡 맹 치 덕〉

발아래 대 송곳이 굽힐 수 있겠는가
불길로 타올라서 패 오래 남으리라
앞서서 피어 낸 숨결 따라가며 숨쉰다

〈 욕천 최 장 호〉

내 뒤를 따르거라 아버지 이른 말씀
궤짝에 불꽃담아 타버려 너나없이
그 때의 밝았던 등불 높이 멀리 비추네

〈노산당 전 향 아〉

내려온 오랑캐 떼 불벼락 내리치고
한 몸을 부수어서 온 나라 살린 넋이
소나무 큰 트림 되어 뿜어낸다 기운껏

〈두고 홍 봉 성〉

흰뱀의 별바랜 달 찾아온 오얏마을
오늘에 남아 있는 붉은 빛 저 언덕엔
몸던저 나라 건지신 아배 아들 모셨네

〈갑고 호 영 표〉

어버이 뒤따르려 붓놓고 칼을 잡아
겨레의 부름에는 목숨을 아낄소냐
나라님 옷을 덮고서 긴긴 잠에 드셨네

〈설전 임 준 신〉

안팎의 어려운 일 앞장서 막으시다
끝내는 몸을 던져 나라를 지키셨네
별바른 높은 언덕에 임의 뜻이 감돈다

〈우인 경 우 수〉

아비 얼 이어받아 나라에 바친 목숨
모신 집 큰 소나무 올곧은 대숲이라
찬바람 눈서리에도 푸르름만 더하네

〈석초 홍 오 선〉

어릴적 빼어나서 활솜씨 일찍 익혀
그 아들 아버지와 몸던져 남기신 뜻
아늑한 묏자락에는 그의 넋이 빛나네

〈심계 이 우 원〉

참·고·문·헌

《조선시대의 전쟁》(도서출판 역사문화, 2000.11. 25)

《남이흥 장군 유사록》

《조선왕조실록》

《연려실기술》

《옥성행장(최명길)》

《인조대왕과 친인척》(도서출판 역사문화 2001.11. 26)

《이이화의 한국사 이야기－국사재건과 청의 칩입》

《중세시국비변사등록》

《금남군 충무공정충신전기》(정충신유족현장사업회)

《이괄란급 병자호란》(경성광익서관, 무오 9월)

《진주시지》

《김준장군 사적 기록》

《승정원일기》

김광순, 《산성일기》(작자 미상) 『서해 문집』(향토문화 광주시 문화개발협의회, 1996)

송양섭, 《한국군사사논문－5 왜란 호란편》(국방군사연구소, 1997)

온창일, 《한민족 전쟁사》(집문당, 2001. 4. 25)

채한국 · 한흥림, 《동국전란사 내란편》(국방부전사편찬위원회, 1988)

채한국 · 유재호 · 성백효, 《동국전란사 외란편》(국방부전사편찬위원회, 1988)

강해성 · 유제성, 《민족전란사3－정묘호란사》(국방부전사편찬위원회, 1986)